KB198378

이견지夷堅志 병지丙志

【二】

이견지夷堅志 병지丙志【二】

1판 1쇄 발행　2024년 12월 31일

저　자 | 홍매洪邁
역주자 | 유원준 · 최해별
발행인 | 이방원
발행처 | 세창출판사

신고번호 제1990-000013호
주소 03736 서울시 서대문구 경기대로 58 경기빌딩 602호
전화 02-723-8660　팩스 02-720-4579
이메일 edit@sechangpub.co.kr　홈페이지 www.sechangpub.co.kr
블로그 blog.naver.com/scpc1992　페이스북 fb.me/Sechangofficial　인스타그램 @sechang_official

ISBN　979-11-6684-387-7　94820
ISBN　978-89-8411-820-1　(세트)

이 번역도서는 2018년 정부(교육부)의 재원으로 한국연구재단의 지원을 받아 수행된 연구임 (NRF-2018S1A5A7039016).

잘못 만들어진 책은 구입하신 서점에서 바꾸어 드립니다.
책값은 뒤표지에 있습니다.

이견지夷堅志 병지丙志

An Annotated Translation of

Yijianzhi (Bingzhi)

【二】

[송宋] 홍 매洪邁 저

유원준 · 최해별 역주

세창출판사

해 제

이 책은 송대宋代(960~1279)의 홍매洪邁(1123~1202)가 편찬한 『이견지』 가운데 초지初志의 갑지와 을지에 이어 병지와 정지 각 20권을 번역하고 독자들의 이해를 돕기 위해 상세한 주해를 더한 것이다. 『이견지』는 송대 명문 사대부 가문에서 태어나 고위 관료를 지낸 홍매가 중앙과 지방에서 재직하며 수집한 각종 일화를 모은 책으로서 대략 12세기 말경 편찬된 것으로 추정한다. '이견夷堅'이라는 제목은 『열자列子』「탕문湯問」에서 『산해경山海經』을 가리켜 "우禹가 다니다 그것을 보고, 백익伯益이 확인한 후 이름 붙였으며, 이견夷堅이 이를 듣고 기록하였다"라고 한 데서 유래한 것으로, 홍매 스스로 박문다식博聞多識한 '이견'이라는 인물을 자처하며 지은 것이다. 『이견지』는 편찬 당시 총 420권에 달하였지만 현재 전해지는 것은 그 절반에 불과하다.

저자 홍매는 자가 경로景盧, 호는 용재容齋 · 야처野處이며, 강남동로 요주 파양현(江南東路 饒州 鄱陽縣, 현 강서성 상요시 파양현江西省 上饒市 鄱陽縣) 사람이다. 아버지 홍호洪皓(1088~1155)는 금조에 사신으로 파견되었다가 15년이나 억류되었음에도 불구하고 시종 충절을 지켰던 인물로 유명하다. 홍호는 금조에 대한 강경책을 주장하며 주화파인 진회秦檜와 대립하였기에 사회적 명망에 비해 정치적으로는 불우하였다. 이런 정치적 입지로 인해 홍매를 비롯한 그의 자식들도 한때 어려움에 처하였다.

홍매는 소흥紹興 15년(1145)에 진사가 되어 여러 관직에 올랐고, 부친에 이어 금조에 사신으로 다녀왔으며, 길주吉州 지사, 감주贛州 지사, 무주婺州 지사 등을 역임하면서 지역 발전에 힘썼다. 순희淳熙 13년(1186) 한림학사翰林學士가 되었으며 그 후 영종寧宗 시기 단명전학사端明殿學士에 오른 후 관직에서 물러났다. 만년에는 향리에 머물면서 저술에만 전념했으며, 그가 남긴 저술로는 『이견지』 외에 『용재수필容齋隨筆』과 『야처유고野處類稿』 및 『사기법어史記法語』 등이 있다.

『이견지』는 홍매가 관리로서 도성을 비롯해 각 지방에 재직하며 전해 들은 민간의 이야기를 집록한 것이다. 그런 만큼 그 내용은 매우 다양하고 풍부하다. 정치와 행정, 전쟁과 군사, 범죄와 사법, 상업과 교통, 문학과 교육, 과거 응시와 당락, 음식과 술, 혼인과 애정, 질병과 의약, 죽음과 저승, 점복占卜과 민간신앙, 불교와 도교 등 당시 사람들의 삶을 총체적으로 보여 주는 다양한 주제들이 포함되어 있으며, 정사正史에서 보기 힘든 황제와 고위 관료의 일화를 비롯해 금조와의 외교관계까지 총망라되어 있다.

물론 수록된 일화 가운데 현재 우리의 합리적 상식으로는 이해하기 힘든 기이하고 괴상한 이야기奇談怪事가 상당수 포함되어 있다. 그래서 그동안 『이견지』는 당시 사회상을 잘 반영하는 기록이라기보다는 지괴소설의 하나로 더욱 주목받아 왔다. 하지만 『이견지』 속의 기이한 일화가 홍매 자신이 지어낸 것이 아니라 각지에서 사실로 인식되고 있었던 이야기를 집록했다는 점이 중요하다. 이는 당시 계층에 상관없이 대다수 사람이 그러한 정신적 · 정서적 형태를 지니고 있었음을 말해 준다. 또한 어떤 일화이건 그것이 인구에 회자되기 위해서는 당시 현실을 반영한 측면이 있어야 한다. 이런 점에서 홍매의 『이견지』는 당시 사람들의 집체적인 심성을 우리에게 그대로 전해 주는 매우 귀중한 자료이다.

최근 송대 연구자들이 『이견지』의 가치에 대해 높이 평가하고 주목하는 것도 바로 이 때문이다. 기존 사서와 달리 필기소설이라는 문학적 특성에 힘입어 『이견지』는 일반 사료에서는 찾아볼 수 없는 그 시대의 호흡과 감정을 고스란히 담고 있다. 특히 성과 사랑, 질투와 욕망, 금기와 기복, 사후세계에 대한 집단 상상 등 기존의 관찬 사서나 사대부의 문집에는 수록되지 않은 당시 사람들의 생생한 삶의 모습이 이야기의 형태로 가감 없이 드러나 있다. 따라서 『이견지』는 일반 사료로는 접근하기 어려웠던 일상사 · 미시사 · 심성사 등에 대한 연구를 가능하게 해 준다는 점에서 각별한 의미를 지닌다.

또 그동안 『이견지』의 한계로 지적되어 온 '객관성' 문제 역시 새로운 이해와 접근이 필요하다. 저자 홍매는 그의 글에서 『이견지』의 사실성과 객관성을 확보하기 위하여 고심하였음을 밝힌 바 있다. 홍매는 『이견을지夷堅乙志』 서문에서 이전의 대표적인 지괴 문학인 간보干寶의 『수신기搜神記』와 서현徐鉉의 『계신록稽神錄』 등을 거론하며, 그 내용이 허무환망虛無幻茫한 데 반해 자신의 기록은 분명한 사실에 근거하고 있다고 강조하였다. 또 일화를 전한 사람의 이름을 명기하여 일화의 사실성을 증명하고자 하였다. 또 홍매는 『이견지』에 기괴한 일화가 포함되어 있음을 인정하면서도 이는 『춘추』나 『사기』 같은 정통 사서에도 포함된 것이라며 그 가치를 당당히 주장했다. 동시대를 살았던 육유陸游도 『이견지』를 '역사서의 보완(史補)' 이상의 것으로 평가하였다.

사실 객관성이라는 것 역시 시대적 한계를 지닌다는 점에서 현재의 관점으로 송대 사유 방식의 객관성을 재단하는 것이 과연 타당한 일인지 다시 생각해 보게 된다. 무엇보다도 『이견지』의 일화를 덮고 있는 운명론적 · 신비주의적 베일을 걷어 내면 오히려 우리가 찾고 있던 송대의 사회상을 더욱 가까이 마주할 수 있게 된다.

그럼에도 불구하고 『이견지』의 활용에는 적지 않은 제약이 따른다. 우선 그 내용이 매우 방대하고 편찬 체례가 체계적이지 않다. 주제별 · 인물별 · 지역별 범주 없이 2,600여 개의 짤막한 일화가 뒤섞여 있기 때문에 그 활용이 쉽지 않다. 문체도 상당히 난해한 편인데, 고위 관료인 저자의 문어체와 설화의 특성상 구어체가 뒤섞여 있어 해석의 어려움이 크다. 더구나 수천 개의 짧은 일화 속에 당시의 정치 · 제도 · 법률 · 문물 · 지명 · 관습 등과 관련된 용어가 전후 맥락 없이 대거 등장한다.

따라서 『이견지』의 번역과 주석은 매우 필요한 작업이다. 중국학계에서는 일찍이 백화白話 번역이 진행되어 현재 중주고적출판사본(中州古籍出版社本, 1994), 그리고 완역본인 구주도서출판사본(九州圖書出版社, 1998) 등이 있다. 한국에서는 2019년 『이견지』(갑 · 을지)의 역주본이 출간되었고(유원준 · 최해별 역주, 세창출판사), 일본에서도 비슷한 시기 갑 · 을지의 일본어 역주본이 출간되었다(汲古書院, 2014~2019). 또, 일본에서는 최근까지 병지 상 · 하권과 정지 상권의 일본어 역주본이 출간되었다(汲古書院, 2020~2024). 이번 『이견지』(병 · 정지) 역주본은 갑 · 을지에 이어 한국학계의 중요한 성과로 평가받을 수 있을 것이다.

『이견지』는 원래 초지初志, 지지支志, 삼지三志, 사지四志의 순서로 발행되었고, 모두 합해 420권으로 이루어져 있었다. 하지만 합본合本은 원대元代에 이미 산일되었던 것으로 추정된다. 지금까지 전하는 판본은 여러 종류가 있다. 우선 광서光緖 5년(1879)에 육심원陸心源이 송본宋本을 중각重刻한 육심원본陸心源本 80권(甲, 乙, 丙, 丁 각 20권)이 있다. 두 번째로는 완위별장본宛委別藏本 79권이 전하며, 세 번째로는 필기소설대관본筆記小說大觀本 50권이 있다. 네 번째로 현재 가장 많은 내용을 수록하고 있는 것으로, 함분루涵芬樓에서 인쇄한 『신교집보이견지新校輯補夷堅志』가 있는데, 초지 · 지지 · 삼지 중 남아 있는 부분에다 보유補遺를 더해 총 206권으로 편찬했다. 1981년 중화서국中華書局에서는 함분루본을 저본底本으로 삼아 표점을 찍고 교감을 한 뒤 『영락대전永樂大典』 등에서 집록해 낸 일문佚文 26개를 「삼보三補」 편으로 추가해 207권에 달하는 고체소설총간古體小說叢刊 『이견지』를 편찬해 냈다. 중화서국본은 현존하는 『이견지』 가운데 가장 완정한 내용을 담고 있다고 할 수 있다. 본 역주는 중화서국본 등 여러 판본을 참고하여 진행하였다.

한편 전체 분량 가운데 상당한 부분을 차지하는 기담奇談이나 괴사怪事 등을 서사 자료로 활용하기 위해서는 당시 사회에 대한 정보가 충분히 제공되어야 한다는 점을 고려하여 각수에서 관련 인물, 지명, 관직, 사건에 대한 배경 지식을 가급적 상세히 담고자 하였다. 특히 이번 병 · 정지의 작업 과정에서는 역사를 전공하지 않는 일반 독자들의 이해를 돕기 위해 중국 역사나 문화와 관련된 주요 명사에 대해 그것이 처음 등장할 때 되도록 상세한 각주를 넣고자 노력하였고, 일화 속 언급되는 지명에 대해서는 해당 지역의 옛 지명과 현 지명에 대해 상세한 설명을 추가하여 일화가 발생한 공간에 대한 이해도를 높이고자 하였다. 필기 소설이기에 풍부하게 표현된 상상력과 송대인의 감정을 최대한 생동감 있는 문체로 재현해 내는 것도 번역자에게 주어진 과제였지만 번역의 정확성과 가독성 사이에서 만족스러운 해답을 찾기란 쉽지 않았다. 아무쪼록 이번 작업이 『이견지』가 대중들에게 널리 읽히고 또 연구자들이 활용하는 데 도움이 되기를 바라며 오류가 있는 부분에 대해서는 독자들의 거침없는 질정도 부탁드린다.

이번 역주 작업은 갑지와 을지에 이어 병지와 정지 각 20권을 번역한 것이니 분량으로는 현존 『이견지』의 1/5 정도 된다. 앞으로도 『이견지』 역주의 후속 작업은 계속될 예정이다. 이번 역주 작업을 통해 『이견지』가 지괴소설을 넘어 송대 사회의 여러 복합적인 모습을 담고 있는 귀중한 사료로 자리매김하고, 『이견지』의 활용을 더욱 촉진시켜 송대 사회 더 나아가 전통시대 중국에 대한 우리의 이해가 더욱 깊어지길 고대한다.

2024년 12월 역주자 드림

범 례

❶ 본 문

- 한문 원문을 먼저 수록하고 번역문을 뒤에 수록한다.
- 가독성을 높이기 위해 번역문에서는 한자의 사용을 최소화한다.
- 지명은 주와 현을 명기하고, 각주를 통해 지리적 정보를 충분히 제공하고자 하였다.
- 대화체 문장은 가급적 본래의 어감을 살려 번역하며, 신분제의 특성을 반영하기 위해 존칭과 비칭을 수용하였다.
- 직접 대화체 문장은 '말하길, 대답하길, 묻길' 등으로 표기한 뒤 줄을 바꿔서 " "로 처리하고, 간접 대화체 문장은 ' '로 표기한 뒤 줄을 바꾸지 않고 처리하는 것을 원칙으로 한다.
- 기원전 · 후는 (전38~후10)으로 표기한다.

❷ 각 주

- 표제어는 검색의 편의성을 고려하여 관명은 가능한 정식 명칭을, 이름은 본명을 기준으로 한다.
- 관직과 행정명은 북송 말을 기준으로 하되 남송 때의 사안은 당시의 관직과 지명을 따른다.

❸ 이체자

- 이체자는 아래와 같이 통용자로 바꾸어 표기한다.

擧→擧, 教→敎, 宫→宮, 玘→玘, 暨→暨, 袚→祓, 甯→寧, 凭→憑, 佘→佘, 吴→吳,
汚→汚, 卧→臥, 衞→衛, 飲→飮, 益→益, 刺→刺, 巔→巓, 癲→癲,
顛→顚, 足+厨→躕, 直→直, 真→眞, 鎮→鎭, 厨→廚, 值→値, 鬭→鬪, 邮→卹

❹ 국호 및 호칭

- 漢文 사료에는 거란의 국호가 여러 차례 바뀌었지만, 거란문자로 된 사료에는

시종 '하라치딴哈喇契丹'으로 표기하고 있다. 이에 통상 거란으로, 특별한 경우에는 원문에 따라 번역한다.

- 遼 · 宋 · 金 등 국호가 모두 외자이므로 '거란 · 송조 · 금조'로 번역한다. 연호를 표시할 경우에는 거란 · 송 · 금 등으로 표기한다.
- 金에 대한 『이견지』 내의 국호 사용례는 금金 · 금국金國 · 여진女眞 · 북로北虜 등 다양하며, 문맥에 따라 어의가 다르다. 문맥에 무리가 없으면 '금조'로 번역하고 그 외는 한자를 병기한다.
- 오늘날의 漢族에 해당하는 漢人 · 漢民 · 漢兒 · 漢家 등은 '한인', 거란과 여진은 가급적 '거란인', '여진인'으로 번역한다.

❺ 용 어

- 字와 출신 지역, 관직, 이름 순 표기를 원칙으로 한다.
- '원년'은 '1년'으로 표기한다.
- 陰府 · 冥府 · 幽府 · 地府 · 冥司 · 陰典 · 陰君: 府 · 司 · 典 · 君 등의 관명이 있을 경우 '명계의 관부 · 관아 · 왕'으로 번역하였다. 반면 陰 · 西 · 地下는 '저승'으로 번역하되 앞뒤 관계를 보아 '명계'로도 번역하였다.

이견지夷堅志 병지丙志

【二】

| 차 례 |

이견지夷堅志 병지丙志

【一】

권 4

권 5

권 6

이견병지 夷堅丙志 卷11

이도진의 철 피리李鐵笛

饒州道士曹與善, 政和中以道學上舍貢於京師, 與河北李陶眞道人相識. 李好吹鐵笛, 蓋放浪不羈之士也. 曹後歸鄕里, 宣和三年爲神霄宮副, 李從京師來見之, 有一馬置于四十里店民家, 時以薦福寺爲宮, 每吹笛宮門, 則馬不煩僕御而自至. 往來月餘, 一旦告別, 會曹入城. 李來不相値, 彷徨良久, 顧道童周永眞索筆硯, 題詩壁間云: "一別仙標歷四春, 神霄今復又相親. 爐中氣候丹初熟, 匣裏光芒劍有神. 未駕鸞輿朝碧落, 且將蹤跡傲紅塵. 乘風暫過羌廬去, 異日相期拜紫宸." 書其後曰: "潛眞散人瀟湘訪曹副宮不遇留題." 方擲筆, 曹適歸, 永眞以告, 而李已不知所在矣.

明年, 一客白袍皂條, 貌甚古, 入曹之室, 視壁間字, 問誰所書, 永眞言: "李陶眞先生也." 客笑曰: "九百漢." 亦索筆書對壁, 自稱'道人李抱一', 云: "一粒金丹續命基, 算來由我更由誰. 神龜移入雲端去, 彩鳳搏歸地母騎. 溟涬浪中求白雪, 崑崙山裏采瓊枝. 只消千日工夫足, 養個長稜八角兒." 書畢卽去. 後三年, 又有姓崔者來, 讀二詩大笑. 時永眞亦在傍, 崔瞪視移時, 咄曰: "汝師曾食肉乎?" 曰: "然." 曰: "非汝買與之耶, 安得如是?" 連捽其耳, 復摑之仆地, 徑趨出.

初, 永眞性蒙鈍, 及是覺聰明頗開, 後易名彦昭, 爲道士. 二李之詩嘗刻石于宮. 靖康中, 神霄廢, 復爲薦福, 石爲僧所毁. 曹與善至八十五歲, 乾道四年方卒.(周說.)

요주의 도사 조여선은 정화 연간(1111~1118)에 도학 상사생[1] 자격

1 道學上舍: 본래 三舍法은 학교 교육으로 과거를 대치하기 위해 太學을 外舍·內

으로 성시에 응시하기 위해 도성에 갔다가 하북 사람인 도인 이도진을 알게 되었다. 이도진은 철 피리를 잘 불었고 방랑을 즐기며, 조금의 구속도 싫어하는 인물이었다.

조여선은 후에 고향으로 되돌아가서 선화 3년(1121)에 신소궁[2] 관리를 맡은 부주지[3]가 되었다. 하루는 이도진이 조여선을 만나기 위해 도성에서 요주로 왔는데, 말 한 마리를 신소궁에서 40리나 떨어진 민가에 묶어 두었다. 당시 요주 관아에서는 천복사[4]를 궁으로 바꾸도록 했다. 이도진은 매번 신소궁 대문에서 피리를 불었고, 그러면 굳이 마부를 번거롭게 하지 않고 말 스스로 알아서 달려왔다. 이도진은 이렇게 조여선과 한 달여를 왕래하다가 하루는 아침 일찍 작별 인사를 하러 찾아갔는데, 마침 조여선이 현성에 들어가 자리를 비워서 만나질 못하였다. 그래서 한참 동안 배회하다가 도관에서 일하는 주영진이란 어린아이[5]에게 붓과 벼루를 가져오라고 한 뒤 방의 벽에다 시를

舍·上舍로 나누고 성적에 따라 승급한 뒤 다시 상사의 성적에 따라 上等에게는 관직 수여, 中等에는 省試 면제, 下等에게는 解市 면제를 해 주었다. 후에 지방 官學에서도 삼사법을 시행하였다. 紹聖 연간(1094~1097)에 일시 과거제를 폐지하고 삼사법으로 대치하기도 하였지만 宣和 3년(1121)에 폐지하였다. 도교를 극단적으로 숭상했던 휘종은 도사를 위한 별도의 삼사법을 운영하였다.

2 神霄宮: 휘종으로부터 적극적인 지지를 받았던 王文卿과 林靈素가 성립한 도교 天師道의 한 지파인 신소파의 도관이다. 신소파의 핵심 경전은 『玉樞經』이다.

3 副宮: 도관을 총괄하는 도사의 호칭은 불교와 마찬가지로 住持지만 知宮·觀主·監院이라고도 하며, 지금은 통상 道長이라고 칭한다. 道教의 全眞教에서 불교의 주지 제도를 수용한 뒤 가장 널리 쓰였다. 또 도관의 장로를 가리켜 불교와 마찬가지로 方丈이라고 칭한다.

4 薦福寺: 鄱陽縣 縣城 부근 東湖의 호반에 있었으며 파양현에서 규모가 가장 큰 사찰이었다.

5 道童: 절에서 정식 출가하기 전에 일하는 행자승과 유사하며, 여기에서는 풀어서 번역한다.

쓰길,

홀로 떠도는 신선 표표히 4년을 지내고,
오늘 신소궁에서 친한 벗을 다시 만났네.

난로의 뜨거운 열기는 주사처럼 붉은데,
칼집 속의 예리한 칼에 신령이 깃들어 있네.

난여[6]를 타지 않아도 푸른 바다에 노니니,
내 이런 종적 홍진에 노닌 이를 우습게 생각하니,

바람 타고 잠시 강려봉[7]을 지나며,
훗날 함께 만나 자신전[8]에서 배례하길 기대할 뿐.

그 시의 뒤에 다시 쓰길,

잠진산인[9]이 소상[10] 신소궁의 부주지를 만나러 왔다가 만나지 못해 글을

6 鸞輿: 황제가 타는 가마로서 황제를 뜻하기도 한다.

7 羌廬: 馮時行(1100~1163)의 시 '雲巖'의 "樅陽之陽羌廬峰, 千岩萬壑雲蒙蒙"과 祖無擇(1011~1084)의 시 '右軍墨池'의 "羌廬峰下歸宗寺" 등에서 언급한 강려봉으로 보인다.

8 紫宸殿: 당대 장안성의 황궁인 大明宮의 內朝 최대 전각의 이름을 송대에 계승한 것으로 그 기능도 같았다. 조회를 거행하고 외국 사신을 접견하고 경축 행사를 하던 곳이다. 본래 崇德殿이었는데 天聖 10년(1032)에 개칭하였다.

9 散人: '평범하고 별로 쓸모가 없는 사람' 또는 '유유자적한 사람을' 뜻하며, 『墨子』「非儒下」에서 유래하였다.

10 瀟湘: 본래 호남성 洞庭湖 남쪽에 있는 瀟水와 湘江의 아름다운 경치를 말한다. 소상 8경으로 유명하며, 호남성의 代稱이기도 하다. 曹與善이 있는 神霄宮은 洞庭湖가 아니라 鄱陽湖에 있어 瀟湘이라고 칭하기에는 다소 어색하지만 호숫가에 있으

남긴다.

글을 다 쓰고 막 붓을 내려놓을 때 마침 조여선이 돌아왔다. 주영진이 있었던 일을 다 말했지만 이도진이 어디에 있는지 이미 알 수 없었다. 이듬해 흰 도포를 입고 검은 띠를 두른 한 과객이 왔는데, 아주 예스러운 외모였다. 조여선의 방에 들어가 벽에 쓴 글을 보더니 누가 쓴 것이냐고 물어봤다. 주영진이 대답하길,

"이도진 선생이십니다."

길손이 웃으며 말하길,

"구백 나한이구나."

길손 역시 붓을 달라고 하더니 맞은편 벽에 글을 쓰고는 '도인 이포일'이라고 자칭하였다. 글은,

한 톨 금단으로 생명의 기틀을 이으니,
따져 보면 나로 말미암은 것일 뿐 또 누구 때문이랴.

신령한 거북은 저 구름 끝으로 들어가 버렸고,
아름다운 봉새를 재촉해 지모를 태우고 돌아가네.

태초의 혼돈 그 파도 속에서 흰 눈을 구하며,
곤륜산 속에서 붉은 옥 가지를 캐네.

그저 천 일의 공력이면 족하거늘,
팔각 쪽진 머리의 아이를 키우는구나.

므로 이렇게 표현한 것으로 보인다.

글을 다 쓰고 즉시 떠났다. 그 뒤로 3년이 지나서 또 최씨 성의 한 길손이 와서 두 시를 보더니 크게 웃었다. 이때도 주영진은 그 옆에 있었다. 최씨는 주영진을 꿰뚫어 보더니 잠시 후 꾸짖으며 말하길,

"네 스승이 고기를 먹은 적 있지 않으냐?"

답하길,

"네 그런 일이 있습니다."

그러자 질책하길,

"네가 고기를 사서 스승에게 준 것 아니냐. 어떻게 그런 일을 했단 말이냐?"

그러더니 계속 귀를 잡아당기다가 다시 주영진을 후려갈겨 땅에 엎어트렸다. 그리고는 서둘러 신소궁 밖으로 달려 나갔다. 본래 주영진은 천성이 우둔했는데, 이때부터 총명해지고 제법 깨우침이 있어서 후에는 이름은 주언소로 바꾸고 도사가 되었다.

이도진과 이포일의 시는 일찍이 신소궁의 바위에 새겨졌지만, 정강 연간(1126~1127)에 도관인 신소궁을 다시 천복사로 바꾸면서 시를 새겨둔 돌비석도 승려들에 의해 훼손되었다.[11] 조여선은 85세까지 살았으며 건도 4년(1168)에 비로소 세상을 떴다.(이 일화는 주언소가 말한 것이다.)

11 휘종이 도교를 국교화하여 宣和 1년(1119)에 석가모니불을 大覺金仙, 보살을 仙人, 승려를 德士로 개칭하게 하고 사찰을 도관으로 바꾸도록 하였다. 또 전국의 감사와 주현 지사에게 도사를 客禮로 대하도록 명하였고, 승려들을 道學에 입학시켜 도교를 배우도록 하였다. 그러자 전국의 지방관들이 앞다투어 도교 경전을 판각하고 그것을 보관하기 위한 道藏館을 건립하면서 주민들에게 돈을 거두는 등 민폐가 극심하였음은『이견갑지』, 卷6-08「황종」에 잘 나타나 있다.

주씨 집의 유모朱氏乳媼

鄕人朱漢臣, 宣和中爲太學官. 其乳母死, 槀殯於僧菴, 及還鄕里, 不暇焚其骨. 朱妻弟李元崇景山, 入京舍客館, 夢老婦人彷徨室中, 明夜又夢, 且泣訴曰: "我朱家乳母也, 不幸客死, 今寄某坊某菴中, 甚不便, 願舅挈我歸." 李白: "菴中菆柩不少, 何以爲誌?" 曰: "在菴之西偏, 冢上植竹兩竿, 南者長而北者短, 柩上所題字尙存, 索之當可得." 李旣覺, 不復寢, 急取紙筆書之. 遲明往訪, 尋至其處, 如所言. 以告守僧, 出柩而焚之, 裹遺燼付一僕. 僧因言: "此中瘗者以百數, 初來時, 每夜聞歌呌嘻譆聲, 終則多歎泣, 至明, 所供器或東西易位, 月夕尤甚, 殆不安寢. 今久矣, 亦不復畏也." 李歸番陽, 未至之三日, 朱氏夢媼來, 有喜色, 曰: "久處異鄕, 殊寂寞, 賴李二舅挾我歸, 將至矣." 一家皆爲哀歎, 遣人迎諸塗, 盛僧具以葬焉.

우리 고향 사람 주한신은 선화 연간(1119~1126)에 태학의 교수가 되었다. 주한신은 유모가 죽자 유모의 시신을 도성의 한 암자에 초빈하여 두었다. 그리고 고향에 돌아온 뒤로도 초빈해 둔 시신을 화장해서 마무리할 틈이 없었다. 주한신의 처남은 자가 원숭인 이경산[12]인데, 도성에 들어가 객사에 머물다 한 노부인이 방안에서 배회하는 꿈

12 李景山: 소흥 7년(1137), 江州 사리참군 이경산은 黃州에서 발생한 강도 사건에 연루된 13명의 재심 과정을 주관하면서 이 사건이 고문에 의한 허위진술의 결과임을 밝혀낸 일이 있다. 본문의 내용도 이경산의 인품이 어떠했는지를 밝혀 주는 좋은 단서이다.

을 꾸었다. 노부인은 다음 날 밤 꿈에 또 나타나서 울면서 하소연하길,

"나는 주씨 집안의 유모랍니다. 불행하게도 객사하여 지금 도성 모모방坊[13]의 어떤 암자에 몸을 맡기고 있는데, 몹시 불편하답니다. 그러니 처남 되시는 분께서 나를 고향으로 좀 데려가 주셨으면 합니다."

이경산이 말하길,

"암자에 초빈해 둔 관이 적지 않을 텐데 어떻게 해야 알 수 있을까요?"

대답하길,

"암자의 서쪽에 무덤이 하나 있는데, 봉분 위에 대나무 두 그루가 심겨 있답니다. 남쪽 대나무는 길고 북쪽 대나무는 짧은데, 관 위에 쓴 글자가 아직 남아 있으니 찾아보면 충분히 찾을 수 있을 겁니다."

이경산은 잠에서 깬 뒤 다시 잠을 자지 않고 서둘러 종이와 붓을 꺼내 꿈꾼 내용을 적었다. 그리고 날이 훤하기도 전에 암자에 가서 관이 묻혀 있는 곳을 찾았더니 정말 꿈에서 말한 대로였다. 이경산은 꿈에서 들은 일을 승려에게 알려 주고 관을 꺼내 화장해 주었다. 그리고 유해를 잘 싸서 한 노복에게 건네주었다. 이번 일로 승려가 말하길,

"우리 절의 무덤에 묻힌 사람이 백 명은 족히 되는데, 내가 처음 절에 왔을 때는 매일 밤 혼령들이 노래를 부르고 소리를 지르며 즐겁게

13 坊: 성곽 내부의 구획단위다. 성곽 주위는 廂, 성곽에서 떨어진 교외는 村으로 구분하였다.

노는 소리가 들리지만 결국에는 여럿이 울며 탄식하다 끝나곤 했습니다. 날이 밝아서 보면 공양했던 제기며 물건들의 위치가 바뀌어 있고, 달이 뜬 밤이면 특히 심했답니다. 그래서 거의 편안하게 잠을 잘 수가 없었는데, 지금은 이곳에 산 지 오래되어 그런지 특별히 무섭거나 그렇지는 않습니다."

이경산이 요주 파양현으로 돌아가던 중 도착하기 사흘 전, 주한신의 꿈에 유모가 나타났는데, 얼굴에 희색이 완연하였다. 유모가 말하길,

"오랫동안 객지에 있어서 아주 적막하였는데, 이번에 둘째 처남 되시는 분이 나를 데리고 고향으로 돌아오고 있으니 이제 곧 도착할 것입니다."

주한신은 온 가족과 함께 애통해하며 탄식하고, 사람을 내보내 길에서 맞이하게 하였다. 또 승려를 부르고 장례용품을 잘 갖추어 장례를 치러 주었다.

03 화엄원 우물의 귀신華嚴井鬼

劉彦適登第歸, 與其弟設水陸齋於永寧寺泗州院, 會散, 宿院中. 闍黎僧繼登督其徒收拾供具, 見客戶不閉, 責問僮奴, 皆云二劉掩關寢久矣. 秉燭巡視, 室空無人, 衾裯亦不見, 疑爲它往, 而三門又已扃鑰. 登叱曰: "必華嚴鬼也." □(亟)命取鈴杵往訪焉. 先是西廊華嚴院一行者合縊於院後井旁栗樹上, 時出爲物怪.

繼登過西邊得遺被, 及華嚴牆畔又得一履. 院僧熟睡, 排闥而入, 徑趨井所, 二劉果對坐井上, 互擧手推挹爲遜讓之狀, 卽扶以歸. 旣醒, 扣其故, 曰: "終夕倦局, 恰登床欲寢, 而行者來傳闍棃之意, 云夜尙早, 正煎湯相待, 幸可疑語. 遂隨以行, 了不知牆壁之留礙. 俄聞婦人歌笑聲, 朱門華屋, 赫然煥耀. 或導使入門, 念兄弟同行, 義難先後, 方相撝避, 忽冥然無所睹. 非師見救, 皆墮井死矣." 彦適, 字立道.

유언적[14]은 과거에 급제한 뒤 귀향하여 동생과 함께 영령사의 사주원에서 수륙재를 지냈다. 수륙재를 마친 유씨 형제는 사주원에서 숙박하였다. 고승[15]인 계등이 승려들에게 제사 도구를 정리하라고 시키다가 우연히 보니 유언적 형제가 자는 방의 방문이 닫히지 않았다. 그래서 어린 노복들을 나무랐는데, 노복들 모두 형제가 문을 닫고 잠

14 劉彦適: 자는 立道이며, 校書郎을 거쳐 소흥 연간 초에 直祕閣으로 靜江府 지사와 廣南經略按撫使를 거쳐 徐州 지사를 역임하였다.

15 闍棃: 산스크리트어의 음역어 '阿闍黎 · 阿闍梨'의 줄임말이다. '闍黎 · 闍利 · 闍梨'라고도 한다. 고승에 대한 존칭이다. 軌範 · 正行이라 번역하기도 한다.

든 지 한참 되었다고 답했다. 그래서 촛불을 들고 살펴보니 방안에 사람이 한 명도 없었고, 이불도 보이질 않았다. 그래서 혹 다른 곳에 가지 않았나 생각하기도 했지만, 3개의 대문에는 이미 자물쇠가 채워져 있었다.

고승 계등이 노복들을 꾸짖길,

“이것은 분명히 화엄원 귀신의 소행이다.”

서둘러 방울과 방망이를 가지고 화엄원으로 갔다. 이전에 서쪽 주랑 화엄원의 한 행자가 후원에 있는 우물가 옆 밤나무에서 목을 매달고 자살한 일이 있었다. 그 행자의 귀신이 늘 출현해 말썽을 부렸다.

고승 계등은 서쪽 주랑으로 갔다가 유씨 형제가 흘린 옷을 발견하였고, 화엄원 벽 옆에서 다시 짚신을 주웠다. 화엄원의 승려들은 이미 깊이 잠든 상태여서 문을 열어 주지 않자, 쪽문을 열고 들어가서 서둘러 우물가로 달려가 보았더니 정말로 유씨 형제들이 우물 위에 마주 보고 앉아 있었다. 그리고 손을 들어 읍을 하며 서로 겸손하게 양보하는 모양을 취하고 있었다. 계등은 즉시 형제를 부축해서 돌아왔다.

유씨 형제가 깨어난 뒤 어찌 된 일인지 물어보자, 형제가 말하길,

“수륙재를 끝마치던 밤 무렵 몹시 피곤해서 막 침상에 올라 자려고 했습니다. 그런데 행자가 와서 계등 스님의 뜻이라며 전하길,

‘아직 밤이 이르니 탕을 끓여서 대접하고자 하니 오셔서 편안히 이야기를 나누셨으면 합니다.’

그래서 곧 행자를 따라갔는데 담이 가로막고 있는지 몰랐습니다. 잠시 후 어떤 여인이 노래하며 웃는 소리가 들렸고 붉게 칠한 대문과 화려한 방이 갑자기 번쩍였습니다. 어떤 사람이 우리를 안내하여 대

문 안으로 들어가라고 하는데, 형제가 함께 가는 점을 생각해 서로 먼저 들어가라고 손을 흔들며 양보하고 있었습니다. 그때 갑자기 깜깜해지고 아무것도 보이지 않았습니다. 스님께서 보시고 구해 주시지 않았더라면 둘 다 우물에 빠져 죽었을 것입니다."

유언적의 자는 입도이다.

04 시삼의 아내施三嫂

州民張元中所居通逵, 與董梧州宅相對. 董氏設水陸, 張夢女儈施三嫂來, 曰: "久不到君家, 今日蒙董知郡招喚, 以衆客未集, 願假館爲須臾留." 張記其已死, 不肯答. 又曰: "曩與君買婢, 君約謝我錢五千, 至今未得. 我懷之久矣, 非時不得至此, 幸見償." 張寤而惡之. 明日, 買紙錢一束, 焚于澹津湖橋下. 夜復夢曰: "所負五千而償不□(用)百, 儻弗吾與, 將投牒訟君, 是時勿悔也." 張不得已, 如其所須之數, 擧以付寺僧使誦經. 旣而歎曰: "數與鬼語, 更督無名之債, 吾豈不久於世乎!" 然其後八年乃死.

평민 장원중은 큰길가에 살았는데, 집의 맞은편에 오주[16] 지사 동씨의 저택이 있었다. 동씨 집에서 수륙재를 지냈는데, 거간꾼[17]이던 시삼의 아내가 장씨의 꿈에 나타나서 말하길,

"오랫동안 당신네 집에 오지 못하였는데, 오늘 동 지사가 불러 준 덕분에 이렇게 오게 되었소. 하지만 초대받은 손님들이 아직 도착하지 않아서 잠시 장씨 댁에서 머물렀으면 하오."

장씨는 그녀가 이미 죽었다는 것을 기억하고 있었기에 응낙하려고 하지 않았다. 그러자 또 말하길,

16 梧州: 廣南西路 소속으로 치소 겸 관할 현은 蒼梧縣(현 광서자치구 梧州市 蒼梧縣)이고 州格은 刺史州이다. 현 광서자치구 동중부에 해당한다.

17 女儈: 婢妾의 매매를 중개한 여성 거간꾼을 뜻한다.

"예전에 당신이 여종을 살 때, 당신은 나에게 사례비로 5천 문을 주기로 약속하였지만, 나는 지금까지 받질 못했소, 나는 그 일을 오랫동안 마음에 담고 있었는데, 때가 되지 않아서 여기에 오지 못했을 뿐이요. 지금 돌려주길 바라오."

장씨는 꿈에서 깬 뒤 꿈속에서 있었던 일로 기분이 아주 좋지 않았다. 다음 날, 명전을 한 묶음 사서 담진호에 있는 다리 아래에서 태워주었다. 그러자 밤에 다시 꿈에 나타나 말하길,

"빚이 5천 문인데 당신이 갚은 것은 100문도 되지 않소. 만약 나에게 돌려주지 않는다면 당신을 정식으로 고소하겠소. 그때 가서 후회하지 마시오."

장씨는 부득이 그녀가 요구하는 액수에 맞춰서 절의 승려들에게 주고 독경을 부탁하였다. 그리고 탄식하며 말하길,

"여러 차례 귀신과 말을 주고받은 데다가 말도 안 되는 빚 독촉까지 받았으니 내 어찌 이 세상에서 오래 살 수 있겠는가!"

하지만 그 뒤로도 8년을 더 산 뒤에 비로소 세상을 떴다.

05 목수 호씨 집의 굿胡匠賽神

番陽民俗, 殺牲以事神, 貧不能辦全體者, 買豬頭及四蹄享之, 謂之頭足願. 木工胡六病, 其妻用歲除日具禱賽, 置五物釜中俟巫者. 會節序多祀事, 巫至昏乃來, 妻遣女取饌. 奔而還, 告母曰: "母自往取之, 兒欲視吾父." 色殊怖沮. 母至廚發冪擧肉, 亡其一蹄矣. 倉黃不暇究, 但別買肉以補之. 旣罷, 女始言: "適欲入廚, 見黑物貿貿, 徹屋上下, 了不能辨其狀, 故驚而出." 後數日, 胡匠死.

요주 파양현의 민속 가운데, 살아 있는 동물을 잡아서 신에게 제물로 바치는 풍속이 있다. 가난해 동물을 통째로 잡을 수 없는 이는 돼지의 대가리와 족 네 개를 사서 제사를 지내는데, 그것을 가리켜 '두족원(돼지 대가리와 족으로 소원을 빔)'이라고 칭한다.

목수인 호륙이 병들자 그의 아내는 섣달그믐에 제수를 갖추고 신령에게 기도하기 위해 돼지의 대가리와 4개의 족을 솥에 넣고 끓이면서 무당이 오기를 기다리고 있었다. 섣달그믐을 맞아 굿을 하는 곳이 많아서 무당은 밤늦게 도착하였다. 호륙의 아내는 딸을 부엌으로 보내 음식을 가져오라고 시켰는데, 딸은 부엌에서 달려 나와 엄마에게 말하길,

"엄마가 가서 음식을 가져오세요, 저는 아버지를 보러 가야겠어요."

얼굴이 무서움으로 가득 차서 영 좋지 못하였다. 호륙의 아내가 주

방에 가서 솥뚜껑을 열고 고기를 꺼내 보니 족 한 개가 보이질 않았다. 어찌 된 일인지 알아볼 경황이 없었지만, 따로 고기를 사서 우선 메꾸었다. 굿을 다 마치자 딸이 비로소 말하길,

"부엌에 막 들어가려는데, 지붕까지 닿을 정도로 크고 시꺼먼 어떤 물체가 있어서 정신이 없었어요. 하지만 무엇의 모습인지는 아무래도 알 수 없었어요. 아무튼 깜짝 놀라서 뛰어나왔어요."

그 뒤로 며칠이 지나자 목수 호씨는 그만 사망하고 말았다.

06 조철 해시에 합격하다趙哲得解

鄱陽縣吏李某, 乾道四年七月, 夢出城過東嶽行宮, 道上見故同列抱文牘從中出, 告曰: "此本州今秋解試牓, 來書嶽帝." 李問: "吾所親及鄉里何人預薦?" 曰: "但有君巷內趙哲一人耳." 夢中思之, 無此子, 以爲疑. 其人曰: "趙醫秉德之子也." 李曰: "此吾近鄉, 熟識之. 渠名中興, 非哲也." 曰: "吾言不妄, 君當自知之." 送去. 時此吏死數年矣. 李異之, 出詣趙, 欲話其事. 遇諸塗, 趙曰: "吾已納保狀. 夜夢人相勸云: '朝廷方崇太平之業, 而予尙名中興, 又與國姓同, 不可, 能易之乃佳.' 吾甚惑此夢, 今將謀之朋友." 李大笑, 具道所見, 使改名哲, 且曰: "子若薦送, 吾以女嫁子." 是歲, 哲果登名於春官, 李遂納爲壻.

건도 4년(1168) 7월, 요주 파양현의 서리 이모는 꿈에 현성 밖으로 나가 동악행궁을 지나고 있었다. 그런데 길에서 옛 동료가 문서를 품에 안고 동악행궁에서 나오는 것을 보았다. 그가 알려 주길,

"이 문서는 요주의 올가을 해시 합격자 방문일세. 동악대제께서 주신 문서라네."

서리 이씨가 묻길,

"우리 마을에서 어떤 사람이 합격할지 내가 직접 볼 수 있을까?"

그가 말하길,

"그저 자네가 사는 골목 안의 조철 한 사람뿐일세."

꿈속에서 생각해 보니 골목 안에 사는 사람 가운데 조철이라는 이가 없어서 아무래도 의아하였다. 그런데 그 동료가 말하길,

"의사 조병덕의 아들이지."

서리 이씨가 말하길,

"조병덕은 우리 옆 마을 사람이라서 내가 잘 알지. 그 집 아들 이름이 조중홍이야. 조철이 아닌데?"

그러자 말하길,

"내 말이 틀리지 않을 거야. 어찌 된 일인지 자네가 자연히 알게 될 걸세."

그리고는 곧 가 버렸다. 당시는 그 동료 서리가 죽은 지 이미 몇 년이 지난 뒤였다. 서리 이씨는 기이한 일이라고 생각하고, 나가서 조중홍의 집을 방문하였다. 그리고 꿈에서 본 일을 이야기해 주려고 했는데, 우연히 길에서 조중홍과 마주쳤다. 조중홍이 말하길,

"제가 이미 신원 보증서[18]를 제출하였는데 밤에 어떤 사람이 꿈에 나타나 권고하길, '조정에서 막 태평한 세상을 만드는 일에 주력하고 있는데, 자넨 아직도 이름을 중홍이라고 함은 적절치 못하네. 게다가 성도 국성인 조씨이니 그래서는 안 되지. 이름을 바꿀 수만 있다면 바꾸는 것이 좋을걸세.' 나는 이 꿈이 아주 그럴듯하다고 생각되어 오늘 친구와 논의하려고 합니다."

서리 이씨가 크게 웃고는 꿈에서 본 일을 모두 말해 주고 이름을

18 保狀: 신원 보증서를 뜻한다. 과거에 응시하려면 개인의 이력, 범죄 관련 사실, 3대에 걸친 가계, 籍貫, 연령 등을 기록한 '家狀'이라는 서류를 사전에 주현에 제출하여야 한다. 그리고 家狀에 대해 州學의 교수들이 서명한 보증서인 家保狀을 비롯해 擧人의 상호 연대 서명 등을 제출하여야 한다. 이를 가리켜 公據라고 한다. 본문에서 말하는 보장은 공거보다는 가장일 가능성이 크지만 가장도 신원 보증서의 하나이므로 신원 보증서로 번역하였다.

조철로 고치라고 하였다. 그리고 말하길,

"그대가 만약 해시에 합격한다면, 내 딸을 자네에게 시집보내겠네."

이해 조철은 정말로 해시[19]에 합격하였고, 이씨는 조철을 사위로 맞이하였다.

19 春官: 『周禮』의 天官·地官·春官·夏官·秋官·冬官 등 6관의 하나로 禮制·祭祀·曆法 등을 담당한 大宗伯의 장관으로 후대 상서성 禮部尙書로 바뀌었다. 그런데 光宅 1년(684)부터 神龍 1년(705)까지 禮部를 春官, 예부상서를 春官尙書로 고친 일도 있어 후대 춘관은 예부를 뜻하는 말로 통용되었다. 본문을 직역하면 '예부의 과거합격자 명단에 이름을 올렸다'고 하였으니 성시에 합격하였다는 말이지만, 본문의 해몽이 解試에 관한 것이고 또 '是歲'라는 말도 있어 '해시에 합격하였다'고 번역하였다.

07 흰옷 입은 여인白衣婦人

宣和中, 鄕人董秀才在州學, 因如厠, 見白衣婦人徘徊於前, 問其故, 曰: "我菜圃中人也, 良人已沒, 藐然無所歸." 董留與語, 且告以齋舍所在. 至夜遂來並寢. 未幾得疾, 同舍生或知之, 以白敎授. 敎授造其室責之曰: "士人而爲異類所凴, 何至此!" 扣其所有, 曰: "但嘗遺一袙服." 取視之, 穢而無縫, 命投諸火, 遣諸生蹤跡焉. 一老圃曰: "向者小兒牧羊, 一牝羊墜西廊井中, 不可取. 今白衣而出, 豈其鬼歟?" 呼道士行法, 呪黑豆投於井, 怪乃絶不至, 然董亦死.

선화 연간(1119~1125)에 고향 사람인 수재 동씨가 주학에서 공부하고 있었다. 하루는 변소에 갔다가 흰옷을 입은 여인이 변소 앞에서 배회하는 것을 보았다. 무슨 일이 있느냐고 묻자 그 여인이 말하길,

"저는 채소밭에 사는 사람입니다. 남편은 이미 죽었고, 저는 망연자실하여 어디에 의지해야 할지 모르겠습니다."

동씨는 가지 않고 그 여자와 이야기를 나누었다. 그리고 주학 기숙사가 있는 곳을 알려 주었다. 밤이 되자 그 여자가 와서 동침하였고 얼마 지나지 않아서 병이 들었다. 같은 기숙사 동료 가운데 일부가 그 사실을 알고 교수에게 말하였다. 교수는 동씨의 방을 찾아가 그에게 질책하길,

"사인이 되어 요괴에 홀린 바 되었으니 어찌 이 지경이 되었단 말이냐!"

그리고 그 요괴가 있을 만한 것이 무엇이냐고 캐묻자 동씨가 말하

길,

“전에 속곳 하나만 남겨 두었습니다.”

가져다 살펴보니 더럽지만 꿰맨 자국이 없었다. 불에 던져 태우라고 명하고 여러 학생을 보내서 종적을 찾아보라고 하였다. 채소밭의 한 노인이 말하길,

“예전에 한 아이가 양을 키웠는데, 암컷 양 한 마리가 서쪽 주랑의 우물에 빠졌는데 꺼내질 못하였습니다. 지금 흰옷이 나왔다면 그 양의 귀신이 어찌 아니겠습니까?”

도사를 불러 법술을 행하게 하고 검은콩을 들고 진언을 외운 뒤 우물에 던져 넣었더니 요괴는 완전히 멸절되었는지 더는 나타나질 않았다. 하지만 동씨는 결국 죽고 말았다.

08 비단 향주머니錦香囊

德興縣石田人汪蹈, 紹興十六年, 延上饒龔滂爲館客. 書室元設兩榻, 龔處其東, 虛其西以待外客之至者. 秋夜, 龔已寢, 燈未滅, 覺西榻窸窣聲, 俄有婦人揭帳出, 寶冠珠翹, 瑤環玉珥, 奇衣袨服, 儀狀瓌麗, 圖畫中所未睹, 徑前相就. 龔喜懼交懷, 肅容問之曰: “君何人, 何自至此?” 曰: “中丞不須問.” 龔曰: “吾布衣也, 安得蒙此稱?” 曰: “君明年登名鄉書, 卽擢第, 前程定矣.” 遂留宿. 雞初鳴, 灑泣求去, 解所佩錦香囊爲別, 曰: “謹秘此物, 無得妄示人, 苟一人見, 卽不復香矣. 過四十年, 當復來取之.” 戀戀良久, 攜手出戶, 仰視天漢, 指一大星曰: “此我也.” 方諦觀次, 有物如白練自星中起, 下垂至地, 婦人卽登之. 旣去丈餘, 回顧曰: “郞亟反室, 脫有問者, 勿得應. 違吾言, 將致大禍.” 遂冉冉上騰而滅. 龔凝竚詹慕, 不忍去, 忽思向所戒, 急歸閉關. 未一息, 聞人擊戶, 拒不答, 怒罵而去. 至明, 視所遺囊, 文錦爛然, 非世間物. 中貯一合如玳瑁, 以香實之, 芳氣酷烈, 不可名狀. 具以語汪翁. 汪壻王慶老, 屢求觀不得, 乘醉發笥偷翫, 香自此歇矣. 龔果自此登科, 所謂中丞之祥, 未知信否. 予族人紱代龔爲館, 見汪翁道此.

소홍 16년(1146), 요주 덕흥현[20] 석전 사람 왕도는 같은 상요[21] 사람 공방의 초청을 받아 그의 집에 갔다. 서실에는 원래 두 개의 침상이 있어 공방이 동쪽 침상을 썼고 서쪽 침상은 외부에서 온 손님용으로

20 德興縣: 江南東路 饒州 소속으로 현 강서성 동북부 上饒市 동단의 중서부 德興市에 해당한다.

21 上饒: 江南東路 饒州(현 강서성 上饒市)의 별칭이다.

비워 두었다.

가을밤, 공방은 이미 잠들었고, 등은 아직 꺼지지 않은 상태였다. 그때 서쪽 침상에서 귀뚜라미 우는 소리가 들렸고, 잠시 후 한 여인이 장막을 걷고 나왔다. 머리에 아름다운 관을 썼고, 관에는 많은 구슬이 매달렸다. 옥가락지와 귀걸이, 기이하고 검은 나들이옷 등 옷과 장식이 매우 화려하였다. 그림책 속에서도 본 일이 없던 아름다운 모습이었다. 그 여인은 곧장 앞으로 와서 서로 만났다. 공방은 한편으로는 좋고 한편으로는 두려운 마음이 교차하였다. 그래서 엄숙한 얼굴로 묻길,

"댁은 누구시오, 어떻게 여기까지 오셨소?"

그러자 말하길,

"어사중승께서는 그렇게 꼬치꼬치 물으실 필요가 없습니다."

공방이 말하길,

"나는 벼슬을 하지 못한 평민입니다. 어떻게 그런 호칭을 쓰십니까?"

그러자 말하길,

"당신은 내년에 향시[22]에 합격할 것이며, 곧장 과거에 급제할 것입니다. 당신의 앞날은 이미 다 정해져 있습니다."

그리고 곧 유숙하였다. 하지만 첫닭이 울자마자 여인이 눈물을 뚝뚝 떨어뜨리며 가게 해 달라고 하였다. 그리고 자신이 차고 있던 비

22 鄕書: 周는 鄕學에서 3년 1회의 시험을 통해 성적이 우수한 사람을 선발한 뒤 鄕老와 鄕大夫가 왕에게 추천하는 문서를 작성하는데, 그 문서를 가리켜 '鄕書' 또는 '鄕老書'라고 불렀다. 후에 '향서'는 향시를 칭하는 용어로 쓰였다.

단 향주머니를 풀어서 이별의 선물로 주면서 말하길,

“이 향주머니를 보이지 않게 잘 보관하세요, 함부로 다른 사람에게 보여 줘서는 안 됩니다. 만약 한 사람이라도 보면 다시는 향기가 나질 않게 됩니다. 40년이 지나면 내가 다시 와서 향주머니를 찾아갈 것입니다.”

서로 한참을 아쉬워하며 차마 떠나지 못하고 있다가 손을 잡고 함께 문밖으로 나와 은하수를 바라보더니 그 가운데 큰 별 하나를 가리키며 말하길,

“저 별이 바로 나랍니다.”

막 그 별을 자세히 살펴보던 중, 마치 흰색 명주처럼 생긴 어떤 물건이 별 가운데서 일어나더니, 아래로 땅까지 곧장 내려왔다. 여인은 즉시 그 명주 천을 밟고 하늘로 올라갔다. 1장여를 올라간 뒤 뒤를 돌아보며 말하길,

“당신은 서둘러 방으로 돌아가세요. 혹 무슨 일이냐고 물어보는 이가 있더라도 대응하지 마세요. 만약 내 말을 듣지 않는다면 앞으로 큰 화가 미칠 것입니다.”

곧 천천히 위로 날아오르더니 사라졌다. 공방은 꼼짝도 하지 않고 서서 바라보며 연모하는 마음에 차마 자리를 떠나지 못하였다. 그러다 홀연 그 여인이 조금 전에 주의 주었던 것이 생각나서 급히 되돌아간 뒤 방문을 걸어 잠갔다. 숨 돌릴 틈도 없이 누군가 방문을 두드리는 소리가 들렸지만, 아무런 답도 하지 않았다. 그러자 한바탕 욕설을 퍼붓더니 어디론가 가 버렸다.

날이 밝자 공방은 그 여인이 주고 간 향낭을 살펴보았다. 비단에 놓은 수가 아주 섬세하고 예뻐서 이 세상의 물건이 아님을 알 수 있

었다. 향낭 안에는 마치 대모[23]로 만든 것 같은 작은 상자가 있고, 그 안에 향이 들어 있었는데, 향기가 매우 진해서 뭐라 말할 수 없을 정도였다.

공방이 이런 일련의 일을 모두 왕도에게 말해 주었다. 왕도의 사위인 왕경로가 여러 차례 향낭을 보여 달라고 청했지만, 공방은 허락하지 않았다. 그러자 왕경로는 공방이 술에 취한 틈을 타서 몰래 옷상자를 열고 훔쳐보았다. 그때부터 향낭에서 향기가 나질 않았다. 공방은 여인이 말한 그해 정말로 과거에 급제하였다. 하지만 어사중승이 되리란 길상한 예언이 믿을 수 있게 될지는 알 수 없다. 필자의 집안사람 홍발이 공방을 대신해 손님으로 머물면서 왕도가 말한 것을 들었다.

23 玳瑁: 열대와 아열대의 산호초에 서식하는 거북이인데, 황갈색 또는 다갈색인 등갑이 공예품으로 널리 쓰여 예로부터 남방무역의 중요한 품목 가운데 하나로 거래되었다.

09 우역을 일으킨 역귀牛疫鬼

紹興六年, 餘干村民張氏家已寢, 牧童在牛圈, 聞有扣門者, 急起視之. 見壯夫數百輩, 皆被五花甲, 著紅兜鍪, 突而入, 旣而隱不見. 及明, 圈中牛五十頭盡死. 蓋疫鬼云.

소흥 6년(1136), 요주 여간현[24]의 촌민 장씨 가족이 이미 잠들었는데, 소를 키우는 아이만 소 우리에 있었다. 아이는 누군가 문을 두드리는 소리를 듣고 급히 일어나 살펴보니 수백 명의 건장한 사내들이 가시오가피로 만든 갑옷을 입고 붉은 투구를 쓰고 갑자기 달려들어 왔다. 잠시 후 그들은 어디로 숨었는지 보이지 않게 되었다. 날이 밝아 보니 우리에 있던 소 50마리가 모두 죽었다. 그 건장한 사내들은 아마도 전염병을 퍼트리는 역귀였던 것 같다.

24 餘干縣: 江南東路 饒州 소속으로 현 강서성 동북부 上饒市 서단의 남쪽인 余干縣에 해당한다.

10 노파로 변해 꿈에 나타난 암소牛媼夢

樂平縣杭橋市染工程氏, 夢老媼來曰: “負君家錢若干, 除已償還外猶欠若干, 幸餘一屋可以充數, 今別君去矣.” 再拜而辭. 既寤, 聞一牝牛死於空屋中, 剝貨得錢, 如夢告之數.

요주 낙평현 항교 시장의 염색공 정씨의 꿈에 한 노파가 나타나서 말하길,

“내가 그대 집안에서 돈을 약간 빌렸는데, 이미 갚은 것 말고도 아직도 약간 남아 있다오. 다행히도 집 한 채가 남아 있으니 빚을 갚는데 보탤 수 있을 겁니다. 오늘 그대와 헤어져 다른 곳으로 가야 합니다.”

두 번 절을 하고 헤어졌다. 정씨는 꿈에서 깨어난 뒤 암소 한 마리가 빈 건물에서 죽었다는 말을 들었다. 죽은 암소를 잘라서 팔았는데, 그렇게 해서 번 돈이 꿈속에서 알려 준 액수와 같았다.

11 불자 정씨程佛子

德興縣新建村居民程氏屋後二百步有溪, 程翁每旦必攜漁具往, 踞磻石而坐, 施罔罟焉. 年三十時, 正月望夜, 夢人告曰: "明日亟去釣所, 當獲吞舟魚." 覺而異之. 雞鳴便往, 久無所睹, 自念: "夢其欺我歟!" 忽光從水面起, 照石皆明, 掬水濯面, 澄心諦觀, 但有大卵石, 白如雪, 光耀粲爛, 一擧網卽得之. 持以歸, 婦子皆驚曰: "爾遍身安得火光?" 取置佛卓上, 一室如晝. 妻窺之, 乃如乾紅色, 頃刻化爲帶, 長三尺, 無復石體, 益驚異. 炷香欲爇間, 大已如楹, 其長稱是. 懼而出, 率家人列拜. 俄聞屋中脂膊聲, 穴隙而望, 如人抛擲散錢者. 妻持竹畚入, 漫貯十餘錢, 方持行, 已滿畚矣. 小兒女用它器物拾取, 莫不然. 良久, 遍其所居. 或擲諸小塘, 未移時亦滿.

其物在室中連日, 翁拜而禱曰: "貧賤如此, 天賜之金已過所望, 願神明亟還, 無爲驚動鄉閭, 使召大禍." 至暮, 不復見, 而柱下踊一牛頭, 搖耳動目, 儼然如生, 明日乃寂然. 程氏由此富贍, 每歲必以正月十六日設齋飯緇黃, 名曰龍會齋. 翁頗能振施貧乏, 里人目爲程佛子. 紹興二十九年, 壽八十三歲而卒, 其孫亦讀書應擧.

요주 덕흥현 신건촌의 주민 정씨의 집에서 뒤쪽으로 200보 정도 떨어진 곳에 시내가 있었다. 정씨 노인은 매일 아침 꼭 어구를 가지고 냇가로 가서 너럭바위에 발을 뻗고 앉아서 그물을 쳤다. 나이가 30세가 되던 해 정월 보름날 밤에 어떤 사람이 꿈에 나타나 말하길,

"내일 고기를 낚던 곳으로 급히 서둘러 가시오, 그러면 배를 삼킨 물고기를 잡을 수 있을 거요."

정씨는 꿈에서 깬 뒤 이상하다고 여겼다. 첫닭이 울자마자 서둘러 고기 잡던 곳으로 갔다. 그러나 한참을 지나도 보이는 것이 없자 혼자 생각하기에,

"공연히 꿈에 속아서 그랬나!

그때 갑자기 수면에서부터 빛이 솟아오르더니 너럭바위를 비춰서 온통 환해졌다. 정씨는 두 손 가득 물을 떠서 얼굴을 씻고 마음을 가라앉힌 뒤 자세히 살펴보았다. 그랬더니 눈처럼 하얗고 찬란한 빛을 발하고 있는 알처럼 생긴 커다란 돌이 보였다. 단번에 그물을 들어올려서 돌을 낚은 뒤 그 돌을 가지고 집으로 돌아왔다. 정씨의 아내와 자식들이 모두 놀라서 말하길,

"이 돌은 어쩌면 이렇게 전체에서 불빛이 나지?"

정씨가 알처럼 생긴 그 돌을 불상을 모신 탁자 위에 두자 방안이 대낮처럼 환해졌다. 정씨 아내가 잘 살펴보니 바로 심홍색 같았고, 순식간에 길이 3척의 허리띠 같은 모양으로 변하여 더는 돌의 형태를 찾아볼 수 없게 되어 더욱 놀라고 이상했다. 향을 사르려고 불을 붙이려는 순간 굵기가 둥근 기둥처럼 커졌고, 길이도 그와 비슷하게 되었다. 놀라서 밖으로 뛰어나와 온 가족과 함께 나란히 서서 절하였다.

잠시 후 방안에서 무언가 깨지는 소리가 나기에 틈 사이로 봤더니 사람처럼 생긴 무엇인가가 돈을 던지고 뿌리는 것이었다. 정씨 아내는 대나무로 만든 삼태기를 들고 들어가 동전 10여 개만 담았다. 그리고 삼태기를 들고 나가려는데, 이미 삼태기에 동전이 가득 찼다. 정씨의 아들과 딸이 다른 담을 것을 가져와 동전을 주워서 담았는데, 엄마와 마찬가지로 가득 찼다. 잠시 후 정씨 집안 도처에 동전이 가

득해졌다. 정씨가 동전 하나를 집의 작은 못에 던져 보자 얼마 지나지 않아 못도 동전으로 꽉 찼다.

둥근 기둥처럼 변한 그 물건이 방안에서 여러 날 있게 되자 정씨 노인은 절을 하며 기도하길,

“이렇게 가난한 집에 하늘에서 내려 주신 돈이 이미 소망하는 바를 넘었습니다. 신명께서 속히 거두어 가 주시길 바랍니다. 이 시골 마을을 동요시켜 제게 큰 화를 불러오는 일이 없도록 해 주십시오.”

저녁이 되자 그 물건이 다시는 보이지 않게 되었다. 그리고 소 대가리 하나가 기둥 아래에서 솟아나더니 귀를 흔들고 눈알을 움직였는데 엄연히 살아 있는 것 같았다. 하지만 다음 날 집안이 모두 안정되었다.

정씨 노인은 이 일로 부자가 되었으며, 매년 정월 16일에 제단을 마련하고 승려와 도사를 청해 재를 올렸고 그것을 가리켜 ‘용회재’라고 칭하였다. 정씨 노인은 가난한 이를 돕는 일에도 자못 힘을 썼기에 마을 사람들은 ‘정불자’라고 칭하였다. 소흥 29년(1159), 정씨 노인은 83세로 세상을 떴고 그 손자는 공부하여 과거에 응시하였다.

12 지산의 귀신芝山鬼

芝山在城北一里左右, 前後皆墓域, 僧寺兩廡莪柩相望, 風雪陰雨輒聞啾啾之聲, 蓋鬼區也. 紹興十六年, 通判任良臣伯顯喪子, 入寺設水陸. 夜未半, 闔寺聞山下人戲笑往來, 交相問勞. 程祠部守墓僕自支徑黃泥路口歸, 逢三人同行, 厲聲曰: "吾輩以寺中會集, 見召而往. 汝何爲者, 而敢至此?" 追逐欲毆之. 僕奔竄, 適有篝火從寺出者, 乃得脫.

지산은 주성으로부터 북쪽으로 1리쯤 떨어진 곳에 있는데,[25] 앞뒤로 모두 무덤이 자리한 곳이다. 그곳의 절 양쪽의 행랑채에는 관을 잇달아 쌓아 두었다. 바람이 불고 눈비가 오는 날이면 문득문득 처량하게 우는 소리가 들리곤 했다. 아마도 그곳이 귀신의 구역이기 때문일 것이다. 소흥 16년(1146), 자가 양신인 통판 임백현이 아들을 잃었다. 그래서 지산에 있는 절에 들어가 수륙재를 지냈다.

밤의 절반이 채 지나지 않은 시점에 절에 있던 모든 사람이 산 아래에서 웃고 장난치며 사람들이 올라오는 소리를 들었다. 이들은 서로 안부를 묻곤 하였다. 사부원외랑[26] 정공의 묘를 지키던 노복은 지

25 芝山: 중국 각처에 있어 특정할 수 없지만, 『이견갑지』, 권8-12, 「요주의 관아」를 보면 본문에 등장하는 임백현이 요주 통판으로 재임하였다는 기록이 있다. 이로써 보건대 요주성의 지산일 가능성이 크다.

26 祠部: 상서성 禮部 산하 4개 司 가운데 하나인 祠部司의 약칭이다. 祠部司는 전국의 주요 제사, 불교와 도교, 祠廟와 醫藥에 관한 정령을 총괄하였다. 통상 祠部는 祠部司의 장관인 郎中을 가리키므로 그렇게 번역하였다.

름길인 진흙 진창길로 돌아오던 중 길의 입구에서 동행하던 세 사람과 마주쳤다. 그들은 노복을 큰 소리로 나무라길,

"우리는 절에서 모임이 있다고 해서 초대를 받아 가고 있는데, 너는 뭘 하는 놈이냐. 어디 감히 이 길로 온단 말이냐?"

이들은 노복을 좇아와 두들겨 패서 내쫓으려고 하였다. 노복을 마구 내뺀 뒤 숨어 버렸다. 마침 횃불을 들고 절에서 나온 어떤 사람이 있어서 겨우 화를 모면할 수 있었다.

13 엽백익葉伯益

浮梁程士廓, 乾道三年自祕書丞罷歸. 妻有娠臨月. 其弟宏父如景德鎭, 十二月十五夜, 夢葉伯益舍人訪其居, 求一室寄跡. 宏父曰: "兄弟宴居處不甚潔, 獨士廓新治書齋爲勝, 君試觀之." 相隨而入, 見供張華潔如宿辦者, 喜曰: "此中便可久留, 吾得之足矣." 共坐索飯, 且求火肉. 火肉, 鄉饌也, 伯益生時固嗜此. 索之諸房, 又得於士廓位. 旣具饌, 客飽食就枕. 宏父夢覺, 明日還家, 道遇僕至, 報士廓妻得子, 因名之曰亨孫. 時伯益物故恰三年矣.

요주 부량현[27]의 정사곽은 건도 3년(1167)에 비서승을 끝으로 관직 생활을 마치고 귀향하였다. 당시 정사곽은 아내가 임신하여 출산할 때가 되었기에 동생 정굉보를 경덕진[28]에 보냈다. 12월 15일 밤, 정굉보의 꿈에 중서사인 엽백익이 자기 집을 방문하여 머물 방 하나를 달라고 요청하였다. 정굉보가 말하길,

"저희 형제들이 사는 곳은 아주 더럽습니다. 정사곽이 새로 지은 서재만 그래도 낫습니다. 시험 삼아 한번 가 보시지요."

27 浮梁縣: 江南東路 饒州 소속으로 현 강서성 북서부 景德鎭市 珠山區의 북쪽에 연한 浮梁縣에 해당한다.

28 景德鎭: 江南東路 浮梁縣 소속으로 본래 昌江의 남쪽에 있어서 昌南鎭이라고 하였으나 景德 1년(1004)에 경덕진으로 바뀌었다. 양질의 고령토와 풍부한 석탄 매장량, 鄱陽湖와 연결되는 昌江을 이용한 수운 등에 힘입어 자기 생산의 중심지로 자리를 잡았다. 현 강서성 景德鎭市 珠山區에 해당한다.

그리고 두 사람이 함께 서재에 들어가 보았는데, 배치한 가구 등이 화려하고 깨끗하여 마치 손님을 접대하기 위해 특별히 만든 것 같았다. 엽백익이 좋아하며 말하길,

"여기라면 오래 머물러도 좋겠소. 내가 여기를 얻을 수만 있다면 아주 만족스럽지요."

엽백익은 정굉보와 함께 앉더니 정굉보에게 음식을 달라고 한 뒤 고기를 구워 달라고까지 요구하였다. 구운 고기는 지방의 특산으로 엽백익이 살아생전 가장 좋아하던 것이었다. 구운 고기를 여러 곳에서 찾아봤는데, 정사곽의 집에서 찾아냈다. 음식이 다 갖춰지자 음식을 배부르게 먹고 잠자리에 들었다.

정굉보는 꿈에서 깨어났고, 다음 날 집으로 돌아갔다. 그런데 집으로 가던 중 길에서 자기에게 오던 노복과 마주쳤다. 노복은 정사곽의 아내가 아들을 낳았다고 알렸다. 이런 일이 있었기 때문에 아들의 이름을 '형손'이라고 하였다. 당시 엽백익이 사망한 지 꼭 3년이 되었다.

14 이로 인해 생긴 이씨의 혹李生虱瘤

浮梁李生得背痒疾, 隱起如覆盂, 無所痛苦, 唯奇痒不可忍, 飮食日以削, 無能識其爲何病. 醫者秦德立見之曰: "此虱瘤也, 吾能治之." 取藥傅其上, 又塗一綿帶繞其圍, 經夕瘤破, 出虱斗許, 皆蠢蠕能行動. 卽日體輕, 但一小竅如箸端不合, 時時虱涌出, 不勝計, 竟死. 予記唐小說載賈魏公鎭滑臺日, 州民病死, 魏公云: "世間無藥可療, 唯千年木梳燒灰及黃龍浴水乃能治爾." 正與此同.

요주 부량현의 이씨는 등에 무엇인가가 나서 몹시 가려운 병에 걸렸다. 상처 부위가 뒤집은 발우처럼 높이 솟아올랐다. 아픈 곳은 없었지만, 참을 수 없을 정도로 몹시 가려웠다. 밥맛이 날이 갈수록 줄어들 정도로 힘들었지만, 도대체 그것이 무슨 병인지 알 수가 없었다. 의사 진덕립이 상처를 보고 말하길,

"이것은 이 때문에 생긴 혹입니다. 내가 충분히 치료할 수 있습니다."

진덕립은 약을 만들어 상처 위에다 발랐다. 그리고 비단으로 만든 붕대에 약을 바른 뒤 상처의 주위를 감쌌다. 하룻밤이 지나자 혹이 터지면서 한 말쯤 되는 엄청나게 많은 이가 안에서 나왔다. 모든 이가 꿈틀거리며 움직였다. 그날로 몸이 가벼워졌다. 다만 젓가락 끝 크기쯤 되는 작은 구멍만 메꿔지지 않았고, 그곳으로 이들이 수시로 튀어나왔는데, 그 수를 세기 힘들 정도였다. 이씨는 결국 죽고 말

았다.

내가 기억하기로는 당대 소설에 실린 위국공 가탐[29]이 활대의 절도사로 재직하던 시기,[30] 주민들이 병으로 죽자 가탐이 말하길,

"이 세상에 치료할 수 있는 약이 없다. 오직 천년 된 나무를 잘 다듬은 뒤 태워서 재를 만들고 거기에 황룡곡의 물을 섞어서 약으로 써야만 병을 치료할 수 있다."

이씨가 걸린 병이 바로 가탐이 말했던 것과 같은 병이다.

29 賈耽(730~805): 자는 敦詩이며, 滄州 南皮縣(현 하북성 滄州市 南皮縣) 사람이다. 현종 때부터 관직에 나가 헌종에 이르기까지 6명의 황제를 모신 원로로서 당조 최고의 공신만 배향하는 凌煙閣에 올랐다. 尙書左·右僕射와 同中書門下平章事·檢校司空 등의 최고위직을 지냈으며, 魏國公에 봉해졌다. '海內華夷圖'와 『古今郡國縣道四夷述』 등의 지도집과 여러 지리서를 편찬하였는데, 그 규모와 수준이 빼어났으며 지도 제작의 典範이 되었다.

30 '鎭滑臺': 周代에 활(현 하남성 安陽市 滑縣)에 분봉된 주공의 아들이 滑城을 쌓으면서 강변에 높은 臺를 만든 데서 활대가 활주의 별칭이 되었다. 賈耽은 貞元 2년(786)에 검교상서우복야 겸 활주 자사에 임명되어 義成軍절도사 및 정주·활주 等州의 觀察處置等使로 충임되었다.

15 돈 때문에 쥐들이 시끄럽게 굴다錢爲鼠鳴

吾鄉里昔有小民, 樸鈍無它技, 唯與人傭力受直. 族祖家日以三十錢顧之春穀, 凡歲餘得錢十四千. 置於牀隅, 戒妻子不得輒用, 每旦起詹翫摩拊乃出. 一夕, 寢不寐, 群鼠鳴於旁, 拊牀逐之不止, 吹燈照索, 無物也. 燈滅復然, 擾擾通夕. 蚤起, 意間殊不樂. 信步門外, 正遇兩人相毆鬥, 折齒流血, 四旁無人, 遂指以爲證. 里胥捕送縣, 皆入獄. 民固愚, 莫知其爭端, 不能答一辭, 受杖而歸. 凡道途與胥史之費, 積鏹如洗矣.

우리 고향 마을에 예전에 한 가난한 농부가 살고 있었는데, 순박하나 우둔하여 별다른 재주가 없었다. 그래서 다른 사람에게 고용되어 일해 주고 돈을 받아서 먹고살았다. 우리 집안의 할아버지뻘 되는 집에서 매일 30문을 주고 그를 고용하여 곡식을 찧게 하였다. 그렇게 1년여를 넘게 일하자 모두 14,000문의 소득을 올렸고, 그 돈을 침상 모퉁이에 보관하였다. 그리고 아내와 자식들에게 함부로 써서는 안 된다고 엄하게 일렀다. 농부는 매일 아침 일어나면 돈을 어루만지며 확인하고 흐뭇해 한 뒤 밖에 나가곤 하였다.

하루는 밤에 잠자리에 들었으나 잠이 오질 않았고, 많은 쥐가 주변에서 찍찍거렸다. 농부는 침상을 손으로 두드려 쥐들을 내쫓으려 했지만, 쥐들은 멈추질 않았다. 그래서 껐던 불을 다시 켜고 살펴보았지만, 아무것도 보이지 않았다. 그래서 등을 끄자 다시 또 쥐들이 시끄럽게 굴었고, 밤새 그렇게 소란스러웠다. 농부는 아침 일찍 일어났는데, 영 기분이 좋지 못하였다. 아무 생각 없이 문밖으로 걸어서 나갔는데, 마침 치고받으며 싸우는 두 사람과 마주쳤다. 두 사람은 이가 부러지고 피를 흘리며 싸우고 있었는데, 주변에 아무도 없었다. 이들은 농부를 증인으로 지목하였고, 이장은 이들을 모두 체포하여 현으로 보내 다 감옥에 집어넣었다. 농부는 너무 미련하여 왜 싸우게 되었는지 알지 못했고, 아무런 답변도 하지 못하였다. 결국 곤장만 맞고 집에 돌아왔는데, 체포되어 압송되는 과정에 들어간 비용과 서리들에게 들어간 비용으로 저축해 놓았던 돈이 몽땅 들어가고 말았다.

16 장이의 아들張二子

番陽城中民張二以賣粥爲業, 有子十九歲矣, 嗜酒亡賴, 每醉時, 雖父母亦遭咄罵, 鄰里皆惡之. 乾道七年二月, 寢於乃祖榻上, 夜半忽驚蹶, 介介不能出聲, 救療踰十刻方醒. 久之能言, 曰: "爲黃衫人呼去, 逼入浴室中, 四向皆烰火, 熱不可向, 啼叫展轉, 覺有人在外相援, 而身不得出. 如是移時, 欻然而寤." 謂爲夢魘, 然境界歷歷可想也. 俄頃雞唱, 父詣廚作粥, 牝貓適產五子於竇中, 其一死矣, 疑是兒所墮處云. 自是始知悔懼, 設誓不飮酒, 盡改故態.(此卷皆吾州事.)

요주 파양현 현성에 살던 주민 장이는 죽을 팔아서 먹고살았다. 장이에게는 19세 된 아들이 하나 있었는데 술을 좋아하는 건달이었다. 매번 술에 취할 때마다 부모에게도 마구 욕을 해대곤 하여 이웃 주민들이 모두 싫어하였다. 건도 7년(1171) 2월, 할아버지의 침상에서 잠을 자고 있었는데, 한밤중에 갑자기 놀라서 졸도하더니 헉헉거리면서 제대로 숨도 쉬지 못하였다.

가족들이 급히 구하려 치료하자 무려 10각의 시간이 흐른 후 비로소 깨어났다. 그리고 다시 한참을 지나자 비로소 말을 할 수 있게 되었는데, 말하길,

"누런 적삼을 입은 사람이 불러서 갔더니, 나를 강제로 욕실에 들어가게 했어요, 욕실 사방에서 뜨거운 김이 솟아오르는데, 너무 뜨거워서 들어갈 수가 없었어요. 울고 소리를 지르며 몸부림을 치는데, 누군가 밖에서 도와주려 한다는 것을 느꼈어요, 하지만 몸이 꼼짝도

하지 않아 나올 수 없는 상태였는데, 그렇게 얼마의 시간이 지나자 갑자기 깨어났어요."

그러면서 악몽을 꾸었다고 말했지만, 무슨 일이 있었는지 하나하나 생생하게 생각이 났다. 잠시 후 새벽닭이 울기 시작하였다. 장이가 부엌에 가서 죽을 만들고 있는데, 마침 그때 암고양이가 작은 틈바구니에 새끼 다섯 마리를 낳았고, 그 가운데 한 마리가 이미 죽어 있었다. 장이는 이곳이 아들 녀석이 꿈에 떨어졌던 욕조가 아닐까 생각하였다. 아들은 그때 비로소 후회와 두려움을 알게 되어 다시는 술을 마시지 않겠다고 맹세를 하고, 옛날의 나쁜 습관을 모두 고쳐 나갔다.(11권의 일화는 모두 내 고향인 요주에서 있었던 일이다.)

이견병지 夷堅丙志 卷12

01 서주의 판각 장인들舒州刻工

紹興十六年, 淮南轉運司刊『太平聖惠方』板, 分其半於舒州. 州募匠數十輩置局於學, 日飲喧譁, 士人以爲苦. 教授林君以告郡守汪希旦, 徙諸城南癸門樓上, 命懷寧令甄倚監督之. 七月十七日, 門傍小佛塔, 高丈五尺, 無故傾摧. 明旦, 天色廓淸, 至午, 黑雲倏起西邊, 罩覆樓上, 迅風暴雨隨之. 時群匠及市民賣物者百餘人, 震雷一擊, 其八十人隨聲而仆, 餘亦驚慴失魄. 良久, 樓下飛灰四起, 地上火珠迸流, 皆有硫黃氣. 經一時頃, 仆者復甦. 作頭胡天祐白于甄令, 入按視, 內五匠曰蘄州周亮, 建州葉濬·楊通, 福州鄭英, 廬州李勝, 同聲大叫, 踣而死, 遍體傷破. 尋詢其罪, 蓋此五人尤耆酒懶惰, 急於板成, 將字書點畫多, 及藥味分兩隨意更改以誤人, 故受此譴.

소홍 16년(1146), 회남전운사사[1]에서 『태평성혜방』[2]을 판각하여 간행하면서 작업 분량의 절반을 서주[3]에 맡겼다. 서주에서는 판각 공

1 轉運使司: 각 路의 재정을 총괄하며 조세의 징수와 중앙정부로의 上供을 책임지는 부서다. 眞宗 때부터 관할 구역 관리에 대한 감찰과 추천 기능이 추가되었으며, 다시 형사사건에 대한 감독과 심리, 민정 업무까지 담당하였다. 후에 提點刑獄司와 安撫使司 등을 두어 전운사사의 권한을 분산하였지만, 재정 및 감찰 기능은 계속 유지되었다. 속칭은 漕·漕司·漕臺이다. 책임자는 轉運使이며 부책임자는 轉運副使·轉運判官이며, 각각의 약칭은 運使·運副·運判이다.

2 『太平聖惠方』: 송의 翰林醫官院 王懷隱·王祐 등이 역대 주요 처방 16,834개를 1,670門으로 분류하여 淳化 3년(992)에 100권으로 편집한 의서이다.

3 舒州: 淮南西路 소속으로 慶元 1년(1195)에 寧宗의 潛邸여서 安慶府로 승격되었다. 치소는 懷寧縣(현 안휘성 安慶市 潛山市)이고 관할 현은 5개, 監은 1개이며 州格은 節度州이다. 현 안휘성 남서부로 장강 북단에 해당한다.

인 수십 명을 모집하고 주학에 전담 부서를 설치하였는데 장인들이 매일 술을 마시고 떠들자 주학의 사인들이 골머리를 앓았다. 교수인 임씨가 이러한 사실을 지사인 왕희단[4]에게 보고하자, 지사는 장인들을 서주성 남계문 누각으로 옮기라고 지시하고 회령현 지사 견의에게 그들을 감독하라고 명하였다.

7월 17일, 남계문 옆에 있던 1장 5척 높이의 작은 불탑이 아무런 이유도 없이 갑자기 기울더니 무너지고 말았다. 다음 날 이른 아침, 하늘이 아주 맑았는데, 정오가 되자 갑자기 검은 구름이 서쪽 하늘에서 일더니 누각 위를 덮었고 거센 바람과 폭우가 뒤따랐다. 당시 장인들과 시장에서 물건을 팔던 상인들 100여 명에게 벼락이 한 번 내리쳤는데, 벼락이 치는 소리와 동시에 80명이 땅에 쓰러졌고, 나머지 20여 명도 놀라고 두려워서 정신이 나갈 지경이었다.

한참 뒤 누각 아래에서 재가 사방으로 날아오르기 시작했고, 땅에서는 불덩어리가 사방으로 흩어져 흘러 다녔는데, 유황 냄새로 뒤덮었다. 한 시진이 지난 뒤 땅에 쓰러진 이들이 비로소 깨어나기 시작하였다. 직공의 우두머리인 호천우가 회령현 지사 견의에게 사정을 알리자, 견의가 누각에 들어와서 살펴보았다. 누각 안에 있던 장인 5명 가운데 기주[5]의 주량, 건주의 엽준과 양통, 복주의 정영, 여주의

4 汪希旦: 자는 周佐이며 江南東路 歙州 歙縣(현 안휘성 黃山市 歙縣) 사람이다. 宣和 연간에 虞部郞을 거쳐 泗州 · 袁州 지사를 지내면서 성곽을 잘 보수하여 금군의 공세에 원주 방어에 성공하였다. 朝請大夫로 관직 생활을 마쳤다. 본문에 나오는 것처럼 소흥 16년(1146)에 서주 지사가 되어 개간에 큰 실적을 내었다. 하지만 侍御史 樸朴은 휘종에게 응당 파직 처분해야 할 아첨배 16명의 하나로 왕희단을 거론한 일이 있다.

5 蘄州: 淮南西路 소속으로 치소는 蘄春縣(현 호북성 黃岡市 蘄春縣)이고 관할 현은

이승이 한목소리로 크게 소리를 지르더니 바닥에 넘어져 죽고 말았다. 그리고 이들 5명의 온몸에 상처가 심하게 나 있었다. 그들이 무슨 죄를 저질렀는지 알아보았더니 장인 가운데 이들 5명이 가장 술을 좋아하고 게을러서 조판을 서둘러 완성하려고 글자를 쓰고 점을 찍으면서 획수를 더 많이 하였으며, 심지어 약재의 이름과 복용량마저 멋대로 고쳐서 만약 책이 만들어지면 사람들을 해하게 되는 잘못을 저질렀다. 그래서 이런 벌을 받게 된 것이었다.

5개이며 州格은 防禦使州이다. 동북쪽의 大別 산맥과 서남쪽의 長江 사이에 있으며 현 호북성 동부 黃岡市의 동남쪽에 해당한다.

02 자죽원의 여인紫竹園女

隆興二年, 舒州懷寧縣主簿章裕之官. 僕顧超夜宿書軒, 見一女子著綠衣裳, 訴云: "爲母叱逐, 無所歸, 知爾獨處, 故來相就." 問所居, 曰: "在城南紫竹園." 遂共寢. 才數夕, 超恍惚如癡, 貌瘦力乏. 裕怪而詰之, 以實告. 裕曰: "必妖物也, 將害汝. 俟今夜至此, 宜執之而大呼, 吾當往視." 及至, 超持其袖, 呼有鬼, 女奮身絶袖而竄. 擧燈照之, 乃巴蕉葉也. 先是, 軒外紫竹滿園中, 巴蕉一叢甚大, 曩亦嘗爲怪. 裕命芟除之, 血津津然, 幷竹亦伐去, 且逐超歸. 超自此厭厭不樂, 竟抱疾死.

융흥 2년(1164), 서주 회령현[6] 주부인 장유가 부임하였다. 노복인 고초가 밤에 서재에서 숙박하다가 녹색 옷을 입은 한 여인을 보았다. 그 여인은 고초에게 하소연하길,

"저는 어머니가 혼을 내며 내쫓아서 갈 곳이 없답니다. 당신이 혼자 지내고 있다는 것을 알게 되어서 이렇게 왔으니 서로 가까이 지냈으면 합니다."

지금 어디에 머물고 있느냐고 묻자 답하길,

"현성 남쪽에 있는 자죽원입니다."

고초는 곧장 그 여인과 동침하였다. 이렇게 겨우 며칠 밤을 함께

6 懷寧縣: 淮南西路 舒州 소속으로 현 안휘성 남서부 安慶市 서북쪽의 潛山市에 해당한다.

지냈을 뿐이었는데, 고초는 돌연 바보처럼 되었을 뿐 아니라 외모도 눈에 띄게 수척해지고 기력도 쇠하였다. 장유는 괴이한 일이라 생각하고 고초를 나무라자 고초는 모든 것을 사실대로 고하였다. 장유가 말하길,

"그 여자는 필연코 요물일 것이다. 장차 너를 해할 것이니 오늘 밤 그 요물이 오기를 기다렸다가 적절한 때를 봐서 붙잡은 뒤 크게 소리를 지르거라. 그러면 내가 가서 보겠다. 그 여인이 오자 고초는 여인의 옷소매를 잡고 귀신이 있다고 소리를 질렀다. 여인은 몸을 뒤틀며 옷소매를 자른 뒤 도망쳐서 숨어 버렸다. 등을 켜고 살펴보았더니 바로 파초 잎이었다.

전에 서재 밖에는 자죽이 정원에 가득하였는데, 그 가운데 파초 하나가 유난히 컸고 전에도 늘 괴이한 일을 일으켰었다. 장유는 파초를 베어 버리라고 명하였다. 파초를 베자 피가 줄줄 흘러내렸다. 그래서 대나무까지 함께 베어 버렸다. 또한 고초를 집으로 돌아가게 하였다. 하지만 고초는 그때부터 무기력하고 침울해하더니 결국 병들어 죽었다.

03 오왕이 원한을 호소하다 吳旺訴寃

紹興十五年, 陳祖安爲吳縣宰, 甥女陸氏病困, 爲鬼物所憑. 陳欲邀道士禁治, 鬼云: "無用治我, 我抱寃恨於幽冥間, 幾二十年不獲伸, 是以欲展愬." 問其故, 云: "我姓名曰吳旺, 南京人, 遭兵火南渡, 家於府子城下, 以貨絛自給. 嘗與鄕人蔡生飮, 沿河夜歸, 蔡醉甚, 誤溺水死. 邏卒適見之, 疑我擠之於河, 執送府. 下獄訊治, 不勝痛, 自引伏, 有司處法, 杖死於雍熙寺前石塔下. 銜寃久矣, 今日聊爲公言之." 陳曰: "當時之事, 誰主此?" 答曰: "獄官亦無心, 其事盡出獄吏. 蓋吏憚於推鞫, 姑欲速成, 不容辯析, 而獄官不明, 便以爲是, 竟抵極法." 因歷道推吏·獄卒及行刑人姓名. 陳曰: "審如是, 何爲獨愬於我?" 曰: "寺與縣爲鄰, 乃本府禱祈之所, 平時公入寺我必見之, 故熟識公. 今事已久, 不能復直, 弟欲世人一知之耳." 陳曰: "汝骨安在? 吾爲汝尋瘞, 使安於土, 可乎?" 曰: "遺骸零落, 所存僅十一二, 葬之亦無益. 公幸哀我, 願丐水陸一會, 以資受生." 陳曰: "此費侈, 吾貧不能辦." 曰: "然則但於水陸會中入一名, 使人至石塔前密呼吳旺, 俾知之, 亦沾功德, 可以託生矣." 陳曰: "何處最佳?" 曰: "皆有功德, 而楓橋者尤爲殊勝, 幸就彼爲之." 陳許諾, 鬼巽謝. 陳問: "病者可痊否?" 曰: "陸氏數盡, 恐不能逃, 醫藥祈禳皆無所用也." 後數日, 女果死. 明年, 王葆彦光往楓橋作齋, 陳以俸錢爲旺設位.

소홍 15년(1145), 진조안이 오현[7] 지사가 되었을 때, 조카 딸 육씨

7 吳縣: 兩浙路 蘇州 소속으로 前221 진시황의 통일 이후 처음 설치된 이래 역대 蘇州의 치소였다. 현 강소성 최남단 蘇州市의 城區인 吳中區·相城區에 해당한다.

가 병으로 목숨이 위태로웠는데, 바로 귀신이 빙의했기 때문이었다. 진조안은 도사를 초청해 빙의한 귀신을 잡으려 하였다. 그러자 귀신이 말하길,

"나를 없앨 필요가 없습니다. 나는 원한을 품고 명계에 들어간 지 거의 20년이 되었지만, 아직도 그 원한을 풀지 못하였습니다. 그래서 하소연하고자 이렇게 한 것입니다."

어떤 사연이 있느냐고 물어보자 답하길,

"저의 이름은 오왕이며, 남경[8] 사람입니다만, 전란으로 인해 장강 이남으로 내려왔습니다. 저의 집은 평강부 자성 아래에 있었고, 비단을 팔아서 생활하였습니다. 일찍이 마을 사람 채씨와 술을 마시고 밤에 강변을 따라 귀가하였습니다. 당시 채씨는 너무 취해서 그만 실수로 물에 빠져 죽었습니다. 하필이면 바로 그때 순라를 돌던 포졸이 채씨의 죽음을 보고 내가 채씨를 강으로 밀어 넣어 죽인 것으로 오해하여 저를 잡아서 평강부로 압송하였습니다. 저는 감옥에 갇혀서 심문을 받았는데, 고문의 고통을 참기 힘들어 살인했다고 거짓으로 자백하였습니다. 남당 관아에서 법에 따라 처분하여 옹희사 앞에 있는 석탑 아래에서 곤장으로 죽을 때까지 맞았습니다. 실로 오랫동안 원한을 품고 있었습니다. 오늘 조금이라도 지사께 말씀드리고 싶었습

8 南京: 京東西路 南京 應天府로서 치소는 宋城縣(현 하남성 商丘市 睢陽區)이고 관할 현은 6개이며 州格은 節度州이다. 송 태조가 宋州 刺史 겸 歸德軍節度使 직을 맡은 바 있어 龍興之地, 즉 宋의 발상지로 간주되어 국호도 송으로 정하였다. 이에 景德 3년(1006)에 宋州를 應天府로 승격시킨 뒤 京東西路의 치소로 삼았고, 大中祥符 7년(1014)에 다시 陪都로 승격하여 南京이라고 칭하였으며 歸德府라고도 하였다.

니다."

진조안이 말하길,

"당시의 일은 주관한 관리는 누구인가?"

귀신이 답하길,

"사리참군은 저를 해할 마음이 없었습니다. 그 일은 모두 옥리가 저지른 일입니다. 대부분의 옥리들은 심문하는 것을 골치 아픈 일이라 여겨 일을 빨리 마무리하길 원합니다. 그래서 따지고 분석하는 것을 용납하지 않습니다. 게다가 사리참군이 현명하지 못해 옥리들이 처리한 것에 문제가 없다고 여겨서 결국 사형에 이르게 된 것입니다."

이어서 대리시의 추사,[9] 옥졸 및 형을 집행한 사람들의 성명을 일일이 말하였다. 진조안이 말하길,

"네가 이렇게 잘 알고 있는데, 왜 그 일을 나에게만 호소하느냐?"

그러자 말하길,

"옹희사와 현 관아가 잇닿아 있고, 옹희사가 곧 평강부의 기도 장소이기도 합니다.[10] 평소 공께서 옹희사에 들어오시면 제가 꼭 뵙곤 합니다. 그래서 공의 낯이 익은 것입니다. 이 일은 이미 오래되어 지금 다시 바로잡는 것은 불가능합니다. 저는 다만 세상 사람들이 그

9 推吏: 모든 형사 안건 및 민원을 심사하는 大理寺 소속 서리의 약칭으로 정식 명칭은 大理寺推司이다. 大理寺 右治獄廳 소속 公吏로서 중요하고 긴급한 사안을 담당하는 承勘推司와 관련 문서 정리 및 유관 기관 발송을 담당하는 般押推司가 있다.

10 평강부 성내에 吳縣과 長洲縣 2개 현이 있고, 평강부 관아와 오현 관아는 인접해 있었다. 옹희사는 현 城隍廟 자리에 있었다.

일의 진상을 조금이라도 알았으면 하는 바람뿐입니다."

진조안이 묻길,

"너의 유해는 어디에 있느냐? 내가 너를 위해 좋은 자리를 찾아서 너를 편안하게 땅에 묻어 주고 싶구나. 네 생각은 어떠하냐??"

그러자 대답하길,

"저의 유해는 이미 다 흩어져서 열에 한둘이나 겨우 남아 있을 뿐입니다. 설령 묻어 주신다고 해도 별 도움이 되지 못할 것입니다. 공께서 저를 불쌍히 여겨 주신다면 수륙재를 한번 지내 주시길 간절히 원할 뿐입니다. 그 공덕으로 다음 생을 잘 받는 데 도움이 되었으면 합니다."

진조안이 말하길,

"수륙재를 지내는 데 많은 돈이 들어간다. 나는 가난해서 수륙재를 지내줄 수는 없다."

그러자 말하길,

"그렇다면 다른 사람이 수륙재를 지낼 때 거기에 제 이름만이라도 올려 주시면 됩니다. 그때 사람을 보내 옹희사 석탑 앞에 와서 살짝 '오왕'이라고 불러 주시면 제가 알아차릴 것입니다. 그렇게만 해도 공덕의 혜택이 있어서 다음 생을 잘 받는 데 도움이 됩니다."

진조안이 묻길,

"어느 곳에서 수륙재를 올리는 것이 가장 좋으냐?"

답하길,

"어디서 하든 모두 공덕이 있습니다만 그래도 풍교[11]에서 하는 것이 가장 좋습니다. 그곳에서 수륙재를 올려 주시면 좋겠습니다."

진조안이 허락하자 귀신은 공손하게 감사의 인사를 하였다. 진조

안이 묻길,

"지금 아픈 조카딸은 병이 나을 것 같으냐?"

그러자 답하길,

"육씨는 명을 다했습니다. 아마도 죽음을 피할 수 없을 것입니다. 약을 쓰거나 기도하거나 다 소용이 없을 것입니다."

그 뒤로 며칠 후 조카딸은 정말로 죽고 말았다. 이듬해 자가 보언인 왕광이 풍교에 가서 수륙재를 올렸다. 진조안은 오왕을 위해 부조를 보내서 별도의 신위를 설치해 주었다.

11 楓橋: 당대 시인 張繼의 7언시 '楓橋夜泊'으로 유명한 소주의 대표적인 다리이다. 야간에는 이 다리를 기준으로 漕運을 금지하였기 때문에 본래 이름은 封橋였는데, 후에 풍교로 바뀌었다.

04 쌀이 섞여 내린 서주의 비舒州雨米

乾道四年春, 舒州大雨, 城內外皆下黑米, 其硬如鐵, 嚼碎米粒, 通心亦黑. 人疑向來米綱舟覆於江, 因龍取水行雨而捲至也.

건도 4년(1168) 봄, 서주에 큰비가 왔는데, 비와 함께 검은 쌀이 성 안팎에 고루 내렸다. 검은 쌀은 쇠처럼 단단하였고, 쌀알을 씹어서 으깨 보면 안까지 모두 검었다. 사람들은 전에 쌀을 나르던 조운선이 강에서 전복된 일이 있는데, 용이 강물을 가져다 비를 내리게 하면서 빨려들어 간 것이 아닐까 생각하였다.

05 주이가 귀신을 죽이다朱二殺鬼

平江常熟民朱二, 夜宿田塍守稻, 有女子從外來, 連三四夕寢昵, 體冷如冰. 知其非人, 徧村落測之, 了無蹤跡, 密以布被縫作袋, 欲貯之於中. 女已知之, 是夜至舍外悲泣. 朱問故曰: "汝設意不善, 我不復來矣." 朱曰: "恐此間風冷病汝, 故欲與同臥其間, 無他意也." 乃入宿袋中. 過夜半, 朱詐言內逼, 遂起, 負袋於肩以行. 女號呼求出, 朱不應. 始時甚重, 俄漸輕, 到家擧火視之, 已化爲杉板. 取斧碎之, 流血不止. 明夜, 扣門索命, 久乃已.(右五事皆新安胡偶說.)

평강부 상숙현에 사는 주민 주이는 벼를 도둑질당하지 않으려고 밤에 논두둑에서 자면서 지키고 있었는데, 한 여자가 논의 건너편에서 오더니, 계속하여 사나흘 밤 동침하면서 애교를 부렸다. 하지만 몸이 얼음처럼 차가워서 사람이 아님을 알았다. 온 동네를 돌아다니며 찾아보았으나 아무런 종적도 찾을 수 없었다. 그래서 몰래 삼베에 바느질하여 자루를 만들어 여인을 그 안에 집어넣으려고 하였다. 하지만 여인이 그것을 알아차리고 그날 밤 와서 농막 밖에서 슬프게 울었다. 주이가 왜 그러냐고 묻자 말하길,

"당신이 생각하는 것이 너무 악랄해서 그래요. 다시는 오지 않을 겁니다."

주이가 말하길,

"나는 이곳 바람이 너무 차서 혹시 당신이 병이라도 날까 걱정스러워서 함께 그 안에 들어가 자려고 만든 것일 뿐 다른 의도는 없소."

그러자 여인이 자루 안으로 들어와 함께 잤다. 밤이 절반쯤 지나자 주이는 변이 마렵다고 거짓말하고 일어나서 자루를 어깨에 메고 갔다. 그 여인은 내보내 달라고 소리를 질렀지만, 주이는 아무런 대꾸도 하지 않았다. 처음 메고 출발하였을 때 자루가 아주 무거웠는데, 시간이 조금 지나자 점차 가벼워지기 시작하였다. 집에 도착하여 불을 켜고 살펴보니 이미 삼나무 판으로 변해 있었다. 도끼를 가져다 쪼개 보니 피가 쉬지 않고 흘러내렸다. 다음 날 밤, 귀신이 문을 두드리며 목숨을 내놓으라고 했지만, 시간이 한참 지나자 비로소 조용해졌다.(위의 다섯 가지 일화 모두 신안[12] 사람 호척이 말한 것이다.)

12 新安: 江南東路 徽州의 郡號이자 별칭이다. 신안은 西晉 太康 1년(280)에 설치된 新安郡에서 유래한 지명인 데 반해 徽州는 宣和 3년(1121)에 비로소 등장한 지명이고 郡號도 新安郡이라서 신안은 휘주의 代稱으로 널리 쓰였다.

06 하북의 도사河北道士

宣和七年正月望夜, 京師太一宮張燈, 觀者塞道. 二人墜於池, 宮卒急拯之, 不肯上, 肆言如狂. 道衆施符勅百端, 皆弗效. 事聞禁中, 詔寶籙宮主者往治, 主者懼不勝, 躬詣道堂, 徧揖曰: "吾黨有高術者, 願相與出力, 不然, 將爲教門之累." 堂中數百人皆不敢答. 某道士從河北來, 獨奮身起, 誚之曰: "平時不肯力學, 緩急乃殢人."

即仗劍以往. 至池畔, 二溺人皆拱手. 某道士語衆曰: "此强鬼也, 非先拔其骨不可." 衆固不曉爲何法. 某道士繞池禹步誦咒良久, 遣健卒入水掖溺者, 已身軟如緜, 洎至岸, 則凝然塊肉也. 叱問所自來, 同辭對曰: "某等亦道士也, 生時善法籙, 坐罪受譴, 雖幽明殊塗, 而平生所習固在, 度非都下同儕所能敵. 不意神師一臨, 茫無所措. 今過惡昭著, 執而囚諸無間獄亦唯命, 以爲齏粉亦唯命. 儻慈悲不殺, 導以生路, 使得免於下鬼, 師之惠也." 許之.

復默存食頃, 悉起立如常, 其家人扶以去. 兩觀黃冠, 合詞喜謝, 扣其故, 曰: "此鬼不易制, 若與之角力, 雖千人不能勝. 吾嘗學拔鬼筋法, 故一施之, 筋骨旣盡, 無能爲矣." 皆歎曰: "非所及也." 撫州民宋善長, 爲人傭, 入京, 得事此道士. 宋狡而慧, 頗窺見所營爲, 又嘗竊發其笥, 習讀要訣, 私爲閭閻治小祟, 輒驗. 師亦喜之, 將傳授祕旨, 而宋詭譎無行, 且懶惰, 不肯竟其學.

會靖康之變, 西歸, 後爲道士, 居州之祥符觀. 其治鬼魅亦如神, 凡病瘧及疫者, 以指畫其面中間, 須臾, 左熱如火而右冷如冰, 隨其冷熱呼吸之, 應手而愈. 門人數十, 皆得其緒餘. 一人嘗至村民家, 民家大小皆以疫臥, 治之不愈, 詣郡邀宋行. 宋入道室, 取神將前茅鞭三擊地, 又取供餠裂其半授之, 曰: "無庸我去, 汝持此與食, 自能起矣." 門人還至民家, 病者皆已起, 言曰: "賴宋法師三聲雷救我." 蓋其所習者五雷法也.

선화 7년(1125) 정월 보름날 밤, 도성의 태일궁[13]에 일제히 등이 켜지자 구경꾼이 길을 메울 정도였다.[14] 구경꾼 가운데 두 사람이 연못에 빠졌는데, 태일궁을 관리하던 군졸이 급히 이들을 구하려 하였으나 이들은 연못에서 올라오려고 하지 않았을 뿐 아니라 마치 미친 사람처럼 제멋대로 떠들어댔다. 여러 명의 도사가 와서 부적을 이용하는 등 갖가지 방법을 다 동원했지만 아무런 효과도 없었다.

이 일이 궁중에까지 보고되자 보록궁[15]의 궁주가 직접 가서 이들을 다스리라는 조서가 내려왔다. 하지만 궁주는 혹 이 일을 제대로 처리하지 못할까 봐 겁을 먹고 직접 도당에 와서 모든 도사에게 읍을 하며 예를 표한 뒤 말하길,

"우리 가운데 요괴를 제압할 수 있는 높은 술법을 가진 사람은 나와서 함께 힘을 합쳐 저들을 제압해야 하오, 그렇지 못하면 우리 교단에 큰 부담이 될 것이오."

13 太一宮: 太一眞人(또는 太乙眞人)을 모시는 도교 사원으로 漢代 장안에 건립되어 후대로 이어졌다. 개봉의 태일궁은 天聖 연간(1023~1032)에 처음 건립되었으며 이후 동·서태일궁이 건립되었고, 熙寧 4년(1071)에 다시 中太一宮이 건립되었다. 전직 宰執이 提擧官 명의로 태일궁을 관리하였으며, 元祐 6년(1091)에 中太一宮使를 임명하였다. 남송 역시 臨安에 동서 2개의 태을궁을 건립하였다.

14 당시 조정에서는 성곽 내 화재를 우려하여 해가 진 뒤에는 일체 불을 켜지 못하도록 하였으며, 특히 도성에서는 방화를 틈탄 반란이나 강도 행위를 막기 위해 등화관제를 엄격히 하였다. 이런 등화관제로부터 자유로운 날이 바로 정월 대보름이고, 연등 행사를 구경하기 위한 구경꾼으로 주요 관아와 사원 등은 인산인해를 이루었다.

15 寶籙宮: 政和 6년 2월에 건립된 도교 사원으로 정식 명칭은 上淸寶籙宮이다. 휘종이 직접 가서 재초를 주관할 정도로 북송 말 도교의 중심지가 되었다. 정화 7년 2월 林靈素가 도경과 『玉淸神霄王降生記』를 강의할 때 휘종이 2천 명의 도사와 함께 참석한 바 있다.

도당 안에 있던 수백 명이나 되는 도사 가운데 감히 나서겠다고 대답하는 이가 한 명도 없었다. 그런데 하북에서 왔다는 한 도사가 혼자 분연히 일어나 도사들을 책망하길,

"평소에 힘써 공부하지 않으니 위급한 일이 생기면 사람을 찾느라 쩔쩔매는 것이 아니오."

그러더니 즉시 검을 들고 연못으로 갔다. 연못가에 도착해 보니 물에 빠진 두 사람은 도사를 향해 두 손을 모아 인사를 하였다. 그 하북에서 온 도사가 주위 사람들에게 말하길,

"이것은 분명 대단히 강력한 귀신의 소행이요. 먼저 그들의 뼈를 뽑아 버려야지, 그렇지 않으면 다스릴 수가 없소이다."

사람들은 그 도사가 무슨 술법을 쓸지 정말 알 수가 없었다. 도사는 칠성의 기를 받기 위한 걸음걸이로 연못을 돌면서 한참 동안 주문을 외웠다. 그리고 건장한 군졸을 들여보내 연못에 빠진 두 사람을 부축하게 하였다. 두 사람의 몸은 이미 비단 솜처럼 늘어져 있었는데, 연못가로 데리고 오자 갑자기 고깃덩어리처럼 꼼짝도 하지 못하였다. 도사가 그들에게 어찌 된 것인지 전후 사정을 말하라고 질책하자 두 사람은 이구동성으로 대답하길,

"저희도 도사입니다. 살아생전 법록에 뛰어났으나 죄를 짓고 견책을 받았습니다. 비록 이승과 저승이 각기 다른 길이지만 평생 익힌 법술을 확실히 지니고 있어서 따져 보니 도성에 있는 동료 도사 가운데 우리와 상대할 만한 이가 없을 것으로 생각했습니다. 그런데 생각지 않게 고명하신 법사께서 이렇게 오시니 저희로서는 어떻게 해볼 수가 없었습니다. 지금 과거의 잘못이 다 드러났으니 저희를 잡아서 무간지옥에 가둬 두거나 가루가 되도록 처벌받는다고 해도 저희로서

는 별다른 방법이 없습니다. 만약 자비를 베푸셔서 저희의 목숨을 살려 주시고 살길을 인도하셔서 귀신이 되지만 않게 해 주신다면 법사께서 저희에게 큰 은혜를 베푸시는 것으로 알겠습니다."

도사는 그렇게 해 주겠다고 허락하고, 다시 침묵하며 잠시 시간을 보내자 두 사람 다 평소처럼 일어났다. 두 사람의 가족들이 부축하여 돌아갔다. 두 개의 도관에 소속된 도사들이 모두 기뻐하며 감사의 인사를 했고, 어찌 된 영문인지 물었다. 그러자 설명하길,

"이 귀신들은 제압하기가 쉽지 않았소, 만약 그들과 힘으로만 겨룬다면 비록 천 명이 달라붙어도 이길 수 없소. 내가 일찍이 귀신의 근육을 뽑아 내는 법술을 배웠기에 단번에 실행한 것이지요. 뼈와 근육이 다 뽑히니 아무런 일도 할 수 없었었던 것이외다."

모두 탄복하며 말하길,

"우리로서는 법사의 도력을 도무지 따라갈 수 없습니다."

무주 주민 송선장은 머슴을 살고 있었는데, 도성에 들어와서 하북에서 온 이 도사를 모실 기회를 얻게 되었다. 송선장은 교활하지만 총명하여 도사가 어떻게 하는지를 제법 많이 엿보았고, 또 도사의 대나무 상자를 몰래 열어서 비결을 읽고 익혔다. 그리고 개인적으로 동네[16]에서 작은 요괴를 물리쳤는데 제법 효험이 있었다. 도사 또한 기뻐하며 장치 비결을 전수해 주려고 하였다. 하지만 송선장은 교활하고 거짓말을 일삼으며 행위가 바르지 못한데다 게으르기까지 하였

16 閭閻: 25戶를 閭라고 하고 각 閭의 대문을 閻이라고 한다. 里巷 안팎의 문을 뜻하지만, 平民이 사는 곳, 그곳의 건물 또는 민간이나 향촌 · 촌락의 뜻으로 널리 쓰인다.

다. 그래서 도사의 술법을 끝까지 다 배우려고 하지 않았다.

정강의 변을 맞아 서쪽으로 돌아가서 후에 도사가 되어 그곳 주의 상부관[17]에 거주하였다. 제대로 배우지는 못했지만 그래도 요괴를 다스리는 데 신통력이 있어 학질이나 전염병에 걸린 사람이 있으면 환자의 얼굴 가운데 손가락으로 그림을 그려 주었다. 그러면 잠시 후 왼쪽은 불난 것처럼 뜨겁고, 오른쪽은 얼음처럼 차가워졌는데, 차갑고 뜨거운 호흡을 따라서 순조롭게 치유가 되었다.

송선장의 문하생이 수십 명이나 되었고, 모두 법술의 자투리라도 얻을 수 있었다. 그 가운데 한 명이 농촌의 민가에 갔는데, 민가의 남녀노소가 모두 전염병으로 쓰러져 있었다. 어떻게 치료해도 낫질 않았다. 무주로 가서 송선장에게 와 달라고 부탁하였다. 송선장은 도관방 안에 들어가서 신장 앞에 있는 띠풀로 만든 채찍을 가지고 땅을 세 번 내리쳤다. 또 신에게 올린 전병을 잘라서 반을 주면서 말하길,

"내가 갈 필요가 없을 것 같다. 네가 이 전병을 가지고 가서 그들에게 먹여라. 그러면 자연히 병이 나을 것이다."

문하생이 농민의 집으로 되돌아가 보니 환자들이 모두 이미 병이 나아 있었다. 그들이 말하길,

"송 법사께서 세 번 벼락이 치는 소리를 내어 우리를 구해 주셨습니다."

송선장이 배운 것은 대체로 오뢰법이었다.

17 祥符觀: 진종 大中祥符 연간(1008~1016)에 전국의 많은 사찰과 도관을 大中祥符寺와 大中祥符觀으로 바꾸게 하였다.

07 요씨 며느리饒氏婦

撫州述陂, 去城二十里, 遍村皆甘林, 大姓饒氏居之. 家人嘗出游林間, 見仆柳中空, 函水可鑒. 子婦戲窺之, 應時得疾, 歸家卽癡臥, 不復知人. 遂有物語於空中, 與人酬酢往來, 聞人歌聲輒能和, 宛轉抑揚, 韻有餘態, 音律小誤, 必蚩笑指摘, 論文談詩, 率亦中理, 相去咫尺而莫見其形貌. 妾有過, 則對主人顯言, 雖數十里外田疇出納爲欺亦卽日擧白, 無一諱隱. 上下積以厭苦, 跋禳禱禬, 百術備至, 終無所益.

凡數年, 饒氏焚香拜禱曰: "荷尊神惠顧, 爲日已久, 人神異路, 願不至媟慢以爲神羞. 欲立新廟於山間, 香火像設, 與衆祗事, 願神徙居之, 各安其分, 不亦善乎?" 許諾, 自是寂無影響. 饒氏自喜其得計, 營一廟, 甚華麗, 日迎以祠. 越五日復至, 言謔如初, 饒翁責之曰: "旣廟食矣, 又爲吾祟, 何也?" 笑曰: "吾豈癡漢耶? 如許高堂大屋捨之而去, 乃顧一小廟哉!" 饒氏愈益沮畏. 訖子婦死, 鬼始謝去, 一家爲之衰替云.

무주의 술피촌은 주성에서 20리 떨어진 곳인데, 온 촌락이 귤나무로 둘러싸여 있었다. 술피촌에는 유지인 요씨가 살고 있었는데, 이들 가족은 늘 숲에 나가서 놀곤 하였다. 하루는 가운데가 텅 비어 있는 버드나무 한 그루가 쓰러져 있는 것을 보았다. 나무에 물이 고여 있어서 거울처럼 비춰 볼 수 있었다. 요씨 집안의 며느리가 장난삼아 그 부분을 살펴보았는데, 곧장 병이 나고 말았다. 집에 돌아가자마자 백치처럼 되어 자리에 눕더니 지인도 알아보지 못했다.

곧이어 무엇인가가 공중에서 말을 하더니 사람들과 술잔을 서로 주고받으며 왕래하였고, 사람들이 노래 부르는 소리를 들으면 번번이 답가를 부르곤 하였다. 곡절과 변화, 올리고 내리는 것은 물론 정취와 여유가 있었다. 반면 상대방이 노래할 때 음률이 조금이라도 틀리면 반드시 비웃고 지적하였으며, 문학을 논하고 시를 이야기할 때 대부분 이치에 부합하였다. 서로 떨어져 있는 거리는 지척이지만 그 모습은 볼 수 없었다.

요씨의 첩이 잘못을 저지르자 그 귀신은 요씨에게 그 일을 알려 주었다. 비록 수십 리 밖에 있는 밭이지만 수확량을 속이면 당일로 모두 요씨에게 알려 주는 등 하나도 속이거나 숨기는 일이 없었다. 이처럼 위아래 모두 번거롭게 하자 다들 고통스러워했다. 그래서 그 귀신을 물리치기 위해 제사를 비롯해 온갖 방법을 다 동원했지만 아무런 효과도 없었다.

이렇게 몇 년이 지나자 요씨는 분향을 하고 엎드려 절하며 말하길,

"신령님의 돌봐 주신 은혜에 힘입은 지 이미 오래입니다. 하지만 사람과 신의 길이 다르니 경박하게 신의 위엄을 부끄럽게 만들 일이 없기를 소망합니다. 제가 산에 새로운 사묘를 건립하고 향로와 불상을 설치하여 많은 사람과 함께 정성껏 모시겠습니다. 신령께서 새 사묘로 옮겨 지낼 것을 간곡히 원합니다. 각기 자기의 본분을 지키는 것 또한 좋지 않겠습니까?"

귀신이 허락하자 그때부터 공중에서 나는 소리가 없어져 조용해졌고, 별다른 영향이 없었다. 요씨는 자신의 계책이 성공한 것을 기뻐하며 사묘를 건립하였는데, 매우 화려하게 잘 만들어 주었다. 그리고 매일 사묘를 향해 제사를 지냈다. 하지만 닷새를 지나자 그 귀신이 다시 찾아왔고, 말장난하는 것이 예전과 다를 바 없었다. 요씨 노인이 귀신을 질책하며 말하길,

“이미 사묘를 받아 놓고 다시 또 나에게 앙화를 끼침은 무슨 이치요?”

그러자 웃으며 말하길,

“내가 그렇게 멍청할 것 같소? 이렇게 높고 큰 집을 버리고 가라니! 저렇게 작은 사묘나 돌보란 말이오!”

요씨는 더욱 위축되었고, 두렵기도 하였다. 결국 며느리가 죽을 때가 되자 귀신도 비로소 인사를 하고 가 버렸다. 요씨 집안은 이 일로 쇠락하기 시작하였다.

서세영 형제徐世英兄弟

徐世英, 撫州人, 登進士第, 爲建昌軍司戶. 官舍後有淫祠, 欲去之, 未果. 忽得惑疾, 兀兀如白癡, 飮食言笑皆與人異趣. 兄世傑聞其故, 自鄕里往視之. 旣至, 未及語, 英迎唾其面, 傑愕不知所爲, 便覺恍惚, 而英灑然如平常. 傑抱疾以歸, 喑不能言, 日用所須, 每書字以告. 性嗜杜詩, 雖屛棄人事, 惟求觀此詩不輟. 其後寖劇, 每出必裸袒. 家人閉在一室中, 僅二十年, 乃死. 英仕至廣州教授, 亦幸. 兄弟皆以文學推於臨川, 而不幸如是, 爲可怪也.

무주 사람 서세영은 과거에 진사로 급제하여 건창군[18] 사호참군사가 되었다. 사호참군사 관사 뒤에 비공인 사묘가 있기에 서세영은 그곳을 허물어 버리려 하였다. 하지만 미처 허물기도 전에 갑자기 정신착란에 걸렸다. 정신이 혼미한 것이 백치 같았고, 음식을 먹고 마시거나 말하며 웃는 모습 등 모든 것이 여느 사람과 다른 행동을 보였다.

형인 서세걸은 왜 그렇게 되었는지 알고 싶어 동생을 만나기 위해 고향을 떠났다. 건창군에 도착한 뒤 미처 말을 꺼내기도 전에 서세영은 형의 얼굴에 대고 침을 뱉었다. 서세걸이 경악하며 어찌해야 할지

18 建昌軍: 江南西路 소속이나 紹興 1~3년(1131~1133)에 일시 江南東路에 속하였다. 치소는 南城縣(현 강서성 撫州市 南城縣), 관할 현은 2개였는데 소흥 8년에 2개가 신설되었다. 현 강서성 중동부 撫州市의 남동쪽에 해당한다.

몰라 하던 중 갑자기 몽롱함을 느꼈고, 반대로 서세영은 평소처럼 정신이 맑은 모습이었다.

서세걸은 병이 나서 집으로 돌아온 뒤 벙어리처럼 아무 말도 하지 못하였다. 날마다 필요한 일이 있으면 매번 글자로 써서 알렸다. 비록 사람들과의 관계는 끊었지만, 본래 두보의 시를 좋아하여 오직 두보의 시만 쉬지 않고 거듭해서 읽었다. 그 뒤로 병세가 더욱 심해져서 매번 밖에 나올 때마다 웃통을 벗었다. 가족들이 서세걸을 방 하나에 가두었는데, 근 20년이 지나서 비로소 죽었다. 서세영은 광주 주학의 교수가 돼서 죽었다. 서씨 형제 모두 문학으로 임천에서 추천을 받았는데, 불행히도 이렇게 되었으니 실로 괴이한 일이다.

09 뱀과 개의 죽음蛇犬斃

林廷彦爲臨川守，之任未幾被疾．廷中人正晝見人坐於廳事椅上，以爲使君病間能出矣．或前視之，乃州宅犬母焉，又二蛇蟠於側．取杖欲擊之，蛇去不見，但斃犬，貨於屠肆．是年林卒．又宜黃縣涂千里者，夏日與賓友坐於所居之燕堂，犬銜蛇徑至前，齧殺之，委於地而去．客以爲此楊震鸛雀銜鱣之瑞，千里愀然曰:"吾生於乙巳，今行巳運而有蛇禍，吾殆不免乎!"不一歲，果卒．

임정언[19]이 임천 지사가 되었는데, 부임한 지 얼마 되지 않아서 병이 났다. 지사 관아에 근무하던 사람들이 대낮에 누군가가 청사의 의자 위에 앉아 있는 것을 보았다. 사람들은 지사가 병든 와중이지만 청사에 나올 수 있는 정도라 여겼고, 그 가운데 일부는 지사를 보러 의자가 있는 곳 앞으로 갔는데, 가 보니 지사가 아니라 관아에 있는 암캐였다. 새끼를 낳은 적 있는 암캐 옆에는 또 뱀 두 마리가 서리를 틀고 있었다. 그래서 몽둥이를 가져다 때리려고 했는데 뱀은 어디로 갔는지 보이지 않아서 개만 때려죽인 뒤 개고기를 시장에 내다 팔았다. 임정언은 이해에 사망하였다.

또 무주 의황현에 사는 도천리라는 사람이 여름날 손님과 함께 자

19 林廷彦: 福建路 泉州 晉江縣(현 복건성 泉州 晉江市) 사람이다. 崇寧 2년(1103)에 과거에 급제하였다. 泉州 永春縣 지사로 있으면서 복건에서는 보기 힘든 長廊屋 형식의 다리 東關橋를 건설한 것으로 유명하다(1145).

기 집 휴게실에 앉아 있는데, 개가 뱀을 물고 바로 앞을 지나가면서 깨물어 죽인 뒤 땅에 버리고 가 버렸다. 손님은 이 일이 양진[20]에게 황새와 참새가 드렁허리를 물고 온 것[21]처럼 길상한 일이라고 하였으나 도천리는 안색을 바꾸고 정색하며 말하길,

"나는 을사년 생으로 뱀띠입니다. 올해가 뱀띠 해인데, 뱀이 물려 죽는 재앙이 일어났으니 나는 아마도 죽음을 면하기 어려울 것 같습니다."

정말로 1년도 지나지 못해 도천리가 사망하였다.

20 楊震(?~124): 자는 伯起이며 弘農郡 華陰(현 섬서성 渭南市 華陰市) 사람이다. 사마천의 사위로서 해박하여 '관서의 공자'라고 불릴 정도였다. 성품이 강직하고 청백리로 유명하여 東萊 태수로 있을 때, 王密이 황금 10근을 뇌물로 바치면서 '아무도 모르니, 부디 받아 주십시오.'라고 하자 양진은 '하늘이 알고, 땅이 알고, 내가 알고, 자네도 안다(天知, 神知, 我知, 子知)'라며 거절한 일은 '양진의 四知'로 역사에 널리 회자된다. 司徒와 太尉를 지냈다.

21 鸛雀銜鱣: 황새와 참새가 드렁허리 세 마리를 물고 양진이 강의하는 곳으로 날아왔다. 그러자 사람들은 '드렁허리는 황색 바탕에 검은 무늬가 있는 경대부의 복식과 같고, 셋은 법을 관장하는 三臺를 상징한다'며 양진이 그렇게 승진할 것이라 하였다. 후에 이런 해석대로 양진이 太尉가 되었다는 일화이다. 『후한서』 권54 「楊震傳」에 실려 있는 이야기이다.

10 승려 봉도리奉闍梨

宜黃縣疎山寺僧奉闍梨者，善加持水陸及工誦呪偈．年益老，患擧音不能淸，每當入道場，輒飮雞汁數杯，云可以助聲氣．或得酬謝不滿意，輒肆言詈辱．暮年得疾，舌左右歧出，與元舌爲三，飮食語言皆不可．醫者爲傅藥割去之，楚痛不堪忍．纔旬日復然，則又施前術，凡至五六，竟不止，最後困劇．其徒於白晝見靑面大鬼自窗入，捽之而去，就視死矣．

의황현 소산사[22] 승려 봉도리는 수륙재를 통해 신도를 잘 가호[23]하였고, 진언과 게송을 낭송하는 공력이 뛰어났다. 하지만 나이가 들어갈수록 발음이 흐려지는데 어찌할 수가 없어 근심하였다. 그래서 매번 도장에 들어갈 때마다 닭 즙 몇 잔씩을 먼저 마시곤 했다. 자기의 말로는 그래야 목소리에 기운을 북돋아 소리가 맑다는 것이다. 또 간혹 신도가 주는 사례금이 만족스럽지 못하면 곧장 그 자리에서 함부로 나무라거나 욕해 대곤 하였다.

말년에 병이 났는데, 혀 좌우에 혀가 다시 솟아서 원래의 혀까지

22 疎山寺: 무주시 동남쪽 撫河 강변에 있는 고찰로서 中和 2년(882)에 白雲寺로 개창하였으며, 937년에 소산사로 개칭하였다. 본문과 달리 宜黃縣이 아니라 金溪縣에 속한다.

23 加持: 범어로 護念·加護라는 뜻이다. 불보살의 불가사의한 힘으로 중생을 보호해 주는 것을 가리켜 神變加持라고 한다. 密敎에서는 불타가 大悲와 大智로 중생에게 應하는 것을 加, 중생이 그것을 받아서 지니는 持라고 하여 불타와 중생이 相應하여 일치하는 것을 말한다.

합해 모두 세 개가 되었다. 음식을 먹을 수도, 말할 수도 없게 되자 의사는 약을 바른 뒤 양쪽에 솟아난 혀를 잘라 버리려 하였다. 그 고통은 차마 견딜 수 없을 정도로 심했다. 하지만 자른 지 겨우 열흘밖에 안 되었는데, 다시 솟아났기에 또 수술해야만 했다. 이렇게 수술을 대여섯 번이나 했지만 어떻게 해도 양쪽 혀가 자라는 것을 막을 수 없었을 뿐 아니라 끝에는 더욱 심해졌다. 제자들은 대낮에 푸른 얼굴을 한 큰 귀신이 창문을 통해 들어가 그를 잡아가는 것을 보았다. 그래서 들어가 보니 봉도리는 이미 죽어 있었다.

11 붉은 도마뱀紅蜥蜴

豫章新建縣治, 乾道四年七月, 夜半大雷震, 合廳屋瓦皆鳴. 家人共聚一室, 聞風聲洶洶, 窗槅戛然, 疑即有覆壓之患. 五鼓乃定, 及明視之, 圃後拔出巨柳, 其長三丈, 大十圍, 寸斷如截, 徧滿丞主簿舍中. 一蜥蜴, 色如渥丹, 長僅尺, 僵死地上. 人疑以爲異物云.(右六事皆臨川劉名世說.)

건도 4년(1168) 7월, 예장[24] 신건현[25] 관아에 한밤중에 큰 천둥과 벼락이 내려쳐서 관아 건물의 모든 기와가 다 울릴 정도였다. 지사 가족들이 한 방에 모여 있었는데, 빠르고 거센 바람 소리에 격자창은 새가 우는 것처럼 소리가 났다. 이러다가 혹 집이 무너지는 것은 아닐까 근심하고 있는데, 동틀 녘이 돼서야 비로소 안정되었다. 날이 밝아서 주변을 살펴보니 채마밭 뒤의 큰 버드나무가 뽑혀 있었다. 버드나무는 길이가 3장이고 굵기는 열 아름이나 되었는데, 마치 무엇으로 자른 것처럼 잘게 잘려서 현승과 주부의 숙소 주변을 온통 덮었다, 또 길이가 1척이 채 안 되는 아주 붉은색 도마뱀 한 마리가 죽어서 땅에 쓰러져 있었다. 사람들은 요물이 아닐까 생각하였다.(위의 여섯 가지 일화 모두 임천의 유명세[26]가 말한 것이다.)

24 豫章: 江南西路 洪州(현 강서성 南昌市)의 별칭이다. 서한 초에 豫章郡을 설치한 뒤 '豫章'은 洪州의 별칭으로 계속 사용되었다.

25 新建縣: 江南西路 洪州 소속으로 현 강서성 북중부 南昌市의 新建區에 해당한다.

26 劉名世: 江南西路 撫州 宜黃縣(현 강서성 撫州市 宜黃縣) 사람이다. 淳熙 2년(1175)에 과거에 급제하였고, 紹熙 2년(1191)에 浮梁縣 지사가 되었다.

12 승려 법은僧法恩

紹興十年, 明州僧法恩坐不軌誅. 恩初以持穢跡咒著驗, 郡人頗神之. 不逞之徒冀因是幸富貴, 約某月某日奉以爲主, 擧兵盡戕官吏及巨室, 然後掃衆趨臨安, 不得志則逃入海. 時郡守仇待制已去, 通判高世定攝事. 群凶謂事必成, 至聚飮酒家, 擧杯勸酬, 相呼爲太尉.

未發一日, 其黨書恩甲子, 詣卜者包大常問休咎. 方退, 又一人來, 迨午未間, 至者益衆, 而所問皆同, 且曰: "欲圖一事, 可成否?" 包疑焉, 紿最後者曰: "此非君五行, 在吾術中有不可言之貴, 視君狀貌不足以當之, 其人安在? 我當自與言, 不敢泄諸人也." 問者喜, 走白恩, 與俱至包肆.

包下帷對之再拜曰: "賤術何所取, 而天賜之福, 今乃遇非常之慶. 家有息女, 不至醜陋, 願得備姬嬪之列." 即延入室, 導妻子出拜, 置酒歌舞, 使女勸之飮. 包敬立良久, 託爲買殽饌, 亟出告之. 世定趣呼兵官, 即日悉擒獲. 獄成, 恩及元惡臠於市, 餘黨死者數十人, 陳尸道上.

是夜, 路都監出徼巡, 見一人展轉於衆屍中, 乃杖死而復甦者, 掖起詢之, 云: "初入市就刑, 但知怖懼, 不復記省. 方杖脊一下, 神從頂間出, 坐屋簷上, 觀此身受杖畢, 乃冥冥如夢, 不知今所以活也." 都監曰: "汝旣合死, 那得活?" 擧足蹴其傷, 復死. 世定用是得直秘閣, 包生亦拜官, 郡人合錢百萬與之.

소흥 10년(1140), 명주[27]의 승려 법은이 반란에 연루되어 사형에 처

27 明州: 兩浙路 소속으로 紹熙 5년(1194)에 寧宗의 潛邸여서 慶元府로 승격하였다. 치소는 鄞縣(현 절강성 寧波市 鄞州區)이고 관할 현은 6개이며 州格은 節度州이다. 현 절강성 중동부로 항주만 남쪽에 해당한다.

해졌다. 본래 법은의 예적금강 술법에 영험하여 명주 사람들이 그를 자못 신기한 인물로 여겼다. 불량한 무리가 법인을 이용해 부귀를 누리고자 모월 모일 그를 군주로 모시겠다고 약속하고, 거병하여 명주의 관리와 부자들을 모두 죽인 뒤 사람들을 이끌고 임안부로 쳐들어가자고 하였다. 그리고 만약 뜻을 이루지 못하면 바다로 도망가기로 하였다.

당시 명주는 지사였던 휘유각대제 구여[28]가 이미 전보되었지만, 후임이 오질 않아 통판인 고세정[29]이 대행하고 있었다. 그래서 반란을 모의하던 이들은 모반이 반드시 성공하리라 생각하고, 술집에 모여 술잔을 들어 권하면서 서로 '태위' 운운하며 술을 마셨다. 반란을 일으키기 하루 전날, 무리 중의 하나가 법은의 사주를 적어서 점쟁이 포대상을 찾아가 길흉을 물어보았다. 그가 돌아가자마자 또 한 사람이 왔고, 오시와 미시(11~15시)가 되자 점을 보러 오는 사람들이 갈수록 늘어났는데, 물어보는 것이 모두 같았다. 게다가 모두 묻길,

"도모하고자 하는 일이 하나 있는데, 성공할 수 있을 것 같소?"

포대상은 의심이 들어 가장 마지막으로 점치러 온 사람에게 거짓말로 속이길,

28 仇悆(~1134): 자는 泰然이며, 京東東路 青州(현 산동성 濰坊市 青州市) 사람이다. 大觀 3년(1109)에 진사가 되었고, 남송 초에 沿海制置使, 淮西宣撫使 겸 廬州 지사로 회남에서 많은 전공을 올려 徽猷閣待制가 되었다. 이후 절동선무사 겸 명주 지사를 거쳐 호남안무사 겸 潭州 지사가 되었다. 그 뒤로 秦檜의 주화파가 득세하면서 일시 파직되었으나 이후 금군의 재침으로 복권되었으며 左朝議大夫로 관직을 마쳤다.

29 高世定: 정강 연간에 형제들과 함께 고종을 扈從하여 강남으로 피난하면서 신임을 얻었다. 소흥 16년(1146)에 右朝請大夫로 直顯謨閣이 되었다.

"이것은 그대의 사주가 아닌 것 같소, 내가 사주를 보니 이 사주의 주인은 말로 다할 수 없는 귀한 팔자를 지니고 있소이다. 그런데 내가 그대의 관상을 보니 이렇게 좋은 사주를 감당할 상이 아니외다. 이 사주의 주인은 어디에 있소? 네가 그 사람을 만나 직접 이야기를 해야 할 것 같소이다. 이 일은 그 어떤 사람에게도 감히 알려서는 아니 되오."

점치러 온 사람은 기뻐하며 법은에게 달려가서 점쟁이의 말을 알려 주었다. 그러자 백은은 무리를 이끌고 함께 포대상의 점집으로 왔다. 포대상은 휘장을 내리고 법은을 향해 두 번 절한 뒤 말하길,

"천한 점쟁이가 얻을 수 있는 것이 무엇이 있겠습니까? 그런데 하늘에서 큰 복을 내려 주어 오늘 이렇게 생각지도 못한 커다란 경사를 우연히 맞닥뜨렸습니다. 마침 저의 집에 딸이 하나 있는데, 그다지 못생기지는 않았습니다. 앞으로 궁중에서 희빈의 대열에 낄 수 있기를 진심으로 원하옵니다."

포대상은 즉시 이들을 내실로 유인한 뒤 아내와 딸에게 나와서 절하라고 시켰다. 그리고 술자리를 마련한 뒤 노래하고 춤추게 하고, 딸에게는 법은에게 술을 따라 주라고 시켰다. 포대상은 한참 동안 공손히 서 있다가 안주를 사 오겠다는 핑계를 대고 서둘러 나와서 관아에 고발하였다. 고세정은 서둘러 군관을 불러 당일 이들 무리를 모두 체포하였다. 고세정은 심리를 종결한 뒤 법인을 비롯한 주모자들을 시장에서 몸을 토막 내어 죽이는 형벌에 처하였고, 나머지 도당 수십 명을 사형에 처하였다. 그리고 이들의 시신을 모두 길에 늘어놓았다.

이날 밤, 관아에서 나와 순찰하던 양절로분병마도감[30]이 한 무더기 시체들 사이에서 한 사람이 몸을 뒤척이고 있는 것을 발견하였다. 바

로 곤장형을 받고 죽었다가 다시 살아난 자였다. 그를 부축하여 일으킨 뒤 어떻게 된 일인지 심문하자 그가 답하길,

"처음에 시장에 가서 형을 받을 땐 그저 두렵고 무서워서 아무 기억도 나지 않습니다. 옆구리에 곤장이 내려치는 순간 제 정수리에서 정신이 빠져나와 집 처마 위에 올라가 앉아서 제 몸뚱이에 곤장이 내려치는 것까지 다 구경한 뒤로 마치 꿈이라도 꾸는 것처럼 모든 것이 아득해졌습니다. 지금 어떻게 살아난 것인지 전혀 알지 못합니다.

병마도감이 말하길,

"너는 이미 죽었어야 마땅하다. 어떻게 살기를 바라느냐?"

그리고는 발을 들어 그자의 상처를 걷어찼더니 다시 죽고 말았다.

고세정은 이 일로 직비각이 되었고, 포대상도 역시 관직을 받았다. 명주 주민들은 모두 100만 문을 거둬서 포대상에게 주었다.

30 路分兵馬都監: 관할 지역의 군사 업무를 총괄하는 兵馬都監 가운데 가장 상위직으로 산하 州 병마도감을 통제 지휘한다. 지방관이 겸직하기도 하며 무관은 종8품 이상으로 보임한다. 관장하는 병력은 3천 명이며, 약칭은 路分都監 또는 路都監이다.

13 청성장인青城丈人

相州人作千道齋薦亡, 僧道乞匄皆預. 凡坐中人各隨意誦經一卷, 有道人但誦"太乙尋聲救苦天尊"一聲, 遂就食. 鄰坐僧戲之曰: "只誦一聲, 莫舌乾否?" 道人曰: "苟有益死者, 奚用多爲?" 齋罷徑出. 漆盌楪內皆有朱書字如刻, 曰: "青城丈人", 以刀削之愈見.

상주[31] 사람들은 죽은 사람을 위해 천도재[32]를 지내는데, 이때 승려와 도사는 물론 거지들까지 모두 참여한다. 재에 참여하여 자리한 사람은 각자 임의로 경전 1권을 읽어야만 공양을 할 수 있다. 그런데 어떤 도사 한 명이 경전을 읽지 않고 단지 "태을심성구고천존" 한마디만 하고 곧 식사하기 시작하였다. 옆에 앉은 승려가 놀리며 말하길,

"아니 단 한마디만 하다니, 혀가 바짝 말라서 그런 것이요?

그러자 도사가 말하길,

"그저 돌아가신 분에게 유익하기만 하면 되는 것이지 굳이 많이 읽

31 相州: 河北西路 소속으로 치소는 安陽縣(현 하남성 安陽市 林州市)이고 관할 현은 4개이며 州格은 節度州이다. 태항산맥 동쪽에 자리하였으며 현 하남성 북부 安陽市의 서쪽에 해당한다.

32 千道齋: 통상 죽은 이의 영혼을 극락으로 보내기 위해 지내는 불교 의식을 가리켜 '薦度齋'라고 하고, 절이나 도관에 머물지 않고 행각하며 수행하는 승려와 도사를 대접하기 위해 음식을 차리는 것을 가리켜 '千道齋'라 한다. 상주 사람들은 千道齋를 지냄으로써 죽은 자를 위한 재를 올렸음을 설명하고 있다.

을 필요가 있겠소?"

도사는 재를 마치자마자 곧 가 버렸다. 그런데 그가 사용한 칠그릇과 접시 안에 '청성장인'[33]이라는 붉은 글자가 마치 칼로 파놓은 것처럼 쓰여 있었다. 칼로 글자를 새겨 보니 더욱 분명하게 보였다.

33 青城丈人: 도교의 4대 명산 가운데 하나인 사천성 成都의 청성산 丈人峰을 주재하는 寧封眞人으로 五岳丈人의 하나이다.

14 주부 이씨李主簿

武昌李主簿, 夢就逮冥司. 主者問: "汝前身爲張氏子時, 安得推妻墮水?" 李夢中忽憶其事, 對曰: "妻自失足墮水死, 非推也." 主者遣追本處山川之神供證, 與李言同, 遂放還. 他日, 在旅舍遇婦人, 自言爲前生妻, 相守不肯捨, 綢繆如生, 姻黨皆知之. 數年乃謝去, 李亦不娶. 終身雖無它苦, 但常病腰痛, 以木爲兩椎, 刳其中, 每日扣擊數百下, 痛則少解, 蓋鬼氣染漬所致云.

악주 무창현[34]의 주부 이씨는 꿈에 명계의 관아에 체포되었다. 주관 관원이 묻길,

"네가 전생에 장씨의 아들로 있을 때, 어찌하여 네 아내를 물에 빠트려 죽였느냐?"

이씨는 꿈속에서나마 갑자기 그 일이 기억났다. 그래서 대답하길,

"아내가 발을 헛디뎌서 물에 빠져 죽은 것이지 제가 민 것은 아닙니다."

주관 관원은 수하를 보내서 해당 지역 산천의 신령들에게 증거를 제출하라고 하였는데, 이씨의 말과 일치하였다. 이에 석방되어 집으로 돌아올 수 있었다. 훗날 이씨는 여관에서 한 여인과 마주쳤는데,

34 武昌縣: 荊湖北路 鄂州 소속으로 鄂州가 武昌軍節度使司의 치소여서 武昌은 무창현을 지칭함과 동시에 鄂州의 별칭으로도 쓰인다. 현 호북성 동부 武漢市의 武昌區에 해당한다.

그녀는 자신이 이씨 전생의 아내였다고 말하였다. 그리고 옆에 머물면서 떠나려 하지 않았음은 물론 살아생전처럼 긴밀하게 뒤엉길 정도였다. 일가친척도 모두 이 일에 대해 알게 되었다. 그렇게 몇 해를 지낸 뒤 비로소 작별의 인사를 하고 가 버렸다.

이씨 또한 다시 아내를 얻지 않았다. 이씨는 평생 별다른 병은 없었지만 늘 요통에 시달렸다. 그래서 나무로 두 개의 보조용 척추를 만들고 그 가운데를 파내서 비웠다. 그리고 매일 그 목제 척추를 수백 번씩 두드렸는데, 그러면 통증이 조금 가라앉았다. 아마도 귀신의 기운에 오래 젖어 있어서 생긴 증상이 아닐까 싶다.

15 덕충 오공재吳德充

吳公才, 字德充, 弋陽人. 入太學, 年至五十無所成. 欲罷舉歸, 決夢於二相公廟, 夢童子告曰: "君明年甚佳, 自此泰矣." 吳信之, 勉爲留計. 明年, 上舍中選, 自顧年益高, 復起歸思. 又夢曰: "卽登科矣, 無庸歸." 明年, 果於嘉王牓擢第. 旣調官, 臨出京, 又夢前人來曰: "君仕宦不可作郡守, 蓋以前生爲郡, 治獄不明, 誤斷一事, 雖出於無心, 然陰譴不薄, 已令君損一目矣. 切勿再居此官以招禍."

覺而思之曰: "吾五十二歲僅得一官, 勢不能至二千石. 且吾雙目瞭然, 安有眇理?" 不以爲信. 後三歲, 因病赤目, 果偏失明. 而仕於州縣, 不甚待次, 自虔州雩都罷, 歷通判衡州・永州・建康府, 紹興十二年至臨安, 又求倅貳. 時王慶曾參知政事, 與吳有同舍契, 謂之曰: "君三任通判, 資歷已高, 當作州何疑?" 薦於時相, 以爲宜春守. 吳不樂, 纔至家而卒.

자가 덕충인 오공재는 신주 익양현 사람으로 태학에 입학하였다. 하지만 나이가 50이 다 되도록 이룬 것이 하나도 없었다. 그래서 공부를 포기하고 귀향하려고 생각하며 이상공묘[35]에 찾아가 결정을 내릴 수 있도록 현몽해 달라고 기도하였다. 그러자 꿈에 한 동자가 나

35 二相公廟: 개봉의 이상공묘는 공자의 제자인 子游와 子夏를 모신 곳인데, 자유와 자하가 재상을 지낸 일이 없어 二相公이라고 할 근거는 없다. 하지만 省試를 보기 위해 개봉에 온 거인이 합격을 위해 반드시 기도하는 곳으로 널리 알려졌고, 이런 풍속은 명・청대까지 지속되었다. 이상공묘의 위치와 당시 풍속에 대하여는 『이견을지』, 권19-8, 「이상공묘」에도 소개되어 있다.

타나 알려 주길,

"그대의 내년 운이 아주 좋습니다. 내년부터 운이 크게 트일 것입니다."

오공재는 그 꿈을 믿고 태학에 남기로 하고 열심히 공부하였다. 이듬해 상사에서 중등으로 합격하여 성시를 면제받게 되었다. 하지만 스스로 생각해 봐도 나이가 너무 많아 다시 귀향할 생각을 하였다. 하지만 다시 동자가 꿈에 나타나 말하길,

"이번에 즉시 과거에 급제할 터이니 쓸데없는 생각으로 귀향하지 마십시오."

이듬해 정말로 가왕 조해[36]가 포함된 과거 합격자 명단에 포함되었다. 관직이 배정되어 도성을 떠날 무렵 꿈에 그 동자가 다시 나타나서 말하길,

"그대는 벼슬을 하되 주지사를 해서는 안 됩니다. 그대는 전생에 주지사를 지냈습니다. 그런데 재판을 지혜롭게 하지 못하였고, 특히 한 사안에 대하여 오심을 했습니다. 물론 고의로 한 것은 아니었지만 오심에 대한 명계에서의 견책은 결코 가볍지 않습니다. 그래서 이미 그대의 눈 하나를 멀게 하라는 명령이 떨어졌습니다. 그러니 절대로 다시 주지사를 맡아서 화를 자초하는 일이 없길 바랍니다."

36 嘉王榜: 徽宗의 셋째 아들인 嘉王 趙楷(1101~1130)가 포함된 과거합격자 명단이라는 뜻이다. 花鳥畫에 조예가 깊었고 문재가 비범했던 조해는 신분을 숨기고 重和 1년(1118)의 과거에 몰래 참가하여 장원에 올랐다. 하지만 세간의 구설수를 우려한 휘종은 그를 최종 2등으로 발표하였다. 과거 합격자 명단을 적은 방문에 가왕이 포함되어 있다고 하여 중화 1년(1118) 과거 합격자 명단을 가리켜 특별히 嘉王牓이라고 칭하였다.

꿈에서 깨어 그 일을 생각해 본 뒤 자문자답하길,

"내 나이 52세에 겨우 관직 하나를 얻었을 뿐인데, 주지사[37] 자리까지 올라갈 기회가 있을 리 없다. 또 내 두 눈이 이렇게 멀쩡한데 어떻게 애꾸눈이 된단 말인가?"

그는 이 꿈은 믿을 만하지 않다고 생각하였다. 하지만 3년이 지나 눈이 붉게 충혈되는 병을 앓더니 정말로 한쪽 눈을 잃게 되었고, 주현에서 일하면서 그다지 대기하지 않고 곧장 건주 우도현[38] 지사가 되었고, 임기를 마친 뒤 다시 형주[39]·영주·건강부[40] 통판을 역임한 뒤 소흥 12년(1142)에 임안부에 오게 되었다. 오공재는 다시 통판 자리를 요청하였으니 당시 자가 경증인 참지정사 왕차옹[41]은 오공제와 태학 동기생으로서의 정이 있어서 권하길,

"자네는 세 번이나 통판을 역임하여 이미 경력이 높은데, 마땅히 주지사를 해야지 뭘 고려할 것이 있나?"

37 二千石: 漢代 관리들의 봉록 기준으로 주지사에 해당한다.

38 雩都縣: 江南西路 虔州 소속으로 현 贛州市 가운데의 于都縣에 해당한다.

39 衡州: 荊湖南路 소속으로 치소는 衡陽縣(현 호남성 衡陽市 蒸湘區)이고 관할 현은 5개이며 州格은 刺史州이다. 五嶽의 하나인 衡山의 남쪽에 있으며 현 호남성 중남부에 해당한다.

40 建康府: 江南東路 소속으로 본래 南唐의 江寧府를 昇州(975)로, 다시 江寧府(1018)로 바꿨고, 建炎 3년(1129)에 建康府로 개칭하고 사실상 陪都로 운영하여 관할 현의 등급을 赤縣·畿縣으로 삼았으나, 南京으로 공식화하지는 않았다. 치소는 江寧縣·上元縣(현 강소성 南京市 江寧區)이고, 관할 현은 5개이며 州格은 節度州이다. 현 강소성 남서부 장강 이남 지역에 해당한다.

41 次翁(1079~1149): 자는 慶曾이며, 齊州 歷城縣(현 산동성 濟南市 歷城區) 사람이다. 북송 말에 道州 지사를 지냈고, 진회와 밀착하여 주화론을 주장하여 소흥 10년(1140)에 참지정사가 되었다. 주전파 趙鼎의 축출과 악비를 비롯한 장군들의 병권 회수에 관여하여 후세의 평판은 그다지 좋지 못하다.

그리고는 당시 재상에게 주지사로 추천하여 의춘군[42] 지사로 승진시켰다. 하지만 오공재는 즐거워하지 않았고, 집에 도착하자마자 사망하였다.

42 宜春郡: 江南西路 袁州(현 강서성 宜春市 袁州區)의 郡號이다. 현 강서성 서북부에 해당한다.

이견병지 夷堅丙志 卷13

01 남씨 언니藍姐

紹興十二年, 京東人王知軍者, 寓居臨江新淦之青泥寺. 寺去城邑遠, 地迥多盜, 而王以多貲聞. 嘗與客飮, 中夕乃散, 夫婦皆醉眠. 俄有盜入, 幾三十輩, 悉取諸子及群婢縛之. 婢呼曰: "主張家事獨藍姐一人, 我輩何預也!" 藍蓋王所嬖, 卽從衆中出應曰: "主家凡物皆在我手, 諸君欲之, 非敢惜. 但主公主母方熟睡, 願勿相驚恐."

秉席間大燭, 引盜入西偏一室, 指床上篋笥曰: "此爲酒器, 此爲綵帛, 此爲衣衾." 付以鑰, 使稱意自取. 盜拆被爲大複, 取器皿蹴踏置於中. 燭盡, 又繼之, 大喜過望, 凡留十刻許乃去. 去良久, 王老亦醒, 藍始告其故, 且悉解衆縛. 明旦訴於縣, 縣達於郡. 王老戚戚成疾, 藍姐密白曰: "官何用憂? 盜不難捕也." 王怒罵曰: "汝婦人何知! 旣盡以家貲與賊, 乃言易捕, 何邪?" 對曰: "三十盜皆著白布袍, 妾秉燭時, 盡以灺淚汚其背, 但以是驗之, 其必敗."

王用其言以告逐捕者, 不兩日, 得七人於牛肆中, 展轉求跡, 不逸一人, 所刼物皆在, 初無所失. 漢「張敞傳」所記偸長以赭汙群偸裾而執之, 此事與之暗合. 婢妾忠於上人, 正已不易得, 至於遇難不慴怯, 倉卒有奇智, 雖編之「列女傳」不愧也.

소흥 12년(1142), 경동로 사람인 지군사[1] 왕씨는 임강군 신감현[2]의

1 知軍事: 州에 비해서 인구가 적지만 군사적 요충지일 경우 州와 동급으로 인정하는 지방 행정편제인 軍의 장관이다. 정9품 保義郎 이상으로 지현이나 통판 경력이 있는 무신, 또는 경조관 이상의 문신을 임명하였다. 약칭 및 별칭으로 知軍 · 使君 · 郡將 · 軍守 등이 있다.

2 新淦縣: 江南西路 臨江軍 소속으로 현 강서성 중서부 吉安市 북동쪽의 新干縣에 해당한다.

청니사에 잠시 머물고 있었다. 청니사는 신감현 현성에서 제법 멀리 떨어진 외진 곳이어서 강도가 자주 출몰하였다. 한편 왕씨는 재산이 많은 것으로 소문나 있었다.

한번은 손님과 식사하고 밤늦게 헤어졌다. 부부가 깊이 잠들었는데, 곧 30명 가까운 도적 떼가 들이닥쳤다. 도적들은 왕씨의 자식과 여종들을 모두 포박하였다. 그때 여종 하나가 큰 소리로 말하길,

"집안일은 모두 남씨 언니 혼자 알아서 처리합니다. 우리는 간여한 일이 없어 모릅니다!"

남씨는 지군사 왕씨가 총애하는 노비인데, 남씨는 붙잡혀 있는 여종들 가운데서 일어나 대꾸하길,

"주인집의 모든 재물은 다 내가 관장합니다. 여러분이 그 재물을 갖고 싶다며 요구하면 내가 어찌 감히 그것을 아끼겠습니까. 다만 주인 부부께서 지금 막 깊이 잠드셨으니 그분들을 놀라게 하거나 두렵게 하지 않았으면 좋겠습니다."

남씨는 식사 자리에 있던 큰 초를 들고 도적들을 안내하여 서쪽 편의 한 방으로 데려갔다. 그리고 침상 위에 있는 대나무 상자를 가리키며 말하길,

"이것은 술그릇이고, 이것은 비단이며, 이것은 옷과 이불입니다."

또 상자 열쇠까지 주고 마음대로 가져가도록 하였다. 도적들은 이불을 뜯어서 이중으로 만든 뒤 그 안에 그릇을 마구 밟아 집어넣었다. 초가 다 떨어지자 남씨는 도적들에게 다시 초를 주었다. 도적들은 기대했던 것 이상으로 노략질을 하게 되자 2시진쯤 머물다 비로소 집에서 나갔다. 그들이 떠난 지 한참 뒤에 왕씨 부부는 잠에서 깨었고, 남씨는 비로소 밤새 있었던 변고에 대해 보고하였다. 아울러

묶여 있던 모든 사람을 다 풀어 주었다.

다음 날 아침, 신감현 관아에 강도 사건을 신고하였고, 현에서는 임강군에 보고하였다. 지군사 왕씨는 근심으로 병이 났다. 그러자 남씨는 몰래 말해 주길,

"주인께서는 무엇 때문에 근심하십니까? 도적들을 어렵지 않게 잡을 수 있을 겁니다."

왕씨는 화를 내며 욕하길,

"너 같은 여자가 무엇을 안다고 그러느냐! 집안의 모든 재산을 도적들에게 주고도 쉽게 잡을 수 있다니 도대체 그게 무슨 말이냐?"

남씨가 대답하길,

"도적 30명이 모두 흰 삼베 도포를 입고 있었습니다. 제가 촛불을 들고 있으면서 촛농을 그들의 등에 묻혀 두었습니다. 그저 이 증거만 들이대더라도 저들을 반드시 꼼짝 못 할 것입니다."

왕씨는 도적을 체포하기 위해 뒤쫓고 있는 자들에게 남씨의 말을 일러 주었다.

이틀도 지나지 않아 7명을 정육점에서 체포하였고, 여러 경로를 통해 추적하니 한 명도 놓치지 않고 모두 체포하였다. 도둑맞은 물건도 모두 온전해서 잃어버린 것이 하나도 없었다. 이 일화는 도적 두목이 홍갈색 염료를 도둑들의 옷자락에 묻힌 뒤 모두 체포했다는 『한서』 「장창전」[3]에 실린 일화와 우연히 일치한다. 첩이나 여종이 주인

3 張敞(?~前48): 자는 子高이고 河東 平陽(현 산서성 臨汾市) 사람이다. 당시 渤海와 膠東 일대에 도적이 창궐하였는데, 장창은 이 지역 치안을 바로잡겠다고 자청하여 膠東相이 된 뒤 신상필벌을 통해 치안을 회복하는 데 성공하였다. 이 공로로 京兆尹이 된 장창은 도성에서 도둑 두목의 죄를 사면해 주는 대신 부하를 체포하는 데

에게 충성을 다하는 일도 보기 드문데, 두려워서 겁먹지 않고 순간에 이런 기지를 발휘하였으니 남씨를 「열녀전」에 수록한다고 해도 모자란 바가 없을 것이다.

협조할 것을 요구하였다. 그리고 부하들을 유도하기 위해 두목에게 관직을 주고 축하연에 참석한 부하들의 옷깃에 홍갈색 염료를 칠한 뒤 잔치를 마치고 돌아가던 그들을 대거 체포하여 도둑 떼를 일망타진하였다.

02 장계현의 어민長溪民

福州長溪民, 爲贅壻於海上人家, 以漁爲業. 其母思而往見之, 民殊不樂. 母覺其意, 明日卽告歸, 民不肯留, 而其婦獨留之, 曰: "阿姑少留, 俟得魚作杯羹." 少頃, 民還至門, 聞母語聲, 急藏魚於舍後, 復詆其母, 且告之曰: "今日風惡, 不獲一鱗." 母遂去. 旣行, 民責妻曰: "吾適所得皆鰻魚, 旣多且大, 常日不曾有此, 汝何苦留此媼耶?" 妻往視, 則滿籃皆蛇也. 驚走報民, 民不信, 自往焉. 果見群蛇蟠結, 一最大者昂首出, 徑咋其喉, 卽死. 蛇亦不見.

복주 장계현[4]의 주민으로 바닷가에 사는 사람의 데릴사위가 된 이가 있다. 그는 어부로 일하고 있었는데, 어머니는 아들이 보고 싶어서 사돈집으로 가서 아들을 만났다. 하지만 아들은 어머니가 집에 오는 것을 아주 싫어하였고, 이를 눈치챈 어머니는 하룻밤만 자고 즉시 집으로 돌아가겠다고 하였다. 그런데 아들은 더 계시라며 말리지 않았고, 오히려 며느리만 더 계시라며 말리면서 말하길,

"어머니 조금만 더 계세요. 아범이 고기를 잡아 오면 고기죽을 쑤어 드릴게요."

잠시 후 아들이 돌아와 집 대문에 이르렀다가 어머니의 말소리를 듣고는 잡아 온 물고기를 서둘러 집 뒤에 숨겨 두었다. 그리고 다시

4 長溪縣: 福建路 福州 소속으로 현 복건성 동북부 寧德市 동북쪽의 霞浦縣에 해당한다.

어머니를 속이며 거짓말까지 하길,

"오늘 바람이 거세서 물고기를 한 마리도 잡지 못했어요."

어머니는 곧 돌아갔다. 어머니가 가자 어민은 아내를 나무라길,

"마침 오늘 내가 잡은 물고기는 전부 장어요. 양도 많고 크기도 커서 평소 이렇게 잡은 일이 없소, 그런데 하필이면 당신은 그 할망구에게 더 있다 가라고 하는 거요?"

어민의 아내가 가 보니 광주리에 가득한 것은 모두 뱀이었다. 아내가 놀라 뛰어와 남편에게 말했지만, 남편은 그 말을 믿지 않고 자신이 가서 보았다. 그랬더니 정말로 한 무리의 뱀들이 서리를 틀고 있었고, 그 가운데 가장 큰 놈이 대가리를 내밀어 잽싸게 어민의 목을 깨물었다. 어민은 그 자리에서 즉사하였고, 뱀은 어디론가 사라져 보이지 않았다.

03 복주의 기이한 돼지 福州異猪

政和七年正月, 福州北門賣豆乳人家, 猪夜生七子, 但一爲猪, 餘皆人頭馬足, 肌體悉類人, 淨無一毛, 初生時呱呱作兒啼. 其家懼, 亟瘞於厠後. 鄰人聞啼聲, 伺曉入視, 猶及見其二, 取以示里中, 斯須聞觀者如市. 郡守知爲不祥, 命亟殺之. 時方上祥瑞, 不敢以聞於朝.

정화 7년(1117) 1월, 복주성 북문에서 두유를 파는 사람의 집에서 밤중에 돼지가 새끼를 일곱 마리 낳았다. 그 가운데 한 마리만 정상이고, 나머지 여섯 마리 모두 사람의 머리에 말발굽을 지녔고, 피부와 몸은 모두 사람과 흡사하였다. 특히 피부에 털이 하나도 없이 깨끗하였다. 처음 낳았을 때 '응애응애' 하며 갓난아기처럼 울었다. 가족 모두 겁이 나서 서둘러 변소 뒤에 파묻었다.

이웃 사람들이 우는 소리를 듣고 새벽이 되기를 기다렸다가 안에 들어가서 살펴보니. 아직 그 가운데 두 마리가 있어서 보게 되었다. 이웃 사람이 그 두 마리를 가지고 가서 마을 사람들에게 보여 주자 순식간에 그 소문을 듣고 몰려온 구경꾼이 가득하였다. 복주 지사가 그 소식을 듣고 불길하다며 서둘러 죽이라고 명하였다. 당시 조정에서 각별하게 상서로움을 중시하였기 때문에 감히 이 일을 조정에 알릴 수 없었다.

04 복주 푸줏간의 아들福州屠家兒

福州城中羊屠家兒, 年十六歲, 性柔善, 惟嬉游市井間, 不肯學父業. 父母謂之曰: "汝已成長, 當學世業爲活, 爲養親之計, 浪游何益?" 對曰: "逐日眼見已熟, 要殺便能, 可以學爲!" 父以羊一刀一付之, 閉諸空屋, 竊窺其所爲. 自旦至午, 但對羊默坐, 忽握刀而起, 指羊曰: "與汝相爲讎, 豈復有窮極?" 揮刀自斷其喉. 父母急發壁救之, 無及矣.

복주 주성 안에서 양고기를 파는 가게에 아들이 한 명 있었는데, 나이는 16세이고 성품이 유순하고 착하였다. 다만 시장과 마을을 돌아다니며 놀기만 좋아하고 아버지로부터 양 잡는 일을 배우려 하지 않았다. 부모가 아들에게 타이르길,

"네가 이미 장성하였으니 가업을 익혀서 살아가고, 또 부모를 봉양하는 것이 당연한 일이다. 그런데 이렇게 놀기만 하면 무슨 도움이 된단 말이냐?

그러자 아들이 대답하길,

"양 잡는 것을 매일 봐서 이미 눈에 익숙합니다. 잡으려고 마음만 먹는다면 얼마든지 할 수 있습니다. 따로 배울 것이 어디 있습니까!"

아버지가 양 한 마리와 칼 하나를 아들에게 주고 빈방에 들어가게 한 뒤 문을 닫았다. 그리고 어찌하는지 틈새로 몰래 살펴보았다. 하지만 아들은 아침부터 정오가 될 때까지 양을 바라보며 아무 소리도 하지 않고 앉아 있기만 했다. 그러다가 갑자기 칼을 쥐고 일어나 양

에게 말하길,

"내가 너와 서로 원수가 된다면 어찌 그 악연의 끝이 있겠느냐?"

그리고는 칼을 휘둘러 자기 목구멍을 베어 버렸다. 부모가 급히 벽을 무너뜨리고 들어가 아들을 구하려 했지만 이미 소용이 없었다.

05 어민 임옹요林翁要

福州南臺寺塑新佛像, 而毁其舊, 水上林翁要者, 求得觀音歸事之. 後數月, 操舟入海, 舟壞而溺, 急呼觀音曰: "我嘗救汝, 汝寧不救我?" 語訖, 身便自浮, 得一板乘之. 驚濤亘天, 約行百餘里, 隨流入小浦中, 獲遺物一笥, 頗有所資而歸. 人以爲佛助.(右四事皆福州太平寺僧蔣寶所傳. 寶有一書曰『冥司報應』, 記此事.)

복주 남대사[5]에서 새로운 불상을 만들면서 예전의 것을 부숴 버리려 하였다. 어민 중에 임옹요라는 자는 버려진 관세음보살상을 얻어 집으로 가지고 와서 정성껏 모셨다. 몇 개월이 지난 뒤, 임씨는 배를 몰고 바다로 갔는데, 배가 부서져서 바다에 빠지고 말았다. 급히 관세음보살을 부르며 말하길,

"제가 전에 보살을 구해 주었는데, 보살께서는 왜 나를 구해 주시지 않습니까?"

말을 마치자마자 몸이 저절로 떠올랐다. 나무판자 하나를 손에 넣어 그것에 올라탔다. 놀란 파도가 하늘에 잇닿을 정도로 거셌는데, 대략 100여 리를 표류한 뒤 해류를 따라 작은 포구로 흘러들어 갔다. 거기서 누군가가 떨어뜨린 상자 하나를 얻었는데, 제법 돈이 되는 것

5 南臺寺: 복주성 남쪽에 있던 고찰로서 漢代 閩越王이 閩江에서 백룡을 낚고 그것을 기념하기 위해 釣龍臺를 세웠는데, 지역에서는 통상 南臺라고 칭하였다. 민강 하구여서 어민들과 밀접한 절이다.

이 들어 있어서 편하게 집으로 돌아올 수 있었다. 사람들은 관세음보살이 도와준 덕분이라고 생각하였다.

(위의 네 가지 일화 모두 복주 태평사의 승려인 장보가 전한 것이다. 장보는 『명사보응』이라는 책 한 권을 가지고 있는데, 그 책에 이 일화가 기록되어 있다.)

06 곽단우郭端友

饒州民郭端友, 精意事佛. 紹興乙亥之冬, 募衆紙筆緣, 自出力以淸旦淨念書『華嚴經』, 期滿六部乃止. 癸未之夏五, 染時疾, 忽兩目失光, 翳膜障蔽, 醫巫救療皆無功, 自念惟佛力可救. 次年四月晦, 誓心一日三時禮拜觀音, 願於夢中賜藥或方書.

五月六日, 夢皂衣人告曰: "汝要眼明, 用獺掌散·熊膽圓則可." 明日, 遣詣市訪二藥, 但得獺掌散, 點之不效. 二十七夜, 夢赴薦福寺飯, 飯罷歸, 及天慶觀前, 聞其中佛事鍾磬聲, 入觀之. 及門, 見婦女三十餘人, 中一人長八尺, 著皂春羅衣, 兩耳垂肩, 靑頭綠鬢, 戴木香花冠如五斗器大. 郭心知其異, 欲候回面瞻禮. 俄紫衣道士執笏前揖曰: "我乃都正也, 專爲華嚴來迎, 請歸舍啜茶." 郭隨以入, 過西廊, 兩殿垂長黃旛, 一女跪爐禮觀音, 簾外靑布幕下, 十六僧對鋪坐具而坐. 道士下階取茶器, 未及上, 郭不告而退, 徑趨法堂, 似有所感遇, 夜分乃覺.

明日, 告其妻黃氏云: "熊膽圓方, 乃出道藏, 可急往覓." 語未了, 而甥朱彦明至, 曰: "昨夜於觀中偶獲觀音治眼熊膽圓方." 擧室驚異, 與夢脗合. 卽依方市藥, 旬日乃成, 服之二十餘日, 藥盡眼明, 至是年十月, 平服如初. 卽日便書前藥方, 靈應特異, 增爲十部乃止, 今眸子瞭然. 外人病目疾者, 服其藥多愈.

藥用十七品, 而熊膽一分爲主, 黃連·密蒙花·羌活皆一兩半, 防己二兩半, 龍膽草·蛇蛻·地骨皮·大木賊·仙靈脂皆一兩, 瞿麥·旋覆花·甘菊花皆半兩, 蕤仁一錢半, 麒麟竭一錢, 蔓菁子一合, 同爲細末, 以羯羊肝一具煑其半, 焙乾, 雜於藥中, 取其半生者, 去膜乳爛, 入上藥, 杵而圓之, 如桐子大, 飯後用米飮下三十粒. 諸藥修治無別法, 唯木賊去節, 蕤仁用肉, 蔓菁水淘, 蛇蛻炙去. 郭生自記其本末, 但所謂法堂感遇, 不以語人.

부처를 정성스레 모시던 요주 주민 곽단우는 소흥 을해년(25년, 1155) 겨울에 많은 사람에게 종이와 붓을 사는 데 필요한 돈을 모금하였다. 곽단우는 이른 아침마다 차분한 마음으로 자신이 직접 『화엄경』을 쓰되 모두 6부의 필사를 끝내리라 결심하였다.

융흥 계미년(1년, 1163) 5월, 곽단우는 계절성 유행병에 걸렸고, 갑자기 백태가 눈을 덮어서 두 눈 모두 실명 상태가 되었다. 의사와 무당이 치료하려 노력했으나 다 소용이 없자 오직 부처의 힘에 의해서만 나을 수 있다고 생각하였다. 이듬해 4월 그믐, 하루에 3시진씩 관세음보살께 예불을 드리기로 마음속으로 맹세하고, 꿈에서 약이나 비방을 내려 주길 기원하였다.

5월 6일, 꿈에 검은 옷을 입은 사람이 나타나 알려 주길,

"네가 눈이 밝아지길 원한다면 달장산과 웅당원만 구해서 복용하면 된다."

다음 날 사람을 시장에 보내서 두 약을 찾아보도록 하였다. 하지만 달장산만 구할 수 있었고, 그것을 눈에 떨어뜨려 보았지만, 효과가 없었다. 5월 27일 밤, 꿈에 파양현에 있는 천복사에 가서 식사를 바치고 돌아오는데, 천경관 앞에 이르렀을 때 불사를 올리면서 종과 경쇠를 치는 소리가 들렸다. 천경사 안으로 들어가서 불사를 구경한 뒤 대문에 이르니 30여 명의 여인이 있는 것을 보았다. 그 가운데 한 여인은 키가 8척이나 되었고, 검은색으로 된 비단 봄옷을 입고 있었다. 두 귀가 어깨에 닿을 듯 늘어져 있고, 푸른 머리에 녹색 귀밑털을 하였다. 머리에 쓰고 있는 목향[6]으로 만든 화관은 다섯 말 용량의 용기처럼 컸다. 곽단우는 마음으로 그 여인이 예사롭지 않은 사람임을 알았다. 그래서 얼굴을 돌려볼 때를 기다렸다가 예를 올리려고 하였다.

잠시 후 자주색 옷을 입은 도사가 홀을 집고 앞으로 와서 읍을 하며 말하길,

"나는 바로 도정[7]이요. 화엄불[8]을 대신하여 손님이 오시면 맞이하는 일을 맡아서 하고 있습니다. 우리 집에 가셔서 차 한잔 하시지요."

곽단우는 그 도사를 따라 집으로 들어갔다. 서쪽 주랑을 지나니 두 개의 전각이 있고, 거기에는 좁고 긴 누런색 깃발이 드리워져 있었다. 한 여자가 향로 앞에서 무릎을 꿇고 관세음보살에게 예를 올리고 있었다. 주렴 밖에는 푸른색 천으로 만든 장막이 늘어져 있고, 그 아래에 16명의 승려가 방석 등에 각기 나눠 앉아 있었다.

도사가 다구를 가져오려고 계단 아래로 내려가는데, 다구를 가져오기도 전에 곽단우가 인사도 없이 돌아서 나와 서둘러 법당으로 뛰어갔다. 마치 곽단우의 마음속에 어떤 깨달음이 있는 것 같았다. 곽단우는 한밤에 꿈에서 깨어났다. 그리고 다음 날 아내 황씨에게 말하길,

"웅담원방은 바로 『도장경』[9]에서 나온 처방이니 당신이 서둘러 가

6 木香: 국화과에 속하는 식물로 향기가 좋아서 蜜香이라고도 한다. 차로도 쓰고 뿌리는 약재로 사용한다.

7 都正: 남송 초기 建炎 1년(1127)에 만든 향병 조직으로 10명을 1甲, 5甲을 1隊(50명), 4隊를 1部(200명), 5部를 1社(1천 명), 5社를 1都社(5천 명)로 하였다. 甲에는 甲長을 隊에는 隊長을, 部에는 部長을 각각 1명씩 두었고, 社에는 社長과 부사장을, 都社에는 都正과 副都社正을 각각 1명씩 두었다. 이 향병 조직은 紹興 1년(1131)에 폐지되었다. 본문의 도정이 이를 뜻하는 지는 확인하기 어렵다.

8 華嚴佛: 대승경전에서는 경전마다 부처의 신통력이 있어 『般若經』에는 반야불의 신통력이, 『화엄경』에는 화엄불의 신통력이 있다고 한다.

9 『道藏』: 불교의 『대장경』처럼 도교 경전을 집대성한 것으로서 『도장경』이라고도 한다. 최초의 도장은 東晉의 『鄭隱藏書』 1,299권이며, 후에 葛洪이 『정은장서』를 道經과 諸符로 나누었다. 남조 송의 陸修靜이 도경을 모아 『三洞經書』를 만들면

서 찾아봐 줘요."

말을 미처 끝내기도 전에 조카인 주언명이 집에 왔다. 그리고 말하길,

"어젯밤 천경관에서 우연히 '관음치안웅담원방'을 얻었습니다."

곽단우의 꿈과 온전히 일치한 것에 대해 온 집식구들이 경이롭게 여겼다. 즉시 그 처방에 근거하여 약재를 사서 열흘 만에 약을 만들었다. 그리고 복용한 지 20여 일이 지나서 약이 다 떨어질 무렵 눈이 밝아졌다. 이해 10월이 되자 예전처럼 안정되었다. 그날로 앞의 약 처방을 기록하였고, 『화엄경』의 영험함이 실로 남다름을 알고 본래의 계획에서 늘려 모두 10부를 필사하기로 하였다. 곽단우의 눈동자는 지금까지도 아주 초롱초롱하다.

다른 사람들도 눈병이 나면 그 약을 먹었는데 대부분 나았다. 약재는 모두 17가지인데, 웅담 1푼이 중심이고 거기에 황련 · 밀몽화 · 강활은 모두 1.5냥, 방기는 2.5냥, 용담초 · 사태 · 지골피 · 대목적 · 선영지는 모두 1냥, 구맥 · 선복화 · 감국화는 모두 0.5냥, 유인은 1.5돈, 기린갈 1돈, 반정사 1홉이다.[10] [11] 이 17개 약재를 모두를 섞어 곱

서 3洞이라는 분류법을 만들었고, 후에 4補라는 분류법을 추가하여 3洞4補라는 도장의 분류법이 확립되었다. 송대에도 총 5회의 대규모 도장 편찬 작업이 진행되었다.

10 熊膽은 곰의 쓸개를 말려서 만든 것으로서 눈이 붉게 짓무를 때 또 翳膜을 없애는 데 효능이 있다. 黃連은 깽깽이풀의 뿌리줄기를 말린 것으로서 눈병과 설사 약재로 쓰고, 密蒙花는 늘푸른좀나무의 하나로서 꽃에 해열 · 소염 기능이 있어 안질 치료에 쓴다. 羌活은 미나리과의 풀로서 해열 및 진통의 약성을 지니고 있다. 防己는 덩굴식물로서 덩굴과 뿌리는 이뇨제로 쓰며, 龍膽草는 용담과 식물로서 그 뿌리를 말려서 간과 담의 火氣를 배출하는 약제로 쓴다. 蛇蛻은 뱀의 허물로서 경련을 진정시키고 翳膜을 없애 준다. 地骨皮는 구기자나무의 뿌리껍질을 말린 것

게 가루를 만든다. 그리고 거세한 수컷 양의 간을 절반만 잘라서 삶은 뒤 다시 약한 불에 말린 다음 약재와 섞는다. 삶지 않은 절반의 생간은 겉의 막을 제거한 뒤 아주 곱게 으깨서 약재에 섞는다. 그리고 다시 절구로 다진 다음 오동나무 열매 크기로 둥글게 환을 만든다. 식후에 30알의 환약을 쌀로 쑨 미음과 함께 복용한다. 여러 약재를 다듬을 때 특별히 신경 쓸 것은 없다. 다만 대목적은 마디를 잘라야 하며 유인은 껍데기를 벗기고 속의 것만 써야 한다. 만청자는 물에 담갔다가 써야 하고, 사태는 불에 구워서 오그라뜨려야 한다.

곽단우는 스스로 그 전후 과정을 기록하였다. 다만 이른바 법당에서의 깨달음이 무엇인지에 대하여는 사람들에게 말하지 않았다.

으로 해열과 기침에 좋으며, 大木賊은 관다발 식물인 속새로서 지혈 기능이 있다. 仙靈脂는 영지버섯으로 항암에 좋다. 瞿麥은 석죽과인 패랭이꽃으로서 翳膜을 없애 준다. 旋覆花는 국화과인 금불초꽃을 말린 약재로서 담이 뭉친 것을 치료하는 데 쓴다. 甘菊花는 서리 내리기 전에 딴 국화로 눈이 침침한 것을 치료할 때 쓴다. 蕤仁은 장미과인 참빈추나무의 씨를 말린 것으로 눈의 충혈을 줄여 준다. 麒麟竭은 종려과의 식물로서 그 열매에서 산출된 수지를 혈류 개선, 항염 및 진통에 사용한다. 蔓菁子는 십자화과에 속한 순무의 씨로 열을 내리고 눈을 맑게 해 주며 해독에 효능이 있다.

11 중량 단위는 시대에 따라 각기 다르지만, 송대에 고정된 중량 단위인 石, 鈞, 斤, 兩, 錢, 分, 厘, 毫, 絲, 忽은 元·明·淸에 계승되었다. 송대의 1斤은 약 650g이고 1兩은 40g 정도이다. 錢은 4g 정도이며 分은 0.4g 정도인데, 錢과 分은 주로 약재를 재는 단위로 사용하였다. 合은 약 180g 정도이다.

07 홍주 통판洪州通判

鄕人李賓王, 紹興二年知新淦縣, 以宣撫使入境, 躬至村墟督賦. 其僕夢主人歸, 劍樋傳呼曰: "洪州通判來!" 且以告主母. 李公至, 妻言其事, 李笑曰: "孤寒如是, 方大軍絡繹過縣, 幸不以乏興爲罪, 得供給糧餉足矣, 別乘非所望也." 明年八月滿秩, 果爲洪州倅, 卒如僕夢.

우리 마을 사람 이빈왕은 소흥 2년(1132)에 임강군 신감현 지사가 되었다. 선무사가 병력을 이끌고 신감현 관할 지역으로 들어오자 보급품 조달을 위해 몸소 향촌의 시장[12]에 가서 부세[13] 징수를 감독하였다. 이빈왕의 노복은 주인이 돌아오는 꿈을 꾸었는데, 아병[14]들이 칙명을 전하기 위해 큰소리로 "홍주[15] 통판께서 오셨습니다"라고 하였다.

꿈에서 깬 노복은 자신이 꾼 꿈 이야기를 지사 부인에게 전하였다.

12 墟: 폐허의 뜻이 있지만 향촌의 시장을 뜻하기도 한다.

13 賦: 송대 賦는 곡물 등 현물로 내는 토지세를, 稅는 현금으로 내는 商稅나 도시의 부동산세 등으로 구분하였다.

14 劍樋: 송대 관아의 경비 업무를 담당하였던 군졸 가운데 부임하는 신임 관리를 맞이하기 위해 파견하는 군졸을 가리켜 迓兵·迓卒이라고 칭하였다. 劍樋는 迓兵의 별칭으로 쓰였다.

15 洪州: 江南西路의 치소로서 6개 주, 4개 군, 49개 현을 관할하였으며 孝宗의 潛藩이라서 隆興 3년(1165)에 隆興府로 승격하였다. 치소는 南昌縣·新建縣(현 강서성 南昌市 南昌縣·新建區)이고 관할 현은 8개이며 州格은 節度州이다. 현 강서성 북중부에 해당한다.

이빈왕이 오자 아내는 노복이 한 이야기를 전했지만 이빈왕은 웃으며 말하길,

"우리 신감현은 이렇게 외지고 빈곤한데, 지금 대군이 계속하여 우리 현을 통과하고 있소. 보급품을 제대로 공급하지 못해 문책당하지만 않아도 다행이지요. 그저 군량만 충분히 공급할 수 있으면 그것으로 만족하오. 따로 승진하는 것이야 내가 바랄 수 있는 일이 아니라오."

하지만 이듬해 8월 임기를 마치자 정말로 홍주 통판이 되었다. 결국은 노복의 꿈대로 이루어졌다.

08 김군경의 아내金君卿婦

荊南某太守之女, 年十有八歲, 旣得婿, 將擇日成禮, 夢人告曰: “此非汝夫, 汝之夫乃金君卿也.” 旣覺, 不以語人, 但於繡帶至每寸輒繡金君卿三字. 母見而疑之, 以告其父. 父物色府中, 至於胥史小吏, 無有此人. 詰其女, 具以夢白. 未幾, 所議之婿果死. 後半歲, 新峽州守入境, 遣信至府, 則金君卿也, 始悟前事. 至, 別厚待之, 留連累日, 知其新失伉儷, 以女夢告之. 金曰: “君卿犬馬之齒四十有二矣, 比於賢女, 年長以倍, 又加其六焉. 且悼亡未久, 義不忍也.” 主人强之, 且曰: “因緣定數, 君安能辭?” 不得已, 竟成昏. 後三十年, 金乃卒. 妻生數子. 金官至度支郎中, 番陽人也.(右二事皆李賓王說.)

형남의 한 주지사의 딸은 18세로서 이미 사윗감을 골랐고, 택일하여 혼례를 올릴 예정이었다. 그런데 딸의 꿈에 어떤 사람이 나타나 말하길,

“그 사람은 너의 남편이 아니다. 너의 남편은 바로 김군경이다.”

꿈에서 깬 뒤 사람들에게 아무런 말도 하지 않았다. 다만 수를 놓은 허리띠에 마디마다 ‘김군경’이라는 3글자를 수놓았다. 어머니가 이것을 보고 의아해하였다. 그리고 남편에게 이 일을 알려 주었다. 지사는 자기 주 안에서 김군경이라는 사람이 있는지 물색하면서 서리와 소사에 이르기까지 다 알아보았지만, 그런 사람이 없었다. 지사가 딸을 힐책하자 딸은 꿈에 대하여 구체적으로 말하였다.

얼마 지나지 않아 혼담이 오갔던 사윗감이 정말로 죽고 말았다. 그

뒤로 반년이 지나 신임 협주[16] 지사가 관할 지역에 들어왔다. 신임 지사는 먼저 사람을 보내 편지를 보냈는데, 그 이름이 바로 김군경이었다. 그제야 비로소 반년 전에 있었던 딸의 꿈에 대하여 이해할 수 있었다. 김군경이 관아에 이르자 특별히 후하게 대접하였다. 김군경이 길을 떠나지 않고 여러 날 머물게 되자, 지사는 비로소 그가 최근 부인과 사별하였음을 알게 되었다. 그래서 딸의 꿈에 대해 김군경에게 이야기해 주었다. 김군경이 말하길,

"저 김군경은 나이가 이미 42세입니다. 지사님의 딸보다 나이가 두 배하고도 6년이나 더 많습니다. 게다가 아내를 잃고 애도한 지도 얼마 되지 않으니 의리상으로도 차마 그렇게 할 수가 없습니다."

지사가 다시 강권하길,

"혼인의 인연은 다 운명으로 정해진 법입니다. 그대가 어찌 그것을 사양할 수 있겠습니까?"

김군경은 부득이하여 결국 결혼하였다. 김군경은 그 뒤로 30년이 지나 사망하였다. 아내는 여러 아들을 낳았고, 김군경의 관직은 탁지사낭중[17]에 이르렀다. 김군경은 요주 파양현 사람이었다.(위의 두 가지 일화 모두 이빈왕이 말한 것이다.)

16 峽州: 荊湖北路 峽州(현 호북성 宜昌市 동부)로서 치소는 夷陵縣, 관할 현은 遠安縣·宜都縣·夷陵縣·長楊縣 등 4개이며 州格은 刺史州이다. 장강 三峽의 동쪽 출구로서 현 호북성 남서부에 해당한다.

17 度支使郎中: 국가의 조세 수입과 지출을 총괄하는 戶部 내 度支使의 책임자로서 원풍 개혁 후 종6품관이었다. 약칭은 度支郎中·度支郎官이다.

철관도사鐵冠道士

鄭介夫, 福州福淸人. 熙甯中, 以直諫貶英州. 元祐初, 東坡公薦之復官. 紹聖初, 再謫英. 時坡公貶惠州, 始與相遇, 一見如故交. 政和戊戌, 介夫在福淸, 夢客至, 自通"鐵冠道士", 遺詩一章, 視之, 乃坡公也. 坡在海上嘗自稱"鐵冠道人", 時下世十七年矣.

其詩曰: "人間眞實人, 取次不離眞. 官爲憂君失, 家因好禮貧. 門闌多杞菊, 亭檻盡松筠. 我友迂踈者, 相從恨不頻." 又曰: "介夫不久須當來." 寤而歎曰: "吾將逝矣." 時年七十八. 明年秋被疾, 語其孫嘉正曰: "人之一身, 四大合成, 四者若散, 此身何有!" 口占一詩曰: "似此平生只藉天, 還如過鳥在雲邊. 如今身畔渾無物, 贏得虛堂一枕眠." 數日而卒.

자가 개부인 정협[18]은 복주 복청현[19] 사람이다. 희령 연간(1068~1077)에 황제에게 직간하였다가 영주[20]로 폄적되었다. 원우 연간

18 鄭俠(1041~1119): 자는 介夫이며 福建路 福州 福淸縣(현 복건성 福州市 福淸市) 사람이다. 강직한 성품으로 왕안석의 인정을 받았지만 신법에 대한 이견으로 결별하였다. 희령 7년(1074), 왕안석의 후임자로 참지정사가 된 呂惠卿에 대한 신랄한 비판으로 英州로 폄적된 정협은 철종의 즉위로 12년 만에 영주에서 돌아와 복직하였다. 하지만 紹聖 1년(1094), 章惇 등에 의해 元祐黨人으로 몰려 재차 영주로 폄적되었다. 이후 6년 뒤 휘종의 즉위를 계기로 복직하였으나 7년 만에 蔡京에 의해 다시 금고형에 처해져 귀향하여 지내다 사망하였다. 평생 청렴하고 강직하였으며, 직언을 마다하지 않아 관직은 높지 않았으나 상당한 영향력을 행사하였다.

19 福淸縣: 福建路 福州 소속으로 현 복건성 동중부 福州市 동남쪽의 福淸縣에 해당한다.

(1086~1094) 초년, 소동파의 추천으로 본래의 직책으로 복직되었다. 소성 연간 초년(1095), 정협은 다시 영주로 폄적되었다. 당시 소동파도 인근 혜주[21]로 폄적된 상태여서 처음으로 서로 만날 수 있었다. 두 사람은 보자마자 오랜 친구처럼 교류하였다. 정화 무술년(8년, 1118), 정협이 복청현 고향 집에 머물고 있을 때인데, 꿈에 한 손님이 와서 자신은 '철관 도사'라고 통성명하고 시를 한 수 주었다. 그 시를 보니 손님은 바로 소동파였다. 소동파가 해남도에서 유배 생활을 할 때 스스로를 '철관도인'이라고 자칭했는데, 꿈을 꾸었을 때는 소동파가 세상을 떠난 지 17년이 되던 해였다.

그 시의 내용은 다음과 같았다.

사람들 사이에서 참으로 진정한 자네,
마음 내키는 대로 행동해도 진실함에서 벗어나질 않네.

관아에서는 그대를 잃어버릴까 걱정하지만,
그대는 집이 가난해도 예를 더욱 숭상할 뿐이지.

대문 울타리에 구기자와 국화 그윽하고
소나무와 대나무가 둘러싼 소쇄한 정자.

20 英州: 廣南東路 소속으로 慶元 1년에 寧宗의 潛邸여서 慶元府로 승격하였다. 치소는 眞陽縣(현 광동성 淸遠市 永德市)이고 관할 현은 2개이며 州格은 刺史州이다. 현 광동성 중북부 淸遠市의 동북쪽에 해당한다.

21 惠州: 廣南東路 소속으로 본래 湞州였는데 仁宗 趙禎을 피휘하여 1021년에 惠州로 바꿨다. 치소는 歸善縣(현 광동성 惠州市 惠陽區)이고 관할 현은 4개이며 州格은 刺史州이다. 현 광동성 중남부에 해당한다.

내 벗은 세속에서 저 멀리 떨어져 있는 이니,
그저 더 자주 오가지 못함이 못내 아쉬울 뿐일세.

이 시와 함께 또 말하길,

"개부, 자네 오래지 않아 꼭 와야만 하네."

정협은 꿈에서 깨어난 뒤 탄식하며 말하길,

"내 곧 세상을 뜰 것이야."

당시 나이가 78세였다. 이듬해 가을 병이 나자 손자 정가정에게 말하길,

"사람의 몸은 크게 네 가지가 합하여 이루어진 것이다. 만약 이 네 가지가 흩어진다면 이 몸이 어떻게 있을 수 있겠느냐!"

그리고는 즉흥적으로 시 한 수를 읊었는데, 그 내용은 다음과 같았다.

내 평생 그저 하늘에 의지하여 보냈으니,
하늘로 돌아감은 저 새가 구름 가를 지남과 같으리.

지금 내 몸은 존재하지 않는 물체와 뒤섞이고 있으니,
여유롭게 텅 빈 큰 집을 얻어 한 번 잠을 자리라.

며칠 뒤 세상을 떴다.

10 장귀자張鬼子

洪州州學正張某, 天性刻薄, 老而益甚, 雖生徒告假, 亦靳固不與. 學官給五日, 則改爲三日: 給三日, 則改爲二日, 它皆稱是, 衆憾之. 有張鬼子者, 以形容似鬼得名, 衆使爲作陰府追吏以怖張老, 鬼子欣然曰: "願奉命. 然弄假須似眞, 要得一冥司牒乃可." 衆曰: "牒式當如何?" 曰: "曾見人爲之." 乃索紙以白礬細書, 而自押字於後. 是夜, 詣州學, 學門已扃, 鬼子入於隙間, 衆駭愕. 張老見之, 怒曰: "畜產何敢然? 必諸人使爾夜怖我." 笑曰: "奉閻王牒追君." 張老索牒, 讀未竟, 鬼子露其巾, 有兩角橫其首, 張老驚號, 卽死. 鬼子出, 立於庭, 言曰: "吾眞牛頭獄卒, 昨奉命追此老, 偶渡水失符, 至今二十年, 懼不敢歸. 賴諸秀才力, 得以反命, 今弄假似眞矣." 拜謝而逝. 陳正敏『遯齋閑覽』記李安世在太學爲同舍生戲以鬼符致死, 與此頗同, 然各一事也.

홍주 주학[22]의 학정[23]인 장씨는 천성이 각박한 데다가 나이가 들수록 더욱 그러하였다. 학생들이 휴가를 청하면 그때마다 야박하게 굴

22 州學: 주에 설치된 관학을 뜻하며, 府學·州學·軍學·監學으로 구분하였다. 북송 초에는 임의로 학교를 세우지 못하게 규제하였으나 慶曆 4년(1044), 范仲淹·歐陽修·宋祁 등의 노력으로 금령이 해제되어 학생 200명 이상이면 縣學을 설치하도록 한 것을 계기로 학교 설립이 신속히 이루어졌고 신설이 어려울 경우 孔廟나 관아의 건물 일부를 사용해서 개교하게 하였다. 주학은 대부분 관아 옆에 위치하였으며, 교실·기숙사·藏書閣·孔廟를 기본 시설로 하였다. 별칭은 郡學이다.

23 學正: 관학에서 학칙을 집행하고 학생을 평가·지도하는 직책이다. 도성의 太學·武學·律學 학정은 정9품관으로서 각기 태학정·무학정·율학정이라 칭하였다. 주학정의 품계는 명확하지 않다.

며 일정을 넉넉히 주는 법이 없었다. 주학 교수[24]가 5일의 휴가를 주면 그것을 사흘로 단축하여 허락해 주었고, 사흘의 휴가를 주면 그것을 이틀로 단축하였으며, 다른 일도 모두 그런 식으로 하였다. 많은 학생이 장학정에 대하여 한을 품었다.

홍주 주학에 생긴 것이 귀신 같다고 하여 장귀자라고 불리는 자가 있었는데, 학생들은 그에게 명계에서 사람을 잡으러 온 귀졸로 꾸며서 장학정을 겁주었으면 좋겠다고 사주하였다. 장귀자는 흔쾌히 허락하고 말하길,

"기꺼이 시키는 대로 하겠습니다. 하지만 그런 일을 하려면 반드시 진짜처럼 보여야만 합니다. 그러려면 명계에서 발급한 공문서를 하나 얻어야 비로소 가능합니다."

학생들이 말하길,

"명계의 공문서 양식이 어떻게 되었을까?"

장귀자가 답하길,

"저는 다른 사람이 만든 공문서를 본 일이 있습니다."

그리고 종이를 달라고 하더니 백반으로 가늘게 써서 눈서를 만들고, 그 뒤에 자신이 서명하였다. 그날 밤, 장귀자가 주학에 갔을 때 주학의 대문은 이미 잠겨 있었다. 장귀자가 대문 틈으로 들어가자 사

24 學官: 주학을 총괄하는 교수의 별칭이다. 본래 교수는 '학생을 가르치는 자'라는 뜻으로 쓰였을 뿐 정식 관직은 아니었다. 교수가 정식 관직이 된 것은 북송에 들어와서의 일로 至道 1년(995)에 司門員外郞 孫蠙을 황실 자손을 위해 세운 宗子學의 교수로 임명한 것이 효시였다. 주학 교수 임명은 慶曆 4년(1044)에 처음 시작되었는데, 전운사나 주지사가 주현의 관리나 향시 합격자 가운데서 임의로 임명하게 하였다가 熙寧 6년(1073)부터 중서문하성에서 京朝官을 임명하는 것을 원칙으로 하되 부득이한 경우 選人이나 擧人을 임명하도록 하였다.

람들이 깜짝 놀랐다.

장학정이 장귀자를 보더니 벌컥 화내며 말하길,

“이런 짐승 같은 놈, 어찌 감히 나를 겁주려 하느냐? 이것은 분명히 여러 사람이 너를 시켜 이 밤에 나에게 겁주려고 하는 것이다.”

하지만 장귀자는 웃으며 말하길,

“나는 염라대왕이 발급한 공문을 받들어 댁을 잡으러 온 것이오.”

장학정은 문서를 보여 달라고 요구한 뒤 받아서 다 읽기도 전에 장귀자가 얼굴을 가렸던 천을 벗고 자기 모습을 보여 주었는데, 머리에 뿔 두 개가 옆으로 나 있었다. 장학정이 놀라 소리를 지르더니 즉사하고 말았다. 장귀자가 건물 밖으로 나가 뜰에 서서 말하길,

“저는 진짜 저승에서 일하는 소대가리 옥졸입니다. 전에 염라대왕의 명을 받들어 이 장씨 노인을 데려가려고 왔는데, 강을 건너다가 그만 문서를 잃어버리고 말았습니다. 지금까지 무려 20년이 흘렀지만, 처벌받을까 두려워 감히 명계로 돌아가지 못하였습니다. 이번에 여러 수재의 힘을 빌려서 명령을 수행할 수 있었습니다. 오늘 거짓으로 장난친 일이 진짜처럼 되었습니다.”

장귀자는 절하며 사의를 표한 뒤 사라졌다. 진정민[25]의 『둔재한람』[26]

25 陳正敏: 자는 遁齋이며 福建路 南劍州 沙縣(현 복건성 三明市 沙縣) 사람이다. 興化軍 사리참군과 福州 長溪縣 지사를 지냈으며 박학다식하였다. 저서로는 『遯齋閑覽』 외에도 『劍溪野語』 3권이 있다. 생몰연대는 불명확하나 3명의 아들 가운데 큰아들인 陳師道가 희녕 연간 신법당에 대해 비판적이었고, 蘇軾의 추천으로 徐州 교수를 지냈다는 기록으로 보아 인종 때 주로 활동하였던 것으로 추정할 수 있다.

26 『遯齋閑覽』: 陳正敏이 평소 보고 들은 것을 기록한 14권의 필기 자료로 일찍이 유실되었다. 현존하는 내용은 涵芬樓本 『說郛』 권32와 『類說』 권47에 수록된 것이다.

에 이안세가 태학에서 기숙사 동기생을 위해 저승사자가 가지고 온 문서라며 장난쳤다가 죽음에 이르렀다는 것을 적어 두었는데, 두 일화가 자못 비슷하다. 하지만 엄격하게 말하면 이 두 일화는 서로 다른 내용이다.

宣和中, 艮嶽之觀游極其偉麗, 既有絳霄樓·華胥殿諸離宮矣. 其東偏接景龍門, 巨竹千個, 蔽虧翠密, 京師他苑囿亦罕比. 宮嬪出入其間如仙宸帝所. 徽宗命建樓以臨之, 既成而未有名, 夢金紫人言曰: "艮岳新樓, 宜名爲'倚翠', 取唐杜甫詩所謂'天寒翠袖薄, 日暮倚修竹'之句也." 夢中問: "汝何人?" 對曰: "臣乃太平宰相." 寤而異之. 明旦, 翰林學士李邦彦入對, 奏事畢, 偶問曰: "近於苑中立小樓, 下有修竹, 當以何爲名?" 邦彦了不經思, 卽以"倚翠"對. 上驚喜, 謂與夢協. 時邦彦眷注已深, 有意大用, 自是數日間拜尙書右丞, 遂爲次相.

선화 연간(1119~1125)에 개봉에 축조한 간악[27]을 감상하며 유람하면 실로 광대한 규모와 장려함의 극치를 맛볼 수 있었다. 간악에는 강소루와 화서전을 비롯한 여러 이궁이 있었고, 간악의 동쪽 끝은 황궁의 경룡문[28]과 이어졌다. 크고 푸른 대나무가 무성하게 덮여서 여

27 艮嶽: 휘종이 개봉의 동북쪽에 인공산을 축조하며 만든 정원이다. 정화 7년(1117)에 공사를 시작할 때 萬歲山이라고 하였다가 선화 4년(1112)에 준공하면서 간악이라 칭하였고 후에 壽嶽·壽山艮岳·華陽宮 등으로 계속 바꿨다. 휘종이 직접 쓴 「艮嶽記」에 따르면 산이 도성의 艮位에 있어서 취한 이름이라고 하였는데 艮은 八卦 가운데 山과 北을 상징한다. 간악은 진한 이래 궁전 정원을 1池3山으로 한다는 관례를 따르지 않고 남북 2개의 산과 그 사이에 평지와 호수, 다양한 정자 등을 배치하여 화북평원의 무미건조한 풍광과 달리 수려한 강남 산수를 재현하였다. 하지만 간악을 건설하기 위해 太湖石을 비롯한 기화요초를 운반하느라 민생을 도탄에 빠뜨리고 방랍의 난을 초래하는 등 국력 소진이 극심하였다. 간악은 준공된 지 5년 뒤 발생한 靖康의 변 때 완전히 파괴되었다.

러 누각이 절반만 겨우 보일 정도였으니 도성의 다른 황실 정원은 비교할 만한 곳이 없었다. 궁전의 비빈이 누각과 숲 사이에 드나드는 모습은 마치 옥황상제가 머무는 궁전 같았다.

휘종은 누각을 건설하라고 명한 뒤 현장에 직접 가 보기도 했는데, 이미 준공되었음에도 아직 이름을 짓지 못하였다. 그런데 꿈에 3품 이상의 관원만 입는 자주색 관복을 입고 신분증이 새겨진 어대를 찬 고관이 나타나 휘종에게 말하길,

"간악에 새로 세운 누각의 이름은 '의취'라고 하는 것이 적절할 것입니다. 이것은 두보의 시 '가인'에 나오는

> 날은 차가운데 청록색 옷소매는 얇기만 하네,
> 해 저문 대숲에 앉으니 이런저런 서러움만 더합니다.[29]

라는 구절에서 따온 것입니다."

휘종이 꿈속에서 묻길,

"너는 누구인가?"

그가 대답하길,

"신은 바로 태평재상[30]입니다."

28 景龍門: 황궁의 북대문인 拱宸門의 정북 방향에 있는 內城의 북대문이다. 속칭은 酸棗門이며 外城의 新酸棗門도 있다. 酸棗門은 酸棗縣(현 하남성 新鄉市 延津縣)으로 가는 길에 있어서 붙여진 것이다.

29 남편이 새로 아름다운 여자를 맞아들여 자신을 박대한다는 두보의 시 「佳人」의 한 구절이다.

30 太平宰相: 전란이 없는 태평한 시기에 재상을 지낸 관운과 인덕이 좋은 재상을 뜻한다. 송대에는 주로 진종과 인종 때의 재상 가운데 일부 명신을 지칭한다.

잠에서 깨어 참으로 기이한 꿈이라고 생각하였다. 다음 날 이른 아침, 한림학사 이방언이 입궐하여 황제를 면대하였는데, 상주를 마친 뒤 우연히 그에게 묻길,

"근래 어원에 조그만 누각을 세웠는데, 아래쪽에 큰 대나무들이 있다. 그 누각의 이름을 무엇으로 하는 것이 좋겠느냐?"

이방언은 오래 생각할 것도 없이 즉시 "의취"가 어떻겠냐고 대답하였다.

황상은 놀랍기도 했고 기뻤다. 꿈에서 본 일과 부합하였기 때문이다. 당시 휘종은 이방언에 대한 총애가 매우 깊어 크게 쓸 생각을 지니고 있었다. 이일이 있고 나서 며칠 뒤 상서우승[31]에 임명되었으니 부재상이 된 것이다.

31 尚書右丞: 본래 품계와 관련된 寄祿官이고 직급은 6부 상서보다 낮았다. 그러나 원풍개혁 때 부재상인 參知政事직을 없애면서 상서좌승 · 상서우승으로 대체하였다. 품계는 정2품이며 좌승이 우승보다 선임이다. 建炎 3년(1129)에 다시 參知政事직을 회복시키면서 없어졌다. 재상인 문하시랑 · 중서시랑과 함께 執政에 속한다.

12 당가 노시중이 법력을 얻다路當可得法

政和中, 路君寶知陳州商水縣, 其子當可侍行, 方十七歲, 未授室, 讀書於縣圃四照堂. 時梁仲禮爲主簿, 二子俊彦·敏彦皆十餘歲, 相與游處. 一夕, 圃吏告失時中所在, 君寶遣卒遍索於邑中不可得. 閱五日乃出, 謂其逸游, 杖之, 時中不敢自直, 但常常吐鮮血, 而私語梁主簿曰: "間者獨坐小室, 有道人不知何許來, 與某言久之, 曰: '汝可教, 吾付汝以符術, 可制天下鬼神. 然汝五藏間穢汚充積, 非悉掃去不可.' 初甚懼其說, 笑曰: '無傷也.' 命取生油·白蜜·生薑各一斤, 合食之. 遂與俱去, 亦不知何地. 凡數日, 不思食, 唯覺血液津津自口出, 每夕以文書十餘策使誦讀, 晝則無所見. 臨別又言曰: '汝已位爲眞官, 階品絶高, 但如吾術行之足矣.'" 自是遂以法籙著. 後數月, 謂梁子曰: "吾比書一符錯誤, 獲譴不小, 當削階數級, 仍有癰疽之害." 未幾, 疽發於背, 如盌大, 痛楚備極, 凡四十九日乃痊.(右二事皆梁俊彦子正說.)

정화 연간(1111~1118), 자가 군보인 노관路瓘이 진주 상수현[32] 지사가 되자 자가 당가인 아들 노시중이 아버지를 모시고 갔다. 당시 노시중은 17세로서 아직 결혼하지 않았으며 현의 관아 채마밭에 있는 사조당에서 공부하였다. 당시 양중례가 현 수부를 맡고 있었는데, 양중례의 둘째 아들인 양준언, 셋째 아들인 양민언 모두 10여 세로 나이가 비슷해서 서로 어울리며 지냈다. 하루는 밤에 채마밭을 관리하

32 商水縣: 京西北路 陳州 소속으로 현 하남성 중동부 周口市 남쪽의 商水縣에 해당한다.

는 서리가 노시중이 어디에 있는지 모르겠다고 지사인 부친 노관에게 보고하였다. 노관은 사졸을 보내 현성을 두루 찾아보게 하였지만, 어디에 있는지 찾을 수 없었다. 노시중은 닷새를 지난 뒤 비로소 나타났는데, 실컷 놀다가 왔다고 하였다. 이에 화가 난 노관은 몽둥이로 때렸지만, 노시중은 그동안 무슨 일을 했는지 감히 솔직하게 말하지 못하였다. 다만 늘 피를 토하였고, 주부 양중례에게만 개인적으로 말하길,

"그날 혼자 작은 방에 앉아 있는데, 어떻게 왔는지 알 수는 없지만 어떤 도인이 나타나서 나와 한참 이야기를 나누었답니다. 그리고 '너는 도를 가르칠 만하구나. 내가 너에게 부적을 줄 터이니 이것이면 천하의 귀신을 다 제압할 수 있을 것이다. 하지만 너의 오장에는 더러운 것이 가득 쌓였으니 그것을 몽땅 씻어 버리지 않으면 안 될 것이야' 하고 말하였습니다. 처음에는 도사의 말을 듣고 몹시 무서워하였지만, 그는 '별 탈은 없을 거야'라고 웃으며 말하더군요. 그 도인은 저에게 생기름[33] · 흰꿀 · 생강 각 1근씩을 가져오라고 한 뒤 그것을 섞어서 먹으라고 하였습니다. 그렇게 하고 난 뒤 그 도인을 따라 함께 갔는데 그곳이 어딘지는 알지 못합니다. 그렇게 여러 날이 지났지만, 음식을 먹고 싶은 생각이 나지 않더군요. 다만 입으로 피가 계속 나왔습니다. 매일 밤 글을 적은 10여 개의 책을 소리 내어 읽게 하였습니다만, 낮에서는 어디로 갔는지 보이지 않았습니다. 헤어질 때 다시 '너의 위상은 이미 진관에 해당하니 도사의 품계로는 가장 높은

33 生油: 콩이나 깨 등을 불에 볶지 않고 찐 뒤에 그냥 짜낸 기름을 말한다. 불에 볶은 뒤 짜낸 기름은 熟油라고 한다.

셈이다. 앞으로 그저 내가 준 부적대로 행하면 족할 것이다'라고 말하였습니다."

이때부터 노시중은 곧 법록으로 유명해졌다. 다시 몇 달이 지난 뒤 양중례의 아들에게 말하길,

"내가 근래에 부적을 하나 잘못 썼으니 처벌이 결코 가볍지는 않을 것이야. 품계가 몇 단계 내려가야 할 뿐만 아니라 악창이 생기는 벌까지 받아야 해."

얼마 지나지 않아 등에 악창이 생겼는데 크기가 주발처럼 컸다. 통증이 극에 달하였는데, 모두 49일 동안 고생한 뒤 비로소 나았다.

(위의 두 가지 일화 모두 자가 자정인 양준언이 말한 것이다.)

13 장락현의 해적長樂海寇

紹興八年, 丹陽蘇文瓘爲福州長樂令, 獲海寇二十六人. 先是, 廣州估客及部官綱者凡二十有八人, 共僦一舟, 舟中篙工·柁師人數略相敵, 然皆勁悍不逞, 見諸客所賫物厚, 陰作意圖之. 行七八日, 相與飮酒, 大醉, 悉害客, 反縛投海中, 獨留兩僕使執爨. 至長樂境上, 雙櫓折, 盜魁使二人往南臺市之, 因泊浦中以待, 時時登岸爲盜, 且掠居人婦女入船, 無日不醉.

兩僕逸其一, 徑詣縣告焉. 尉入村未返, 文瓘發巡檢兵, 自將以往. 行九十里與盜遇, 會其醉, 盡縛之. 還至半道, 逢小舟雙櫓橫前, 叱問之, 不敢對, 又執以行, 無一人漏網者. 時張子戩給事爲帥, 命取舟檢索, 覺柁尾百物縈繞, 或入水視之, 所殺群屍並萃其下, 僵而不腐, 亦不爲魚鼈所傷. 張公歎異, 亟爲殮葬. 盜所得物纔三日, 元未之用也. (張庭實德輝說.)

소흥 8년(1138), 진강부 단양현[34] 사람 소문관이 복주 장락현[35] 지사가 되어 해적 26명을 체포하였다. 이에 앞서 광주의 행상[36]과 관아

34 丹陽縣: 兩浙路 鎭江府 소속으로 현 강소성 장강 남단 鎭江市 남쪽의 丹陽市에 해당한다.

35 長樂縣: 福建路 福州 소속으로 현 복건성 동중부 福州市 동남쪽의 長樂區에 해당한다.

36 估客: 상인에는 시장 등 고정된 장소에서 장사하는 좌상과 각처를 돌아다니며 장사하는 행상이 있다. 估客·客商·行商 모두 같은 뜻이다. 송대에는 전국을 대상으로 하는 대규모 유통업이 발달하여 우리의 일반적인 인식 속의 행상과 달리 그 규모가 대단히 컸다.

의 물품 운송조직[37]을 통솔하는 자 등 모두 28명이 함께 배 한 척을 세내어 타고 있었다. 배에 타고 있던 사공[38]과 키를 잡는 선원을 합하면 그 수가 대략 비슷하였다. 하지만 사공과 선원은 모두 힘세고 거친데다 불만이 많아 불법을 자행하곤 하였다. 이들은 배에 탄 손님들이 지닌 재물이 대단히 많은 것을 보고 은밀히 이들을 제거하고 재물을 강탈하기로 하였다.

배가 출발한 지 칠팔일이 되던 날, 손님들과 함께 술을 마시고 크게 취하게 한 뒤 모두 모두 살해하고 시신을 묶은 뒤 바다 한가운데로 던져 버렸다. 다만 두 명의 노복만 살려 두어 밥을 짓게 하였다. 복주 장락현 관할 지역에 이르렀을 때 노 두 개가 부러지자 두목은 두 노복을 시켜 남대도[39]에 가서 노를 사오라고 하였다. 이들은 포구에 배를 정박하고 노를 사서 오길 기다리며 수시로 상륙하여 도적질하고, 주민들 가운데 부녀자를 납치하여 배에 강제로 태웠다. 이들은 술에 취하지 않는 날이 하루도 없었다.

노를 사러 간 두 노복 가운데 한 명은 몰래 달아나서 장락현 관아로 달려가 고발하였다. 장락현 현위는 촌락에 갔다가 아직 돌아오지

37 官綱: 綱은 본래 일정 규모의 화물선 선단을 뜻한다. 송대에는 운항의 편리와 안전을 위해 통상 선단을 꾸려 운행하였으며, 특히 대운하의 갑문을 통과할 때 개별 통과를 허용하지 않고 일정 규모의 선단 단위로 통과시켰다. 따라서 10강은 10개의 선단 또는 운송조직을 뜻하며 官綱은 민간업자와 달리 관에서 조직한 선단이나 운송조직을 뜻한다.

38 篙工: 긴 장대나 삼나무로 뱃길의 바닥에 대고 밀어서 배를 나아가게 하는 일을 맡은 이를 말한다. 본문의 배는 바닷길을 이용하여 운행한 뒤 운하를 이용하였기에 篙工과 柁師를 구분한 것으로 보인다.

39 南臺島: 閩江 하구의 최대 사구로서 현 복건성 福州市 倉山區에 해당한다.

않은 상태였지만, 지사 소문관이 순찰 병력을 출동시키고 자신이 앞장서 갔다. 소문관이 병력을 이끌고 9~10리쯤 갔을 때 도적과 맞닥뜨렸다. 소문관은 그들이 술에 취한 틈을 이용해 모두 포박하였다. 그리고 돌아오던 중 커다란 노 두 개를 옆으로 싣고 가던 작은 배를 만났다. 소문관이 그에게 누구냐고 질책하자 감히 제대로 대답하지 못하였다. 그래서 그도 붙잡아서 관아로 돌아갔다. 이로써 단 한 명도 빼놓지 않고 모두 체포하였다.

당시 급사중[40]으로서 복주 안무사 직을 수행하고 있던 장자전은 배를 나포하여 수색하라고 명령하였는데, 배의 키 아래에 도적들이 많은 물건을 줄로 묶어 둔 것이 발각되었다. 사람을 시켜 물속으로 들어가 살펴보게 하였는데, 살해된 사람들의 시신 다수가 그 아래에 모여 있었다. 시신들은 부패하지 않고 뻣뻣하게 굳어서 물고기들도 시신을 손상하지 않았다. 장자전은 경탄해 마지않으며 서둘러 시신을 수렴한 뒤 장례를 치렀다. 도적들이 재물을 약탈한 뒤 겨우 사흘이 지난 뒤여서 장물은 손도 대지 못한 상태였다.(자가 정실인 장덕휘가 말한 것이다.)

40 給事中: 문하성에 상달된 문서와 문하성에서 하달하는 문서를 읽고 잘못된 점을 반박하거나 바로잡는 업무를 처리하는 관리로서 원풍 3년(1080) 관제 개혁 후 정4품이 되었으며 정원은 4명이었다. 翰林學士・尙書・侍郎과 함께 황제의 측근에서 근무하는 侍從官의 하나로서 매우 명예로운 관직이었다. 給事는 약칭이다.

14 재앙을 없애기 위한 채주의 제사蔡州禳災

呂安老尙書少時入蔡州學, 同舍生七八人黃昏潛出游, 中夕乃還. 忽驟雨傾注, 而無雨具. 是時學制崇嚴, 又未嘗謁告, 不敢外宿. 旋於酒家假單布衾, 以竹揭其四角, 負之而趨. 將及學牆東, 望巡邏者持火炬傳呼而來, 大恐, 相距二十餘步, 未敢前, 邏卒忽反走, 不復回顧, 於是得踰牆而入. 終昔惴惴, 以爲必彰露, 且獲譴屛斥矣.

明日, 兵官申府云: "昨二更後, 大雨正作, 出巡至某處, 忽異物從北來, 其上四平如席, 模糊不可辯, 其下謖謖如人行, 約有脚三二十隻, 漸近學牆乃不見." 郡守以下莫能測爲何物. 邦人口相傳, 皆以爲巨怪. 請於官, 每坊各建禳災道場三晝夜, 繪其狀祠而磔之. 然則前史所謂席帽行籌之妖, 殆此類也.(尙書之子虛己說.)

병부상서를 지낸 자가 안로인 여지呂祉는 젊었을 때 채주의 주학에 입학하여 공부하였다. 기숙사에서 함께 지내던 동기 7~8명이 지녁 무렵 학교 밖으로 몰래 나가서 놀고 한밤중이 돼서야 비로소 돌아오려는데, 갑자기 쏟아붓듯 세차게 소낙비가 내리기 시작하였다. 이들은 우산을 비롯해 비를 피할 아무런 물건도 가지고 있지 않았다. 하지만 당시 주학에서는 학칙을 엄격하게 적용하고 있었고, 사전에 신고하지도 않고 무단 외출한 상태여서 감히 외박할 수도 없었다.

학생들은 임시로 술집에서 홑겹 삼베 이불을 빌려서 대나무로 네 귀퉁이를 받쳐 세워서 그것을 덮어쓰고 주학으로 달려갔다. 주학의 동쪽 담장 근처까지 왔을 때, 저쪽에서 횃불을 든 순라꾼이 '물렀거라'라고 소리치며 오고 있는 것을 보았다. 학생들은 겁이 덜컥 났다. 서로 20여 발짝 정도 떨어진 거리였는데 감히 앞으로 가지 못하고 주춤거리는 사이, 순라꾼이 갑자기 등을 돌려 달아나기 시작하였다. 이들이 뒤돌아보지 않고 가 버린 틈을 타서 담장을 넘어 주학에 들어갈 수 있었다. 학생들은 밤새 두려워 떨었는데 그것은 자신들이 무단 외출한 일이 반드시 들켰을 것이고, 그러면 견책을 받고 쫓겨날 것이라 여겼기 때문이다.

다음 날 군관이 채주 관아에 신고하길,

"어젯밤 2경이 조금 지날 무렵, 큰비가 막 내릴 때 나가서 순찰하다가 한 지점에 이르렀는데, 갑자기 이상한 물체가 북쪽에서 오고 있었습니다. 그 위는 마치 돗자리를 편 것처럼 사방이 평평했으나, 형태가 모호하여 구체적으로 무엇인지 판별하기는 어려웠습니다. 그 아래는 우뚝 선 무엇인가가 있는데 마치 사람이 움직이는 것 같았고, 다리가 20~30개쯤 되었습니다. 그 괴이한 것이 주학의 담장 근처로 다가서더니 그만 사라졌습니다."

채주 지사 이하 모든 관원은 그것이 도대체 어떤 것인지 짐작할 수도 없었다. 이 일이 지역 사람들에게 소문나자 모두 거대한 괴물이 나타난 것이라고 여겼다. 주민들은 방坊마다 재앙을 물리치기 위한 재를 사흘 동안 밤낮없이 지내고, 그 모습을 그려서 제사를 지낸 뒤 찢어 버릴 것을 관아에 요청하였다. 그러니 예전 역사에서 말한 '석모를 쓰고 화살처럼 날아다니는 요괴'[41]라고 하는 것이 아마도 이런

41 席帽行籌: 席帽는 얼굴에 햇볕이 드는 것을 막기 위해 등나무로 틀을 만들고 사면을 드리운 모자를 가리킨다. 籌는 투호용 화살을 가리킨다.

것이 아닐까 싶다.[42]

(병부상서 여지의 아들 여허기가 말한 것이다.)

42 天禧 2년(1018) 5월 25일, 모자를 쓴 요물이 한밤중에 민가에 날아들어 사람들을 잡아먹는다는 소문이 서경인 낙양 일대에 파다하며, 주민들이 몇 달째 두려움에 떨고 있다는 河陽三城節度使 張旻의 상주문이 진종에게 전해졌다. 낙양에서 시작된 이 소문은 꼬리를 물고 퍼지면서 도성인 개봉에서도 요괴로부터 자신을 지키겠다며 집집마다 무장하고, 자위대를 구성하는 등 사회 불안이 커졌고, 심지어 군대까지 동요하기에 이르렀다. 또 하루는 밤에 헛것을 보고 누군가 소리를 지르자 이웃이 따라 소리를 지르면서 마침내 온 도성 주민이 소리를 지르는 등 점차 공포가 파급되어 황제가 직접 그 소리를 들을 정도가 되었다. 진종은 사태의 심각성을 깨닫고 헛소문을 퍼트리는 자를 신고하면 상을 내리겠다며 처형과 투옥을 통해 사태를 진정시켰다. 반면 남경 지사 王曾은 이것이 헛소문에 불과하다며 오늘 밤 성문을 열어 요괴가 들어오는지 직접 보겠다고 하자 오히려 헛소문이 사라졌다. 처음 헛소문이 퍼졌을 때 그것을 간과한 낙양 지사는 좌천되었고, 반대로 왕증은 참지정사로 승진하였다. 한편 신고를 권고하여 무고한 희생자가 많았다고 대신인 劉燁이 간언하자 진종은 관련 죄수를 모두 석방하였다. 또 다수의 신하가 태자 책봉을 미룬 것도 사회 불안의 한 요인이라며 조속히 책봉해야 한다고 주장하자 그 건의도 받아들였다. 이 사건은 전연의 맹약을 체결한 뒤 거란에 세폐를 보내야 했던 현실, 거란이 송과 대등하거나 심지어 우월하다는 외교적 도발로 정통성의 위기에 처한 진종이 天書를 받았다는 조작을 통해 위기를 모면하려고 한 결과, 송조 전역에 미신 풍조가 만연했기 때문에 발생한 것이다. 또 이 사건이 태자 책봉으로 귀결된 것은 당시 황제 못지않게 막강한 권력을 행사하고 있던 劉 황후가 진종 사후 제2의 측천무후가 되기 위해 태자 책봉을 저지하고 있고, 이로 인해 괴변이 발생하였다는 항간의 여론을 불식시키기 위해서였다.

15 돌게를 이용한 생칠 치료蟹治漆

乾道五年, 襄陽有劫盜當死, 特旨貸命黥配. 州牧慮其復爲人害, 旣受刑, 又以生漆塗其兩眼. 囚行至荊門, 盲不見物, 寄禁長林縣獄, 以待傳送. 時里正適以事在獄中, 憐而語之曰: "汝去時, 倩防送者往蒙泉側, 尋石蟹, 搗碎之, 濾汁滴眼內, 漆當隨汁流散, 瘡亦愈矣." 明日, 賂送卒, 得一小蟹, 用其法, 經二日目睛如初, 略無少損. 予妹壻朱晞顏時以當陽尉攝邑令, 親見之.

건도 5년(1169), 양양에서 응당 사형에 처해야 할 강도가 있었는데, 특별히 목숨만을 살려 주되 묵형에 처한 뒤 멀리 유배를 보내라는 성지가 내려왔다. 양주 지사는 그 사형수가 다시 사람들을 해칠까 우려하여 묵형을 시행한 뒤 다시 죄수의 두 눈에 생칠[43]을 발라 버렸다. 죄수 일행이 형문군[44]에 도착했을 무렵, 이미 눈이 멀어서 사물을 볼 수 없게 되었다. 그래서 죄수를 형문군 장림현[45]의 감옥에 감금시키고 잠시 머물렀다. 마침 장림현의 한 이정이 업무를 처리하느라 감옥에 있다가 죄수를 보고 불쌍히 여겨 그에게 말해 주길,

"이곳 감옥에서 나와 유배지로 갈 때 너를 압송하는 사람에게 몽천

43 生漆: 정제하지 않은 옻나무의 진액을 말한다. 옻이 피부에 닿으면 각종 독성을 만들어 각종 피부 질환을 유발한다.

44 荊門軍: 荊湖北路 소속으로 치소는 長林縣(현 호북성 荊門市 城區)이고 관할 현은 2개이다. 현 호북성 중앙에 해당한다.

45 長林縣: 荊湖北路 荊門軍의 치소이며 현 호북성 중앙 荊門市의 북쪽에 해당한다.

으로 가서 그 주변에서 돌게를 찾아 달라고 부탁하거라. 돌게를 짓이겨서 즙을 만든 뒤 그것을 걸러서 눈에 떨어뜨리면 칠이 즙을 따라 흘러내리게 된다. 그러면 상처가 나을 것이다."

다음 날 압송하던 포졸에게 뇌물을 주고 작은 돌게 한 마리를 얻어서 시킨 대로 해보았다. 이틀이 지나자 눈동자가 처음처럼 밝아졌고 조금이라도 손상된 곳이 없는 것 같았다. 내 매제인 주희안이 당시 당양현[46] 현위로서 지사 업무를 대행하고 있어서 이 일을 직접 목격할 수 있었다.

46 當陽縣: 荊湖北路 荊門軍 소속으로 현 호북성 서남부 宜昌市 동쪽의 當陽市에 해당한다.

이견병지 夷堅丙志 卷14

01 다섯째 처고모 장씨張五姑

外舅女弟五姑, 名宗淑, 自幼明慧知書, 旣笄, 嫁襄陽人董二十八秀才. 董懦而無立, 淑性高亢, 庸奴其夫, 鬱鬱不滿, 至於病瘵. 靖康之冬, 郭京潰卒犯襄鄧, 董死於漢江. 明年, 淑從其母田夫人至南陽, 飮酒笑嬉, 了不悲戚. 宿痾亦浸瘳. 方自欣慶, 一旦, 無故嘔血, 斗餘不止, 心疑懼, 使呼□□□□□□□語曰: “和中不可再嫁, 嫁當殺汝.” 和中, 蓋淑字, 雖家人皆不知之. 淑識其聲爲故夫, 叱曰: “我平生爲汝累, 今死矣, 尙復繳繞我. 使我再歸它人, 何預汝事?” 巫無語而甦, 淑固自若.

會外舅來南, 挈與偕行, 至揚州, 謀壻, 將以嫁王趯. 淑曰: “一生坐文官所困, 不願再見之, 得一武弁足矣.” 遂適閤門宣贊舍人席某. 時二年五月, 董氏喪制猶未終. 其冬, 席生又死於盜. 淑隨母兄度江, 寓溧陽. 三年三月晦, 夢席生自牖捽其頭, 覺而項痛, 丹瘤生左頰, 臥病踰月, 昏昏不能知人. 二嫂往視之, 笑曰: “姑夫恰在此, 聞妗妗至, 去矣.” 問爲誰? 曰: “二十八郎也.” 自是但與董交語, 以至於亡.

明年, 其母在澧州, 夢淑與人聚博於樓上, 猶如在生時. 母責之曰: “賭博從曉連夕, 豈是女子所爲事?” 淑忿怒, 化爲旋風, 逐母至牀, 母驚號曰: “鬼掣我!” 子婦急起視, 則身已半墮地, 明日不能起, 兩月而卒.

장인어른의 여동생인 다섯째 고모는 이름이 장종숙인데, 어려서부터 총명하고 글공부를 하였다. 성년이 되자 양양 사람으로 수재인 동이십팔에게 시집을 갔다. 동씨는 우유부단한 데다 벼슬도 하지 못하였다. 반면 처고모는 자존심이 강한 성품이어서 자기 남편이 천박하고 비루하다며 늘 불만이 가득하였을 뿐 아니라 병이 날 지경이었다.

정강 1년(1126) 겨울, 곽경[1]의 패잔병이 양양과 등주[2]를 침범하였고, 동씨는 한강[3]에서 사망하였다. 이듬해에 처고모는 친정어머니 전씨 부인을 따라 등주 남양현[4]으로 갔다. 남편이 죽었음에도 불구하고 매일 술을 마시고 웃으며 조금도 슬픈 기색이 없었다. 게다가 오랜 지병마저 점차 나아졌다. 처고모가 좋아서 기뻐하던 중, 어느 날 아침 아무런 이유도 없이 피를 토하였는데, 한 말이나 토했음에도 그치지 않자 비로소 마음속으로 두려워하기 시작하였다. 그래서 무당을 불러 … 하였는데, 그에게 빙의하여 말하길,

1 郭京: 정강 1년(1126) 겨울, 금군이 개봉을 포위하고 맹렬하게 공격하자 함락의 위기에 직면한 송의 군사 책임자인 동지추밀원사 孫傅는 인종 때 殿中丞을 지낸 丘濬이 쓴 예언서 『觀時感事詩』를 읽다가 그 안에 등장하는 "郭京楊適劉無忌"를 발견한 뒤 개봉성 내에서 같은 이름의 사람을 찾았다. 그 결과 龍衛軍의 군졸 郭京을 찾았는데, 곽경은 자신이 도력을 지녔으며, '六甲法'을 써서 금군 사령관을 체포할 수 있다고 허풍을 떨었다. 또 곽경은 갑자년 갑자월 갑자일 갑자시에 태어난 7,777명을 구해 주면 금군의 근거지까지 격파할 수 있다고 했는데, 지푸라기라도 잡고 싶은 심정이었던 휘종과 손부는 그의 말을 철석같이 믿고 후대하였다. 곽경은 무뢰배로 이루어진 7,777명의 '六甲神兵'을 조직하고, 거듭된 재촉에 11월 25일 宣化門을 열고 나갔으나 곧 금군에게 대패하였다. 성 위에서 이를 지켜본 곽경은 성을 빠져나가 패잔병을 이끌고 남쪽으로 도주하였다. 이날 밤 개봉성은 금군에게 함락되었다. 이후 곽경의 최후는 알 수 없으나 이 사건을 계기로 도교는 국가 패망의 주범으로 비난받게 되었다.

2 鄧州: 京西南路 소속으로 치소는 穰縣(현 하남성 南陽市 鄧州市)이고 관할 현은 南陽縣·內鄕縣·淅川縣·順陽縣·穰縣 등 5개이며 州格은 節度州이다. 개활지를 통해 하남에서 호북으로 진출할 수 있는 전략적 요충지이며 현 하남성 남서부 南陽市와 그 서남쪽에 해당한다.

3 漢江: 섬서성과 호북성을 흐르는 장강의 최대 지류로서 황하와 장강 유역으로 나누어진 북중국과 남중국을 연결하는 통로로 전략상 중시되었다. 과거에는 주로 漢水라고 칭하였다.

4 南陽縣: 京西南路 鄧州 소속으로 하남과 호북을 연결하는 전략적 요충지이며, 현 하남성 남서부 南陽市의 城區에 해당한다.

"화중, 재혼해서는 안 되오. 당신이 재혼한다면 당신을 죽이고 말겠소."

화중은 처고모의 자였으나 가족 중에도 그의 자에 대하여 아는 이가 없었다. 처고모는 그 목소리가 죽은 남편의 것임을 알고 질책하길,

"내가 평생 너 때문에 되는 일이 없었는데, 지금 죽었으면 그만이지 왜 또다시 나를 얽어매려 하느냐? 만약 내가 다른 남자와 재혼한다고 해도 그게 너와 무슨 관계가 있단 말이냐?"

무당은 아무런 말도 하지 못하고 잠시 후 깨어났다. 처고모는 실로 아무런 일도 없었던 것처럼 개의치 않았다. 그 뒤로 장인은 처고모 등을 만나 남쪽으로 내려오면서 모두 데리고 왔다. 양주에 이르러 처가에서는 사윗감을 찾다가 왕약에게 시집을 보내려 하였다. 처고모는 말하길,

"내가 평생 문약한 서생에게 시집가서 곤란을 겪었으니 다시는 그런 꼴을 보고 싶지 않다. 이번에는 무관 남편을 하나 얻었으면 만족하겠다."

그 뒤 합문선찬사인인 석씨와 재혼하였다. 당시는 남편 동씨가 죽은 지 2년 5개월이어서 거상 기간이 채 끝나지 않았던 시점이었다. 그런데 그해 겨울에 석씨도 도적에게 죽임을 당하였다. 처고모는 친정어머니와 오빠인 장인을 따라 장강을 건너와 건강부 율양현[5]에 자리를 잡았다. 동씨가 죽은 지 3년 되던 해 3월 그믐날, 꿈에 석씨가

5 溧陽縣: 江南東路 建康府 소속으로 현 강소성 남서부 常州市 남동쪽의 溧陽市에 해당한다.

창문으로 손을 집어넣어 머리를 잡아당겼다. 처고모는 잠에서 깨어나자 목에 통증을 느꼈고, 왼쪽 뺨에 붉은 혹이 생겼다. 병이 나서 한 달이 넘도록 누워 있다가 혼미해져서 사람도 알아보지 못하였다.

두 명의 올케가 병문안차 가 보니 웃으며 말하길,

"죽은 남편이 마침 여기 있었어요. 그런데 두 시누이가 온다는 말을 듣더니 가 버렸습니다."

누구를 말하는 것이냐고 묻자, 답하길

"이십팔랑이예요."

이때부터 오직 동이십팔랑과 말을 주고받으며 죽을 때까지 그러하였다. 이듬해 친정어머니 전씨는 달주에서 지냈는데, 꿈에 처고모가 마치 살아생전처럼 사람들과 누각 위에서 도박하고 있는 것을 보았다. 친정어머니가 처고모를 나무라길,

"새벽부터 밤까지 쉬지 않고 도박을 해대다니, 이게 과연 여자가 할 일이란 말이냐?"

그러자 처고모가 노발대발하더니 회오리바람으로 변하여 친정어머니를 들어 침상으로 내쫓았다. 어머니가 놀라서 소리를 지르길,

"귀신이 나를 잡아끌어 가고 있다!"

며느리가 급히 일어나 살펴보았더니 시어머니의 몸이 이미 반쯤 땅에 떨어져 있었다. 이튿날 일어나지 못하게 되었고, 두 달 뒤에는 세상을 떴다.

02 의도현의 송선사宜都宋仙

宣和中, 外舅爲峽州宜都令, 盛夏不雨, 徧禱諸祀無所應. 邑人云: “某山宋仙祠極著靈響.” 乃具饌謁其廟. 財下山, 片雲已起於山腹. 方烈日如焚, 忽大雷雨, 百里霑足. 邑人戴神之賜, 相與出錢葺其廟, 而莫知仙之爲男爲女, 攷諸圖志, 問於父老, 皆無所適從. 外舅晝寢, 夢大輿自外來, 旛蓋麾旄, 儀物頗盛, 巍然高出於屋. 私念言: “縣門卑陋, 安能容此?” 轉眄間已至庭中. 跂而窺之, 則婦人晬容襐飾坐其內, 驚起欲致敬, 倏然而寤. 乃命塑爲女仙像, 未及請廟額而移官去云.

선화 연간(1119~1125)에 장인어른이 섬주 의도현[6] 지사가 되었는데, 그해 여름 내내 비가 오지 않았다. 그래서 현 내 온갖 사묘를 다 다니며 기도했지만, 감응이 전혀 없었다. 현성 사람이 말하길,

“어떤 산에 있는 송선사가 대단히 영험합니다.”

이에 제수를 갖추어 송선사를 찾아 기우제를 지내고, 산에서 막 내려오자 벌써 조각구름이 산 중턱에서 일어나기 시작하였다. 그 당시 햇볕이 얼마나 뜨거운지 마치 불을 때는 것 같았는데, 홀연 천둥이 치면서 큰비가 오기 시작하더니 사방 백 리의 땅이 흠뻑 젖을 정도로 많이 내렸다. 현성 사람들은 신이 비를 내려 주셨다며 받들고 앞다투어 돈을 내서 송선사를 수리하였다. 하지만 신선이 남신인지 여신인

6 宜都縣: 荊湖北路 峽州 소속으로 현 호북성 남서부 宜昌市 동남쪽의 宜都縣에 해당한다.

지 알지 못하여 여러 지방지 등을 살펴보고 부로에게도 물어보았지만 어떻게 해야 할지 알 수 없었다.

장인어른이 낮잠을 자다가 꿈을 꾸었는데, 큰 가마가 관아 밖에서 들어오는데 표기와 일산, 지휘용 깃발을 비롯해 각종 의장용 물품이 자못 풍성하였을 뿐 아니라 어찌나 큰지 관아 건물보다 더 높았다. 속으로 생각하며 말하길,

“관아의 대문이 작고 누추해서 저들을 어떻게 받아들일 수 있을지 모르겠네.”

하지만 그들은 순식간에 관아의 뜰 안으로 이미 들어와 있었다. 발돋움하여 가마 안을 살펴보니, 한 어린 여인이 그 안에 앉아 있는데 용모는 온화하고 장식은 화려하였다.[7] 이에 놀라서 일어나 경의를 표하려고 하였지만, 갑자기 잠에서 깨어났다. 이에 신선의 모습을 여성으로 만들라고 명하였다. 하지만 송선사에 사액을 내려 달라고 조정에 청하기도 전에 다른 관직으로 전근하게 되었다고 하셨다.

7 襐飾: 머리 장식을 뜻하며, 주로 미성년자가 귀 뒤로 늘어뜨리는 머리 장식을 의미한다. 본문에 별도의 연령을 드러내지 않고 단지 ‘婦人’이라고 하였지만 襐飾을 한 점을 고려하여 ‘어린 여인’으로 번역하였다.

03 유씨 할머니의 죽은 남편劉媪故夫

唐州人張文吉, 下世十餘年. 妻劉氏, 年且八十, 白晝逢故夫, 挽其衣使行, 曰: "相與歸去, 無爲久住此." 相持不解, 劉遂仆地. 其季子至前, 掖張翁使去, 曰: "困吾母如是, 何也?" 又扶媪起立, 然後去. 媪長子及婦孫輩, 見老人乍仆乍起, 趨視之, 歷歷聞其言. 時季子亦死久矣, 咸憂懼, 知其爲不祥. 未幾, 媪死.

당주[8] 사람 장문길은 세상을 떠난 지 10여 년이 되었다. 장문길의 아내 유씨는 나이가 80세 가까웠는데, 백주에 죽은 남편을 만났다. 남편이 유씨의 옷을 잡고 함께 가자고 하며 말하길,

"우리 함께 돌아갑니다. 여기에 오래 있을 필요가 없소."

두 사람은 서로 맞서며 다투다가 유씨가 땅에 넘어졌다. 유씨의 막내아들이 앞으로 가서 장문길을 부축하더니 가라고 하면서 말하길,

"이렇게 어머니를 곤혹스럽게 하는 이유가 무엇이지요?"

그리고 다시 유씨를 부축하여 일으켜 세운 뒤 갔다. 유씨의 큰아들과 며느리, 그리고 손자들은 유씨가 갑자기 넘어졌다 갑자기 일어나는 것을 보고 유씨를 보살피기 위해 뛰어갔다. 그리고 그들이 주고받는 말을 역력히 들었다.

8 唐州: 京西南路 소속으로 치소는 泌陽縣(현 하남성 南陽市 唐河縣)이고 관할 현은 5개이며 州格은 團練使州이다. 남양분지의 동쪽이며 현 하남성 남서부 南陽市의 동쪽과 駐馬店市의 서쪽에 해당한다.

당시 막내 또한 죽은 지 오래되었기 때문에 모두 이것이 불길한 일임을 알고 근심하며 두려워하였다. 얼마 지나지 않아 유씨가 사망하였다.

주석 욕조에 생긴 얼음꽃錫盆冰花

外舅淸河公, 紹興六年, 以中書門下省檢正官兼都督府諮議軍事往淮西撫諭張少保軍, 留家於建康. 十二月十五日生辰, 家人取常用大錫盆洗滌, 傾濁水未盡, 盆內凝結成冰, 如雕鏤者. 細視之, 一壽星坐磐石上, 長松覆之, 一龜一鶴分立左右, 宛如世所圖畫然. 外姑劉夫人命呼畫工寫其狀, 工所居遠, 比其至, 已消釋矣. 自是無日不融結, 佳花美木, 長林遠景, 千情萬態, 雖善巧者用意爲之, 莫及也. 迨春暄乃止, 而外舅有兵部侍郎之命.(『春渚記聞』有葛□之一事, 甚相似.)

장인어른 청하공은 소흥 6년(1136)에 중서문하성[9] 검정관[10] 겸 도독부[11] 자의군사[12]의 신분으로 소보[13] 장준[14]의 군대를 위무하기 위해

9 中書門下省: 隋·唐代에 완성된 중앙 행정 조직인 三省은 조서의 초안을 작성하는 中書省, 조서에 대한 심의 기능을 가진 門下省, 집행 기관인 尙書省으로 이루어졌다. 이 가운데 문하성의 기능이 일찍 축소되어 중서성과 통합되었다. 송대에도 대체로 중서문하성이 樞密院과 함께 각각 민정과 군정을 담당하는 최고 기관으로서의 역할을 하였다.

10 檢正官: 중서문하성 소속 각 房(孔目房·吏房·戶房·禮房·刑房)의 공적과 과실, 그리고 房의 堂後官 이하 각 서리의 과실을 기록하는 관리이다. 정식 명칭은 檢正中書某房公事이며, 약칭은 檢正·檢正官·檢正公事·中書檢正·中書檢正官·中書檢正公事 등 다양하며, 정원은 房마다 2명이다.

11 都督府: 소흥 2년(1132)에 처음 설치한 대규모 군 편제로서 江淮荊浙도독부처럼 남북송 교체기의 전쟁 상황에 긴급대처하기 위해 설치되었으며, 몇 개 로의 군사를 총괄 지휘하는 고위직이어서 통상 재상이 도독을 겸하여 추밀원의 권한을 침범하였다.

12 諮議軍事: 參謀軍事·參議軍事와 함께 도독부의 속관으로 기밀문서의 관리, 공문서의 작성, 공무의 처리 등을 담당하였다.

회서로 갔다.[15] 그때 가족들은 건강부에 남겨 두었다. 12월 15일 생신이었는데, 가족들은 늘 사용하던 주석으로 만든 큰 욕조를 이용하여 목욕하였다. 더러워진 물을 버리려 욕조를 기울였는데 다 버리기도 전에 욕조 안에 얼음이 얼었고 그 모습이 마치 정밀하게 세공한 것 같았다. 자세히 살펴보니 장수의 신[16]이 너럭바위 위에 앉아 있고, 낙락장송이 그 위에 드리워져 있으며, 학과 거북이 한 마리가 좌우에서 있는 모습이 완연히 세상 사람이 그린 그림 같았다.

장모이신 유부인께서 화공을 불러 그 모습을 그리라고 하였으나, 화공이 사는 곳이 멀어서 그가 도착할 무렵 이미 녹아 버렸다. 그때부터 하루도 얼지 않은 날이 없었고, 아름다운 꽃과 나무, 깊은 숲과

13 少保: 周代의 관제로서 太師·太傅·太保 등 3公 다음 직책인 少師·少傅, 少保를 가리켜 '3少'라 하였다. 후대에 형식상 3公은 황제를, 3少는 황태자를 보좌하는 직책이라고 했지만, 고위 관직에 추가하는 명예직일 뿐 실제 직무는 없었고 송대 역시 부재상에게 부여하는 명예직으로 활용하였다. 그러나 휘종은 政和 2년(1112)에 정식 관직으로 정1품 '三少'를 두었고 선화 7년(1125) 이후 절도사 직책을 제수한 뒤 加官으로 수여하였다.

14 張俊(1086~1154): 자는 伯英이며 秦鳳路 鳳翔府(현 감숙성 天水市) 사람이다. 어려서부터 군에 들어가 많은 공을 세웠으며 특히 남송 건국기에 岳飛·韓世忠·劉光世와 함께 中興四將으로 손꼽힌다. 海陵王의 공격을 차단하였고 李成과 大齊의 공세를 격파하였다. 금에 대한 강경론을 주장하다 살해된 岳飛, 실각한 韓世忠과 달리 장준은 적극적으로 고종의 뜻에 부합하여 부귀영화를 독차지하였다. 정치적 노선과 지나친 축재 등으로 비난 여론도 적지 않다.

15 紹興 6년 10월, 大齊의 30만 대군이 대거 진공할 때 張俊은 淮西宣撫使로 군을 통솔하고 있었다. 장준 휘하의 楊沂가 藕塘에서 대제 군대를 대파하고 壽春까지 추격하는 전과를 올렸다.

16 壽星: 본래 복·봉록·수명을 관장하는 별자리의 하나였는데, 진시황이 중국을 통일하고 장안 부근에 壽星祠를 세우면서 점차 신선의 이름으로 의인화되었다. 통상 튀어나온 이마와 흰 수염을 한 노인이 仙桃를 들고 있고 주변에 사슴과 학이 있는 모습으로 묘사된다.

아득한 경치까지 수많은 정취와 경치가 담겨 있어 뛰어난 화가가 마음먹고 그린다고 해도 따라갈 수 없을 정도였다. 봄이 되어 날씨가 따뜻해지자 비로소 얼음이 어는 일이 없었다. 그리고 장인어른을 병부시랑[17]으로 임명한다는 인사 명령이 내려왔다.(『춘저기문』[18]에 실린 갈□의 일화와 매우 유사하다.)

17 兵部侍郎: 尙書省의 6부 가운데 兵部의 차관이다. 元豐 관제 개혁으로 다소 나아지기는 했지만, 樞密院으로 인해 兵部의 업무는 여전히 제한적이었다, 품계는 원풍개혁 후 정4품하에서 종3품으로 승격되었다.

18 『春渚記聞』: 신선과 각종 기이한 일화를 기록한 10권의 필기자료이다. 저자 何薳(1077~1145)은 자가 子楚이며, 福建路 建州 浦城縣(현 복건성 南平市 浦城縣) 사람이다.

05 왕팔랑王八郞

唐州比陽富人王八郞, 歲至江淮爲大賈, 因與一倡綢繆, 每歸家必憎惡其妻, 銳欲逐之. 妻, 智人也, 生四女, 已嫁三人, 幼者甫數歲, 度未可去, 則巽辭答曰: "與爾爲婦二十餘歲, 女嫁, 有孫矣, 今逐我安歸?"

王生又出行, 遂携倡來, 寓近巷客館. 妻在家稍質賣器物, 悉所有藏篋中, 屋內空空如窶人. 王復歸見之, 愈怒曰: "吾與汝不可復合, 今日當決之." 妻始奮然曰: "果如是, 非告於官不可." 卽執夫袂, 走詣縣, 縣聽仳離而中分其貲產. 王欲取幼女, 妻訴曰: "夫無狀, 棄婦嬖倡, 此女若隨之, 必流落矣." 縣宰義之, 遂得女而出居於別村, 買缾罌之屬, 列門首, 若販鬻者. 故夫它日過門, 猶以舊恩意與之語曰: "此物獲利幾何? 胡不改圖?" 妻叱逐之曰: "旣已決絶, 便如路人, 安得預我家事?" 自是不復相聞.

女年及笄, 以嫁方城田氏, 時所蓄積已盈十萬緡, 田氏盡得之. 王生但與倡處, 旣而客死於淮南. 後數年, 妻亦死. 旣殯, 將改葬, 女念其父之未歸骨, 遣人迎喪, 欲與母合祔. 各洗滌衣斂, 共臥一榻上, 守視者稍怠, 則兩骸已東西相背矣. 以爲偶然爾, 泣而移置元處, 少頃又如前. 乃知夫婦之情, 死生契闊, 猶爲怨偶如此. 然竟同穴焉.

당주 비양현[19]의 부자 왕팔랑은 해마다 강회 일대에 가서 크게 거래하였다. 그런데 한 창기와 죽고 못 사는 사이가 되어 매번 집으로 돌아오면 꼭 아내를 증오하다 못해 서둘러 내쫓으려 하였다. 아내는

19 比陽縣: 京西南路 唐州 소속으로 현 하남성 동남부 駐馬店市 서남쪽의 泌陽縣에 해당한다.

지혜로운 사람이었는데, 딸만 넷을 낳았다. 그 가운데 셋은 이미 출가하였지만, 막내는 겨우 몇 살밖에 되지 않았기 때문에 아직 집을 나갈 수 없다고 생각하였다. 그래서 공손하게 대답하길,

"당신과 부부가 된 지 이미 20여 년이 되었고, 딸들이 시집을 가서 외손자까지 있어요. 그런데 지금 나를 내쫓으면 내가 어디 갈 데가 있단 말인가요?"

왕씨가 다시 장사하러 갔는데, 이번에는 그 창기를 데리고 와서 집 근처 골목에 있는 여관에 잠시 머물게 하였다. 왕씨의 아내는 조금이라도 팔 수 있는 집안의 물건 모두 팔아 버리고 모든 돈을 대나무 상자에 숨겨 두었다. 그래서 집안은 마치 가난한 집처럼 텅텅 비게 되었다. 왕씨가 집으로 다시 돌아와 이러한 상황을 보더니 더욱 화를 내며 말하길,

"나는 너와 더는 같이 살 수 없다. 오늘 당장 결판을 짓자."

왕씨 아내는 그제야 처음으로 결연하게 말하길,

"만약 그렇다면 반드시 관아에 고발해서 처리해야만 한다."

즉시 남편의 옷소매를 붙잡고 비양현 관아로 달려갔다. 현에서는 두 사람의 이혼에 관해 듣고 그들의 재산을 반분하라고 판결하였다. 왕씨가 어린 딸을 차지하려고 하자 부인이 호소하길,

"남편이 잘한 것이 어디 있습니까? 밀찡한 아내를 버리고 창기만 총애하였습니다. 만약 이 딸애가 남편을 따라간다면 나중에 반드시 길거리를 떠돌게 될 것입니다."

현지사는 왕씨 부인의 말이 옳다고 판결하였다. 부인은 딸을 차지한 뒤 집에서 나와 다른 촌락에 살았다. 그리고 단지와 항아리 등을 사서 문 앞에 늘어놓았는데, 마치 그것을 팔려는 것 같았다. 훗날 전

남편인 왕씨가 그 집 앞을 지나다가 그래도 옛정이 남아서 부인에게 말하길,

"이런 물건을 팔아봤자 이익이 얼마나 나겠소? 왜 차라리 다른 것을 팔려고 하지 않으시오?"

부인은 왕씨를 쫓아내며 질책하길,

"우리는 이미 갈라선 사이다. 길에서 만난 타인과 다를 바 없는데, 어찌 우리 집안일에 참견하려 든단 말이냐."

이때부터 다시는 서로 아는 체하지 않았다. 막내딸이 성년이 되자 당주 방성현[20]의 전씨에게 출가시켰다. 당시 부인이 축적한 재산은 이미 10만 관이 넘었는데, 전 재산을 사위인 전씨에게 넘겨주었다. 왕씨는 여전히 창기와 함께 살다가 얼마 후 회남에서 객사하였다. 그 뒤로 몇 년이 지나 부인도 사망하였다.

초빈을 마친 뒤 장지로 모시려 할 때 막내딸은 아버지의 유해가 여전히 객지에 있음을 생각해 사람을 보내서 모셔오게 한 뒤 어머니와 합장하고자 했다. 두 사람의 옷을 각자 세척하고 염을 마친 뒤 두 사람을 한 침상 위에 눕혀 두었다. 시신을 지키는 사람이 잠시 한눈을 파는 사이 두 시신은 서로 등을 대고 누웠다. 가족들은 우연히 생긴 일이라고 여기고 울면서 원래의 모습으로 옮겨 두었다. 하지만 잠시 후 다시 등을 돌리고 누웠다. 그제야 비로소 부부 사이의 정이란 것이 살아생전에 만나고 죽으면 헤어지는 것이지만 이렇게 원한을 품은 부부가 되면 죽어서도 등을 돌리는 법이라는 것을 알게 되었다. 하지만 결국에는 왕씨 부부를 합장하였다.

20 方城縣: 京西南路 唐州 소속으로 현 하남성 南陽市 동북쪽의 方城縣에 해당한다.

06 선찬사인 양씨楊宣贊

唐州相公河楊氏子, 娶於戚里陳氏, 得官至宣贊舍人. 平生喜食雞, 所殺不勝計. 晩年瘡發鬢間, 未能爲甚害. 家所養雞忽中夜長鳴, 大惡之, 明日殺而炙之, 復以充饌. 未下咽, 瘡毒大作, 瘇滿一面, 久之稍愈, 而潰汁流至喉下, 齧肌成穴, 殊與雞受刃處等, 鮮血沾滴無休時, 竟死.(右六事皆聞於妻族.)

당주 방성현을 흐르는 상공하[21] 부근에 사는 양씨 집안의 아들은 필자의 친척인 진씨 집안 여성을 아내로 맞이하였다. 양씨는 관직이 선찬사인에 이르렀다. 그는 평생 닭고기를 좋아하여 얼마나 많은 닭을 잡았는지 모를 정도였다. 말년에 귀밑털 주위에 종기가 생겼지만 그다지 심각한 상태는 아니었다.

그런데 집에서 기르는 닭이 갑자기 한밤중에 한참을 울자 양씨는 몹시 화가 나서 다음 날 닭을 잡아서 불에 구웠다. 그리고 닭고기를 먹으려 하는데, 미처 목구멍을 내려가기도 전에 종기가 크게 부풀어 올랐다.

종기가 부어올라서 온 얼굴을 덮을 지경이 되었으나 오래 지난 뒤 조금 가라앉기 시작하였다. 종기가 곪아 터진 뒤 고름이 흘러 목구멍

21 相公河: 方城縣 廣陽鎭 북쪽에서 발원하여 漢江의 지류인 白河로 합류하는 하천이다.

아래에 이르자 살을 파고들어 구멍이 생겼다. 그 위치가 정확하게 닭을 잡을 때 칼로 내려지는 곳과 같았다. 붉은 핏방울이 쉴새 없이 뚝뚝 떨어져 옷을 적시더니 결국 죽고 말았다.(위의 여섯 가지 일화 모두 처가 식구들에게서 들은 것이다.)

楊緯, 字文叔, 濟州任城人, 爲廣州觀察推官, 死官下, 喪未還. 其姪洵在鄕里, 一日晡時, 昏然如醉, 欻見緯乘馬從徒而來, 洵遽迎拜, 旣坐, 神色儵然如平生. 洵跪問曰: "叔父今何之?" 曰: "吾今爲忠孝節義判官, 所主人間忠臣・孝子・義夫・節婦事也." 從容竟夜. 旁人但見洵拜且言, 皆怪之. 將行, 二紫衣留語曰: "府君好范山下石臺, 何不就彼立祠?"

洵忽寤, 告家人曰: "適廣州叔父至云云如此." 衆悲駭. 因呼工造像. 工技素拙, 及像成, 與緯不少異, 始知其神. 然以官不顯, 又無蹟狀, 故州縣不肯上其事, 祠竟不克立. 緯生爲善人, 所居官專務以孝弟敎民, 正直好義, 故沒而爲神. 考諸傳記, 蓋未嘗有此陰官也.(見『晁無咎集』.)

자가 문숙인 양위는 제주 임성현[22] 사람으로서 광주 관찰추관[23]으로 재직하던 중 관사에서 사망하여 시신이 아직 고향으로 돌아오지 못한 상황이었다. 고향에 있던 양위의 조카 양순이 하루는 초저녁[24]에 갑자기 술에 취한 것처럼 정신이 몽롱해졌다. 문득 양위가 말을

22 任城縣: 京東西路 濟州 소속으로 현 산동성 서남부 濟寧市의 城區인 任城區에 해당한다.

23 觀察推官: 절도사・관찰사・방어사・단련사에 설치한 군의 참모직(幕職官)으로서 직급은 判官 바로 아래이다. 추관으로는 節度推官・觀察推官・防禦推官・團練推官을 비롯해 軍事推官 등도 있었다. 원풍 관제 개혁 이후 정9품관이 되었고, 元祐 연간(1086~1093) 이후로는 종8품이었다.

24 晡時: 申時(15~17시)에 해당한다.

타고 시종들을 거느리고 오는 것을 보았다. 양순은 급히 나가 맞이하며 절을 하였고, 양위가 들어와 앉았는데, 얼굴색이 평소처럼 고결했다.

양순이 꿇어앉아 양위에게 물어보길,

“숙부께서 지금 무엇을 하십니까?”

양위가 말하길,

“나는 지금 충효절의판관이 되었다. 사람들 사이에서 충신과 효자, 의로운 남편과 절개를 지킨 부인 등에 관한 일을 주관한다.”

그리고 두 사람은 편안하게 밤을 보냈다. 옆에 있던 사람에게는 그저 양순이 절하고 말하는 것만 보였기에 모두 괴이하게 생각하였다. 양위가 길을 떠나려는데, 자주색 관복을 입은 두 명의 관리가 말을 남기길,

“판관[25]께서는 범산 아래에 있는 석대를 좋아하십니다. 왜 그곳에 사당을 건립할 생각을 하지 않으시오?”

양순이 갑자기 깨어나 가족들에게 꿈을 꾼 내용을 알리길,

“광주에 계신 숙부께서 저를 만나러 오셔서 이러저러한 말씀을 하셨습니다.”

모두 슬퍼하면서도 놀라워하였다. 그래서 기술자를 불러 양위의 상을 만들라고 시켰는데, 그 기술자는 본래 솜씨가 없던 사람인데도 양위의 상을 만들고 보니 놀랍게도 실물과 전혀 다르지 않았다. 그제

25 府君: 부군은 본래 漢代에 태수를 가리키는 용어였으나 후에 망자에 대한 경칭, 또는 태산부군처럼 신에 대한 경칭으로 사용하였다. 본문에서는 신에 대한 경칭으로 사용하였으나 문맥상 판관으로 번역하였다.

야 비로소 양위가 신이 되었음을 알 수가 있었다. 하지만 양위는 관직이 높지 않고 현저한 공적도 없었다. 그래서 주와 현의 관리들은 양위에 관한 일을 상부에 보고하길 꺼려서 결국은 사당을 세울 수 없었다.

양위는 살아생전 선량한 사람으로 관원으로 있으면서 효제의 도리를 백성에게 가르치는 데 전력을 다하였고, 정직하며 의를 숭상하였다. 그래서 사후에 신이 된 것이다. 여러 전기를 살펴보니 아마도 충효절의판관이라는 명계의 관직은 일찍이 없었던 것 같다.(이 일화는 『조무구집』에 실려 있다.)

용가의 예언龍可前知

東平龍可, 字仲堪, 邃於曆學, 能逆知未來事. 宣和末, 趙九齡見之於京師. 趙以父病急歸, 遇可於門, 可曰: "京師將有大變, 吾亦從此去矣." 扣之, 曰: "火龍騎日, 飛雪滿天." 明年, 金虜犯都城, 以丙辰日不守. 時大雪連緜, 皆符其語.

자가 중감인 동평부[26] 사람 용가는 역학에 조예가 깊어서 미래의 일을 능히 예측하였다. 선화 연간(1119~1125) 말에 도성에서 조구령[27]을 만났었다. 조구령은 부친이 병들자 서둘러 고향으로 돌아가려고 했는데, 문 앞에서 우연히 용가와 마주쳤다. 용가가 말하길,

"앞으로 도성에서 큰 변란이 일어날 것이요, 나도 여기서 나가려 하오."

무슨 일이냐고 묻자, 용가가 말하길,

"화룡이 해를 탈 것이리니, 휘날리는 눈이 온 천하를 덮을 것이오."

이듬해 북로北虜가 도성을 침범하자 더는 지키지 못하고 병인일에 함락되었다. 당시 큰 눈이 연이어 내렸으니 그 예언에 모두 부합하였다.

26 東平府: 京東西路 소속으로 본래 鄆州인데 宣和 1년(1119)에 東平府로 승격되었다. 치소는 須城縣(현 산동성 泰安市 東平縣)이고 관할 현은 6개, 監은 1개, 州格은 節度州이다. 황하·대운하·大汶河가 모이는 곳이어서 호수와 소택지를 비롯한 다양한 지형을 품고 있다. 현 산동성 중서부 泰安市의 서남쪽에 해당한다.

27 趙九齡: 靖康 1년(1126)에 御營使司에서 기밀업무를 담당하다가 建炎 1년(1127)에 河北西路招撫使幹辦公事를 지냈다. 건염 4년에 악비와 함께 常州를 탈환하였다.

09 수월대사 부적水月大師符

紹興二十一年, 襄陽夏大雨, 十日不止, 漢江且溢, 吏民以爲憂. 襄陽知縣閻君謂同僚曰: "事急矣, 吾有策可令立止, 雖近巫怪, 然不敢避此名也." 遂命駕出城, 至江上, 探懷中符投之, 酌酒三祭而歸. 是夜雨止, 明日水平如故, 一郡敬而神之. 臨川李德遠時爲觀察推官, 就扣其說, 閻具以敎之曰: "但如我法, 人人可爲之, 無他巧也. 其法以方三寸紙, 朱書一圈, 而外繞九重, 末如一字, 書'水月大師'四字於其上. 凡水旱·疾疫·刀兵·鬼神·山林·木石之怪, 無所不治. 遇凶宅妖穴, 書而揭之, 皆有奇效."

德遠歸臨川, 其姪婦每至晡時, 輒爲物所憑, 新粧易衣, 坐於榻以伺, 少頃, 則與人嬉笑謔浪, 竟夜乃息. 德遠密書符貼戶限內, 婦不知也. 明日, 在牀上見偉男子冠帶如常時而來, 及房外若有所礙, 戟手罵曰: "賤女子, 忍遽忘我乎!" 婦應曰: "我未嘗有此心, 何爲發是語?" 男子擧足欲入, 終不能前, 遂去. 婦洒然如醉而醒, 始爲人言之, 蓋罔罔累旬, 了不知身之所寄也. 自是遂安. 予爲禮部郎日, 德遠爲太常主簿, 同行事齋宮, 爲予書之, 然未之用也.

소흥 21년(1151) 여름, 양양에 호우가 내렸는데, 열흘이 지나도록 멈추질 않았다. 한강의 물이 갈수록 불어나자 관리와 주민 모두 걱정하고 있었다. 양양부 양양현 지사 염씨가 동료에게 말하길,

"상황이 긴박하다. 내게 즉시 비를 멈추게 할 수 있는 비책이 있다. 비록 그 방법이 무당의 술법 같아 다소 기괴하나 그런 비난을 받더라도 감히 피하지 않겠다."

염 지사는 곧 가마를 타고 성을 나섰다. 한강에 도착하자 품 안에서 부적을 꺼내 강으로 던져 넣은 뒤 술을 따르며 세 차례 제사를 지내고 관아로 돌아왔다. 그날 밤, 비가 바로 그쳤고, 다음 날에는 한강의 물이 예전처럼 평온해졌다. 양양현 전역 주민이 염 지사를 존경하며 신처럼 여겼다.

당시 양양부 관찰추관으로 있던 무주 임천현 사람 이덕원이 염 지사를 찾아와서 그 방법을 알려 달라고 간청하였다. 염 지사는 자기만 아는 비법을 모두 이덕원에게 알려 준 뒤 말하길,

"내가 행한 방법을 알기만 하면 사람마다 얼마든지 할 수 있답니다. 별다른 기교가 있는 것은 아닙니다. 단지 3촌 크기의 네모난 종이에 붉은 먹으로 동그랗게 그린 뒤 그 바깥쪽에 다시 아홉 겹의 선을 그립니다. 그리고 끝에 마치 한 글자인 것처럼 '수월대사'라는 네 글자를 그 위에 쓰면 됩니다. 무릇 홍수와 가뭄을 비롯해 전염병, 전란, 귀신, 산림, 나무와 돌로 인한 재앙에 효험이 없는 경우가 없습니다. 흉가나 요망스러운 것이 출몰하는 곳에도 이 부적을 써 붙여 두면 그 효험이 아주 신기할 정도입니다."

이덕원은 임천현으로 돌아갔다. 매일 초저녁마다 이덕원의 조카며느리에게 요물이 빙의하곤 하였다. 며느리는 곧장 새롭게 화장하고 옷을 갈아입은 뒤 침상에 앉아 누군가를 기다리곤 하였다. 그리고 잠시 후 누군가와 웃고 장난치며 음담패설을 주고받는 일에 몰두하여 밤새 멈추질 않았다.

이덕원이 몰래 부적을 써서 문지방 안에 붙여 놓았는데, 며느리는 그 사실을 알지 못하였다. 다음날, 며느리는 침상에 앉아서 잘생긴 남자가 관대를 갖추고 평소처럼 오는 모습을 보았다. 하지만 방 바깥

까지 왔을 때 무엇인가가 있어 저지하는 것 같았다. 남자는 두 손가락으로 며느리를 가리키며[28] 욕하길,

"천한 년 같으니라고. 어찌 이렇게 돌변해서 나와의 정을 차마 잊어버린단 말이냐!"

며느리가 대꾸하길,

"나는 한 번도 그런 마음을 품은 일이 없습니다. 왜 갑자기 그렇게 말하시나요?"

남자는 발을 들어 올려 방 안으로 들어가려고 했지만 결국 앞으로 나가지 못하자 곧 가 버렸다. 며느리는 갑자기 정신이 맑아졌는데, 마치 술에 취하였다 깨어난 것 같았다. 비로소 사람들과 그 남자의 일에 대하여 말하기 시작하였지만 수십 일 동안 아무 정신도 없었으며, 심지어 자기 몸이 어디에 있는지도 몰랐다. 이렇게 부적을 사용한 뒤부터 점차 평안해졌다.

내가 예부 낭관으로 근무할 때 이덕원이 태상시 주부가 되어 함께 재궁[29]에서 제사를 진행하는 일에 참여하였다. 이덕원이 나에게 수월대사 부적을 그려 주었지만, 나는 한 번도 사용한 일이 없다.

28 戟手: 본래 식지와 중지를 뻗어서 사람을 가리키는 모양이 마치 戟과 같다고 하여 나온 말이다. 통상 분노하거나 용감한 모습을 형용한다.

29 齋宮: 황제가 천신과 지신에 대해 제사를 지내는 장소로 궁궐 밖에 설치되었다.

10 현승 가씨賈縣丞

李德遠, 紹興二十七年調官臨安, 館於白壁營, 與福州姚知縣同邸. 時方盛夏, 每夕納涼於後軒. 姚之舊友賈縣丞, 來料理云失告身事, 所居相去百步, 早出暮還, 必過姚話夜, 李因得識之. 賈丞, 長安人, 談驪山宮闕·故都井邑之盛, 袞袞可聽. 又嘗爲縉雲丞, 說鬼仙英華事跡, 尤有據依. 姚李更買酒設果, 與之接款, 凡兩月, 始各捨去.

又二年, 李爲勅令所删定官, 局中從容與同僚唐信道語及怪神, 唐具述英華之故, 李應答如響. 唐曰: "君何以知之?" 以所聞告. 唐駭曰: "得非長身多髯者乎?" 曰: "然." "陝西人乎?" 曰: "然." 曰: "是人自縉雲罷卽死, 其兄葬之於某處, 吾送之窆乃反, 於今十年矣, 安得如君所云者乎?" 李方追懼, 毛髮爲洒淅. 徐思之, 相從如是久, 而未嘗白晝一來, 雖同飮啄語笑, 然其坐常去燈遠, 元不熟審其面目, 今知乃鬼爾. 姚生別後歲餘而殂.

소흥 27년(1157), 이덕원은 임안부에 가서 전보[30] 명령을 기다리며 백벽영에 머무르고 있었다. 그곳에서 복주 관할 현지사였던 요씨와 함께 기거하게 되었다. 당시 한여름이어서 매일 밤이면 후원의 건물에서 바람을 쐬곤 하였다. 요 지사의 오랜 친구인 현승 가씨가 와서 일을 처리하며 고신[31]을 잃어버린 일에 관하여 이야기했다.

30 調官: 관리를 선발하고 직책을 조정한다는 말이다. 송대에는 임기를 마치면 곧장 다음 보직을 받기도 하지만 일정 기간 보직을 받았던 관리는 다른 임명 대기자의 발령을 위해 사실상 휴직 상태에 들어가는 경우가 많았다.

31 告身: 인사 명령을 적어 교부하는 문서를 뜻하며 告命·敕告·官告라고도 한다. 3

가씨와는 서로 100보 정도 떨어진 곳에 살고 있어 아침에 나와서 저녁때 돌아갈 때면 꼭 요 지사를 찾아와 밤늦게까지 이야기를 나누었다. 그래서 이덕원도 그를 알게 되었다. 현승 가씨는 장안 사람이라서 여산[32]의 궁궐과 천년 고도 시정의 번성함에 관해 계속해서 이야기해 주었고 제법 들을 만했다. 또 일찍이 처주 진운현 현승도 지내서 귀선[33] 영화[34]의 일에 대하여 말할 때도 자못 근거를 지니고 있었다. 요 지사와 이덕원은 돌아가며 술을 사고 과일을 준비해서 가씨를 접대하였다. 이렇게 두 달을 지낸 뒤 세 사람은 비로소 헤어졌다.

다시 2년이 지나 이덕원은 칙령소[35] 산정관[36]이 되었다. 칙령소에

대 가계·본관·연령·制詞 원문을 적고 문서를 발급한 부서의 장관과 실무 서리의 서명과 인장을 찍어 제작하였다. 관리들은 이 고신을 항상 지니고 다녀야 하며, 특히 전보를 위해 대기할 때는 더욱 그러하였다. 그래서 객사에 머물면서 분실과 관련된 일화가 자주 등장한다.

32 驪山: 서안시 교외에 있는 산으로 아름다운 풍광과 온천으로 인해 서주시대부터 황실 정원과 이궁이 건설되었다. 幽王이 포사의 환심을 사기 위해 장난으로 봉화를 올렸다가 국가가 망하였다는 고사의 배경이자 현종과 양귀비의 華淸宮이 있던 곳이다.

33 鬼仙: 도교에서 말하는 五仙 가운데 하나로 가장 낮은 경지의 신선으로서 靈鬼라고도 한다. 신선은 그 경지에 따라 鬼仙·人仙·地仙·神仙·天仙으로 구분한다.

34 鬼仙 英華에 관하여는 『이견갑지』, 권12-5, 「진운현의 귀선」 참조.

35 勅令所: 법령을 편수하는 기관으로 재상과 부재상이 提擧官으로 파견되는 형식으로 운영하였다. 임시직이기 때문에 칙령소의 정식 명칭은 매번 바뀌었다. 최초의 칙령소는 天聖 연간에 설치된 詳定編敕所였고, 왕안석의 신법 추진에 필요한 법령을 갖추기 위해 희녕 연간에 編修諸司勅式所를 설치하였다가 희녕 8년에 詳定一司勅令所로 통합하였다. 元祐 연간에 구법당이 집권하면서 重修勅令所를 설치하여 모든 신법을 개정하였지만, 휘종 이후 효종 때까지 詳定一司勅令所 명칭을 사용하였다.

36 刪定官: 칙령소를 총괄하는 재상이나 부재상의 정식 명칭은 提擧修勅令이고, 執政官이 총괄하면 同提擧詳定一司勅令이라 하였다. 하지만 실제 업무 총괄은 侍從官이 맡았는데, 이들을 가리켜 詳定一司勅令이라 칭하였다. 그리고 구체적인 업무

서 한가할 때면 동료인 당신도와 이야기를 나누다가 귀신에 대하여 언급하였다. 당신도가 영화에 관한 일화를 상세하게 말해 주자 이덕원도 마치 메아리처럼 즉시 대답하였다. 그러자 당신도가 말하길,

"그대가 어떻게 귀선 영화에 대하여 아시오?"

그래서 들은 바를 알려 주었다. 당신도가 놀라서 말하길,

"그대가 말한 현승 가씨란 이는 키가 크고 구레나룻이 많은 자가 아닌지요?"

"그렇다"고 하자 다시 묻길

"섬서 사람 아닌지요?"

"그렇다"고 하자 비로소 말하길,

"가씨 그 사람은 진운현에서 현승직을 마친 뒤 곧장 사망했다오. 그의 형이 와서 어느 한곳에 묻었는데, 내가 그를 위해 장지까지 갔다가 돌아왔소이다. 이제 10년이 다 된 일입니다. 그런데 어떻게 그대가 말한 사람이 있을 수 있단 말입니까?"

이덕원은 비로소 두려움이 몰려와 온몸을 떨며 모골이 송연하였다. 곰곰이 생각해 보니 서로 함께한 지 그렇게 오래되었지만, 한 번도 낮에 온 일이 없었다. 그리고 비록 함께 술을 마시고 음식을 먹으며 이야기를 나누고 웃으며 지냈지만, 그는 늘 등불에서 멀리 앉아 있었다. 이덕원은 원래 그의 얼굴을 꼼꼼하게 살펴보지 않았는데, 그제야 비로소 그가 귀신임을 알게 되었다. 요 지사는 임안부에서 헤어진 뒤 1년여 시간이 지난 뒤 사망하였다.

추진을 맡은 관리를 가리켜 산정관 또는 刪修官이라고 하였다.

11 정 도사鄭道士

建昌王文卿旣以道術著名, 其徒鄭道士得其五雷法, 往來筠·撫諸州, 爲人請雨治祟, 召呼雷霆, 若響若答. 紹興初來臨川, 數客往謁, 欲求見所謂雷神者, 拒之不克, 乃如常時誦咒書符, 仗劍叱吒. 良久, 陰風肅然, 煙霧蔽蔽, 一神人峩冠持斧立於前, 請曰: "弟子雷神也, 蒙法師招喚, 願聞其指." 鄭曰: "以諸人欲奉觀, 故遣相召, 無它事也." 神恚曰: "弟子每奉命, 必奉上天乃敢至, 迨事畢而歸, 又具以白. 今乃以資戲玩, 將何辭反命於天? 此斧不容虛行, 法師宜當之." 卽擧斧擊其首, 坐者皆失聲驚仆, 移時方甦, 鄭已死矣.(右三事皆李德遠說.)

건창[37] 사람 왕문경[38]은 도술로 이미 유명하였다. 그의 제자인 정 도사는 왕문경에게 오뢰법을 배운 뒤 균주[39]와 무주 등을 오가며 사람들이 기우제를 청하거나 잡귀를 다스려 달라는 부탁을 받으면 천둥신을 소환하여 다스렸는데, 천둥신을 부르면 반드시 호응해 주었다.

소흥 연간(1131~1162) 초, 정 도사가 임천에 오자 여러 사람이 찾아와 인사를 한 뒤 이른바 천둥신을 보고 싶다고 청하였다. 아무리 거

37 建昌: 江南西路 建昌軍(현 강서성 撫州市 南城·南豐·廣昌·資溪·黎川縣) 또는 江南東路 南康軍 建昌縣(현 강서성 九江市 永修縣)이다.

38 王文卿: 북송 말에 활동한 도사이다. 휘종으로부터 전폭적인 신뢰를 받은 林靈素와 함께 도교 天師道의 한 지파인 신소파를 열었다.

39 筠州: 江南西路 소속으로 치소는 高安縣(현 강서성 宜春市 高安市)이고 관할 현은 3개이고 州格은 刺史州이다. 鄱陽湖 서남부 평야 지대로 현 강서성 북서부 宜春市의 동쪽에 해당한다.

절해도 막무가내여서 할 수 없이 평소에 하듯 주문을 외우고 부적을 쓴 뒤 칼을 차고, 노한 목소리로 소리를 크게 질렀다. 한참 뒤 음습한 바람이 조용히 불어오고 운무가 가득히 덮인 상태에서 한 신이 높은 관을 쓰고 도끼를 든 채 앞에 서 있었다. 그리고 정 도사에게 청하길,

"제자인 천둥신입니다. 법사께서 소환하시기 이렇게 왔습니다. 어떤 명령을 주실지 듣길 원합니다."

정 도사가 말하길,

"여러분이 천둥신을 직접 보길 원하시기에 명을 전하여 이렇게 소환하게 된 것일 뿐 별다른 일은 없네."

그러자 천둥신이 화를 내며 말하길,

"제자가 법사의 명령을 받으면 그때마다 반드시 천제에 아룁니다. 그렇게 하고 난 뒤라야 감히 올 수 있고, 일을 마친 뒤에 돌아가면 다시 상세히 보고를 드립니다. 지금 보니 장난삼아 한 일 때문에 내려온 꼴이 되었으니 돌아가서 천제께 무슨 말로 보고를 드릴 수 있겠습니까? 이 도끼는 헛걸음치는 것을 용납하지 않습니다. 그러니 법사께서 이 도끼에 맞는 것이 옳습니다."

그리고는 즉시 도끼를 들어 정 도사의 머리를 내리쳤다. 좌중에 있던 사람들이 다 아무 소리도 내지 못하고 놀라서 땅에 엎어졌다. 한참 뒤 비로소 깨어날 수 있었는데, 정 도사는 이미 죽어 있었다.(위의 세 가지 일화 모두 이덕원이 말한 것이다.)

12 황오교黃烏喬

邵武黃敦立少時游學校, 讀書不成, 但以勇膽戲笑優游閭里間. 邑人以其色黑而狡譎, 目之曰"烏喬". 所居十里外有大廟, 鄉民事之謹, 施物甚多, 皆門外祝者掌之. 黃欲取其縑帛以嫁女, 祝知難以詞卻, 姑語之曰: "君盍以盃珓卜, 若神許君, 無不可者." 黃再拜禱曰: "積帛廟中, 頗爲無用, 移此以惠人, 神所樂也, 而庸祝不解神意, 尙復云云. 大王果見賜, 願示以聖珓. 或得陰珓, 則夫人垂憐, 尤爲上願. 若得陽珓, 則闔廟明神皆相許矣." 祝不敢言, 竟負帛以歸.

它日與里人會, 或戲之曰: "君名有膽, 今能持百錢詣廟, 每偶人手中置一錢, 然後歸, 當醵酒肉以犒君." 黃奮衣卽行. 二少年輕勇者陰迹其後, 間道先入廟, 雜於土偶間, 窺其所爲. 有頃, 黃至, 拜而入曰: "黃敦立來施錢, 大王請知." 遂摸索偶像, 各置其一, 或手不可執, 則置諸肩上. 俄至少年所立處, 突前執其臂, 黃以爲鬼也, 大呼曰: "大王不能鈐勒部曲, 吾來俵錢, 而小鬼無禮如是." 又行如初, 略無怯意, 旣畢事, 扃廟門而出, 其黨始歎服之.

溪北舊有異物, 好以夜至水濱, 見徒涉者, 必負之而南, 或問其故, 答曰: "吾發願如此, 非有求也." 黃疑其必爲人害, 詐爲它故, 連夕往, 是物如常態負而南. 後三日, 黃謂之曰: "禮尙往來, 吾煩子多矣, 願施微力以報." 物謝不可, 黃强擧而抱之. 先已戒家僕, 束草然巨石, 財達岸, 卽擲於石上. 其物哀鳴丐命, 及燭至, 化爲靑面大獺矣. 毆殺投火中, 環數里皆聞其臭, 怪自此絶.(徐樽說.)

소무군[40] 사람 황돈립은 어려서 학교에 갔지만 열심히 공부하질 않아 이렇다고 할 만한 성과를 거두지 못하였다. 하지만 용감하고 배짱

이 있었다. 황돈립은 성내에서 장난치고 웃으며 한가하게 놀러 다니는 일에만 몰두하였다. 성내 사람들은 황돈립의 피부가 검고 성품이 교활하다고 하여 그를 가리켜 '오교(검고 교활한 자)'라고 불렀다.

황돈립이 사는 곳에서 10리쯤 떨어진 곳에 큰 사묘가 하나 있는데, 향촌 사람들이 정성을 다해 모셨기에 시주한 재물이 대단히 많았다. 사묘의 모든 재물은 성문 밖에 사는 묘축이 관장하였다. 황돈립은 그곳에 있는 비단을 가져다 시집가는 딸에게 주고자 했다. 말로는 황돈립의 요구를 거절하기 힘들다는 것을 잘 아는 묘축은 그의 요구를 피하려고 핑계를 대길,

"그대는 왜 배교[41]를 던져 점을 치지 않습니까? 만약 신께서 그대에게 비단을 주라고 허락하신다면 주지 못할 것도 없지요."

황돈립은 신에게 두 번 절을 하고 기도하길,

"사묘에 비단을 쌓아 두면 쓸 데가 어디 있겠습니까? 이 비단을 사람들에게 베풀어 은덕을 쌓는 것이야말로 신께서 기뻐하실 일이겠지요. 그런데도 어리석은 묘축은 신의 뜻을 헤아리지 못하고, 계속 이런저런 핑계를 대고 있습니다. 대왕께서 정말로 비단을 하사하실 뜻이 있다면 배교를 던졌을 때 길조를 보여 주시길 원합니다. 만약 음

40 邵武軍: 福建路 소속으로 치소는 邵武縣(현 복건성 南平市 邵武市)이고 관할 현은 4개이다. 武夷산맥을 경계로 강서성과 인접한 산지로서 현 복건성 서북부 南平市와 三明市의 서쪽에 해당한다.

41 盃珓: 길흉을 알아보기 위해 사묘에서 점치는 데 쓰는 도구를 말한다. 원래 조개를 이용하였으나 후에 대나무 등 나무를 이용하여 마치 송편을 반으로 잘라놓은 형태로 만든다. 한쪽은 둥글고 한쪽은 평평하게 만들며, 2개를 함께 던져서 떨어진 모습을 보고 길흉을 점치는데, 둘 다 반듯하거나 뒤집어질 경우, 하나는 반듯하고 하나는 뒤집어질 경우 등 경우의 수는 셋이다.

교[42]가 나오면 대왕의 부인[43]께서 저를 위해 동정을 베푸신 것이리니, 저로서는 가장 원하는 바입니다. 만약 양교가 나오면 사묘 내 모든 신명께서 저에게 비단을 가져가라고 허락하신 것이 아니겠습니까?"

묘축은 감히 무슨 말을 더는 할 수가 없었다. 결국 황돈립을 비단을 등에 지고 집으로 돌아갔다. 또 하루는 마을 사람들이 모였는데, 누군가가 장난삼아 말하길,

"자네는 담력이 세기로 유명한데, 오늘 밤 100문의 동전을 가지고 사묘에 가서 모든 신상의 손 가운데 동전 1개씩을 놓고 돌아온다면 우리가 돈을 갹출해서 술과 고기를 사서 그대의 노고에 보답하겠네."

황돈립은 즉시 옷소매를 털며 일어나서 사묘로 갔다. 두 명의 경박하지만 용감한 소년이 몰래 황돈립의 뒤를 따라가다가 지름길을 이용해 사묘에 먼저 들어갔다. 그리고 신상 사이에 섞여서 몰래 황돈립이 어떻게 하는지를 살펴보았다. 잠시 후 황돈립이 도착해 건물 안으로 들어와 신상에게 절을 한 뒤 말하길,

"저 황돈립이 오게 된 것은 보시하려는 것이니 대왕께서는 이를 알아주시길 바랍니다.

그리고 곧 신상의 손을 더듬어 찾은 뒤 각각의 손에 동전 하나씩을 얹어 두었다. 혹 손에 얹어 둘 수 없으면 어깨 위에 동전을 올려놓았다. 잠시 후 소년들이 서 있는 곳에 이르렀는데, 소년이 갑자기 손을

42 陰珓: 바닥에 던진 2개의 배교 모두 평평한 쪽이 땅에 닿는 경우를 말한다. 반대로 2개 모두 평평한 쪽이 위로 향하면 양교라고 한다.

43 夫人: 부인은 본래 제후의 아내를 칭하는 용어였다. 본문의 황돈립이 찾아간 사묘가 어떤 신을 모시는 곳인지 알 수 없지만, 아마도 대왕과 그의 부인을 함께 모신 사묘가 아닐지 추정한다.

뻗어 황돈립의 팔뚝을 움켜쥐자, 황돈립은 귀신의 짓이라 여기고 큰 소리로 말하길,

"어찌 대왕께서는 데리고 있는 부하들을 제대로 통제하지 못합니까. 제가 온 것은 돈을 나눠 드리기 위해서인데, 어찌 잡귀가 이처럼 무례하게 까분단 말입니까?"

그리고 처음처럼 계속하여 동전을 신상의 손 위에 얹어 두었는데, 조금도 겁을 먹은 것 같지 않았다. 동전을 얹어 두는 일을 다 마치자 사묘의 문을 통해 밖으로 나왔다. 같이 모였던 사람들이 비로소 황돈립의 담대함에 대해 탄복하였다.

시냇물의 북쪽에 예전부터 괴이한 요물이 있는데 밤마다 냇가에 와서 냇가를 건너려는 사람을 보면 꼭 업어서 냇가의 남쪽까지 데려다주길 좋아했다. 왜 그렇게 하느냐고 물어보면 답하길,

"내가 이렇게 하겠다고 발원하였기 때문에 하는 것이지 달리 바라는 것은 없소."

하지만 황돈립은 그 요물이 반드시 사람을 해칠 것으로 의심하였다. 그래서 거짓말로 다른 핑계를 대고 여러 날 밤마다 냇가에 갔다. 그 요물은 평소처럼 황돈립을 업고 냇가를 건너 남쪽으로 갔다. 사흘이 지나 황돈립은 요물에게 말하길,

"예의상 서로 주고받는 것이 마땅한 도리요. 내가 그대를 여러 차례 번거롭게 했으니 내가 미력하나마 보답할 기회가 있었으면 좋겠소."

요물은 그렇게 하면 안 된다고 사양하였지만, 황돈립은 강제로 요물을 들어 올려 두 손으로 감싸 안았다. 황돈립은 이에 앞서 집안의 노복에게 건초 다발을 가지고 가서 큰 바위를 태우라고 시켰다. 황돈

립은 냇가를 건너 맞은편에 도착하자마자 요물을 뜨겁게 달궈진 돌 위에 던져 버렸다. 요물은 애달프게 울면서 살려 달라고 빌었다. 노복이 횃불을 들고 와서 살펴보니 그 요물은 검푸른색의 원숭이로 변해 있었다. 황돈립은 원숭이를 때려죽인 뒤 불구덩이에 던져 넣었다. 불구덩이를 둘러싼 주변 몇 리에 이르는 지역에서 원숭이가 타면서 내는 악취를 맡을 수 있었다. 이 일을 계기로 요괴는 절멸했다.(이 일화는 서단이 말한 것이다.)

13 숙후 기숭례綦叔厚

綦叔厚尙書登第後, 僦馬出謁, 道過一坊曲, 適與賣藥翁相値. 藥架甚華楚, 上列白陶缶數十, 陳熟藥其中, 蓋新潔飾而出者. 馬驚觸之, 翁仆地, 缶碎者幾半. 綦下馬愧謝. 翁, 市井人也, 輕而倨, 不問所從來, 捽其裾, 數而責之曰: "君在此嘗見太師出入乎? 從者唱呼以百數, 街卒持杖前訶, 兩岸坐者皆起立, 行人望塵斂避. 亦嘗見大尹出乎? 武士獄卒, 傳呼相銜, 吾曹見其節, 奔走不暇. 今君獨跨敝馬, 孑孑而來, 使我何由相避?" 凡侮誚數百言, 惡少觀者如堵.

綦素有諧辨, 不爲動色, 徐徐對之曰: "翁翁責我甚當, 我罪多矣. 爲馬所累, 顧無可柰何. 然人生富貴自有時, 我豈不願爲宰? 豈不願爲大尹? 但方得一官, 何敢覬望? 翁不見井子劉家藥肆乎? 高門赫然, 正面大屋七間, 吾雖不善騎, 必不至單馬撞入, 誤觸器物也." 惡少皆大笑稱善, 翁亦羞沮, 以俚語謂綦曰: "也得, 也得." 遂釋之. 井子者, 劉氏所居, 京師大藥肆也, 故綦用以爲答.(趙恬季和說.)

자가 숙후인 상서[44] 기숭례[45]는 과거에 합격한 뒤 관원들에게 인사하기 위해 말을 빌려 타고 나갔다. 길을 지나다가 거리에서 약을 파

44 尙書: 상서성 소속 6부의 장관은 尙書이고 차관은 侍郞이다. 원풍 관제 개혁 이후 상서는 종2품이었고, 시랑은 종3품으로 정원은 2명이었다. 기숭례는 이부시랑과 병부시랑을 지냈을 뿐 상서를 지내지는 않았고, 상서로 추증되지 않았다.

45 綦崇禮(1083~1142): 자는 叔厚이며 京東東路 密州 高密縣(현 산동성 濰坊市 高密市) 사람이다. 10세에 묘지명을 써 줄 정도로 총명하였고 중서사인, 漳州·明州 지사, 이부·병부시랑을 거쳐 한림학사가 되었다. 한림학사로 재직한 5년 동안 수백 편의 조서를 작성하였는데 명료한 문장으로 이름 높았다. 보문각직학사, 소흥부 지사를 끝으로 퇴임하였다.

는 노인과 만나서 서로 부딪쳤다. 약통을 올려놓는 나무 틀은 매우 화려하고 깔끔했으며, 그 위에 흰 도기 수십 개가 나란히 진열되어 있었다. 흰 도기에는 오래된 약재들이 담겨 있었다. 아마도 도기와 나무틀을 새롭고 깨끗하게 잘 꾸며서 막 나온 것 같았다. 그런데 기숭례가 타고 있던 말이 놀라서 노인과 부딪쳤고, 노인은 땅에 엎어지면서 약을 담은 흰 도기도 거의 절반이나 깨졌다.

기숭례는 말에서 내려 몹시 민망해하며 사과하였다. 약을 파는 노인은 시정 사람이어서 경솔하고 거만했다. 어찌 된 영문인지 물어보지도 않고 기숭례의 옷자락을 잡고 거듭 책망하길,

“너는 여기 도성에서 태사[46]가 행차하는 것을 본 일이 있느냐? 뒤따르는 수행원 백여 명이 '물렀거라'를 외치면, 무기를 든 순라 병사들은 앞에서 호응한다. 그러면 길 양쪽에 앉았던 자들은 모두 일어나서 서 있고, 행인들은 저쪽에서 일어나는 먼지만 보고도 서둘러 피한다. 또 너는 임안부 지사[47]가 행차하는 것을 본 일이 있느냐? 무사와 옥졸이 앞뒤에서 소리를 지르며[48] 서로 호응하면 우리 같은 사람들은 지사의 기치만 보고도 달려서 피하기에 급급해한다. 지금 너는 혼자

46 太師: 太傅 · 太保와 함께 三公이라 칭하는 최고위 관직으로서 모두 정1품이지만 태사는 3공 가운데서도 으뜸으로 여겼다. 단 송대에는 宰相 · 使相 · 親王에게 수여하는 순수한 명예직이었다.

47 大尹: 도성인 임안부 지사의 정식 명칭은 '知臨安軍府事'이며 임안부 지사는 '兩浙西路安撫使' 직책을 겸직하게 되었다. 약칭과 별칭은 대단히 많아서 知臨安府事 · 知臨安府를 비롯해 府尹 · 京尹 · 大尹 · 資尹 등이 있다. 단 乾道 7년(1171)에 황태자를 臨安府尹으로 임명하고 東宮을 치소로 삼아 임안부를 운영하게 한 일이 있어 남송에서는 일반 관료의 별칭으로 府尹을 사용하지는 못하였다.

48 傳呼: 명령을 전달할 때 앞에서 한 말을 뒤에서 차례로 복창하여 당사자에게까지 전하는 방식을 취하였다. 이를 가리켜 전호 또는 傳喚이라고 한다.

비루먹은 말을 타고 아무런 수행원도 없이 혈혈단신으로 오니 내가 무슨 까닭에 너를 피한단 말이냐?"

노인은 기숭례를 향해 비웃으며 모욕적인 언사를 쉴 새 없이 퍼붓자 불량한 청소년 등 구경꾼이 담을 치듯 빙 둘러쌓았다. 하지만 기숭례는 본래 유머와 언변이 뛰어나서 안색을 바꾸지 않고 차분하게 대답하길,

"노인께서 저를 책망하시는 말씀은 몹시 지당하기 그지없습니다. 제 잘못이 큽니다. 다만 일부러 그런 것이 아니고 말 때문에 벌어진 일이니, 저로서는 어찌할 수가 없는 일이었습니다. 그리고 인생의 부귀영화는 다 때가 있는 법입니다. 저라고 어찌 재상이 되기를 원치 않겠습니까? 임안부 지사가 되기를 어찌 원치 않겠습니까? 하지만 저는 이제 겨우 관직 하나를 얻은 상태이니 어찌 감히 그런 자리를 바랄 수 있겠습니까? 노인께서도 정자의 유씨 약방을 보시지 않았습니까? 높은 대문이 눈에 확 들어오고 정면의 큰 건물이 7칸이나 되지 않습니까? 제가 비록 말을 잘 타지 못하지만 절대 단기필마로 유씨 약방을 들이받으며 돌진하지는 않을 것이고, 약방의 기물을 실수로 부수는 일도 없을 것입니다."

그러자 불량한 청소년들도 모두 깔깔대고 웃으며 말을 참 잘한다고 칭찬하였다. 노인도 부끄러워하며 기가 죽었다. 그리고 임안부 속어로 기숭례에게 "되었소, 되었소"라고 말하더니 움켜쥐었던 옷자락을 풀어 주었다. 정자라는 곳은 유씨가 사는 곳이며, 그의 약방은 도성에서 가장 큰 약방이다. 그래서 기숭례는 유씨 약방을 빌려 노인에게 답변한 것이다.(이 일화는 자가 계화인 조념이 말한 것이다.)

이견병지 夷堅丙志 卷15

01 황공도의 이산에서의 기도黃師憲禱梨山

紹興戊午, 黃師憲自莆田赴省試, 與里中陳應求約同行, 以事未辦, 後數日乃登途. 過建安, 詣梨嶽李侯廟謁夢, 夢神告曰: "不必吾言, 只見陳俊卿已說者是已." 黃至臨安, 方與陳會, 詢其得失. 陳蓋未嘗至彼廟也, 辭以不能知. 黃逼之不已, 陳怒, 大聲咄曰: "師憲做第一人, 俊卿居其次, 足矣." 黃喜其與夢合, 乃以告之. 暨揭榜, 如其說.(此條見支志戊卷第六.)

소흥 무오년(1138), 자가 사헌인 황공도[1]는 홍화군 포전현[2]에서 성시에 응시하기 위해 도성으로 가면서 같은 마을 사람으로 자가 응구인 진준경[3]과 함께 가기로 약속하였다. 하지만 일을 다 마치지 못하여 며칠 뒤에야 비로소 길을 나설 수 있었다. 건주 건안현[4]을 지나며

1 黃公度(1109~1156): 자는 師憲이며 福建路 興化軍 莆田縣(현 복건성 莆田市 城區) 사람이다. 소흥 8년의 과거에서 장원 급제하였고 좋은 인품을 지녀 재상 趙鼎의 신임을 받으며 뛰어난 치적을 올렸으나 秦檜에게 배척을 받아 관운이 순탄하지 못하였다. 진회가 죽은 뒤 考功員外郎이 되었으나 곧 병사하였다.

2 莆田縣: 福建路 興化軍 소속으로 현 복건성 중동부 莆田市의 城廂區에 해당한다.

3 陳俊卿(1113~1186): 자는 應求이며 福建路 興化軍 莆田縣(현 복건성 莆田市 城廂區) 사람이다. 소흥 8년의 과거에서 차석으로 합격하였다. 고종 때 殿中侍御史와 權兵部侍郎을 지냈고, 효종 때 中書舍人, 泉州 · 漳州 지사를 거쳐 同知樞密院使 겸 參知政事, 尙書右僕射 · 同平章事 겸 추밀사를 지냈다. 후에 대금정책을 둘러싸고 虞允文과 이견이 있어 觀文殿대학사로 福州 지사가 되었으며, 후에 少保 · 魏國公으로 사임하였다. 강직한 성품의 소유자로 인재를 발탁하고 추천하는 일에 주력하여 상당한 성과를 거두었다.

4 建安縣: 福建路 建州의 치소이며 현 복건성 북서부 南平市 북쪽의 建甌市에 해당

이산에 있는 이후묘[5]를 찾아가 현몽을 간청하였다. 꿈에 신이 나타나 알려 주길,

"굳이 내가 말해 줄 필요가 없구나. 그저 진준경을 만나면 그가 말하는 대로 될 것이다."

황공도는 임안부에 도착하여 진준경과 만나자마자 과거에 급제할 것 같으냐고 물어보았다. 진준경은 이후묘에 간 일이 없었으므로 자신은 과거 합격 여부는 알 수가 없다고 말하였다. 하지만 황공도가 계속 어떨 것 같으냐고 물어대자 진준경은 화가 나서 큰 소리로 꾸짖듯 말하길,

"황공도가 장원급제하고 진준경이 그다음이다. 이제 만족하시겠는가?"

황공도는 진준경이 말한 것이 현몽한 것과 부합하자 기뻐하며 비로소 꿈에 본 것을 이야기해 주었다. 합격자 방문이 게시되어 확인해 보니 과연 진준경이 말한 대로 되었다.(이 일화는 『이견지 · 支戊』 권6에도 실려 있다.)

한다.

5 李侯廟: 건주 관아에서 동쪽으로 15리 떨어진 곳에 있으며 唐代에 建州刺史를 지낸 李回를 모신 사묘였다.

02 주창시의 효행周昌時孝行

臨江軍富人周十三郞, 名昌時, 事母鄭氏甚孝. 鄭病腰足五年餘, 行步絶費力, 招數醫治藥, 略無小效. 紹熙二年中秋夜, 周與妻侍母飮酒賞月, 見母坐立艱辛, 不覺墮淚. 洎罷就寢, 抽身潛起, 妻謂其登厠耳. 乃懷小刀下庭, 向空朝北斗禱云: "老母染疾久, 百藥幷試, 有加無減, 今發願□(剖)腹取肝啖母, 以報產育乳養之恩, 望上眞慈□, □(悲俾)獲感應." 焚香訖, 將施刃, 忽聞有聲自後叱喝, 且以杖擊其背. 驚而回顧, 寂不見人. □□□(但有封)貼在地, 取視之, 中有紙書云: "周昌時供奉母□(病), 累歲孝行, 此藥三粒, 賜鄭氏八娘." 周捧泣拜謝. 俟明旦, 以進母, 積痾頓瘳, 方具所見告妻子.

임강군[6]의 부자 주십삼랑은 이름이 창시였다. 주창시는 어머니 정씨를 모셨는데 효성이 지극하였다. 정씨는 허리와 다리가 좋지 못하여 5년여 동안 앓았고 걸어다니는 데 아주 힘들어했다. 주창시는 여러 명의 의사를 청해 약물로 치료하도록 하였지만, 차도가 전혀 없었다. 소희 2년(1191) 추석날 밤, 주창시 부부는 어머니 정씨를 모시고 술을 마시며 달구경하고 있었는데, 주창시는 어머니가 앉지도 서지도 못한 채 아파하는 것을 보고 자기도 모르게 눈물을 흘렸다.

달구경을 마치고 잠자리에 누웠는데, 주창시는 조용히 일어나서

6 臨江軍: 江南西路 소속으로 치소는 淸江縣(현 강서성 宜春市 樟樹市)이고 관할 현은 3개이다. 鄱陽湖 유역 평야의 일부이며 현 강서성 서북부 宜春市의 동쪽에 해당한다.

침상 밖으로 나왔다. 아내는 그가 변소에 가려나 보다 생각하였다. 하지만 주창시는 작은 칼을 가지고 뜨락에 내려와서 하늘의 북두칠성을 향해 기도하길,

"노모께서 병든 지 이렇게 오래되었는데, 온갖 약을 다 써 봤지만, 병세가 심해지기만 할 뿐 나아지지 않습니다. 지금 저는 제 배를 갈라서 간을 꺼내어 어머니에게 먹임으로써 저를 낳고 젖을 먹이며 길러 주신 은혜에 보답하고자 합니다. 바라옵건대, 하늘은 진정 자비를 베푸시어 어머니가 병이 나을 수 있도록 해주십시오."

향을 다 사르고 칼로 배를 가르려는데, 홀연 뒤에서 누군가 자신을 질타하는 소리가 들렸고, 또 그가 몽둥이로 등을 때렸다. 진창시는 깜짝 놀라서 뒤를 돌아보니 그저 조용할 뿐 아무도 보이질 않았다. 단지 봉투에 넣은 글이 땅에 떨어져 있었다. 봉투를 열어 살펴보니 종이 가운데 쓰여있길,

"주창시가 어머니를 봉양하는데, 여러 해 동안 효도를 행하였다. 이에 알약 세 개를 정씨 부인 팔랑에게 하사하노라."

주창시는 알약을 들고 울면서 절을 하여 감사의 인사를 올렸다. 다음 날 아침이 되기를 기다려 어머니에게 약을 드리자 오래 묵었던 병이 단번에 나았다. 주창시는 그제야 비로소 자신이 본 바를 아내에게 알려 주었다.

03 우맹문의 첩虞孟文妾

衢州龍游人虞孟文, 以錢十四萬買妾, 頗有姿伎, 蒙專房之愛. 無何, 孟文死. 其從弟仲文, 忍人也, 强以元直畀嫂氏, 領妾以歸. 僅數月, 妾夢故主君來責之曰: "汝在此處睡, 莫未便!" 寤而懼, 以告仲文, 仲文向曰: "彼已死, 烏能畏我." 雞鳴起奏廁, 方過堂下, 兄持梃坐堂上, 起逐之, 擊之至再. 走而免, 遂得病亡.

구주 용유현[7] 사람 우맹문은 14만 문을 주고 첩을 샀다. 첩은 제법 예쁜데다 재주가 있어 우맹문의 사랑을 독차지했다. 하지만 얼마 지나지 않아 우맹문은 죽고 말았다. 우맹문의 사촌 동생인 우중문은 매우 잔혹한 사람이어서 형수에게 원래 사 올 때의 돈을 강제로 건네고 첩을 데리고 돌아갔다. 그 뒤로 불과 몇 달 뒤, 첩의 꿈에 이전 주인이던 우맹문이 나타나서 질책하길,

"네가 여기서 잠을 자면서도 불편하지 않단 말이냐!"

첩은 꿈에서 깬 뒤 몹시 무서웠다. 그래서 우중문에게 꿈에서 본 바를 이야기했다. 하지만 우중문은 마주하고 말하길,

"그는 이미 죽었는데 어떻게 우리에게 겁을 줄 수 있겠느냐."

7 龍游縣: 兩浙路 衢州 소속으로 본래 龍丘縣인데 吳越 때 龍遊縣으로 바뀌었고 宣和 3년(1121)에 현급 지명에 龍자를 쓰지 못하게 하여 盈川縣으로 바꿨다가 紹興 1년(1131)에 다시 용유현이 되었다. 衢江분지의 서쪽에 있으며 현 절강성 중서부 衢州市 동쪽의 龍游縣에 해당한다.

우중문은 새벽닭이 울자 일어나서 변소로 달려갔는데, 막 집 아래를 지나는데 사촌 형인 우맹문이 몽둥이를 들고 집안에 앉아 있다가 일어나 뒤쫓아와서 몽둥이로 두 차례 때렸고, 중문은 달아나서 겨우 피하였다. 하지만 곧 병이 나서 죽고 말았다.

04 어육도인魚肉道人

黃元道, 本成都小家子, 生於大觀□(丁)亥, 得風搐病, 兩手攣縮不可展, 膝上拄頤, 面掣向後, 又瘖不能啼. 父母欲其死, 置於室一隅, 飢凍交切, 然竟不死. 獨祖母哀憐之, 時時灌以粥飮.

活至七歲, 遇道人過門, 從其母求施物, 母愧謝曰: "家□(極)貧, 安得有餘力?" 道人曰: "然則與我一兒亦可." 母以病者告. 曰: "得此足矣." 以布囊盛之, 負而出. 乃父跡其所往, 則至野外取兒置地上, 掬白水洗濯, 脫所披紙, 被蒙其體, □□□□一粒納兒口, 旋繞行五六□□□(十里步).

魚一頭, 使生食, 又溺□(於)□□□□染指嘗之, 甘芳如醴, 捧鉢盡飮. 有聲入腹錚錚然, 忽若推墮崖下, 所見猶元牧之處, 牛在旁齕草, 無少異. 覺四體不佳, 跳入山澗中坐, 水深及肩, 展轉酣暢. 越一夜乃出, 則神氣灑落, 方寸豁如, 非復前日事, 不知幾何時矣. 牽牛還王家, 主人訝曰: "小兒何所往, 許久不歸?"

自此日游廛市, 能說□(人)肺腑隱匿, 或罵某人曰: "汝行負神明, 且入鬼錄." 又罵某人曰: "汝欺罔平民, 將有官事." 已而果然. 市人畏其發伏, 相戒謹避之. 王翁縛而閉諸室, 尋縱去, 入峩眉山累年. 會張魏公爲宣撫使, 奉母夫人來游山, 見之, 攜以出. 後隨公出蜀, 甫下峽, 不辭而去.

過武當山, 孫旭先生告之曰: "羅浮山黃野人, 五代時□惠州刺史, 棄官學道, 今仙品已高, 宜往敬拜, 以求延年度世之術." 欣然而行, 至羅浮崇眞觀問津, 觀主曰: "山有三石樓, 高處殆無路可上, 須扳藤蘿援枯木, 如猿猴以登. 不幸隕墜, 必糜碎於不測之淵, 君不爲性命計, 則可往." 黃曰: "若顧戀性命, 安肯來此?"

乃告以其處, 杖策徑行, 而下石樓始自崖而升, 僅可容足, 將及□(中)樓, 風雨驟至, 急趨一石穴避之. 迫暮留宿, 夜聞林莽戛戛聲, 大蚺蛇入穴, 繼之者源源不已, 蟠繞於旁. 黃瞑目坐達旦, 群蛇以次去. 復前行, 崖路中絶, 獨巨藤枝下垂, 援之以上, 時時得小徑, 然財數十步卽途窮, 俯瞰江水, 相望極目, 但隨蔓勢高下以進.

日力垂盡, 始到上樓. 一穴圓明通中, 匍匐過之, 達巖畔, 望野人綠毛被體, 踞石坐. 肅容設拜, 拱而立, 其人殊不視. 黃不敢喘息. 久之, 忽問曰: "汝爲誰? 何自來此? 亦何用見我?" 具以對. 曰: "料汝且飢且渴." 自起, 揭所坐石, 石下泉一泓, 極淸, 指曰: "此可飮." 黃以槲葉杓酌之, 可二升許. 腹大痛, 亟出, 大泄二十餘行, 始定.

復入侍, 方命之坐, 始言曰: "浮世榮華富貴, 疑若可樂, 至人達觀, 直與腐鼠等耳. 人能處此地, 與居富貴等, 雖盡今生至來生不厭倦, 儻一毫蔕芥, 頃刻不可留. 汝觀此間, 別有佳處否?" 對曰: "游先生之庭, 尙不敢左右眄, 焉知其他?" 野人曰: "汝試觀吾受用處." 引手捫石壁, 劃然洞開, 相與入其中. 其上正平, 光采如鏡, 其下淸泉巧石, 奇花異卉, 從橫布列, 兩池相對. 謂黃曰: "汝留此爲我治花圃, 東池水可供飮, 西池以漑灌, 勿誤也." 遂先出, 閉壁門.

黃奉所敎. 地方七八丈而無所不有, 牡丹五色, 花皆徑尺, 室中常明, 不能辨晝夜, 居之甚久, 花葉常如春. 一日, 野人啓門入, 甚喜, 曰: "汝果能留意於此, 眞可敎. 汝姑去此, 吾之學長生久視法也, 與寂滅之道不同, 當盡世間緣乃可. 兼汝服珍泉, 滌穢已盡, 宜別有所食." 於鉢中取魚肉, 如故山所得者與之, 指石窟宿溺使盡飮, 遣下山, 曰: "汝歸逢人與魚肉, 任意噉之, 直俟不欲食時, 復來見我." 黃再拜辭去, 從此能啖生肉至十斤, 後稍減少.

紹興二十八年, 召入宮, 賜名元道, 封'達眞先生', 戒令勿食魚. 御製贊賜之曰: "不火而食, 太古之民; 不思而書, 莫測其神. 外示朴野, 內含至眞; 白雲無迹, 紫府常春." 周參政舊與之善, 閑居宜興, 黃過之, 書"明月雙溪水, 淸風八詠樓" 十字以獻. 後二年, 黃以口過逐居婺, 周公適自當塗移守, 所書始驗. 凡此諸說, 多得之於周. 乾道二年, 予見之鄱陽, 食肉二斤, 而飮水猶一斗, 證其得道始末, 與周說不差, 故采著其大略. 又一年, 在九江爲郡守林栗黃中所劾治, 杖而編隸之.

황원도는 본래 성도부의 한 가난한 집 아이로 대관 정해년(1107)에 태어났는데, 근육이 수축되는 병에 걸려 두 손이 오그라들어 펼 수가 없었다. 또 무릎으로 턱을 지탱해야 할 정도로 허리가 굽었고, 얼굴은 뒤로 젖혀졌다. 또 홍역을 앓고 난 뒤 벙어리가 되었다. 부모는 차라리 아이가 죽었으면 좋겠다고 생각하고 방 한 귀퉁이에 넣어 두고 추위와 굶주림을 이길 수 없게 하였다. 하지만 결국 죽지 않았으니 그것은 오직 할머니가 불쌍히 여겨 수시로 죽을 먹였기 때문이었다.

일곱 살이 되었을 때, 한 도인이 대문을 지나다가 황원도의 어머니에게 시주해 달라고 청하였다. 황원도의 어머니는 부끄러워하며 거절하길,

"우리 집은 너무도 가난하니 어찌 시주할 여력이 있겠습니까?"

그러자 도인이 말하길,

"그렇다면 나에게 아이 한 명을 줘도 무방하지요."

병든 아이가 한 명 있다고 어머니가 말하자 도사는 말하길,

"그 아이를 얻을 수 있다면 그 또한 좋겠습니다."

그리고는 황원도를 마포로 만든 자루에 넣은 뒤 등에 지고 나갔다. 황원도의 아버지는 그가 어디로 가는지 따라서 가 보았다. 도인은 야외로 가서 황원도를 자루에서 꺼내 땅 위에 세워 놓고 손으로 맑은 물을 떠서 닦아 주었다. 또 자신이 입고 있던 종이 옷을 벗어 황원도의 몸에 덮어씌운 뒤 알약 하나를 입에 넣어 먹인 뒤 주위를 수십 번이나 빙빙 돌았다. … 생선 한 마리를 가져와 날것 그대로 먹게 하였다. 그리고 다시 오줌을 누워 … 손가락에 찍어 맛보게 하였는데, 감미롭고 향긋한 것이 마치 단술 같았다. 발우를 들어 올려 공손하게 모두 마셨다. 다 마시자 뱃속에서 요란한 소리가 났고, 갑자기 누군

가가 뒤에서 밀어 절벽에서 떨어지는 것 같았다.

황원도의 눈에 들어온 모습은 모두 원래 방목하던 곳과 같았고, 옆에서 소가 풀을 뜯고 있는 모습까지 전혀 다르지 않았다. 황원도는 온몸이 편치 않음을 느끼고 산의 계곡에 뛰어들어 가 물속에 들어가 앉았다. 물은 제법 깊어서 어깨까지 닿았고, 황원도는 마음껏 움직이며 실컷 즐기고 밤을 새운 뒤 비로소 계곡에서 나왔다. 그랬더니 정신과 기운이 상쾌하고 가뿐하여 심신이 활달해졌다. 다시는 전에 있었던 일들이 자신을 짓누르지 않았고, 심지어 언제 때의 일인지도 알 수 없는 지경이 되었다.

소를 끌고 왕씨의 집으로 돌아오자 왕씨가 놀라고 의아해하며 묻길,

"예야, 어디에 갔었기에 이렇게 오랫동안 돌아오지 않았느냐?"

그때부터 매일 시장을 돌아다니며 놀았는데, 다른 사람의 마음속에 깊이 숨겨 둔 비밀을 알고 말하였으며, 때로는 어떤 사람에게 욕을 하고 말하길,

"너의 행실은 신명의 뜻에 어긋나니, 앞으로 귀록[8]에 이름이 올라갈 것이다."

또 어떤 사람에게 욕한 뒤 말하길,

"너는 평민을 속였으니 앞으로 관아에 가서 재판을 받을 것이다."

얼마 지나지 않아서 정말로 그런 일이 벌어졌다. 그러자 시장 사람은 그가 숨겨 둔 자신들의 비밀을 발설할까 두려워하며 서로 조심하

8 鬼錄: 죽어서 저승에 속한 자의 명단을 뜻하며 鬼籙이라고도 한다. 따라서 귀록에 이름이 올라간다는 것은 곧 죽을 것이라는 뜻이다.

고 가능하면 황원도를 피하려고 하였다. 왕씨는 황원도를 묶어서 방안에 가두어 두었으나 늘 멋대로 빠져나오곤 하였다.

황원도는 아미산[9]에 들어가서 여러 해를 지냈는데, 어머니를 모시고 아미산에 놀러 온 선무사 위국공 장준과 만나게 되었다. 장준은 황원도를 본 뒤 그를 속세로 데리고 나갔으며, 황원도는 장준을 따라 사천을 떠났지만 삼협[10]을 지나자마자 인사도 하지 않고 헤어졌다. 황원도가 무당산[11]에 갔을 때 손욱 선생은 알려 주길,

"나부산[12]에 사는 야인 황 선생은 오대 때 혜주 자사[13]를 지냈지만, 관직을 버리고 도를 배운 분으로서 지금 신선으로서의 품계가 매우 높으니 찾아가 뵙는 것이 마땅하다. 가서 뵙고 장생불사와 세상을 구제할 비법을 가르쳐 달라고 청하거라."

황원도는 흔쾌하게 나부산을 향해 길을 떠났고, 나부산의 충진관

9 峨眉山: 사천성 서남부 樂山市 峨眉山市에 있는 산으로 보현보살의 도장으로 알려진 불교 4대 성지의 하나이다.

10 三峽: 장강 삼협은 중경시와 호북성 사이에 있는 瞿塘峽 · 巫峽 · 西陵峽 등 3개의 협곡을 지칭한다. 예로부터 '구당은 웅장하고, 무협은 수려하며, 서릉은 기괴하다'는 평이 있다. 상류의 구당협은 가장 짧지만 강폭은 가장 좁고 절벽은 가장 높은 곳이다. 무협은 무산산맥의 수려한 경관이 펼쳐져 있고, 서릉협은 가장 길다.

11 武當山: 호북성 서북부 十堰市 丹江口市에 있는 산으로서 도교 72개 福地 가운데 9위에 해당하는 도교의 명산이자 무술의 본산으로 알려졌다.

12 羅浮山: 광동성 惠州市 博羅縣에 자리하였으며 羅山과 浮山이 합쳐서 이루어진 화강암 산이다. 산세가 험준하고 계곡이 깊은 명산으로서 일찍이 司馬遷이 오악에 버금가는 산이라고 높게 평가한 바 있다.

13 刺史: 본래 지방 감찰직으로 일찍이 '監御史'라는 명칭으로 秦代에 설치된 관직이다. 이후 점차 지방관으로 변하였으며 수 · 당대에는 주지사로 자리를 잡았다. 송대에는 무신에 대한 명예직으로 전환되어 북송 전기에는 從3品~정4品下였으나 원풍개혁 때 종5품으로 조정되었다. 節度使 · 承宣使 · 觀察使 · 防禦使 · 團練使에 이어 正任 무관계의 최하위직에 속하였다.

에 가서 어떻게 하면 황 선생을 찾을 수 있느냐고 물어보았다. 숭진관 주지가 말하길,

“산 위에 큰 바위로 이루어진 누각 같은 곳이 세 개나 있는데, 가장 높은 곳은 마치 올라갈 길이 없는 것처럼 보입니다. 그래서 반드시 등나무 덩굴을 붙잡고 마른 나무로 받쳐 줘야 원숭이가 오르듯 오를 수 있지요. 하지만 바위를 오르다가 불행히도 떨어진다면 예측할 수도 없는 깊은 계곡에 떨어져 온몸이 산산조각이 나는 일은 피할 길이 없습니다. 그대가 죽고 사는 것을 생각하지 않는다면 가볼 만하지요.”

황원도가 말하길,

“만약 목숨을 아까워했다면 어떻게 기꺼이 여기까지 왔겠습니까?”

그러자 주지는 바위로 이루어진 누각이 있는 곳을 알려 주었다. 황원도는 지팡이에 의지하여 서둘러 길을 떠났다. 아래쪽 바위로 이루어진 누각은 절벽 바로 위에 세워져 있어서 그런대로 발을 디딜 공간이 있었다. 하지만 중간에 있는 누각에 이르렀을 무렵 비바람이 몰려와 급히 한 바위 동굴로 가서 비바람을 피하였다. 곧 해가 져서 그 동굴에서 밤을 새웠다. 밤이 되자 풀숲에서 땅을 긁는 소리가 나더니 엄청나게 큰 비단뱀이 동굴 안으로 들어왔다. 이어서 많은 뱀이 줄지어 들어와 옆에서 황원도를 휘감았다. 황원도는 눈을 감고 아침이 될 때까지 앉아 있었다. 뱀들이 차례로 동굴에서 빠져나가자 황원도는 다시 앞으로 나아갔다.

절벽에 난 길은 중간에서 끊어졌다. 오직 큰 등나무 덩굴 가지만 아래로 늘어져 있기에 그것을 잡고 위로 기어올랐다. 오르는 도중 간혹 작은 길이 있기는 했지만, 불과 수십 보만 걸으면 길이 끊어졌고,

아래를 내려다보면 멀리 강물이 아득하게 겨우 보일 정도였다. 황원도는 그저 덩굴이 높으면 높은 대로로 낮으면 낮은 대로 붙잡고 올라갈 뿐이었다. 해가 거의 다 질 무렵, 비로소 가장 위쪽 누각 아래에 도달하였다. 한 둥근 동굴 가운데로 밝은 빛이 비치기에 기어서 그곳을 지나 바위 옆에 이르자 한 도인이 녹색 털로 몸을 덮고 바위에 기대어 앉아 있는 것이 보였다.

황원도는 용모를 단정히 하고 절을 올린 뒤 두 손을 모으고 얌전히 서 있었다. 하지만 그 사람은 황원도에 대해 별다른 눈길도 주지 않았고, 황원도는 감히 숨소리도 내지 못하고 있었다. 그렇게 한참을 지난 뒤 갑자기 묻길,

"너는 누구냐? 어떻게 여기까지 왔느냐? 또 무슨 일로 나를 보려고 하느냐?"

황원도는 모든 것을 상세히 대답하였다. 그러자 그가 말하길,

"생각해 보니 네가 몹시 배가 고프고, 목도 마렵겠구나."

스스로 일어나 앉아 있던 돌을 들어 올렸는데, 그 돌 아래에는 생각보다 크고 깊은 샘이 있고 물은 대단히 맑았다. 도인은 우물을 가리키며 말하길,

"이 샘물을 마셔도 좋다."

황원도는 떡갈나무 잎사귀로 그 샘물을 떠서 내락 2승쯤 마셨다. 물을 마시자 배가 몹시 아팠고, 서둘러 밖으로 나와 20여 차례나 심하게 설사를 하였다. 그러자 비로소 뱃속이 진정되기 시작했다. 황원도는 다시 들어가서 공손하게 기다리자 도인은 비로소 앉으라고 한 뒤 처음으로 말하길,

"속세의 부귀영화라는 것이 생각해 보면 참으로 즐거운 것 같지만

경지에 이르러 달관한 사람이 보기에는 썩은 쥐새끼와 마찬가지가 아닐 수 없다. 이곳에서 능히 살 수 있는 사람이라면 부귀영화를 누리는 것과 같으며, 비록 이생을 다하고 내생에 이르더라도 지겨울 것이 없을 것이다. 하지만 만약 털끝만큼이라도 마음에 불편한 바가 있으면 잠시라도 머물 필요가 없다. 네가 보기에 이곳이 또 하나의 동천인 것 같으냐?"

황원도가 대답하길,

"선생님이 계신 곳에서 머물면서 아직 감히 좌우를 돌아보지 못하였습니다. 다른 점이 있는지 어찌 알겠습니까?"

도인이 말하길,

"그러면 너는 시험 삼아 내가 사는 곳을 보도록 해라."

도인은 손을 들어 돌벽을 밀자 갑자기 동굴의 입구가 열렸다. 두 사람이 함께 그 안으로 들어가자 동굴의 위는 아주 평평했고, 거울처럼 광채가 났다. 그 아래는 맑은 샘물과 오묘한 형태의 바위, 기이한 꽃이 종횡으로 늘어서 있고, 두 개의 연못이 마주 보고 있었다. 도인이 황원도에게 말하길,

"너는 이곳에 살면서 나를 위해 이 화원을 잘 관리하거라. 동쪽 연못의 물은 마시는 데 쓰고, 서쪽 연못의 물은 화원의 꽃에 주거라. 착오가 없도록 해야 한다."

말을 마치고 곧 먼저 나가더니 석벽의 문을 걸어 잠궜다.

황원도는 가르쳐 준 대로 따라 하였다. 화원은 사방 7~8장 넓이에 불과했지만, 없는 것이 없었다. 오색의 모란은 꽃의 직경이 1척에 달하였고, 동굴 안은 항상 밝아서 밤낮을 구별할 수 없었다. 화원에서 아주 오래 지냈지만, 꽃과 잎은 늘 봄처럼 싱싱하였다. 하루는 도인

이 문을 열고 들어와 아주 흡족해하면서 말하길,

"너는 정말로 이곳에서 살 생각이 있구나. 참으로 도를 가르칠 만하구나. 내가 가르쳐 주려고 하는 것은 '장생구시법'이다. 이것은 장생불생의 도와는 다르다. 하지만 이것을 배우려면 세상의 인연을 모두 절연해야만 한다. 또 너는 이미 이곳의 진기한 샘물을 마셔서 몸안에 있는 더러운 것들을 모두 깨끗이 씻어 냈으니 마땅히 다른 음식을 먹여야 할 것이다."

발우에서 생선 살을 꺼내었는데, 마치 전에 산에서 얻어서 주었던 생선과 같았다. 도인은 생선 살을 주고 석굴에 있는 오래 묵은 오줌을 가리키며 그것을 다 마시라고 하였다.

그리고 하산하라며 황원도를 보내면서 말하길,

"네가 돌아가다 사람을 만나면 생선 살을 주고 너도 먹고 싶은 대로 마음껏 먹도록 해라. 더는 생선을 먹고 싶지 않을 때가 되면 다시 와서 나를 보도록 하거라."

황원도는 두 번 절을 하여 이별의 인사를 올린 뒤 길을 떠났다. 그때부터 익히지 않은 생선을 10근까지 먹을 수 있었지만, 그 뒤로 먹는 양이 조금씩 줄어들었다. 소흥 28년(1158)에 조정의 부름을 받고 궁궐에 들어가서 원도라는 이름을 하사받았고, '달진 선생'으로 봉해졌다. 황제는 황원도에게 다시는 생선을 날것으로 먹지 못하도록 명하였다. 황제가 황원도에게 하사한 찬문에 쓰여 있길,

"익히지 않고 먹음은 태고의 백성이나 하는 일이나 깊이 생각하지도 않고 글을 씀은 측량할 수 없는 뛰어난 정신이 있음이라. 겉으로는 소박하고 꾸미지 않음을 드러내 보이나 안으로는 지극한 정신을 내포하고 있음이라. 흰 구름은 자취를 남기지 않고 신선의 사는 궁궐

은 늘 봄날일세."

참지정사인 주규[14]와 오랫동안 가깝게 지냈다. 주규가 고향인 상주 의흥현에서 한거할 때 황원도가 그곳을 지나가며 "밝은 달이 쌍계의 시냇물 위에 떠 있고, 시원한 바람은 팔영루를 지나네"[15]라는 열 글자를 써 주었다. 그 뒤로 2년이 지나서 황원도는 날생선을 먹지 말라는 어명을 어긴 죄로 쫓겨나 무주에 와서 지냈고, 마침 주규가 당도현에서 무주 지사로 전보되자[16] 2년 전에 써 준 글이 무슨 뜻인지 비로소 알 수 있었다.

무릇 이러한 여러 일화는 대부분 주규로부터 들은 것이다. 건도 2년(1166)에 나는 고향인 요주 파양현[17]에서 황원도를 본 일이 있다. 당시 그는 생선을 2근씩 먹고 물은 한 말이나 마셨으니 그가 득도한 전후 과정을 밝혀 보니 대체로 주규가 한 말과 큰 차이가 없었다. 그래서 그 대략적인 내용을 채록한 것이다. 다시 1년이 지난 뒤 황원도

14 周葵(1098~1174): 자는 立義이며 兩浙路 常州 宜興縣(현 강소성 無錫市 宜興市) 사람이다. 고종 때 監察御史 · 殿中侍御史를 지냈으며, 효종 때 병부 · 호부시랑을 거쳐 參知政事로서 權知樞密院使를 겸직하였다. 泉州 지사를 끝으로 資政殿대학사로 은퇴하여 향리에서 오랫동안 은거하였다. 주화를 주장하였으나 秦檜와는 달리 합리적인 주장을 견지하여 배척되었고, 효종 이후에도 실사구시의 주장으로 인해 당권파와 거리가 있었다.

15 八詠樓: 절강성 金華市 남쪽에 있는 婺江 강변의 누각이다. 남조의 齊 隆昌 1년(494)에 처음 건립되어 元暢樓라고 했는데, 일찍이 沈約이 원창루에서 八詠詩를 지은 것에 착안하여 북송 至道 연간(995~997)에 팔영루로 개칭하였다.

16 주규는 소흥 연간 말에 太平州 지사를 지냈다. 태평주의 치소가 當塗縣에 있었기에 본문에서는 태평주 지사에서 무주 지사로 전보된 것을 '당도현에서 무주 지사로 전보'되었다고 한 것이다.

17 鄱陽縣: 江南東路 饒州 소속으로 현 강서성 동북부 上饒市 서단의 鄱陽縣에 해당한다.

는 강주[18] 지사 임율[19]에게 심문을 받고 곤장형을 당한 뒤 편관 유배형에 처해졌다.

18 九江: 江南東路 江州의 별칭이다. 이 지역에 이르러 장강이 아홉 갈래로 나누어진다는 데서 유래하였다. 장강을 경계로 호북성과 마주한 현 강서성 북부 지역에 해당한다.

19 林栗: 자는 黃中이며 福建路 福州 福淸縣(현 복건성 福州市 福淸市) 사람이다. 과거에 급제하였지만 秦檜를 비판하여 19년 동안 하급 관리를 전전하다 효종 이후 비로소 발탁되었으나 직언으로 인해 江州 · 湖州 · 夔州 · 潭州 · 隆興部 지사 등 주로 지방관을 지냈다. 후에 병부시랑에 제수되었으나 병부낭관 주희와 학문의 경향이 달라서 갈등을 겪고 탄핵을 받아 泉州 · 明州 지사를 끝으로 조정을 떠났다.

05 양국공 방교 부친묘房梁公父墓

呂忠穆丞相, 政和初葬其父於濟南之歷城. 穿墉二丈得石槨, 墓兆儼然, 中空無所有, 但存一石, 曰: "隋司隸刺史房彥謙之墓", 與呂氏所卜地窆穴無分寸不同, 遂葬其處. 彥謙卽唐宰相梁公玄齡之父也. 梁公爲太平賢相, 而忠穆亦爲中興名宰, 相去五百年而休證冥合如是, 異哉.(趙不庴說.)

승상 충목공 여이호[20]는 정화 연간(1111~1118) 초에 아버지를 제주 역성현[21]에 매장하였다. 관을 매장하기 위해 땅을 파다가 두꺼운 벽을 만나서 2장이나 뚫고 들어가자 묻어 둔 석곽이 나왔다. 전에 만든 묘역의 흔적이 엄연하였다. 하지만 묘실 가운데 아무것도 없이 텅 비어 있었고 비석 하나만 남아 있었다. 비석에는 "수 사례자사[22] 방언겸[23]의 묘"라고 적혀 있었다.

20 呂頤浩(1071~1139): 자는 元直이며 京東東路 齊州(현 산동성 濟南市) 사람이다. 宣和 4년(1122)에 燕山府路轉運使가 되었으나 宣和 7년에 郭藥師가 금에 투항하여 포로가 되었다가 귀환한 뒤 河北都轉運使가 되었다. 1129년에 同簽書樞密院事·江淮兩浙制置使의 중책을 맡았고, 苗傅·劉正彥의 반란을 진압하고 고종을 복위시키는 공을 세워 재상이 되었다. 紹興 1년(1131)에 다시 재상이 되어 秦檜와 함께 정국을 주도했고, 이후 권력의 중심에서는 밀려났지만, 觀文殿大學士가 되었고 太師로 추증되는 등 부귀영화를 누렸다.

21 歷城縣: 京東西路 齊州 소속으로 현 산동성 서북부 濟南市의 歷城區에 해당한다.

22 司隸刺史: 司隸는 조정에서 직접 관할하는 지역이란 뜻으로서 그 구체적인 지역은 왕조에 따라 다르다. 司州라고도 칭한다. 이 司隸 전역을 감찰하는 조정의 관료를 가리켜 司隸校尉라고 하고, 司隸刺史는 사례에 속한 州를 감찰하는 지방관이다.

묫자리는 여이호가 선택한 위치와 하관할 관 자리의 크기까지 조금도 다름이 없었다. 그래서 곧 그 자리에 하관하였다. 방언겸은 바로 당의 재상이며 자가 현령인 양국공 방교[24]의 아버지다. 양국공은 태평한 시대를 연 현명한 재상이며, 충목공 여이호 또한 남송의 중흥을 이룬 명재상이니 서로 500년 세월의 거리가 있지만, 길상한 증험이 이처럼 암합暗合하니 실로 기이한 일이 아닐 수 없다.(이 일화는 조불유가 말한 것이다.)

23 房彦謙(547~615): 자는 孝沖이며 齊州 臨淄(현 산동성 濟南市 歷城區) 사람이다. 北齊 때부터 출사하여 隋에서 감찰어사와 사례자사를 지냈다. 당조의 명재상 房玄齡의 아버지이다.

24 房喬(579~648): 자는 玄齡이며 齊州 臨淄(현 산동성 濟南市 歷城區) 사람이다. 隋의 進士로 출사하였고, 당조 건국 때 李世民의 측근으로 활약하였으며 玄武門 쿠데타를 주도하였다. 태종 즉위 후 中書令이 되었고, 이어 尙書左僕射가 되었다. 뛰어난 기획력과 공평한 태도를 견지하여, 과감한 추진력을 지닌 杜如晦와 함께 貞觀之治를 여는 데 크게 기여하였다. 梁國公에 봉해졌고, '淩煙閣24功臣'에 배향되었으며, 태종의 昭陵에 陪葬되었다.

06 회향풀을 심은 도인種茴香道人

政和末, 林靈素開講於寶籙宮, 道俗會者數千人皆擎跽致敬, 獨一道人怒目在前立. 林訝其不拜, 叱曰: "汝有何能, 敢如是?" 曰: "無所能." "何以在此?" 道人曰: "先生無所不能, 亦何以在此?" 徽宗時在幕中聽, 竊異之, 宣問實有何能. 拱而對曰: "臣能生養萬物." 卽命下道院, 取可以布種者, 得茴香一匊以付之, 俾二衛卒監視, 種於艮嶽之趾, 仍護宿於院中. 及三鼓, 失所在, 明日視茴香, 已蔚然成叢矣.

정화 연간(1111~1118) 말에 임령소[25]가 보록궁에서 도장경 강의를 개설하였다, 강의에 참석한 도사와 속인은 모두 수천 명에 달하였고, 그들 모두 무릎을 꿇고 앉아서 두 손을 모아 경의를 표하였다. 그런데 유독 한 도인만 눈을 부라린 채 앞에 서 있었다.

임영소는 그가 절하지 않고 서 있는 것에 의아해하며 질책하길,

"너는 무슨 능력이 있기에 감히 이렇게 오만한가?"

그가 말하길,

"무슨 능력이라고 할 것이 없소이다."

"이곳에 어떻게 왔느냐?"

25 林靈素: 玉帝를 모시고 신선술을 익혔다고 주장한 도교의 도사로서 휘종의 각별한 총애를 받았으며 도사 王文卿과 함께 도교 天師道의 한 지파인 神霄派를 만들었다. 휘종은 政和 7년(1117)에 전국의 天寧萬壽觀을 모두 神霄玉淸萬壽觀(또는 宮)으로 바꾸게 하였고, 도관이 없는 지역에는 불교사찰을 神霄宮으로 바꾸도록 하는 등 임령소를 적극적으로 후원하였다.

도인이 말하길,

"선생은 할 수 없는 것이 없는 분인데, 왜 또 여기에 있단 말이요?"

휘종은 당시 장막 뒤에서 그들의 대화를 듣고 속으로 기이한 인물이라고 생각하였다. 휘종은 그 도인을 불러 실제로 어떤 능력을 지니고 있느냐고 물었다. 그러자 도인은 두 손을 모아 공손하게 답하길,

"신은 만물을 살리고 키우는 능력을 지니고 있습니다."

휘종은 즉시 도원[26]에 명령하여 심을 수 있는 씨앗을 가져오라고 하였다. 그러자 회향풀[27] 씨앗을 한 웅큼 가지고 와서 도인에게 주었다. 두 명의 위병에게 도인을 감시하라고 시켰다. 도인은 간악의 가장자리에 심었다. 위병은 도인을 도원에 숙박하게 한 뒤 계속 감호하였다. 그런데 3경[28]이 되자 도인은 어디로 갔는지 찾을 수 없었다. 이튿날 회향풀이 어떻게 되었는지 살펴보니 벌써 무성하게 자라 있었다.

26 道院: 道觀과 같은 뜻도 있지만 절의 요사채처럼 도사들이 거주하는 공간을 뜻한다.

27 茴香: 미나리과 식물로 식재료나 향신료 또는 약재로 널리 쓰였다.

28 三鼓: 밤 시간을 5등분하여 북을 쳐서 시간을 알렸다. 3경(23~01시)을 뜻한다.

07 주복야朱僕射

豫章豐城縣江邊寶氣亭, 建炎三年, 居民連數夕聞呼"朱僕射", 而不見其人. 已而新□(虔)州守馮季周修撰赴官, 泊舟亭下, 從行僕朱秀者溺死, 八月四日也.(右二事皆吳虎臣說.)

예장 풍성현[29]의 공강 강변에 보기정[30]이 있다. 건염 3년(1129)에 주민들은 여러 날 밤 계속하여 누군가 '주복야'라고 크게 부르는 소리를 들었으나 그가 누구인지 보지는 못하였다. 잠시 뒤 신임 건주[31] 지사로 수찬 풍계주가 부임하면서 배를 보기정 아래에 정박하였다. 풍계주를 수행하던 노복 가운데 주수라는 자가 익사하였다. 8월 4일에 있었던 일이다.(위의 두 가지 일화 모두 오호신이 말한 것이다.)

29 豐城縣: 江南西路 洪州 소속으로 현 강서성 북서부 宜春市 동남쪽의 豐城市에 해당한다.

30 寶氣亭: 풍성현의 劍氣를 기념하기 위해서 지었다고 전해지며, 현성 북쪽 贛江 강변에 있다.

31 虔州: 江南西路 소속으로 紹興 23년(1153)에 贛州로 바뀌었다. 치소는 贛縣(현 강서성 贛州市 贛縣區)이고 관할 현은 10개, 州格은 節度州이다. 紹興 22년(1152), 건주에서 일어난 齊述의 반란을 진압한 뒤 송조는 虔州의 虔자에 호랑이 대가리(虍)가 있어 '虎殺氣'가 있다며 이듬해에 현 지명인 贛으로 개칭하였다. 현 강서성 남단에 해당한다.

08 연자루燕子樓

潭州府舍後燕子樓, 去宅堂頗遠, 家人不能至. 守帥某卿好游其上. 卿晩得良家女爲妾, 名之曰酥酥兒, 嬖寵殊甚, 一日亦登樓. 問其所以來, 答曰: "願見主翁, 心不憚遠." 卿益喜, 留連經時, 使之去. 薄晩, 卿還, 酥迎於堂. 卿顧曰: "適歸無它否?" □□(妾愕)然曰: "今日在房中, 足跡未嘗出外, 安有是耶?" 卿怒曰: "汝來燕子樓視我, 我與汝語, 良久乃去, 何諱之有?" 酥面發赤曰: "素不識樓上路, 何由敢獨行? 公特戲我."

傍人盡證其不然, 卿惘惘不樂, 入燕寢徑臥, 疑向者所見定鬼物也. 少時, 酥入室, 拊其背, 掖之使起坐, 曰: "我眞至公所, 恐他人知之, 故匿不言. 亦因以惱公爾, 何以戚戚爲?" 卿意方自解. 又與嬉笑, 忽曰: "今以實告公, 我非酥酥也, 請細視我." 視之, 則一大青黑面, 極可憎怖. 卿拊牀大叫, 外人疾趨至, 無所睹. 卽抱病, 遂卒.(王嘉叟說, 聞之張敬甫.)

담주 관아 뒤에 있는 연자루는 관사로부터 제법 멀리 떨어져 있어 관리의 가족은 갈 수 없었다. 담주 지사 겸 안무사인 모씨는 연자루에 올라가 놀기를 좋아하였다. 그는 만년에 양가의 딸을 첩으로 맞이하여, '소소아'라고 이름을 짓고 매우 각별하게 총애하였다.

하루는 소소아도 연자루에 올라왔기에 어떻게 왔느냐고 물어보자, 대답하길,

"주인어른을 뵙고 싶어 거리가 먼 것을 생각하지 않고 왔습니다."

그는 더욱 기뻐하며 한 시진이 넘도록 연자루에 머물렀다. 그리고

소소아를 먼저 가라고 한 뒤 초저녁에 자신도 관사로 돌아왔다. 소소아는 집에서 귀가하는 그를 맞이하였다. 그가 소소아를 돌아보며 묻길,

"조금 전에 돌아올 때 별다른 일은 없었느냐?

그러자 소소아는 깜짝 놀라서 말하길,

"저는 오늘 종일 방 안에만 있었고, 방 밖으로 한 발자국도 나간 일이 없습니다. 어떻게 그런 일이 있을 수 있는지 모르겠네요."

그는 화내며 말하길,

"네가 나를 보러 연자루에 오지 않았느냐? 내가 너와 이야기를 나눈 뒤 한참 뒤에 비로소 돌아갔는데, 무슨 이유로 네가 왔던 일을 숨긴단 말이냐?"

소소아는 얼굴을 붉히며 말하길,

"저는 본래 어떻게 연자루로 가는지 길을 알지 못합니다. 그런데 어찌 감히 혼자 가겠습니까? 공께서는 왜 이렇게 심하게 장난치시지요?"

옆의 사람이 모두 그런 일이 없었다고 증언하자 그는 더는 말하지 못하고 마음만 언짢았다. 침실로 들어가 곧장 자리에 누우면서 조금 전에 본 여인이 귀신임이 틀림없을 것으로 생각하였다. 잠시 후 소소아가 방으로 들어와 그의 등을 톡톡 치더니 부축하여 자리에 앉으라 하였다. 그리고 말하길,

"오늘 제가 공께서 계신 연자루에 간 것은 사실입니다. 다만 다른 사람들이 그 일을 알까 걱정스러워 일부러 숨기고 말을 하지 않았던 것입니다. 그런데 그 일로 공께서 화를 내시다니 또 무슨 까닭에 울적해하시는지요?"

그는 언짢아했던 것이 저절로 해소되자 다시 소소아와 웃으며 즐거워하였다. 그런데 갑자기 그녀가 말하길,

"지금 내 사실대로 공에게 알려 주리다. 나는 소소아가 아니오. 나를 자세히 보기 바라오."

그래서 그녀를 자세히 살펴보니, 검푸른 커다란 얼굴을 하고 있어 흉악스럽고도 무서웠다. 그는 침상을 치며 크게 소리를 질렀다. 바깥에서 사람들이 잽싸게 뛰어왔지만 아무것도 보이지 않았다. 그는 곧 병이 났고 이내 죽었다.(이 일화는 왕가수[32]가 말한 것이며, 왕가수는 장경보에게 들은 것이다.)

32 王嘉叟: 과거에 급제하지 않고 재능을 인정받아 발탁된 인물로 洪州 통판, 光祿丞, 刑部侍郞 등을 역임하였다. 王十朋 · 洪景盧 · 張安國 등과 함께 饒州에서 '楚東詩社'를 결성하였고 이들 모두 張浚의 北伐論을 지지하였다.

09 침주 지사 완열의 며느리阮郴州婦

戶部員外郎阮閱, 江州人, 宣和末爲郴州守. 子婦以病卒, 權殯於天寧寺. 阮將受代, 語其子曰: "吾老矣, 幸得解印還. 老人多忌諱, 不暇挈婦喪以東, 汝善囑寺僧守視, 他日來取之可也." 子不敢違. 是夜, 阮夢婦至, 拜泣曰: "妾寄殯寺中, 是爲客鬼, 爲伽藍神所拘. 雖時得一還家, 每晨昏鍾鳴必奔往聽命, 極爲悲苦. 今不獲同歸, 則永無脫理. 恐以櫬木爲累, 乞就焚而以骨行, 得早窆山丘, 無所復恨." 阮寤而感動, 命其子先護柩, □(還)江州營葬. 是夜, 夢子婦來謝云.

호부원외랑[33] 완열은 강주 사람으로 선화 연간(1119~1125) 말에 침주[34] 지사가 되었다. 며느리가 병으로 사망하자 임시로 천녕사에 초빈하였다. 완열이 임기를 마치고 업무를 인수인계하면서 아들에게 말하길,

"나는 이미 늙었다. 다행히도 관직을 마치고 고향으로 돌아갈 수 있게 되었다. 사람이 나이를 먹으면 금기가 많아지기 마련이다. 이번에 며느리의 시신을 거느리고 동쪽으로 갈 겨를이 없구나. 너는 절의 승려에게 관을 잘 보살펴 달라고 부탁하거라. 훗날 다시 와서 관을

33 員外郎: 상서성 6부 관할 24司의 책임자인 郎官 가운데 주지사 경력이 없으면 員外郎을 임명하였다. 元豊 3년(1080) 관제개혁 이후 정7품에 해당한다.

34 郴州: 荊湖南路 소속으로 치소는 郴縣(현 호남성 郴州市 蘇仙區)이고 관할 현은 4개, 州格은 刺史州이다. 湘江・珠江・贛江의 상류 지역으로 현 호남성 남동부 郴州市에 해당한다.

가지고 가도 좋겠냐고 말이다."

아들은 아버지의 말을 감히 어길 수 없었다. 그날 밤, 완열의 꿈에 며느리가 나타나 절을 하고 울면서 말하길,

"저의 몸이 절 가운데 맡겨졌으니, 지금은 떠돌이 귀신인 된 셈입니다. 비록 언젠가는 집에 돌아갈 기회가 생기겠지만, 가람신[35]에 의해 제약을 받고 있어 매일 새벽과 밤마다 종소리가 나면 반드시 달려가 명령을 들어야 하니 몹시 슬프고 고통스럽습니다. 오늘 가족과 함께 돌아가지 못하면 영원히 해탈할 도리가 없을 것입니다. 아마도 관을 들고 가는 일이 번거로울까 걱정되기는 하지만, 화장해서 유골만이라도 데리고 가 주시길 부탁드립니다. 고향의 산에 서둘러 묻어 주신다면 더는 한이 맺힐 일이 없을 것입니다."

완열은 꿈에서 깨어난 뒤 며느리의 간청에 감동되어 아들에게 아내의 영구를 잘 보호하여 먼저 고향 강주로 돌아가 장례를 치르라고 하였다. 그날 밤 꿈에 며느리가 나타나 감사의 인사를 하였다.

35 伽藍神: 金剛力士 · 四天王 · 산신 등 사찰을 수호하는 모든 신을 통칭하는 말로 산스크리트어의 번역어인 '僧伽藍摩'의 약칭이다.

공조시랑 악림의 환골岳侍郎換骨

紹興十一年歲除之夕，岳少保以非命亡．其子商卿幷弟震同妻女皆羈管惠州，郡拘置兵馬都監廳之後僧寺牆角土室內．兄弟對榻，僅足容身，飮食出入，唯都監是聽．秦檜死，朝廷伸岳公之寃，且詔存訪其家，還諸子與差遣．商卿未拜命間，一夕，聞寺鍾鳴，恍惚如夢，見靑袍一卒，類親從快行，繫兩袖於腰，手挈竹籃，貯刀劍椎鑿之屬，鋒毛吹刃，頓於榻上，長揖一聲，大喝云：“奉上帝勅旨，爲官人換仙骨.”語畢升榻，商卿怖汗如雨，謹聽所爲．

遂以所齎器具恣加割剔，然殊不覺痛．須臾訖事，收器而下，復唱云：“換骨訖.”揖而告去．商卿揭帳視之，髑髏一軀，自首至足臥於地，遂驚覺．日已亭午，震在傍言：“聞兄呻吟聲甚苦，呼撼之不應，念無策可爲，但堅坐守護，至今猶未盥櫛.”商卿具道所睹事，才絶□□□□轎來邀致，仍傳慶語，乃告命已至□□□□□之意．淳熙間，持湖北漕節，鄱陽胡璟德藻監分司糧料院，與之談此．靑袍傳旨時，以大官職稱之，不欲自言．後擢工部侍郎廣東經略而卒．

소흥 11년(1141) 섣달그믐날 밤, 소보인 악비가 무고한 죽임을 당하였다. 호가 상경인 악비의 아들 악림[36]과 그의 동생 악진[37]을 비롯

36 岳霖(1130~1192): 자는 及時이고 호는 商卿이다. 악비의 셋째 아들로서 악비가 사망할 당시 12세였고, 32세가 되었을 때 악비의 신원이 이루어졌다. 후에 공부시랑 · 광동경략사를 거쳐 朝請大夫 · 敷文閣待制를 지냈다.

37 岳震: 자는 東卿이다. 악비의 넷째 아들로서 악비가 사망할 당시 7세였다. 朝奉大夫 · 提擧江南東路常平茶鹽公事를 지냈다.

해 악비의 아내와 딸까지 모두 혜주로 편관 유배되었다. 혜주에서는 병마도감 청사의 뒤에 있는 사찰의 담장 모퉁이에 흙집을 지어 거기에 가둬 두었다. 악림과 악진 형제에게는 한 침상을 쓰도록 했는데 겨우 몸을 집어넣을 수 있을 정도였다. 먹는 음식과 드나드는 모든 것은 병마도감의 허락을 받아야 했다.

진회[38]가 죽자 조정에서는 악비의 억울함을 풀어 주었다. 또 조서를 내려 악비의 가족을 찾아가서 위문하게 하고, 아들의 귀환을 허용하고 관직을 주었다. 악림이 아직 사면령을 받기 전인데, 하루는 밤중에 절의 종소리를 들었다. 마치 꿈을 꾸듯 황홀한 가운데 푸른 도포를 입은 한 군졸을 보았는데, 친종관[39]이 서둘러 달려오는 것 같았다. 그 군졸은 두 옷소매를 허리춤에 묶고 손에는 대바구니를 들고 있었으며, 대바구니에는 칼과 몽둥이, 끌 등이 담겨 있는데, 칼끝이 얼마나 날카로운지 입김으로 불면 터럭이라도 다 잘릴 것만 같았다. 군졸은 가지고 온 물건들을 침상 위에 가지런히 놓고, 머리 숙여 정중히 인사하고 크게 소리쳐 말하길,

38 秦檜(1090~1155): 자는 會之이며 江南東路 江寧府(현 강소성 南京市) 사람이다. 御史中丞으로서 금조가 張邦昌을 황제로 추대하는 것을 반대하였다가 휘종·흠종과 함께 포로가 되어 끌려갔다가 탈출하였다(1130). 이듬해 參知政事를 거쳐 곧 재상이 되었고, 高宗의 절대적인 신임하에 19년 동안 남송 국정을 좌지우지하였다. 金軍의 거듭된 남침에 항전하며 失地 회복을 주장하는 여론을 억압하고 극단적인 主和 정책을 추진하여 紹興和議(1142)를 체결함으로써 남북대치 국면을 안정시키는 성과를 거두었다. 하지만 淮河 이북 영토의 포기, 신하의 예로 歲貢을 바치는 등 굴욕적 화의를 체결하였고, 岳飛를 살해하고 권력을 남용하여 후대 대표적인 간신으로 낙인찍혔다.

39 親從官: 황궁 경비와 군부 동향 탐지 업무를 맡은 친위부대인 皇城司를 구성하는 2개 부대 가운데 하나이다. 親從官과 親事官으로 이루어진 황성사의 두 부대 모두 제1지휘, 제2지휘 등 5개 부대 3천명 규모였는데, 친종관의 위상이 더 높았다.

"상제의 칙명을 받들어 관인의 몸을 선골[40]로 바꿔 주려 합니다."

말을 마치고 침상 위에 올라가자 악림은 두려워서 땀이 비 오듯 했지만, 그가 시키는 대로 잘 따라 하였다. 군졸은 가지고 온 도구로 악림을 마구 베고 후벼 팠다. 하지만 이상하게도 통증은 느껴지질 않았다. 순식간에 일을 끝마친 군졸은 도구들을 정리해서 침상에서 내려가더니 다시 큰 소리로 복창하길,

"선골로 바꾸는 일을 다 마쳤습니다."

군졸은 다시 읍을 하고 가 보겠다며 인사한 뒤 떠났다. 악림이 침상의 휘장을 걷고 살펴보니 머리부터 발끝까지 온전한 해골 한 구가 땅에 누워 있었다. 이에 깜짝 놀라서 깨었다. 시간은 이미 정오가 되었다. 악진이 옆에서 말하길,

"형이 아주 고통스럽게 신음하는 것을 듣고 왜 그러냐고 부르고 흔들어 깨워도 아무 반응이 없었어. 내가 할 수 있는 일이 아무것도 없다고 생각하면서도 무슨 일이라도 있을까 싶어 옆에서 꼼짝도 하지 않고 앉아 있었지. 나는 지금까지 씻지도 못하고 머리도 빗지 못했어."

악림은 꿈에서 본 것을 모두 이야기하여 주었다. … 가마가 와서 요청하며 좋은 소식을 전해 주었다. 그리고 사령장이 이미 … 에 이르렀다. … 악림은 순희 연간(1174~1189)에 호북로전운사판관[41]이 되

40 仙骨: 타고난 신선의 자질을 의미하며, 靈骨이라고도 한다. 몸의 일부라도 선골이 있으면 신선이 될 수 있다고 한다.

41 漕節: 轉運司 내에서 轉運使, 轉運副使에 이어 세 번째 직책으로서 전운사와 함께 관할 로에 대한 감사권을 행사하였다. 주지사나 통판을 역임한 관리 가운데 실적이 우수한 자를 선임하였고 직무를 잘 수행하면 전운부사 또는 提點刑獄公事로 승

었다. 요주 파양현 사람으로 자가 경덕인 호조가 양료원[42] 분사[43]를 감찰하기 위해 왔다가 악림과 만나 이야기를 나누던 중 이 꿈에 관해 말하였다. 푸른 도포를 입은 군졸이 상제의 칙명을 전달하면서 높은 관직에 대해서도 언급했지만 악림은 그에 관해 이야기하길 원치 않았다. 악림은 후에 공부시랑과 광동경략사[44]로 발탁된 뒤 사망하였다.

진하는 것이 관례였다. 북송 때와 달리 남송에서는 전운사판관을 결원으로 두지 않았다. 약칭은 轉運判官・轉判官・運判・漕節・小漕 등이다.

42 粮料院: 관리와 군대의 급료로 지급하는 곡물 관리를 담당하는 부서다. 송은 당대의 제도를 계승하여 都糧料使를 두고 三司 大將으로 하여금 관련 업무를 맡게 하였는데, 開寶 6년(973)부터 문신에게 맡겼고, 太平興國 5년(980)에 諸司糧料院・馬軍糧料院・步軍糧料院을 각각 설립하였다가 후에 馬・ 步軍을 하나로 통합하였다. 남송 때도 수도 임안부에 諸司・諸軍糧料院을 두었고, 각 지역 요지에도 糧料院을 두었다.

43 分司: 남송 때 각 路의 總領所・坑冶司・財用司・茶鹽司 등이 관할 주현에 설치한 하급 기구를 뜻한다. 분사는 幹辦官이 관리하였다. 본래 분사는 唐代에 중앙정부의 행정조직을 부도읍지(陪都)에 설치하면서 유래한 명칭으로서 송대에도 서경・남경・북경에 설치 운영하였다. 하지만 실제로는 퇴임 관원을 위한 우대 조치의 일환이었다.

44 經略使: 북송 건국기인 開寶 8년(975)에 南唐을 점령한 뒤 常州・潤州에 經略巡檢使를 처음 임명하였다. 咸平 4년(1001)에 서북・서남 등 변방의 路를 통제하는 문관 출신 고위 지휘관에게 부여하는 직책으로 경략사를 임명하였고, 寶元 2년(1039) 西夏와의 전쟁 때 陝西와 河東路의 安撫使에게 經略使를 겸하게 하여 군의 지휘와 유목민 안무를 맡긴 뒤로 경략사보다 經略安撫使를 임명하는 것이 관례가 되었다.

11 주씨의 기이한 누에朱氏蠶異

湖州村落朱家頓民朱佛大者, 逓年以蠶桑爲業, 常日事佛甚謹, 故以得名. 紹熙五年, 所育蠶至三眠, 將老, 其一忽變異, 體如人, 面如佛, 其色如金, 眉目皆具. 朱取置小合, 敬奉於香火堂中, 鄰里悉往觀. 李巨源在彼, 亦借歸瞻視, 誠與佛像無少異. 經數日, 因開合, 已化爲蛾, 卽飛去.

호주의 촌락 가운데 주가돈의 주민인 주불대는 해마다 누에를 키워 먹고 살았는데, 매일 부처님을 독실하게 모셔서 주불대라는 이름을 얻었다.

소희 5년(1194)에 기르던 누에가 세 번 잠을 자고[45] 고치를 지으려 하는데, 그 가운데 하나가 갑자기 기이하게 변하여 사람과 같은 형태가 되었다. 얼굴은 부처 같고 색깔은 금처럼 누렇고 눈과 눈썹도 사람처럼 다 갖추었다.

주불대는 그 누에를 골라서 작은 합에 넣어 두고 불상을 모시는 방에 경건하게 모셨다. 이웃 사람들이 모두 몰려와 구경하였다. 이거원[46]이 외지에 있다가 집으로 돌아가는 길에 들러서 그 누에를 보았

45 三眠蠶: 누에 가운데 유충 때 세 차례 뽕잎을 먹지 않고 잠을 자며 고치를 짓는 품종을 말한다. 통상 네 차례 잠을 자는 일반 품종과 달리 세잠누에는 유충기가 짧고 뽕잎을 많이 먹지 않으며 크기도 작다. 당연히 견사의 생산량도 적고 가늘어서 주로 고운 비단을 만드는 데 쓴다.

는데, 정말로 불상과 조금도 다르지 않았다. 며칠 뒤 합을 열어 보니 이미 나방으로 변해 있었다. 합을 열어 주자 곧 날아갔다.

46 李巨源: 송대 시인 李處權의 작품 '送李巨源' 속의 주인공이다.

12 금산의 수륙재金山設冥

太學博士莊安常子上, 宜興人. 因妻亡, 爲於金山設水陸冥會資薦. 深夜事畢, 暫寄榻上, 夢妻來, 冠服新潔, 有喜色, 脫所著鞋在地, 襪而登虛, 漸騰入雲表, 始沒. 驚覺, 以白於僧及它人, 皆云是生天象也.

자가 자상인 태학박사[47] 장안상은 상주 의흥현 사람이다. 아내가 죽자 금산에서 수륙재를 지내어 아내의 혼의 천도를 도왔다. 밤늦게 수륙재를 마치고 잠시 침상에 기대어 잠들었는데, 꿈에 아내가 나타났다. 아내는 새로 만든 깨끗한 관을 쓰고 옷을 입었으며, 표정에 희색이 만연하였다. 아내는 신고 있던 신발을 땅에 벗어 놓고 버선발로 허공을 올라갔는데, 조금씩 오르더니 구름의 가장자리를 뚫고 들어가 비로소 사라졌다. 장안상은 놀라서 잠에서 깬 뒤 꿈에서 본 일을 승려와 다른 사람들에게 모두 이야기해 주었다. 다들 말하길, 그것은 장안상 아내의 혼이 하늘로 날아오르는 모습이라고 하였다.

47 太學博士: 國子監에서 경전을 강의하는 교수직으로서 唐代 이래 直講이라고 칭하였으나 元豐 3년(1080) 관제 개혁 때 太學博士로 개칭하였다.

이견병지 夷堅丙志 卷16

01 도단의 아들陶象子

嘉興令陶象, 有子得疾甚異, 形色語笑非復平日. 象患之, 聘謁巫祝, 厭勝百方, 終莫能治. 會天竺辯才法師元淨適以事至秀, 淨傳天台教, 特善呪水, 疾病者飲之輒愈, 吳人尊事之. 象素聞其名, 卽詣謁, 具狀告曰: "兒始得疾時, 一女子自外來, 相調笑, 久之俱去, 稍行至水濱, 遺詩曰: '生爲木卯人, 死作幽獨鬼. 泉門長夜開, 衾幃待君至.' 自是屢來, 且言曰: '仲冬之月, 二七之間, 月盈之夕, 車馬來迎.' 今去妖期逼矣, 未知所處, 願賜哀憐." 淨許諾, 杖策從至其家, 除地爲壇, 設觀世音菩薩像, 取楊枝霑水洒而呪之, 三繞壇而去. 是夜, 兒寢安然. 明日, 淨結跏趺坐, 引兒問曰: "汝居何地而來至此?" 答曰: "會稽之東, 卞山之陽, 是吾之宅, 古木蒼蒼." 又問: "姓誰氏?" 答曰: "吳王山上無人處, 幾度臨風學舞腰." 淨曰: "汝柳氏乎?" 囅然而笑. 淨曰: "汝無始以來, 迷已逐物, 爲物所縛, 溺於淫邪, 流浪千劫, 不自解脫, 入魔趣中, 橫生災害, 延及亡辜. 汝今當知, 魔卽非魔, 魔卽法界. 我今爲汝宣說首楞嚴祕密神呪, 汝當諦聽, 痛自悔恨, 訟旣往過愆, 返本來淸淨覺性." 於是號泣, 不復有云.

是夜謂兒曰: "辯才之功, 汝父之虔, 無以加, 吾將去矣." 後二日復來曰: "久與子游, 情不能遽捨, 願一擧觴爲別." 因相對引滿. 旣罷, 作詩曰: "仲冬二七是良時, 江下無緣與子期. 今日臨歧一杯酒, 共君千里遠相離." 遂去不復見.(秦少游記此事.)

수주 가흥현 지사 도단에게 아들이 있는데, 그 아들이 걸린 병은 증상이 아주 기이하였다. 모습이나 말하는 것 웃는 것이 평소와 같지 않았다. 도단은 몹시 걱정이 되어 무당을 부르기도 하고 찾아가기도

하며 백방으로 염승술까지 써 봤지만 결국 낫게 할 수가 없었다. 마침 항주 천축사에 있는 변재법사 원정이 일 때문에 수주에 오게 되었고, 그는 주로 천태종의 가르침을 전하였으며 특별히 주술을 쓴 물을 잘 만들었기에 병이 있는 자들은 이를 마시면 번번이 나아서 오 지역 사람들은 그를 존중하며 잘 모셨다. 도단도 평소 변재법사의 이름을 들어 알고 있었기에 곧 그에게 찾아가 상황을 모두 설명하고 또 말하길,

"아들이 처음 병을 얻었을 때 한 여자가 찾아와 함께 어울리며 웃고 지냈습니다. 그렇게 한참 뒤에는 함께 밖으로 나가서 물가에 다다랐을 때 시를 한 수 주었답니다.

살아서는 버드나무(柳氏)의 사람이었고,
죽어서는 외로운 귀신이 되었네.

무덤의 입구는 긴긴 밤 열려 있는데,
이부자리와 휘장을 준비하고 그대가 오기만을 기다리네.

그때부터 자주 찾아왔고, 또 '동짓달 27일 전후 보름밤 수레를 타고 그대를 맞으러 올 것입니다'[1]라고 말하였다고 합니다. 지금 그 요괴가 말한 기한이 다가오고 있는데 어떻게 해야 할지 알지 못하니 바라건대 저희를 불쌍히 여겨 주십시오."

법사가 대책을 마련하겠노라 수락하고 선장禪杖을 집고 도단을 따

1 "月盈之夕, 車馬來迎": 『詩話總龜·前集』 권36에는 "月圓風靜, 車馬相扳"으로 쓰여 있다.

라 그의 집에 도착하였다. 마당을 깨끗이 쓸고 제단을 만들어 관세음보살상을 모셔 두고 버드나무 가지를 가져와 물에 적셔 뿌리며 주문을 외웠고 세 번 제단을 돌고 돌아갔다.

이날 밤 아들은 편안하게 잠이 들었다. 다음 날 법사가 가부좌를 틀고 앉아 아들을 불러다 묻길,

"너는 어디에서 살고 있기에 여기로 왔느냐?"

답하길,

"회계의 동쪽에 있는 변산의 남쪽이 바로 저의 집이며 고목이 울창한 곳이지요."

또 묻길,

"성이 무엇이냐?"

답하길,

"오왕산 위 아무도 없는 곳,[2] 여러 차례 바람을 맞으며 허리로 춤을 추는 법을 배우지요."

원정이 말하길,

"너의 성은 류씨이구나?"

그녀는 크게 웃었다. 법사가 말하길,

"너는 아주 오래전부터 무언가에 미혹되어 물건을 탐하였고 물건에 속박되어 음란과 사악함에 빠져 천섭 세월을 유랑하고 있으면서도 스스로 헤어 나오질 못하고 있구나. 주화입마의 상태에 빠져 여기저기 해악을 끼치며 죄 없는 사람까지 괴롭히고 있구나. 네가 지금

2 "吳王山上無人處": 『詩話總龜 · 前集』 권36에는 "吳王臺下無人處"로 쓰여 있다.

마땅히 알아야 할 것이 있으니 '마귀가 곧 마귀가 아니며, 마귀 또한 법계에 있음이라'는 것이다. 내가 지금 너를 위해 『수능엄경』의 비밀스럽고 신비로운 주문을 욀 것이니, 너는 마땅히 귀 기울여 듣고 통렬하게 스스로 뉘우쳐서 과거의 허물을 돌아보고[3] 본래의 청정한 본성[4]으로 돌아가거라."

그러자 그녀는 크게 울면서 더는 다른 말을 하지는 않았다. 그날 밤 그녀는 아들에게 말하길,

"변재법사의 공력과 당신 아버지의 성심은 더할 것이 없으니 나는 앞으로 떠나려 합니다."

이틀 후 다시 찾아와 말하길,

"오랫동안 그대와 함께 지내 왔는데 그 정을 갑자기 버릴 수 없어 마지막으로 한 번만 술잔을 기울이고 이별을 할 수 있기를 원합니다."

이에 두 사람은 마주하여 술잔을 가득 채웠다. 술자리가 파한 후 그녀는 시를 남겼는데,

동짓달 이십칠일 좋은 날,
강 아래서 막연히 그대와 기약하였네.

오늘 헤어짐을 앞두고 한 잔의 술을 기울이며,
천 리 먼 곳으로 그대와 이별하네.

3 "訟旣往過愆": 『詩話總龜 · 前集』 권36에는 "洗旣往過愆"으로 쓰여 있다.
4 覺性: 일체의 迷罔으로부터 벗어나 본래 지니고 있는 佛性을 깨닫는다는 말이다.

마침내 그녀는 다시 나타나지 않았다.(이 일화는 자가 소유인 진관[5]이 기록한 것이다.)

5 秦觀(1049~1100): 자는 少遊이며 淮南東路 高郵軍(현 강소성 揚州市 高郵縣) 사람이다. 蘇軾의 추천으로 太學博士에 제수되고 秘書省 正字 겸 國史院編修官이 되었다. 하지만 紹聖 1년(1094) 元祐黨籍에 연좌되어 소식의 실각과 동시에 유배되었고 徽宗 즉위로 사면되어 돌아오는 도중 廣西에서 사망하였다. 시와 詞에 뛰어나 黃庭堅·張耒·晁補之와 함께 소식 문하의 '四學士'로 일컬어졌다.

02 태청궁의 도인太淸宮道人

亳州蓋老君鄕里, 故立太淸宮崇事之. 嘗有道人賣藥者, 敝衣貧窶, 而意氣揚揚甚倨, 攜藥爐詣殿下燒藥, 大言自尊, 指聖像曰: "此吾之弟子也, 吾爲老君師." 聚觀漸衆. 須臾, 火自爐出, 灼其衣, 焰發滿身, 驚而走. 左右以水沃之不滅. 狂走庭中, 火所經, 他物不焚, 獨焚厥身. 已而北面像前若首伏者, 遂斃, 視其軀幹, 皆灼爛矣.

박주[6]는 태상노군[7]의 고향[8]이라서 이 지역에서는 태청궁[9]을 지어 그를 잘 모셨다. 일찍이 약을 파는 한 도인이 있었는데 행색은 매우 남루하였지만 의기양양하며 태도가 몹시 거만하였다. 약을 끓이는 화로를 대전 앞으로 가져와 약을 끓이며 큰 소리로 자신을 치켜세우다가 태상노군의 성상을 가리켜 말하길,

6 亳州: 淮南東路 소속으로 치소는 譙縣(현 안휘성 亳州市 譙城區)이고 관할 현은 7개이며 州格은 節度州이다. 화북대평야 남단의 황하 범람지로 현 안휘성 북서부에 해당한다.

7 老君: 도교에서는 노자를 신격화하여 太上老君이라 칭하며, 공식적으로는 太淸道德天尊이라고 한다. 이는 또 불교의 우주관인 三千大千世界 개념에 대응하기 위해 도교에서 설정한 천상계인로 三淸境, 즉 玉淸 · 上淸 · 太淸을 설정하고 이곳을 주재하는 최고의 신으로 玉淸元始天尊 · 上淸靈寶天尊 · 太淸道德天尊을 두었는데, 그 가운데 태청도덕천존이 바로 노자이다.

8 노자의 고향에 관해서는 정확한 근거가 없어서 일찍부터 논란이 있었다. 하남성 周口도 노자의 고향이라고 하여 동한 때부터 老子廟가 만들어졌다.

9 太淸宮: 노자를 모시는 사묘로서 처음에는 老子廟라고 하였는데 당 開元 30년(742)부터 공식적으로 太淸宮이라 칭하기 시작하였다.

"이 자는 나의 제자이다. 나는 태상노군의 스승이다."

그를 지켜보는 사람들이 모이기 시작해 점차 더 많아졌다. 잠시 후 불꽃이 화로에서 튀어 그 옷을 태우고 화염이 그의 온몸에 퍼지자 그는 놀라 달아났다. 좌우의 사람들은 물을 뿌리며 불을 끄려고 하였지만 꺼지지 않았다. 도인은 미친 듯이 뜰 안을 돌아다녔는데, 불꽃이 튀었어도 다른 물건은 타지 않았는데, 오로지 그의 몸만 태우고 있었다. 잠시 후 북쪽으로 성상 앞을 향하여 마치 머리를 숙인 모습으로 죽었다. 그 몸을 살펴보니 남김없이 다 타서 문드러졌다.

03 왕옥산王屋山

道士齊希莊, 不知何許人, 學養生, 喜游名山. 至王屋, 樂之不忍去, 架草堂, 居于燕眞人巖前. 山多栗·黃精及諸果蔬可食者, 以時收采給食. 居三年, 猴入其室, 逐之不去, 視人坐起百爲從傍效之. 希莊大怪, 憶初入山時, 客教以逐猴法, 取猴糞懸而擊之. 試用之, 猴舍去. 甫數日, 別有大猴如五六歲兒, 垂毛至地, 熟視希莊, 傚其動作如前. 懼不敢復逐, 意欲出山, 未決. 聞有呼之者, 出戶, 見丫髻童子, 黃單衣綠帶, 目有光, 貌不全類人. 問曰: "麻籠山自何往?" 指示之. 疾去如飛, 直度嶺壑, 望之不可及. 自是舍傍百物皆夜有聲. 一夕大雪, 晨起, 見門外人迹無數. 希莊發悸, 不能復居, 走山下, 得暗疾, 數歲方愈.(右二事皆見張文潛集.)

어디에서 온 사람인지 알 수 없지만 도사 제희장은 양생술을 배우며 명산을 유람하길 좋아했다. 왕옥산[10]에 왔을 때, 그는 이곳을 좋아하여 차마 떠나지 못하고 연진인암 앞에 초당을 짓고 살았다. 산에는 밤나무며 둥굴레,[11] 여러 과일과 채소 등 먹을 것이 많아서 때때로 그런 것들을 채집하여 먹고 살았다.

3년쯤 되었을 때 원숭이가 초당으로 들어와 있어 좇아내려 해도 나가지 않았다. 일어서고 앉는 것을 비롯해 사람의 갖가지 동작을 옆

10 王屋山: 하남성 濟源市에 있는 산으로 도교 10대 洞天 가운데 하나이다.

11 黃精: 둥굴레의 일종으로 통상 둥굴레를 옥죽이라고 하나 죽대뿌리인 층층둥굴레는 免竹 또는 鹿竹이라고 칭한다. 대표적인 神仙 식품이라고 알려졌다.

에서 보면서 따라 했다. 제희장은 크게 괴이하게 여기다 처음 산에 들어올 때 지나가던 한 과객이 자기에게 원숭이 쫓아내는 방법을 가르쳐 주었던 것이 기억났다. 그 방법이란 원숭이 똥을 가져다 걸어 두고 그것을 치는 것이었다. 시험 삼아 그렇게 해보니 원숭이가 가버렸다.

불과 며칠 뒤에 다른 원숭이가 또 왔는데 대여섯 살 된 아이만큼이나 컸고, 털도 길어 바닥에까지 늘어졌다. 그 원숭이는 제희장을 자세히 보더니, 전에 왔던 원숭이처럼 제희장의 동작을 따라 했다. 제희장은 무서운 생각이 들어 그 원숭이를 다시 쫓아내지도 못하였다.

제희장은 산에서 내려가야겠다고 생각하면서도 미처 결심하지 못하고 있는데, 자기를 부르는 소리가 들려 밖으로 나가 보니 양쪽으로 머리를 틀어 올리고 황색 홑겹 옷을 걸쳤으며 녹색 허리띠를 한 동자가 보였다. 눈에는 빛이 나서 그 겉모습이 완전히 사람과 같지는 않았다.

동자가 제희장에게 묻길,

"마롱산은 여기에서 어디로 가야 하나요?"

제희장이 손을 들어 가리켜 주었다. 그러자 동자는 나는 듯 빠른 속도로 가면서 고개와 골짜기를 곧바로 건너더니 곧 보이지 않았다. 이때부터 초당 주위의 모든 물건이 밤만 되면 소리를 내었다. 어느 날 밤에는 큰 눈이 내렸는데 새벽에 일어나 나가 보니 문밖에는 사람의 발자국이 무수히 많았다. 제희장은 두려워 떨면서 여기서 더는 살 수 없다고 생각하고 산에서 내려왔다. 이후 말을 하지 못하는 병에 걸렸고 몇 해가 지나서야 비로소 나았다.(위의 두 가지 일화 모두 자가

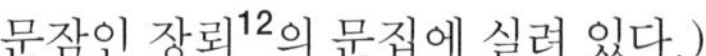
문잡인 장뢰[12]의 문집에 실려 있다.)

12 張耒(1054~1114): 자는 文潛이고 호는 柯山이며 淮南東路 亳州 譙縣(현 안휘성 亳州市 譙城區) 사람이다. 起居舍人 · 潤州 지사 · 太常少卿을 지냈다. 시와 詞에 뛰어나 黃庭堅 · 張耒 · 晁補之와 함께 소식 문하의 '四學士'로 일컬어졌으나 元祐黨人으로 폄적되었다. 저서로 『柯山集』과 『宛邱集』 등이 있다.

04 소보 왕덕王少保

王德少保葬于建康數十里間, 紹興三十一年, 其妻李夫人以寒食上冢. 先一夕宿城外, 五鼓而行, 至村民家少憩, 天尙未明. 民知爲少保家, 言曰: "少保夜來方過此, 今尙未遠." 夫人驚問其故, 答曰: "昨夜過半, 有馬軍數十過門, 三貴人下馬叩戶, 以錢五千買穀秣馬, 良久乃去, 意貌殊不款曲. 密詢後騎曰: '何處官人? 欲往何地?' 騎曰: '韓郡王·張郡王·王少保. 以番賊欲作過, 急領兵過淮北扞禦也.'" 夫人命取所留錢, 乃楮鏹耳, 傷感不勝情. 祀畢還家, 得疾而卒. 是年四月, 予在臨安, 聞之於媒嫗劉氏, 不敢與人言, 但密爲韓子溫道之. 及秋來, 虜果入寇.

소보로 추증된 왕덕[13]은 건강부에서 수십 리 떨어진 곳에 묻혔다. 소흥 31년(1161), 왕덕의 아내 이씨 부인은 한식을 맞아 남편 묘에 성묘하러 갔다. 전날 밤은 건강부 성 밖에서 묵었고 5경이 되었을 때 출발해서 한 촌민의 집에서 잠시 쉬고 있었다. 날은 아직 밝지 않았

13 王德(1087~1154): 자는 子華이며 秦鳳路 通遠軍(현 감숙성 定西市 隴西縣) 사람이다. 일찍이 劉光世 휘하에 들어가 거듭 전공을 세웠으나 紹興 7년(1137)에 劉光世가 파직된 뒤 그의 부대를 귀속시키는 문제로 갈등이 발생하였다. 재상인 秦檜와 張浚 모두 악비군으로 편입하는 데 반대하여 장준이 관장하기로 하고 王德을 左護軍都統制로 임명하였다. 이에 불만을 품은 副都統制 酈瓊이 반란을 일으켜 4만 병력을 이끌고 大齊로 투항하는 이른바 '淮西兵變'이 일어났다. 王德은 이후 금군과 大齊軍을 연속 격파하며 군공을 쌓았고, 淸遠郡절도사, 建康府駐札御前諸軍都統制가 되었다. 사후 少保로 추증되었고, 다시 太保로 추증되었다.

다. 그 촌민은 부인이 소보 왕덕의 가족임을 알고 말하길,

"소보께서 밤에 마침 이곳을 지나가셨는데 아직 멀리 못 가셨을 것입니다."

부인은 놀라 자초지종을 물으니 그가 답하길,

"어젯밤 한밤중에 기병 수십 명이 문 앞을 지나갔는데, 세 명의 귀인이 말에서 내려 문을 두드리기에 나가 보니 5천 전을 주면서 말에게 먹일 곡물과 꼴을 구했습니다. 그리고 한참 뒤에 돌아갔는데 그 모습이 특별히 내켜서 하는 것 같지는 않았습니다. 몰래 뒤에 따라온 기병에게, '어디서 온 관원입니까? 어디로 가시는지요?'라고 물으니 기병이 말하길, '이 세분은 통의군왕通義郡王 한세충, 청하군왕清河郡王 장준張俊, 소보 왕덕이십니다. 외적番賊이 쳐들어오려 한다기에 급히 병사를 이끌고 회하 북쪽으로 가서 막으려고 하는 것입니다.'"

이부인이 그들이 준 돈을 가져오라고 해서 보니 그것은 명전이었다. 부인은 상심하며 몹시 슬퍼했다. 성묘를 마치고 집으로 돌아온 후 곧 병을 얻어 죽었다. 그해 4월 내가 임안부에 있었는데, 매파 유씨로부터 이 이야기를 듣고 감히 다른 사람에게 말하지 못하였다. 다만 한자온[14]에게만 몰래 얘기해 주었다. 가을이 되자 과연 북로北虜의 침략이 있었다.

14 韓彥直(1131~?): 자는 子溫이고, 延安府 膚施縣(현 섬서성 榆林市) 사람이며, 금에 대항했던 명장 韓世忠의 장자이다. 소흥 18년(1148) 진사 급제하여 屯田員外郎, 工部侍郎, 戶部郎官, 司農少卿, 刑部侍郎, 工部尚書, 臨安知府, 溫州知州 등을 역임하였고, 光祿大夫로 치사하였다. 일찍이 농업에도 관심을 가져 감귤 품종과 재배 기술에 관한 전문서『橘錄』을 편찬한 바 있다.

05 여항현의 세 야차餘杭三夜叉

乾道五年, 餘杭縣人余主簿妻趙產子, 青面毛身, 兩肉角獰惡可怖, 卽日殺之. 未幾, 同邑文氏婦生子, 絶與前類, 而兩面相向, 大非凡所聞見比, 亦殺之. 而賂乳醫錢三十千, 使勿言, 然外人悉知之矣. 已而一圃人妻復生一物, 亦然. 三家之怪, 相去不兩年, 所居只一二里內, 豈非一氣所沴乎?(王三恕說.)

건도 5년(1169) 항주 여항현[15] 사람 주부 여씨의 아내 조씨는 아들을 낳았는데, 검푸른색 얼굴에 온몸에 털이 나 있었고, 살이 두 개의 뿔 모양으로 튀어나와 있어서 혐오스럽고 무서웠다. 그날 곧장 아기를 죽였다.

얼마 후 같은 현의 문씨 부인이 아들을 낳았는데, 그 역시 앞에서 얘기한 것과 똑같은 모습인데다 두 얼굴이 서로를 향하고 있어서 평소 사람들이 보거나 들은 것과는 아예 비할 수조차 없었다. 역시 곧장 죽였다.

분만을 도왔던 조산의[16]에게 돈 30관을 주어 바깥으로 말이 새지 않게 하였다. 그러나 동네 사람들은 모두 그것을 알았다. 얼마 후 채마밭에서 일하는 농부의 아내가 또 한 아이를 낳았는데, 그 또한 비

15 餘杭縣: 兩浙路 杭州 소속으로 현 절강성 북부 항주시 城區의 서북쪽인 餘杭區에 해당한다.

16 乳醫: 전통적으로 분만을 돕는 의사를 가리키며, '조산의'로 번역하였다.

슷한 모양이었다.

겨우 1~2리 떨어진 곳에서 2년도 되지 않아 그것도 세 집에서 괴이한 셋이 태어났으니 어찌 하나의 요물의 소행이 아니라 할 수 있겠는가?

(이 일화는 왕삼서가 말한 것이다.)

06 장상선張常先

張常先者, 嵇仲樞密第三子, 凶愎不遜. 秦丞相以其父故, 超資用之. 紹興二十五年, 除江西轉運判官, 其居在信州. 將行, 從郡守林景度假吏卒別墓, 怒不設銀香爐, 捽州指使吳成忠杖之, 林不敢校. 赴官三月, 爲言者論罷. 旣又坐告訐張魏公生日詩事削籍, 編管循州, 刑部下信州差一使臣十卒護送.

時常先方自豫章歸, 未至信, 信守遣人逆諸途. 所謂吳成忠者偶當行, 才被差, 不復治裝, 卽日行. 遇於三十里間, 叱下車, 褫其巾, 使步於馬前. 未半舍, 困苦不可忍, 適逢所善皇甫世通, 泣言其情, 世通爲祈吳生, 賂以銀二百兩, 乃得冠巾乘轎. 且携二妾俱西, 每至宿店, 吳生令十卒監常先, 同處一房, 鎖其戶, 而自據二妾. 凡兩月, 乃至循. 時疫癘大作, 循民死者十四五. 郡守張寧爲治城外台隱堂舍之, 常先已病困, 居數日愈甚, 不暇入城而死. 吳生亦繼焉, 蓋復惡已甚矣.

장상선은 첨서추밀사를 지낸 자가 계중인 장숙야[17]의 셋째 아들인데, 성격은 포악하고 강퍅한 데다 공손하지도 못했다. 승상 진회는 그의 아버지를 봐서 품계와 차례를 뛰어 넘겨 중용했다. 소흥 25년(1155), 강서전운판관에 임명될 당시 신주[18]에 살고 있었는데 부임에

17 張叔夜(1065~1127): 자는 嵇仲이며 江南東路 信州 永豐縣(현 강서성 上饒市 廣豐區) 사람이다. 禮部侍郎과 龍圖閣直學士를 역임하였으며 宋江의 반란을 진압하는 데 큰 공을 세웠다. 채경과 사이가 좋지 않았으며, 鄧州 지사로 있을 때 금군에 의해 개봉부가 포위되자 근왕군을 이끌고 와서 개봉 방위에 앞장섰다. 이때 簽署樞密使 직을 받았다. 북송 멸망 후 금군의 협조 요청을 거부하고 포로가 되어 끌려가다가 자결하였다. 용맹과 충정으로 높이 평가 받아 '忠文公'으로 추증되었다.

앞서 신주 지사 임경도에게 이졸을 빌려 성묘하려고 하였다. 그런데 은 향로를 준비해 주지 않은 것에 화를 내며 일을 맡은 신주의 서리[19] 오성충의 머리카락을 움켜쥐고 몽둥이로 때렸다. 주지사 임경도마저 감히 그와 따지지 못했다.

전운판관에 부임한 지 3개월 만에 언관에 의해 그의 파직이 논의되었다. 또 위국공 장준의 생일 축하 시와 관련된 무고 사건[20]에 연루가 되어 삭적[21]당하고 순주[22]로 편관 유배되었다. 형부에서는 신주에서 무관[23]을 한 명 파견해 10명의 병졸을 데리고 장상선을 호송하라고 명하였다. 당시 장상선은 마침 예장에서 돌아오고 있었는데, 신주에 채 도착하기도 전에 신주 지사는 사람을 미리 보내어 그를 길에서

18 信州: 江南東路 소속으로 치소는 上饒縣(현 강서성 上饒市 信州區)이고 관할 현은 6개, 州格은 刺史州이다. 현 강서성 동북쪽 上饒市의 동남쪽에 해당한다.

19 指使: '부리는 사람'을 뜻한다.

20 洪州 지사 張宗元이 張浚의 생일을 축하하기 위해 시를 써서 보냈는데 張常先은 그 내용을 왜곡하여 음해하는 글을 秦檜에게 은밀하게 올린 바 있다. 이런 장상선의 사람됨에 대하여 右正言 張修는 "心懷傾險, 專事把持, 尤工告訐"하다고 비판한 바 있다.

21 削籍: 통상 削은 職名을 삭제하고 職事官까지 파직한다는 '削職罷'의 약칭으로 직명만 삭제당하는 奪職보다 중한 처벌을 말한다. 본문의 削籍은 編管에 앞서 반드시 집행되는 관직 박탈 처분인 勒停에 더해 임관 이래 모든 관직 경력이 없어지는 것을 의미한다.

22 循州: 廣南東路 소속으로 치소는 龍川縣(현 광동성 河源市 龍川縣)이고 관할 현은 3개, 州格은 刺史州이다. 강서성과 접한 현 광동성 동북부로 河源市 동쪽과 梅州市 서쪽에 해당한다.

23 使臣: 본래 황제의 명을 받아 타국에 파견되는 관리, 또는 특별한 명령을 받고 파견되는 관리에 대한 범칭이나 송대에는 7품관 이하 무관에 대한 총칭이기도 하다. 政和 2년(1112)에는 정7품인 武功大夫에서 정8품 修武郎까지를 大使臣, 종8품 從義郎부터 종9품 承信郎까지를 小使臣으로 구분하였다. 대사신 정원은 治平 1년(1064)에는 1,100명이었고, 紹熙 2년(1191)에는 5,172명이었다.

인수하라고 하였다. 마침 지난번 곤욕을 치른 오성충이라는 자가 우연히 이 일을 맡았다.

우연히도 오성충이라는 자에게 이 일이 맡겨지자 그는 지사의 명을 받자마자 행장을 갖추지도 않고 당일 즉시 출발했다. 신주에서 30리쯤 떨어진 곳에서 장상선을 만난 오성충은 장상선을 꾸짖으며 수레에서 내리게 하였다. 두건을 벗기고, 말 앞에서 걸어가게 하였다. 숙소까지 반도 오지 못했는데[24] 장상선은 힘들어 참을 수 없을 지경이었다. 마침 그와 평소 잘 지냈던 황보세통을 만나 울며 옛정에 호소하니 황보세통이 오성충을 달래고 은 200냥을 뇌물로 주어 겨우 두건을 돌려받고 수레에 탈 수 있게 되었다.

장상선의 두 첩도 함께 순주로 이동하고 있었는데, 매번 숙소에 이를 때마다 오성충은 십여 명의 병졸에게 장상선을 감시하라고 한 후 그들을 한 방에 넣고 문을 잠궜으며, 홀로 두 첩을 차지했다. 두 달이 지나 겨우 순주에 도착했다. 당시 순주에는 역병이 크게 돌았는데 순주 주민 가운데 사망자가 열 명 중 네다섯은 되었다. 지사 장녕은 이들을 위해 성 밖의 태은당[25]을 정돈하여 그곳에서 지내게 했는데, 장상선은 이미 병에 걸렸고 며칠 후 더욱 심해져 순주성에 들어가지도 못하고 죽었다. 오성충 역시 연이어 병에 걸렸는데, 대체로 원한을 갚으려 했다고 해도 악행이 너무 심했기 때문이다.

24 半舍: 역참과 역참과의 거리를 1舍라고 하며 통상 30里이다. 따라서 半舍는 15里를 의미한다.

25 台隱堂: 순주 龍川縣(현 광동성 河源市 龍川縣)에 있는 건물이다. 소동파와 陳次升이 순주로 편관 유배되어 지내던 곳이라 이들이 돌아가자 주민들이 두 사람을 기념하기 위해 蘇陳堂이라 칭하던 곳이다.

07 화양관의 시華陽觀詩

紹興二十五年春, 秦丞相在位. 其子熺謁告來建康焚黃, 因游茅山華陽觀, 題詩曰: "家山福地古云魁, 一日三峰秀氣回. 會散寶珠何處去, 碧喦南洞白雲堆." 時宋爲建康守, 卽日鐫諸板, 揭於梁間. 至晚, 秦往觀之, 見牌側隱約有白字, 命擧梯就視, 則和章也. 曰: "富貴而驕是罪魁, 朱顔綠鬢幾時回? 榮華富貴三春夢, 顔色馨香一土堆." 讀之大不懌. 方秦氏權震天下, 是行也, 郡縣迎候趨走唯恐不至, 無由有人敢譏切之如此者. 窮詰其所自, 了不可得, 宋與道流皆懼, 不知所爲. 是歲冬, 秦亡.

소흥 25년(1155) 봄, 진회가 승상으로 있을 때다. 그 아들 진희[26]가 휴가를 내고 건강부로 돌아와 조상의 묘에 참배[27]하고 이어 모산[28] 화양관[29]을 유람하였다. 이때 그는 다음과 같은 시를 지었다.

26 秦熺(1117~1161): 자는 伯陽이며 江南東路 江寧府(현 강소성 南京市) 사람이다. 秦檜의 양자로 예부시랑, 한림학사, 知樞密院事 등을 지냈다. 진회 사후 재상직 승계를 희망했으나 좌절되고 실각하였다.

27 焚黃: 관원으로 부임하거나 승진하며 가묘에서 제사를 지낼 때 황색 종이에 告由文을 써서 알리고, 제사를 마친 뒤 그 종이를 태우는 것을 가리켜 '焚黃'이라고 한다. 후에 제사에 사용한 축문을 태우는 것을 가리켜 모두 분황이라고 하였다.

28 茅山: 江蘇省 鎭江市 句容市에 위치한 산으로 茅씨 3형제가 도를 닦아 신선이 되었다고 하여 三茅山이라고 했다가 후에 모산으로 바뀌었다. 陶弘景의 수행처로 알려졌으며 도교 茅山宗派의 본산이며, 도교의 10대 洞天 가운데 제8동천이며, 72福地 가운데 제1복지에 해당한다.

29 華陽觀: 원래 남조 梁 昭明太子의 고택이었으며 당 寶曆 2년(826)에 칙명에 의해 孔子・老子・尹眞人을 모시는 寶曆崇元聖祖院이 되었고, 治平 연간(1064~1067)에 鴻禧觀으로 바꿨고, 宣和 연간(1119~1125)에 화양관으로 바뀌었다.

고향의 모산은 72개 복지 가운데도 예부터 으뜸으로 일컬어졌다네,
매일 세 봉우리의 뛰어난 기운이 돌아오는 곳이로다.

금은보화는 모이고 흩어져 어디로 가는 것인가,
푸른 바위 남쪽 동굴에 흰 구름이 모였구나.

당시 건강부 지사 송모는 당일로 그 시를 목판에 새기어 들보 사이에 걸어 두었다. 저녁이 되었을 때 진회는 가서 그것을 보았는데, 편액 옆에 흰색 글자로 작고 흐리게 쓰인 시가 보였다. 사다리를 가져오라고 한 후 올라가 자세히 보니 곧 진회의 시에 응답한 작품이었다. 이르길,

부귀하여 교만한 것이 모든 죄의 으뜸이니,
붉게 화장한 얼굴과 검은 귀밑머리는 언제나 돌아오는가?

영화와 부귀는 석 달의 춘몽으로,
얼굴빛과 향기는 한 덩이 흙더미일 뿐이네.

진회는 이를 읽고 크게 불쾌하였다. 마침 진회의 권세가 천하를 진동할 때라 이번 진회가 행차할 때 주와 현에서는 그를 맞이하는 이들로 붐볐고 오직 만나지 못할 것을 걱정하였으니 감히 이처럼 진회를 신랄하게 풍자를 할 만한 이도 방법도 없었다. 누가 이렇게 쓴 것인지 끝까지 캐물었지만 어떤 실마리도 찾을 수 없었다. 지사 송모와 함께 있던 화양관의 도사들은 모두 두려워 떨었고 어찌해야 할 바를 몰랐다. 이해 겨울 진회가 죽었다.

08 진창령秦昌齡

秦昌齡寫眞掛於書室, 魚肉和尙見之, 題曰: "動著萬丈懸崖, 不動當處沉埋. 彌勒八萬樓閣, 擊著處處門開. 會得紫羅帳裏事, 不妨行處作徘徊." 時紹興二十三年也. 至九月, 昌齡調宣州簽判, 歸, 中塗感疾, 至溧水, 疾亟, 寓於王季羔宗丞空宅中. 忽覺寒甚, 欲得夾帳, 縣令薛某買紫羅製以遺之, 遂死於其間. 又是年春, 在茅山觀前遇一人, 目如鬼, 著白布袍, 擔草履一雙, 籠餅兩枚, 歌而過曰: "四十三, 四十三, 一輪明月落淸潭." 蓋昌齡正四十三歲也.(右二事皆太平州醫湯三益說.)

진창령[30]은 초상화를 서재에 걸어 놓았는데, 어육화상[31]이 그것을 보고 시를 지어 이르길,

움직일 때는 만 장 높이의 아득한 절벽에 매달려 있고,
움직이지 않을 때는 진흙 속에 묻혀 지내네.

미륵불이 팔만 누각에 고루 계시니,
두드릴 때마다 곳곳에서 문이 열리네.

마침 자줏빛 비단 휘장을 얻어 감싸놓으니,
다니는 곳마다 배회한들 어떠하리.

30 秦昌齡에 대하여는『이견을지』, 권12-8,「진창시」참조.
31 魚肉和尙에 대하여는『이견병지』, 권15-4,「어육도인」참조.

이때가 소흥 23년(1153)이다. 9월이 되자 진창령은 선주 첨서판관 청공사[32]로 발령이 났는데, 돌아오는 길에 병이 났다. 강령부 율수현[33]에 도착했을 때는 병이 심해져 종승[34] 왕계고의 빈집에 잠시 머물러 있었다. 갑자기 매우 극심하게 한기를 느껴 좌우로 장막을 치라고 하였고, 현지사 설모가 자주색 비단 휘장을 만들어 보내 주었다. 그는 결국 자줏빛 비단 휘장 사이에서 죽었다. 또 이해 봄 모산의 도관 앞에서 한 사람을 우연히 만났는데, 눈이 귀신처럼 생겼고 흰색 베로 만든 도포를 입고 있었으며 짚신 한 켤레를 메고 소쿠리에 두 개의 전병을 담고 있었다. 그자는 노래를 부르며 지나가기를,

"43, 43, 밝은 달이 푸른 연못으로 떨어지네."

마침 장창령은 43세에 죽었다.(위의 두 가지 일화 모두 태평주 의사 탕삼익이 말한 것이다.)

32 簽判: 簽書判官과 함께 簽書判官廳公事의 약칭이다. 본래 唐代에 採訪使·節度使·觀察使·經略使 등의 使職官에게 1~2명씩 배치한 고위 보좌관이었지만, 判官은 五代 이래 막료 직을 포괄하는 용어가 되었다. 그리고 太平興國 4년(979)에 절도사의 권한을 억제하기 위해 京官 15명을 파견하여 절도사와 공동으로 공문에 서명할 권한을 부여하면서 京官은 첨판, 選人은 판관으로 구분하였다. 英宗 즉위 후 피휘하여 僉署를 簽書로 개칭하였고, 政和연간(1111~1118)에 일시 司錄參軍으로 개칭한 일이 있다.

33 溧水縣: 江南東路 江寧府 소속으로 현 강소성 장강 남단 南京市 남쪽의 溧水區에 해당한다.

34 宗丞: 송조는 종실을 관리하기 위한 기관으로 宗正寺를 두었으나 종실의 수가 너무 많아서 제대로 관리를 할 수 없게 되자 景祐 3년(1036)에 大宗正司를 별도로 두었다. 이후 종실 내 모든 문제는 반드시 大宗正司를 거친 뒤 황제에게 보고하도록 제도화하였다. 최고 책임자로 종5품 이상의 知大宗正司事를 두고 부책임자로 정8품 이상의 知大宗正司丞事를 두었다. 宗丞·知丞事·大宗正丞 등은 지대종정사사의 약칭이다.

09 회계 의조의 청사會稽儀曹廨

嚴陵江珪, 紹興中權浙東安撫司屬官, 居于會稽舊儀曹廨中. 二子年皆十餘歲, 早起至中堂小閤內, 見婦人羅衫而粉裳, 就其母裝梳處理髮, 訝非本家人, 走入房白父. 珪亟起視之, 尙見其背, 入西舍一媪榻旁而滅. 呼媪起語之, 媪曰: "今日天未明, 婦人在窗外折桃花一枝, 簪于冠, 笑而入, 恍惚間復睡, 竟不知爲何人." 珪以問守舍老閽卒, 曰: "二十年前, 柳儀曹居此時, 其子婦以產厄終室中. 今出見者, 其人也." 世傳鬼畏桃花, 其說戾矣.(江鳴玉說.)

영주 위원현 엄릉[35] 사람 강규는 소흥 연간(1131~1162)에 절동안무사사의 막료 직을 대리하고[36] 있었는데, 예전에 회계 의조[37]에서 쓰던 청사에서 살고 있었다. 강규의 두 아들은 나이가 십여 세쯤 되었는데, 하루는 아침 일찍 일어나 가운데 건물의 작은 방 안에 들어갔다가 어떤 여자가 비단 저고리와 화려한 치마를 입고 그녀의 어머니가

35 嚴陵: 成都府路 榮州 威遠縣의 치소인 嚴陵鎭으로 현 사천성 동남부 內江市 서남쪽의 威遠縣 嚴陵鎭에 해당한다.

36 權: 임시 대리직을 뜻한다. 본래 파견직 관원의 업무 성격에 따라 '知·權·攝·判·同·守·試' 등으로 구분하던 당대 제도가 송대에는 더욱 세밀해졌다. 知는 주관 관원임을, 攝은 대리나 겸직을, 判은 자신의 직급보다 낮은 직급을 겸직하는 것을, 同은 자신의 품계보다 높은 직급을 대행하는 것을, 守는 자신의 품계보다 높은 직급을 임시 署理하는 것을, 試는 일종의 試補를 뜻한다.

37 儀曹: 禮樂에 관한 업무를 관장하는 관리로서 삼국시대에 처음 설치하였으며 唐代 이후에는 禮部郎官의 별칭, 또는 각 주현 등에서 예악 관련 업무를 맡은 서리 등을 뜻한다.

화장하고 머리 빗는 곳에서 머리를 가다듬고 있는 것을 보았다. 가족이 아니라서 깜짝 놀라 방으로 달려가 아버지 강규에게 알렸다. 강규는 급히 일어나 가서 보았지만 겨우 그 뒷모습을 볼 수 있었다. 한 노파가 서쪽 건물로 들어가 방 안의 침상 옆에서 사라졌다. 노파를 불러서 이야기하니, 노파가 말하길,

"오늘 새벽 날이 채 밝지 않았을 때 한 여자가 창밖에서 복숭아꽃 한 가지를 꺾어 머리에 꽂고 웃으며 들어왔는데, 황홀한 가운데 저는 다시 잠이 들어 버렸습니다. 그런데 어떤 사람인지 도무지 모르겠습니다."

강규가 집을 지키는 늙은 문지기 병졸에게 물으니, 그가 답하길,

"이십 년 전에 의조 유씨가 이곳에 살았는데 며느리가 난산 때문에 이 방에서 죽었습니다. 오늘 나타난 여자는 바로 그 여자일 것입니다."

세상 사람들은 귀신이 복숭아꽃을 두려워한다고 하는데 그 말은 틀린 것 같다.(이 일화는 강명옥이 말한 것이다.)

10 왕씨의 두 첩王氏二妾

靖康二年春, 都城不守, 虜指取官吏軍民無虛日, 宗室婦女倡優多不免. 朝士王某家早啓關, 二婦人坐于外, 徑趨入中堂泣拜曰: "妾等已發至軍前, 竄身得歸, 今不敢還故居, 願爲公家婢以脫命." 二人皆美色, 王納之. 王無正室, 嬖之甚至, 與約不復娶. 後爲中書舍人出奉祠, 忽起伉儷之議.

一日食罷, 二人盛飾出拜, 驚問之, 對曰: "向者以當死之身, 蒙主君力以得更生, 且有天日之約. 不謂君賜不終, 中饋將有所屬, 妾誼不得生, 行當永訣, 故告辭." 王方慰而止之, 又泣曰: "業已如是, 然妾不忍獨死, 早來湯餅中輒已置藥, 恐毒發須臾, 願勉處後事, 妾今先導入泉塗矣." 再拜而出. 王大駭, 起視之, 則徑相攜赴水死. 王無以爲計, 呼家人語其故, 急求藥解之, 不及而卒.

정강 2년(1127) 봄, 도성이 함락되었다. 북로北虜가 관리들과 병사 그리고 백성에게 이런 저런 것을 빼앗아 가는 일이 하루도 빠짐없이 계속되었고, 종실 여자와 창녀 등은 더욱 피할 길이 없었다. 조정의 관원 왕모의 집에서 아침 일찍 문을 열자 바깥에 앉아 있던 두 여자가 곧바로 중당으로 들어와 울며 절한 후 말하길,

"저희들은 이미 군영[38]에 불려 갔다가 몸을 숨겨 겨우 돌아왔는데 지금 전에 살던 집으로 돌아갈 수가 없습니다. 바라건대 공의 집 여

38 軍前: 본래 戰場이나 戰線, 또는 전선에 있는 陣地를 뜻하나 '야전군 지휘부'로 쓴 경우도 많다. 당시 개봉의 상황을 고려하여 '군영'으로 번역하였다.

종으로 피해서 목숨이라도 부지할 수 있었으면 좋겠습니다."

두 사람 모두 아름다웠기에 왕씨는 그들을 받아들였다. 왕씨는 본래 정실부인이 없어 그들을 매우 사랑하였고, 정실부인을 맞지 않기로 약속했다. 하지만 후에 중서사인[39]이 되었음을 조상에게 고하는 제사를 지내는데 갑자기 부인을 맞아야 한다는 얘기가 나왔다. 그러자 하루는 두 여자가 식사를 마치고 복장을 잘 갖춰 입고 와서 절을 하였다.

왕씨가 놀라 그 이유를 묻자 그들이 대답하길,

"예전에 우리는 응당 죽을 목숨이었고 주인의 도움을 받아 다시 살 수 있었습니다. 게다가 영원히 함께하자는 약속도 해 주셨습니다. 그러나 주인의 은혜가 영원할 것이라 여길 수만은 없고, 곧 안주인[40]께서도 들어오실 것이니 첩들은 계속 살 수 없고 죽으러 가야 마땅하겠기에 이별을 고하는 바입니다."

왕씨가 곧 위로하며 그들을 잡았다.

그러자 다시 울며 말하길,

"우리의 운명이 이미 이러합니다. 그러나 첩들은 차마 홀로 죽을 수 없어 아침 일찍 탕과 전병에 독약을 이미 넣었습니다. 아마도 독이 곧 몸에 퍼질 것이니 바라건대 뒷일을 정리하시지요. 저희는 지금 먼저 가서 황천길을 안내하도록 하겠습니다."

39 中書舍人: 舍人은 詔勅을 작성하는 황제의 측근이며, 중서사인은 중서성에서 詔勅의 작성을 관장하면서 詔令이나 인사명령이 부당할 경우 황제에게 주청하여 재고를 요청할 수 있는 요직으로 품계는 정4품이다. 6부 관련 문서 작성의 편의를 고려하여 정원은 6명이었다.

40 中饋: 여성이 집에서 맡은 일을 가리키며, 아내를 뜻하기도 한다.

그들은 재배하고 나갔다. 왕씨는 매우 놀라서 일어나 따라가 보니 그들은 곧바로 서로 부여잡고 물가로 가서 빠져 죽었다. 왕은 어찌할 바를 모르고 있다가 집안사람들을 불러 그 자초지종을 말하고 급히 약을 구해 해독하려고 하는데 그러기도 전에 죽었다.

11 성시 수석 합격자 왕씨王省元

臨江人王省元, 失其名, 居于村墅. 未第時, 家苦貧, 入城就館, 月得束修二千. 嘗有鄰人持其家信至, 欲買市中物. 時去俸日尙旬浹, 王君令學生白父母豫貸焉. 生持錢出, 値王暫出外, 乃爲置諸席間, 而未之告也. 是夕, 王夢二蛇往來蟠舞一榻上, 驚覺, 不復能寐. 明日, 鄰人欲歸, 王又以語學生, 生具以告, 乃悟昨夢, 喟然歎曰: "二千之入, 至微矣, 先旬日得之, 至於蛇妖入夢. 陶朱猗頓果何人哉! 寧躡屩還家, 茹藜飯糗, 以終此身爾. 功名富貴非吾事也." 卽日棄館而行, 不復有意於進取. 科詔下, 朋友交挽之, 勉入擧場, 遂薦送. 明年, 省闈中第一人, 仕亦通顯.(伯兄在館中聞同舍說.)

충주 임강현 사람으로 성시에 수석으로 합격한[41] 왕씨의 이름은 지금 잊어버렸다. 그가 아직 과거에 급제하지 않았을 때, 촌락에 살고 있었다. 그는 대단히 가난하여 성안으로 들어가 사숙에서 학생을 가르치며 매달 학비[42]로 2천 전을 받았다. 일찍이 한 이웃이 자기 집에서 온 편지를 가지고 왔기에 보니 시장에서 물건을 샀으면 좋겠다는 내용이었다.

41 省元: 尙書省 禮部에서 주관하는 省試의 수석 합격자를 가리키는 말이다. 鄕試 수석 합격자는 解元, 殿試 수석 합격자는 狀元이라고 칭하여 구별하였다. 解元을 가리켜 解頭라고도 한다.

42 束修: 본래 스승을 모시는 예물로 쓰던 육포를 뜻하며 孔子도 언급한 바 있는 오랜 전통이다. 唐代에는 학교의 의례로 자리를 잡았다. 후에는 학비의 뜻으로 쓰였다.

당시 학비를 받는 날까지 꼭 열흘이 남아 있어서 왕씨는 한 학생에게 시켜 부모에게 미리 학비를 줄 수 없겠는지 물어보라고 하였다. 학생은 돈을 받아 나왔는데 마침 선생님이 잠시 외출 중이어서 돈을 자리에 두고 갔고 미처 말하지 못하였다. 이날 저녁 왕씨는 꿈을 꾸었는데 뱀 두 마리가 한 침상 위에서 오가며 춤을 추고 있었다. 놀라 깨어났고 다시 잠을 청할 수가 없었다.

다음 날 그 이웃이 돌아가려고 했기에 왕이 다시 학생에게 물어보니 학생은 그제야 돈을 두고 간 사실을 말해 주었다. 그제야 왕씨는 지난 밤 꿈의 뜻을 깨달으며 놀라 탄식하길,

"2천 전의 수입도 매우 적은 것인데, 열흘 먼저 그것을 얻었다 하여 뱀 같은 요물이 꿈에 나타나다니! 도주[43]와 의돈[44]은 과연 어떤 사람들이란 말인가! 차라리 이대로 짚신을 신고 집으로 돌아가 명아주와 식은 죽이나 먹고 이번 생을 마쳐야겠구나. 부귀와 공명은 나의 일이 아니구나!"

그날 즉시 가르치는 일을 그만두고 집으로 돌아갔고, 다시는 과거에 뜻을 두지 않았다. 과거를 실시한다는 조서가 내려오자 친구들은 모두 그를 떠밀어 겨우 시험장에 들어갔는데 결국 합격하여 성시를

43 陶朱(前536~前448): 춘추시대 초나라 사람으로 본래 이름은 范蠡이다. 가난한 집에서 태어났지만 박학다식하였다. 하지만 초에서는 귀족이 아니면 성공할 수 없기에 越나라로 가서 구천을 보좌하여 오를 멸망시키는 공을 세웠다. 하지만 다시 현 산동의 陶에서 상업에 종사하여 거부가 되었기에 陶朱公이라고 불렸다. 후대 상인들에 의해 財神으로 숭상받았다.

44 猗頓: 전국시대 魯의 가난한 서생이었는데, 범려로부터 치부의 방법을 듣고 산서의 猗로 가서 목축과 염업을 통해 범려와 견줄 정도의 부를 쌓았다. 죽어서 猗 땅에 묻혔기에 의돈이라 칭하였다.

보도록 추천되었다. 이듬해 성시에서 장원을 하였고 관원으로 출셋길을 걸었다.

(이 일화는 큰형이 말한 것이다. 태학 기숙사에서 동기생에게서 들었다고 하였다.)

12 광주의 한 여자廣州女

廣州番巷內民家女, 父母甚愛之, 納壻於家. 女佷戾不孝, 無日不悖其親. 紹興二十五年七月, 因晝飮過醉, 復詈母, 旣又走出戶以右手指畫, 肆言穢惡不可聞. 鄰人不能堪, 至欲相率告官者. 忽片雲頭上起, 雷隨大震, 女擊死於道上, 其身不仆, 手猶擧指如初. 予時在南海, 卽聞之.

광주 반항에 사는 한 주민의 딸은 부모가 애지중지하며 키웠고 사위를 집으로 들였다. 딸은 아주 제멋대로이고 효성스럽지도 않아서 부모에게 패악질을 부리지 않는 날이 없을 정도였다. 소흥 25년(1155) 7월, 낮부터 술을 마시고 너무 취하여 다시 어머니에게 욕을 하였고, 또 문밖을 나가 오른손 손가락으로 낙서를 하면서 못된 욕지거리를 함부로 지껄여 차마 들을 수가 없을 정도였다. 이웃 사람들은 참을 수가 없어서 서로 나서서 관아에 고소할 지경에 이르렀다. 그런데 갑자기 한 조각구름이 머리 위에서 일더니 천둥과 번개가 크게 내리쳤다. 그 딸은 벼락에 맞아 길 위에서 죽었지만, 그 몸은 넘어지지도 않았고, 쳐들고 있던 손가락 역시 그대로였다. 이 일화는 필자가 당시 남해[45]에 있다가 직접 들은 것이다.

45 南海: 남해가 뜻하는 곳은 매우 다양한데, 본문에서는 필자 洪邁의 부친 洪皓가 9년간 유배되었던 광남동로 英州(현 광동성 淸遠市 永德市)를 가리킨다. 홍매는 유배 중인 부친을 모시기 위해 영주에 머물렀고, 소흥 20년(1150)에는 영주의 대형 종유동굴인 통천암을 유람한 기록인 「通天巖記」를 남기기도 하였다.

13 꿈에 본 맷돌碓夢

靖康末, 有達官(不欲書姓名)守郡於青齊間, 以不幸死. 後十餘年, 其子夢行通逵中, 夾道榆柳, 寂無行人, 聞大聲起於前, 若數百鼓, 隱隱然漸近, 疑爲大兵來, 趨避諸路旁土室而密窺於牖間. 旣至, 乃數百鬼, 負大磨, 旋轉不已. 有人頭出磨上, 流血滂沲, 諦視之, 蓋乃翁也. 方驚痛, 則復有聲如前, 近而睨之, 又其母夫人. 不覺大哭, 遂寤.

懼冥祥可怖, 亟詣嚴州, 以錢數百千作黃籙醮, 延宗室兵馬監押子擧主醮事. 是夕, 衆人皆見浴室外一人, 衣紫袍金帶, 長尺許, 眉目宛然可識, 立於幡脚, 少焉入浴間. 醮事訖, 子擧爲奏章請命, 謂其子曰: "尊公事不忍宣言, 當令君昆弟自觀之." 取一大合, 布灰其內, 周圍泥封, 使經日而後發視. 及發之, 上有畫字如世間, 書云: "某人蠹國害民, 罪在不赦." 諸子慟哭而去.

方達官在位, 不聞有大過, 旣以非命死矣, 而陰譴尙如是, 豈非三世業乎? 張晉彦適在彼, 偶行壇下, 遇男子作婦人泣曰: "我乃公親戚間女也, 靖康中, 從夫官河北, 爲寇所害, 旅魄無所歸, 賴今夕醮力以得至此." 歷問諸家姻眷甚悉. 晉彦亦以諸親不存者詢之, 相與酬答, 幾至曉, 不可脫. 迨旦, 又升壇, 立於法師之後, 日光盛乃隱.(王嘉叟說, 聞之於晉彦.)

정강 연간(1126~1127) 말, 청주[46]와 제주[47] 일대의 지사를 맡았던 한

46 靑州: 京東東路 의 치소로서 8개 주, 1개 군을 관할하였다. 치소는 益都縣(현 산동성 濰坊市 靑州市)이고 관할 현은 6개, 州格은 節度州이다. 현 산동성 중동부 濰坊市의 서쪽 지역을 중심으로 臨淄市 · 濱州市 · 東營市 일부에 해당한다.

47 齊州: 京東東路 소속으로 政和 6년(1116)에 濟南府로 승격되었다. 치소는 歷城縣

사람이(그 이름을 쓰고 싶지 않다.) 불행히도 죽었다. 십여 년 후, 그의 아들이 꿈을 꾸었는데 꿈에서 큰길을 걷고 있었다. 길 양쪽으로 버드나무가 늘어져 있었고, 주위는 적막하였으며 오고 가는 사람이 없었다. 갑자기 앞에서 큰 소리가 나더니 수백 개의 북이 울리는 듯했고 아득하나 점점 가까이 다가오는 것 같았다. 그는 큰 군대가 오는 것으로 여기고 급히 길가의 흙으로 된 집으로 달려가 피한 뒤 몰래 창문 사이로 밖을 보았다.

그들이 도착한 뒤 보니 수백이나 되는 귀신이 큰 맷돌을 지고 있었고 맷돌은 쉼 없이 돌아가고 있었다. 어떤 사람의 머리가 맷돌 위로 보였는데 피가 흘러 주위에 낭자했다. 자세히 보니 바로 자신의 아버지였다. 매우 놀라고 마음이 아팠는데 또다시 앞으로 오는 소리가 들려 가까이 왔을 때 살펴보니 자신의 어머니였다. 자기도 모르게 크게 통곡하다 곧 잠에서 깨어났다.

명계에서의 징조가 매우 두렵고도 걱정되어 급히 엄주로 가서 돈 수백 관을 들여 황록초재를 모셨고 종실인 병마감압[48] 조자거[49]에게 부탁해 초재를 주관해 달라고 하였다. 그날 밤 사람들 모두 욕실 밖

(현 산동성 濟南市 歷城區)이고 관할 현은 5개, 軍은 1개, 州格은 節度州이다. 춘추전국시대 齊國에서 유래한 齊州, 濟水의 남쪽이란 데에서 취한 濟南이 지명으로 함께 쓰였다. 북쪽의 황하와 남쪽의 태산산맥 사이에 형성된 구릉 평야 지역으로 현 산동성 중서부에 해당한다.

48 兵馬監押: 지방에 주둔하는 군과 지휘관을 감독하는 환관의 직책으로 당대에 시작하여 송대에는 路・州・縣・鎭 등에 폭넓게 설치한 직책이다. 兵馬都監과 편제와 직무가 다르지 않으며 정원은 1~3명으로 일정하지 않지만, 휘종 때 1개 주에 6~7명까지 임명하여 녹봉만 지급하는 경우가 많았다. 조자거도 실제 병력을 지휘 통제하기보다는 종실의 녹봉 지급 수단으로 임명한 것으로 보인다.

49 趙子擧에 관하여는 『이견을지』, 권6-11, 「조칠사」 참조.

에서 자주색 도포와 금빛 허리띠를 하고 있으며 키가 1척 정도 되는 한 사람이 서 있는 것을 보았다. 눈썹과 눈매가 분명하여 알아볼 수 있었다. 그는 대나무에 매단 좁고 긴 깃발인 번 아래 서 있다가 잠시 후 욕실로 들어갔다.

초재가 끝난 후 조자거는 상주문을 써서 하늘에 고한 뒤 명을 받고자 하였고 재주인 아들에게 이르길,

"그대 아버님 일은 차마 여기서 공개적으로 말할 수가 없습니다. 그대 형제들끼리 스스로 가서 보셔야 할 것 같습니다."

그들은 큰 상자 하나를 받았는데 그 안에는 재가 뿌려져 있었고 주위는 진흙으로 봉해져 있었는데 하루가 지난 후 열어서 보라고 하였다. 그것을 열어 보니 그 위에는 세간에서와 같은 글자로 다음과 같이 쓰여 있었다.

"이 사람은 나라를 좀먹고 백성을 괴롭혀서 그 죄는 용서받을 수 없다."

아들들은 통곡하며 떠났다. 당시 아버지가 높은 자리에 있었을 때 큰 잘못이 있다고 들은 바 없고 이미 비명횡사하였는데도 명계에서의 견책이 여전히 이처럼 엄격하니 어찌 3세의 업보[50]가 아니라 할 수 있겠는가? 자가 진언인 장기가 마침 그 자리에 있었는데, 우연히 제단 아래를 지나다가 한 남자를 보았는데, 그는 여자 목소리로 울면서 말하길,

"저는 그대의 친척 집 딸입니다. 정강 연간에 관원인 남편을 따라

50 三世業: 과거와 현재, 그리고 미래에 쌓은 업에 따른 응보를 말한다.

하북으로 갔다가 도적들에게 잡혀 해를 당했고 떠도는 혼백으로 돌아갈 곳이 없다가 오늘 밤 황록초재의 공력에 의지하여 여기까지 왔습니다."

그녀는 집안 친인척 하나하나에 대해 매우 상세하게 물어보았다. 장기 역시 친척 중 돌아가신 이들에 관하여 물어보았다. 이렇게 서로 말을 주고받다가 거의 새벽이 되었고, 그녀는 여전히 해탈할 수 없었다. 다음 날 아침이 되었을 때 다시 제단에 올라 법사의 뒤에 서 있더니 햇빛이 크게 비치자 비로소 사라졌다.(이 일화는 왕가수가 말한 것이다. 왕가수는 자가 진언인 장기에게서 들었다고 하였다.)

14 기인의 악창 처방異人癰疽方

歙縣丞胡權, 遇異人都下, 授以治癕疽內托散方, 曰: "吾此藥能令未成者速散, 已成者速潰. 敗膿自出, 無用手擠. 惡肉自去, 不假刀砭. 服之之後, 痛苦頓減." 其法用人參・當歸・黃芪各二兩, 芎窮・防風・厚朴・桔梗・白芷・甘草各半之, 皆細末爲粉, 別入桂末一兩, 令匀, 每以三五錢投熱酒內服之, 以多爲妙. 不能飮者, 煎木香湯代之, 然要不若酒力之奇妙.

京師人苦背瘍七十餘頭, 衆醫竭其技弗驗. 權示以此方, 相目而笑曰: "未聞治癰疽惡瘡而用藥如是." 權固爭之曰: "古人處方自有意義, 觀此十種皆受性和平, 大抵以通導血脈・補中益氣爲本, 縱未能已疾, 必不至爲害, 何傷也?" 乃親治藥與服, 以熱酒半升, 下□(六)錢匕. 少頃, 痛減什七, 數服之後, 創大潰, 膿血流迸, 若有物托之於內, 經月良愈.

又一老人, 瘇發於胸, 毒氣浸淫上攻, 如大瓠斜亙項右, 不能動. □服藥一日瘇卽散, 餘小瘤如粟許. 明日平妥如常. 又一翁發腦, 不肯信此方, 殞命醫手. 明年, 其子亦得疾, 與父之狀不異, 懲前之失, 縱酒飮藥焉, 遂大醉竟日, 展轉地上, 酒醒而病已去. 其它效驗甚多, 眞神仙濟世之寶也. 選藥皆貴精去粗, 取淨秤之. 予兩兄以刻於新安當塗郡.

휘주 흡현[51] 현승인 호권은 도성에서 우연히 한 기인을 만났는데, 그는 호권에게 악창을 치료하는 내탁산[52] 처방을 주면서 말하길,

51 歙縣: 江南東路 徽州의 치소(현 안휘성 黃山市 歙縣)이다. 현 현 안휘성 남동부 黃山市의 동쪽에 해당한다.

“나의 이 약은 아직 곪지 않은 것은 빨리 사라지게 하고, 이미 곪은 것은 빨리 터지게 하여 썩은 고름을 저절로 나오게 하니 손으로 짤 필요가 없고 썩은 살이 저절로 없어지니 칼이나 돌침을 사용하지 않아도 된다. 그것을 복용한 후에는 고통이 크게 줄어든다.”

그 조제법은 인삼 · 당귀 · 황기를 각 2냥을 쓰고, 궁궁 · 방풍 · 후박 · 길경 · 백지[53] · 감초는 각각 그 반을 써서 모두 곱게 갈아 분말로 만들고 따로 계핏가루 1냥을 넣어 고르게 섞는다. 매번 3~5전 정도를 따뜻한 술에 타서 복용한다. 많이 먹으면 좋다. 술을 마실 수 없는 자는 목향탕을 다려서 대신해도 좋으나 그 약효는 술의 기묘함만 못하다.

도성 사람 중 등에 70여 개의 종기가 나서 고통스러워하는 자가 있었는데, 여러 의사가 자신의 의술을 다하여 치료해도 효과가 없었다. 호권이 이 의방을 보여 주니 여러 의사가 서로 보더니 웃으며 말하길,

“옹저와 악창을 치료하는 데 이같이 약을 쓴 경우는 들어 본 바 없소.”

이에 호권이 강하게 그들과 논쟁하며 말하길,

“옛사람의 처방에는 각기 나름대로 뜻이 있기 마련이오. 이 처방에 사용한 열 가지 약재의 성질을 보면 모두 부드럽고 평온합니다. 대체

52 內托散: 동아시아 전통 의학에서 악창이나 癰疽를 치료하는 데 주로 쓰이는 약방이다.

53 芎窮은 기가 허하거나 피가 탁해지는 것을 예방하는 약재로 쓰며 사천에서 나는 것이 좋다고 하여 川芎이라고 하던 것이 궁궁을 대신할 정도가 되었다. 防風의 뿌리는 해열과 진통에 좋으며 厚朴은 후박나무 껍질로 항균과 이뇨 작용이 있다. 桔梗은 도라지로서 해수와 가래를 치료하는 데 효과적이다. 白芷는 구리때의 뿌리를 건조시킨 약재로 두통 등의 진통제와 종기 치료에 주로 쓴다.

로 혈맥을 뚫고 기를 보충하는 것을 근본으로 하는 것이니 설사 이미 있던 병은 고칠 수 없더라도 병을 악화시킬 일은 절대 없을 것이니 쓴다 한들 무슨 해가 있겠소?"

이에 친히 약을 조제하여 먹게 했는데, 따뜻한 술 반 되 정도에 약 6전을 넣었다. 얼마 후 통증은 3할가량 줄었고, 여러 차례 복용한 뒤에는 종기가 크게 터져 고름과 피가 함께 흘러나왔는데, 마치 무언가 안에서부터 밀어내는 것만 같았다. 복용한 지 한 달이 되자 병이 다 나았다.

또 한 노인이 가슴에 종기가 났는데 독기가 점점 위로 침습하여 공격하니 큰 표주박처럼 기울어진 채로 목의 오른쪽을 찌르고 있어 움직일 수가 없었다. 그 약을 하루 먹으니 종기가 터졌고, 좁쌀만 한 크기의 작은 흉터만 남았다. 다음 날 평소와 같이 편안해졌다. 또 한 노인은 머리에 종기가 났는데 이 처방을 믿지 못하여 의사의 손에 죽었다.

이듬해 그 아들 또한 같은 병에 걸렸는데 아버지의 증상과 다르지 않았다. 아버지 때의 잘못을 거울삼아 마음대로 술을 마시고 약을 먹었다. 하루 종일 크게 취하여 땅바닥에 구를 정도였다. 하지만 술에서 깨어 보니 병이 사라졌다. 이 외에도 효험이 있었던 사례는 매우 많다. 진실로 신선이 세상을 구한 보배로운 약이다. 약재를 선택할 때는 모두 귀하고 좋은 것을 고르고 좋지 않은 것은 버리고 깨끗하게 골라 무게를 잘 재도록 해라. 필자의 두 형은 이 처방을 신안과 태평주 당도현[54]에서 판각하였다.

54 當塗縣: 江南東路 太平州 소속으로 현 안휘성 중동부 馬鞍山市의 장강 동안인 當塗縣에 해당한다.

15 돌로 만든 왕씨의 묘지명王氏石銘

邵武人危氏者, 大觀二年, 葬其親於郡西塔院下路傍. 踰月雨過, 視墳側隱然有痕, 掘之, 得銀酒杯二・銅水缶及鏡各一. 又得埋銘石, 其文曰: "琅邪王氏女, 江南熙載妻, 丙申閏七月, 葬在石城□(西)." 諸器皆古, 而制度精巧, 非世工可及.

소무군 사람 위씨는 대관 2년(1108)에 부모를 군성軍城의 서쪽에 있는 탑원塔院 아래 길가 쪽을 골라 장례를 모셨다. 한 달쯤 지나 비가 왔다가 그치자 무덤 옆에서 흐릿한 무언가 흔적이 있는 듯해서 그곳을 파서 보니 은으로 된 술잔 두 개, 구리로 된 물 항아리와 구리거울 각 한 개가 나왔다. 또 돌로 만든 묘지명이 나왔는데 다음과 같이 쓰여 있었다.

"낭야 왕씨의 딸, 강남 사람 희재의 아내. 병신년 윤7월 석성의 서쪽에 장례를 모시다."

여러 기물 모두 다 모두 아주 오래된 것 같아 보였고, 만든 솜씨도 매우 정교하여 세상의 공예 기술이 미칠 수 없는 수준이었다.

16 풍상서馮尙書

邵武士人黃豐·馮諤, 一鄉佳士也. 同謁本郡福□(華)王廟求夢, 夢有"黃三元·馮尙書"之語, 皆喜自負. 其後, 豐以應武擧作解頭, 又連魁文解, 竟不第. 所謂"三元"乃如此. 諤試南省, 名在第二, 廷對中甲科, 爲臨安府敎授, 攝國子正. 與同年林大鼐梅卿厚善. 林驟得位至吏部尙書, 薦諤自代, 未及用, 卒於官. 所謂"尙書"乃如此.

소무군의 사인 황풍과 풍악은 그 마을에서 훌륭하기로 소문난 사인들이었다. 그들은 함께 소무군에 있는 복화왕묘에 가서 배알하며 미래를 알 수 있게 현몽해 달라고 빌었다. 그들은 꿈에서 '황삼원과 풍상서'라는 말을 들었고, 모두 기뻐하며 미래에 대해 상당한 자부심을 지니고 있었다. 그 후 황풍은 무거에 응시하여 해시의 장원을 차지했다. 연이어 문과 해시에서도 일등을 하였지만 결국 최종 전시에는 급제하지 못했다. 소위 '삼원'은 바로 이것을 의미했다.

풍악은 상서성[55] 예부가 주관하는 성시에서 2등을 하였고 전시에서 갑과[56]로 합격하였다. 임안부[57] 교수를 지냈고 국자감정[58] 겸직이

55 南省: 尙書省의 별칭이다. 唐代 상서성이 궁성의 남쪽일 뿐 아니라 중서성과 문하성의 남쪽에 있어서 생긴 말이다. 송대에도 관습적으로 사용하였으며 南宮·南廊이라고도 하였다.

56 甲科: 전시 합격을 뜻한다. 송대에는 과거 합격자를 등수에 따라 1甲~5甲으로 구분하고 1~2甲에는 진사급제, 3~4甲에는 진사출신, 5甲에는 同진사출신이라는 칭호를 하사하였다. 그 가운데 1甲은 총 3명이어서 三鼎甲이라고도 하고, 2甲과 3甲

되었다. 같은 해 합격한 자가 매경인 임대내[59]와 잘 지냈다. 임대내는 갑자기 이부상서가 되었고 풍악을 그의 후임으로 추천했는데 풍악은 제수받기도 전에 죽었다. 소위 '상서'라는 것은 이를 의미했던 것이다.

의 정원은 별도로 정해지지 않았지만 3甲까지 모두 臚唱의 특전을 누리므로 통상 3甲까지도 진사급제라고 칭한다. 후대에 甲의 구분이 3단계로 간략해졌다.

57 臨安府: 兩浙路와 兩浙西路의 치소인 杭州로 建炎 3년(1129)에 臨安府로 승격하였다. 양절로의 치소로 14개 주, 양절서로의 치소로 7개 주를 관할하였다. 치소는 仁和縣과 錢塘縣(현 절강성 杭州市 城區)이고 관할 현은 9개, 州格은 節度州이다. 行在여서 소흥 연간에 仁和縣과 錢塘縣은 赤縣으로, 기타 7개 현은 畿縣으로 승격되었다. 吳越 이래 경제와 문화의 중심지로 번성하였으며, 남송의 수도로 번영을 계속 유지하였다. 현 절강성 북부 錢塘江의 하류에 해당한다.

58 國子正: 大觀 연간에 처음 설치한 學官으로 정식 명칭은 國子監正이다. 국자감 학생의 규정 위반 여부에 대하여 징계하는 직책으로 정9품의 말직이며 그 아래에는 같은 정9품인 國子監錄이 있다.

59 林大鼐: 자는 梅卿이며 福建路 興化軍 莆田縣(현 복건성 莆田市) 사람이다. 紹興 5년(1135)에 과거에 급제하여 右諫議大夫 겸 侍講, 權吏部尙書 등을 지냈다. 진회와 사이가 좋지 않아 泉州 지사로 있던 중 사망하였다.

이견병지 夷堅丙志 卷11

귀신을 보는 심씨沈見鬼

越民沈氏, 世居山陰道旁. 郡人奉諸暨東嶽廟甚謹, 每三月二十八日天齊帝生朝, 合數郡伎術人畢集祠下, 往來者必經沈生門. 紹興乙亥歲, 三道流歸天台, 以是日至門, 少憩. 一人老矣, 衣服藍縷, 二人甚壯, 頗整絜, 隨身齎乾糒及馬杓之屬. 坐久, 沈出見之, 三人長揖求湯沃飯, 沈併遺以蔬菜濁酒, 皆喜謝.

畢飯, 老者從容告曰: "子將有目疾." 解腰間小瓢, 奉藥三粒, 云: "疾作時, 幸可用此." 沈唯唯. 須臾辭去, 復言曰: "中秋日當再過此, 千萬候我於門, 若不相遇, 後不復會矣." 沈亦唯唯. 置藥佛堂隱奧處, 未嘗以語家人, 亦莫之信也. 夏六月, 眞苦赤目, 腫痛特甚, 寢食俱廢. 凡可用之藥無不試, 有加無瘳, 始憶道人語, 而忘藥所在. 命遍索之, 經日, 得於佛堂塵埃中. 取一粒, 沃之以湯, 銅箸點入眼, 如冰雪冷徹腦間, 痛卽止, 腫亦漸退. 是夜熟睡, 明旦起, 雙目如常. 所居去城十五里, 城外石橋曰跨湖, 頃兵難時, 多殺人於此. 一日, 騎驢入城, 過午而歸, 經此橋, 見橋上下被髮流血者, 斬首斷臂者, 三兩相扶, 莫知其極, 奇形異狀, 毫乇不能隱. 驚而墜, 迨起, 復見之如故態. 且驚且走, 不敢開目, 比至家, 日已晡. 暮出舍前, 見田間水際亦如是, 大怖而還. 過數日, 又入城, 其歸差早, 於前所見儼然. 但正心澄念以待之, 悸魄稍定. 自是常有所睹, 漸不加畏. 鄕人頗知其事, 多往訪焉. 韓總管喪愛子, 念之不忘, 召問沈, 沈云: "小人但見鬼物耳, 若追召遣逐, 不能也." 韓曰: "吾正不爲此, 但恐兒魂魄尙幽滯, 煩君一觀之." 引詣昔所居. 沈初不識, 具言容貌擧止, 所衣之服, 與生時了不異, 立於室中, 韓擧室大慟. 其後問者不可以縷數, 大抵皆如韓氏事, 遂呼爲'沈見鬼'. 五年之後漸無所睹云. 所謂道人中秋之約, 竟忘之矣, 好事者爲惜之.

월주 주민 심씨는 대대로 산음현[1]의 길가에 살았다. 월주 사람들은 제기현[2]의 동악묘를 매우 잘 모셨다. 매년 3월 28일은 동악 천제제[3]의 생일이라 주위의 여러 주에서 방술과 기예를 행하는 자들은 모두 동악묘 아래에 다 모이는데, 오가는 자들은 반드시 심씨 집 앞을 지나갔다.

소흥 을해년(25년, 1155) 세 명의 도사가 천태산으로 돌아가면서 마침 이날 심씨의 집 앞을 지나다 잠시 쉬어 가게 되었다. 한 사람은 남루한 의복을 입은 노인이었고 다른 두 사람은 한창때의 젊은이로 옷도 매우 단정하며 깨끗하였다. 손에는 마른 음식과 마표[4] 등을 들고 있었다. 그들은 한참 동안 앉아 있었는데 심씨가 나와서 이들을 보자 세 사람은 모두 길게 읍하며 건량을 불릴 수 있게 따뜻한 물을 좀 달라고 하였다. 심씨가 물과 함께 채소와 탁주를 내어 주자 모두 기뻐하며 고마워하였다. 식사가 끝나자 그중 나이 든 도사가 조용하게 이르길,

"그대는 훗날 눈병을 앓을 것이오."

노인은 허리에 찬 표주박 마개를 열어 약 세 알을 꺼내 심씨에게 주면서 말하길,

1 山陰縣: 兩浙路 越州 소속으로 현 절강성 중북부 紹興市의 城區인 柯橋區・越城區에 해당한다.

2 諸暨縣: 兩浙路 越州 소속으로 현 절강성 중북부 紹興市 서남쪽의 諸暨市에 해당한다.

3 天齊帝: 당 玄宗이 泰山神을 天齊王으로 봉했고, 송 眞宗은 '大宋東岳天齊仁聖帝'로 승격시켰다. 天齊帝는 약칭이다.

4 馬杓: 야자 껍데기를 반으로 자르고 거기에 대나무 자루를 달아서 만든 음식을 뜨는 도구를 말한다. 馬勺라고도 한다.

"병이 나면 이것을 드시면 좋을거요."

심씨는 그저 대수롭지 않게 '네네'라고 답하였다. 잠시 후 그들이 떠나려고 할 때 노인은 심씨에게 다시 이르길,

"중추절에 분명 여기를 다시 지날 것입니다. 반드시 문 앞에서 저를 기다리시지요. 만약 만나지 못한다면 이후 다시는 볼 수 없을 것입니다."

심씨는 이번에도 역시 대수롭지 않게 답하였다. 심씨는 받은 약을 불당의 깊숙한 곳에 넣어 두고, 집안사람들에게는 한 번도 말하지 않는 등 노인의 말을 크게 믿지 않았다. 그런데 여름 6월이 되어 그는 진짜로 안구 충혈로 고생하였는데 눈이 부어올랐고 특히 통증이 매우 심하였다. 잠을 잘 수도 음식을 먹을 수도 없었다. 무릇 쓸 만한 약은 안 써 본 것이 없었는데 증상은 더욱 심해지고 낫지 않았다. 그제야 비로소 도인의 말이 기억났지만, 약을 어디에 두었는지 생각이 나지 않았다. 그는 사람들에게 구석구석 찾으라 하였고 하루가 지나 불당의 먼지 가득한 곳에서 그것을 찾아냈다.

한 알을 들어 탕에 넣고 섞어 구리 젓가락으로 찍어 눈 안에 떨어뜨렸더니 마치 눈꽃 같은 얼음이 머릿속을 차갑게 통과한 듯했고 통증이 즉시 멈추었으며 부기도 점점 가라앉았다. 이날 밤은 깊이 잠들 수 있었고 다음 날 아침 일어나니 두 눈은 예전처럼 회복되었다.

그가 사는 곳은 현성에서 15리 정도 떨어진 곳이었는데 성 밖에는 '과호교'라 불리는 돌다리가 있었다. 예전에 전쟁이 일어났을 때 많은 사람이 여기에서 죽었다고 한다. 하루는 심씨가 당나귀를 타고 성안으로 들어갔다가 정오가 지나 돌아오는 길에 이 다리를 건너는데 머리를 풀어 헤치고 피를 흘리고 있는 자들이 다리 위아래에 있는 것을

보았다. 머리가 베어지고 팔이 잘린 사람 두셋이 서로 부둥켜안고 있었는데, 얼마나 더 참혹한 꼴이 있을지 알 수 없을 정도로 기괴한 모양이 조금도 숨김없이 그대로 드러났다. 놀라 나귀에서 떨어졌다가 다시 일어나니 또 아까와 같은 형상들이 다시 보였다.

놀라서 서둘러 달아나는 데 감히 눈을 뜰 수 없었다. 그렇게 집에 도착하고 보니 날은 이미 늦은 오후였다. 해 질 무렵 집 앞에 나가 보니 밭두둑과 물가 사이로 또 아까와 같은 것들이 보이기에 깜짝 놀라 집안으로 돌아왔다. 며칠이 지나 다시 성안에 다니러 갔다가 지난번보다 조금 일찍 돌아오는데 그때 보였던 것들이 그대로 있었다. 다만 마음을 가다듬고 생각을 편안히 하며 그것을 대하니 두려운 마음도 조금씩 가라앉았다.

그때부터 자주 목도하고 보니 점점 두려움이 없어졌다. 마을 사람들이 그 일에 대해 조금씩 알게 되자 심씨를 찾아오는 이들이 늘어났다. 총관[5]인 한씨는 사랑하는 아들을 잃었는데 오매불망 잊지 못해 심씨를 불러 아들에 관해 물어보니 심씨가 말하길,

"소인은 그저 귀신을 볼 수 있을 뿐입니다. 저더러 귀신을 불러오거나 쫓아내라고 하신다면 그건 할 수 없습니다."

한씨가 말하길,

"나 역시 그것을 하라고 부른 것이 아니라네. 다만 우리 아들의 혼백이 여전히 연연해하며 떠나지 못하고 있는지 그대가 한번 봐 주었으면 하오."

5 總管: 다양한 관직명으로 사용되었는데, 송대에는 주로 주지사가 겸직한 馬步軍都總管이나 兵馬總管 직을 말한다.

한씨는 심씨를 데리고 예전에 아들이 살던 곳으로 데리고 갔다. 심씨는 본래 그 아들을 알지 못하는데, 아들의 혼백을 보고 용모와 행동거지, 입고 있는 옷까지 모두 말하였는데 살아 있던 때와 조금도 다르지 않았다. 아들은 방 한가운데 서 있었다. 한씨 가족들은 모두 대성통곡하였다. 그 후 심씨에게 죽은 자에 관해 물어보는 사람들이 일일이 셀 수 없을 정도였는데 대개 한씨와 같은 경우였다. 마침내 사람들은 그를 '귀신을 보는 심씨'라고 불렀다. 5년이 지나자 점점 보이는 것이 줄었다고 한다. 앞에서 언급했던 도인과 추석에 만나기로 한 약속은 결국 잊어버리고 말았는데, 그 이야기를 궁금해하는 이들은 그것을 매우 아쉬워했다.

02 선암산의 세 마리 양仙巖三羊

建炎中, 北方士大夫多寓南土. 王顯道侍郎□(㬇)挈家來信州之貴溪, 止于近郭仙巖下一山寺. 里落相往還者, 饋之生羊三. 王氏素戒殺, 亦不忍賣, 放諸山間, 無人牧視, 任其棲止. 羊逐食登高, 遂至絶巘, 旣而不可下, 留止巖穴, 望之宛然, 飮嚌自若. 凡三歲, 王氏它徙, 三羊尙存, 後人遂目之爲仙羊, 過二十餘年乃不見. 仙巖距龍虎山不遠, 靈跡甚多, 蓋神仙窟宅也.(張南仲說.)

건염 연간(1127~1130)에 북방의 사대부 가운데 많은 이들이 남쪽 지역으로 내려왔다. 자가 현도인 시랑 왕환[6]은 가족들을 데리고 신주의 귀계현으로 왔는데, 그들은 성곽 부근의 선암산[7] 아래 한 산사에서 살게 되었다. 근처 마을을 오가는 이가 있었는데 그자가 왕환에게 양 세 마리를 주었다. 왕씨는 평소 살생을 하지 않았고 또 차마 팔 수도 없어서 산에 방목하였다. 아무도 그 양을 돌보지 않고, 그저 마음대로 다니도록 두었다.

양들은 먹을 것을 찾아 높은 곳에 오르다가 마침내 깎아지른 절벽까지 올랐다. 하지만 내려올 수 없자 양들은 바위 동굴에서 지냈다. 양들을 올려다보면 잘 지내고 있었고, 먹고 마시는 것도 문제가 없어 보였다. 이렇게 3년이 흘러 왕씨는 다른 곳으로 이사를 했는데 세 마

6 왕환에 관하여는『이견을지』, 권2-10,「작은 마님 막씨」참조.

7 仙巖山: 귀계시 서남쪽 魚塘鄕에 있는데 龍虎山과 2리밖에 떨어져 있지 않다.

리 양은 그대로 있었다. 후대 사람들은 마침내 그 양들을 '신선이 된 양'이라 불렀다. 20여 년이 지난 후에야 사라졌다. 선암산은 용호산에서 그리 멀지 않았는데 영험한 이야기들이 많이 전해진다. 대개 신선이 살았던 곳이라 그런 것이라고 한다.(이 일화는 장남중[8]이 말한 것이다.)

8 張南仲: 王之道(1093~1169)의 시 「宋無爲倅張南仲歸吉州」와 李綱(1083~1140)의 시 「張南仲置酒心淵堂值雨」의 주인공으로 보인다. 시에서 왕지도가 吾友라고 한 것으로 장남중의 활동 시기를 짐작할 수 있고, 淮南西路 無爲軍의 通判을 역임하였음을 알 수 있다.

영현진인靈顯眞人

建炎四年, 張魏公在蜀, 方秦中失利, 密有根本之憂, 陰禱于閬州靈顯廟, 夢神言曰: "吾昔膺受王爵, 下應世緣, 故吉凶成敗, 職皆主掌. 自大觀後, 蒙改眞人之封, 名雖淸崇而退處散地, 其於人間萬事, 未嘗過而問焉. 血食至今, 吾方自愧. 國家大計, 何庸可知?" 張公寤而歎異, 立請于朝, 復舊封爵, 且具禮祭告. 自是靈響如初, 俗謂二郞者是也.

건염 4년(1130), 위국공 장준이 사천 지역에 있었는데,[9] 진중[10] 지역의 전세가 불리해지자 내심 나라의 안위에 대한 걱정이 쌓여 몰래 낭주에 있는 영현묘를 배알하였다. 꿈에 신이 나타나 말하길,

"나는 예전에 왕의 작위를 받아 아래로 세상의 일에 관여하여 길흉과 흥망성쇠에 관해 모두 주관하고 장악하는 직책을 수행하였다. 하지만 대관 연간(1107~1110) 이후로 작위가 진인으로 바뀌었으니[11] 그

9 건염 4년(1130), 장준은 금군이 동남지역을 집중 공략하자 금군의 전력을 분산시키고 사천과 섬서를 방어하기 위해 관중 지역 공략을 제안하고 川陝宣撫處置使로 부임하였다. 하지만 富平전투에서 대패함으로써 전국적인 전황에 일대 혼란이 일어났다.

10 秦中: 섬서성 중부 關中평야를 가리킨다. 춘추전국시대에 秦의 영토였기에 秦中이라고 칭한다.

11 휘종이 도교를 숭상하여 政和 8년(1118)에 二郞神의 봉호를 '昭惠靈顯王'에서 '昭惠靈顯眞人'으로 바꾸고 廟額도 '二郞祠'에서 '普德觀'으로 바꾸게 하였다. 본문의 大觀 연간(1107~1110)과는 다소 차이가 있다.

이름은 비록 깨끗하고 드높지만 한가한 곳으로 물러나게 되었다. 그 뒤로 세상만사에 일찍이 관여하거나 물어볼 수가 없게 되었다. 오늘날까지 제사를 받고는 있지만 나 스스로 부끄럽기 그지없다. 국가의 큰 계획을 내가 어찌 알겠는가?"

장준은 깨어나 탄식하였고, 곧 조정에 청을 올려 영현왕의 옛 작위를 회복시켜 달라고 하였으며, 예를 갖추어 제를 올려 이를 고하였다. 이때부터 그 영험함이 당초와 같이 회복되었는데, 세상 사람들이 '이랑신'이라고 하는 자가 바로 영현왕이다.

04 홍원부 지사의 꿈興元夢

紹興二年, 劉彦脩知興元府, 往謁靈顯王廟, 欲知秋冬間邊事寧否. 夜夢入廟中, 神召升殿, 劉如所欲言扣之. 神曰: "方請于帝, 吾亦未知." 臨出門, 使婦人持一盤示之曰: "賀廢劉." 視其物, 唯猪肺一具, 石榴一顆. 覺而竊喜, 知劉豫且廢矣. 又四歲, 豫果滅.

소흥 2년(1132) 자가 언수인 유자우[12]가 홍원부[13] 지사를 맡았다. 그는 영현왕묘를 배알하며 삼가 가을과 겨울에 변경지역에 별다른 문제가 없을 것인지 알고자 하였다. 밤에 꿈을 꾸었는데, 그가 영현왕묘로 들어가니 신은 그를 전각 위로 오라고 불렀고, 유자우는 궁금한 바를 신에게 물어보았다. 신이 답하길,

"막 상제께 여쭤보았다. 나 역시 아직 모른다."

문을 나설 때쯤 신께서 한 여자에게 쟁반을 들게 하고 그것을 보여주며 말하길,

12 劉子羽(1086~1146): 자는 彦修이며 福建路 建州 崇安縣(현 복건성 南平市 武夷山市) 사람이다. 資政殿大學士인 劉韐의 큰아들로 부친을 수행하여 방랍의 난을 진압하고 眞定府에서 금군을 막아내는 데 공을 세웠다. 장준 휘하에서 선무사參議軍事를 하다가 소흥 2년(1132)에 利州路經略使 겸 興元府 지사가 되었으나 소흥 4년(1134) 부평전의 패배로 유배형을 받았다. 이후 복직되어 鎭江府 지사 겸 沿江安撫使가 되었으나 진회와의 갈등으로 사임하였다.

13 興元府: 利州路의 치소로서 1개 부, 9개 주, 1개 관, 38개 현을 관할하였다. 치소는 南鄭縣(현 섬서성 漢中市 南鄭縣)이고 관할 현은 4개, 州格은 節度州이다. 현 섬서성 남서부 漢中市의 중남쪽에 해당한다.

"유씨가 물러나게 된 것을 축하하오."

그 물건을 보니 바로 돼지의 폐 한쪽과 석류 한 개가 있었다. 깨어나 내심 기뻐하며 유예[14]가 곧 폐위될 것을 알았다. 4년 후 유예는 과연 쫓겨났다.[15]

14 劉豫(1073~1143 또는 1146): 자는 彦遊이며, 하북동로 永靜軍 阜城縣(현 하북성 衡水市 阜城縣) 사람으로 금이 세운 괴뢰정권인 大齊의 황제다. 북송 말 河北西路 提點刑獄使였고, 建炎 2년(1128)에 濟南府 지사였다. 금군의 공격을 받자 투항한 뒤 건염 4년(1130)에 금의 책봉을 받아 '大齊皇帝'가 되었고, 大名府(현 하북성 邯鄲市 大名縣)를 도성으로 정하였다. 紹興 2년(1132)에 개봉으로 천도하고 남송을 여러 차례 공격하였지만 실패하여 금으로부터 불신을 받다가 소흥 7년(1137)에 폐위되었고, 대제도 소멸되었다.

15 肺와 廢의 발음이 같고, 石榴의 榴와 劉豫의 劉의 발음이 같아서 곧 유예의 폐위를 의미하는 것으로 해석할 수 있다.

05 각산의 효閣山㺜

乾道辛卯歲, 饒州久不雨, 江流皆澁. 閣山漁者三人, 空手入番江捕魚. 二人先出, 其一覺兩股忽冷如冰, 微有涎沫, 懼㺜穴其下, 故急出. 獨一人不見, 告其家守之, 至暮而還. 後二日, 尸浮於五里外, 左股下一穴如拳大, 擧體皆白, 蓋爲㺜所繞而吮其血也. 㺜狀全與鰻鱺魚同, 長至八九尺, 亦蛟類也. 閣山民李十嘗捕得之.

건도 신묘년(7년, 1171), 요주는 오랫동안 비가 오지 않아 강물이 거의 말랐다. 각산의 어부 세 사람은 빈손으로 번갈아 강으로 들어가 물고기를 잡았다. 두 사람이 먼저 나왔는데, 그중 한 사람이 두 다리 사이에 갑자기 얼음처럼 차가운 기운을 느꼈고, 조금씩 점액 같은 끈끈한 무엇이 있음을 느꼈다. 그 아래가 효가 판 구멍일지도 몰라 무서워서 급히 나왔다. 나머지 한 사람이 보이지 않았기에 그 집의 식구들에게 가서 알리고 저녁이 되도록 지켜보고 있다가 집으로 돌아왔다.

이틀 뒤 그의 시체가 5리 밖에서 떠올라서 발견되었다. 왼쪽 다리 아래 주먹만 한 크기의 구멍이 나 있었고 온몸이 흰색으로 변하였다. 대개 효가 그를 얽어맨 후 그 피를 빨아먹은 것이다. 효의 모양은 뱀장어와 같으며 길이는 8~9척이고 교룡과 비슷하다. 각산의 주민 이십이라는 자가 일찍이 그것을 잡아 본 적이 있다고 한다.

06 안국사의 신安國寺神

鐃州安國寺長老新入院, 夜率其徒繞廊誦大悲呪. 明夜, 夢五偉人, 衣冠森整, 同列而拜曰: "弟…."

요주의 안국사에 새로 장로가 왔는데, 밤에 제자들을 이끌고 복도를 돌며 대비주를 외우고 있었다. 다음 날 밤 꿈에 다섯 명의 건장한 사람을 보았는데, 모두 의관을 삼엄하게 갖추고 있었고 함께 줄을 서서 배알하며 이르길,

"동생은 …."[16]

16 송본은 이 뒤의 1엽이 결락되었다. 중화서국본 목차에는 결락된 「雜肉饅頭」와 「畏龍眼」의 제목만 수록되어 있다.

점술가 왕철면王鐵面

三衢人王廷, 善相人, 不妄許與, 士大夫目爲"王鐵面". 乾道三年至臨安, 以六月三日來見予, 予時以起居郎權中書舍人, 又權直學士院. 廷曰: "君額上色甚明潤, 自此三十二日及四十九日, 有爲眞之喜." 明日, 予在漏舍, 與從官言之, 皆相託招致. 予退以語廷, 廷曰: "所言元未驗, 遽見薦, 使我何以藉口? 俟君遷除了, 它日復來, 不失此約幸矣." 竟不肯詣.

周元特權兵部侍郎, 欲求去, 邀之至局中, 廷曰: "冬季當遷, 異時典州未晚也." 戶部郎中莫子蒙 · □金部郎中何希深適在坐, 廷曰: "更一月, 莫郎中當帶職帥邊, 何郎中當作監司." 元特曰: "吾方求退, 固無至冬反遷之理. 莫郎中縱補外, 未應得職名. 何郎中入蜀十年, 持使者節多矣, 還朝未半年, 何由便去?" 廷曰: "我信吾術爾, 無柰公所言人事何也." 密謂元特曰: "何公明年祿盡, 豈特一去邪!" 廷留數日卽歸鄕. 至七月六日, 予忝掖垣之拜, 二十二日直院落權字, 與所指兩日不少差: 子蒙以八月除直徽猷閣帥淮東: 希深出爲福建提刑, 次年卒: 元特以十一月拜吏部, 又二年乃爲太平州, 皆如其言. 此蓋親見者, 而所傳數事尤奇崛可紀.

徐吉卿侍郎, 紹興三十一年宮觀在衢, 廷見之曰: "公從今六十日, 當召用." 吉卿曰: "與汝鄕里, 勿見戲." 廷曰: "廷平生不諛人, 安得此? 姑以二事驗之. 一月後得五百里外骨肉間凶訃, 繼有登高顚墜之厄, 則吾言應矣." 已而吉卿長女嫁馬希言者卒于臨安. 吉卿因省先塋, 登山而跌, 礙樹間不至損. 會朝廷擇使出疆, 趣召之, 日月皆脗合.

其見予之歲, 嘗至鎭江, 謂通判毛欽望曰: "君終任造朝, 得一虛名郡守." 金山主僧方入院, 廷曰: "卽日游行二百里." 僧殊不信. 甫二日, 方務德自建康遣信招之, 遂行, 求決於廷, 廷曰: "至彼且復來, 來之日有小驚惱, 然不關身也." 及歸, 方弛擔, 而西津火, 寺之僦舍十餘家焚焉.

欽望秩滿得全州, 不及赴而致仕.

又過姑蘇, 見王俊明□曰: "將罹伉儷之戚, 自此賢閤雖小疾亦宜善爲之防." 浚明不敢答. 妻宋氏窺於屛間, 聞之, 擊屛風怒罵而入. 未幾, 果以腹痛臥疾, 訖不起. 范至能方閑居, 謂之曰: "今年縱得官, 皆不成, 俟入新太歲, 乃極佳耳." 吳人耿時擧以恩科得文學, 形模擧止如素貴, 蒙胡長文力爲嶽廟. 廷曰: "此人不得官, 尙可活數年, 食祿一日, 死矣." 耿不旋踵而亡. 至能除提擧浙東常平, 命未出而寢, 立春日差知處州, 至郡數月, 召還爲侍從. 廷約再見予, 予遲其來而竟不來, 予亦罷去, 得非知其如是未有可以爲予言者乎? 凡徐吉卿事聞之胡長文, 鎭江事聞之黃仲秉, 姑蘇事聞之范至能云.

삼구 사람 왕정은 점을 잘 보았지만, 사람들에게 공연히 좋게 말해 주거나 칭찬하지 않았기에 사대부들은 그가 '쇠로 만든 얼굴'을 가졌다고 하여 '왕철면'이라 불렀다. 건도 3년(1168), 그가 임안부에 왔다가 6월 3일에 필자와 만났다. 필자는 당시 기거랑[17]으로 임시로 중서사인직을 대리하고 있었고 또 직학사원[18]의 일도 임시 대행하고 있었다. 왕정이 말하길,

"공의 이마 위가 밝고 윤기가 나는 것을 보니 오늘부터 32일째 그

17 起居郞: 起居舍人과 함께 황제의 언행과 대신과의 면담을 비롯해 조정의 칙명 발표, 인사 등 국정 전반에 걸친 주요 활동을 날짜별로 기록하여 史館으로 보내 起居注를 작성할 수 있게 하는 직무를 담당하였다. 원풍 3년(1080) 관제 개혁 후 직사관이 되었으며 품계는 종6품이다. 별칭은 左史이다.

18 職學士院: 황제의 비서실 기능을 담당하는 학사원의 당직을 뜻한다. 정원은 翰林學士 6명, 待詔 3명이며, 한림학사 가운데 선임자로 翰林學士承旨 1명을 두었다. 고관의 임명서인 制書를 기초하고 國書·赦書·德音 등을 撰述하였다. 황제의 부름에 대비하여 內廷에서 숙직하면서 권한이 강화되었다.

리고 49일째 되는 날 아주 좋은 일이 있을 것입니다."

다음 날 필자가 집무실에서 부하 관원들에게 이 이야기를 하니 모두 그를 모셔와 점을 보게 해 달라고 청하였다. 나는 퇴청한 후 왕정에게 이를 말하자 그가 대답하길,

"제가 공께 드린 말씀이 맞는지 아직 입증되지도 않았는데 서둘러 저를 또 추천해 주시니 제가 무엇을 근거를 신뢰를 얻겠습니까? 공께서 승진하신 후에 다른 날 다시 오셔서 이 약속을 지킬 수 있다면 다행이겠지요!"

그는 끝내 가려고 하지 않았다. 주원특[19]은 임시 병부시랑 대행을 맡고 있었는데 이 일을 그만두려고 하였기에 왕정을 청사로 불렀다. 왕정이 말하길,

"겨울에는 반드시 다른 직책으로 옮길 것입니다. 후에 주지사를 맡으실 일도 그리 멀지는 않을 것입니다."

그때 마침 호부랑중 막자몽과 금부사랑중[20] 하희심이 자리하고 있었는데, 왕정이 말하길,

"한 달 후 막랑중께서는 첩직[21]을 그대로 유지한 채로 변경의 안무사가 되실 것이며, 하랑중께서는 감사[22] 직을 맡으실 것입니다."

19 주원특에 관하여는『이견병지』, 권9-1,「상천축사 관음보살」참조.

20 金部郎中: 戶部 소속의 金部司 郎中으로 창고의 출납, 금은과 동전, 도량형의 관리 등을 주업무로 한다. 원풍 관제개혁 이후 종6품이었다.

21 貼職: 황제 사후 관련 문서를 총괄 보존하는 건물을 짓고 그 문서를 관리하는 명예직인 學士職를 부여하였는데, 본래의 관직에 추가되는 직책이기 때문에 貼職이라고 하지만 가장 명예스럽게 여겼다. 宰執에게는 觀文殿學士·資政殿學士·端明殿學士 등 殿學士를, 侍從에게는 閣學士·待制를, 卿·監에게는 修撰·直閣을, 京官에는 直祕閣을, 武臣에게는 閤門使·宣贊舍人職을 부여하였다.

22 監司: 路에 대한 監査 권한이 있는 安撫使·轉運使·提刑按察使·提擧常平官을

주원특이 말하길,

"나는 곧 사퇴를 요청할 것이니 겨울에 다시 전보[23]하는 일은 결코 없을 것이고, 막랑중께서는 비록 외직을 맡게 될지라도 반드시 첩직을 유지할 수 있지는 않을 것 같습니다. 하랑중은 사천에 들어가서 이미 10년이란 오랜 세월을 여러 사직[24]을 맡았다가 조정으로 돌아온 지 반년도 안 되었는데 무슨 사유로 다시 나가겠습니까?"

왕정이 말하길,

"저는 그저 저의 법술을 믿을 뿐이지요. 공께서 말씀하시는 인사에 관해 어찌 알겠습니까?"

그리고 몰래 주원특에게 말하길,

"하공께서는 내년에 봉록을 받는 일이 다 끝나리니 어찌 조정을 떠나는 일만 있겠습니까?"

왕정은 며칠 있다가 곧 향리로 돌아갔다. 7월 6일이 되자 필자는 중서문하성[25]의 관직에 제수되었고, 22일에는 '권직학사원'에서 임시

가리키나 이들 외에도 提擧茶馬·提擧茶鹽을 비롯해 走馬承受(원래 勾當公事였으나 高宗을 피휘하여 개칭함)까지 광범위하게 포함되었다. 部使·部使者·監司使者라고도 한다.

23 反遷: 본래 직책에서 다른 직책으로 나갔다가 다시 원래 직책으로 복귀하는 것을 말한다. 본문에서는 병부시랑을 그만두더라도 시랑 직급의 다른 직책을 맡을 것이라는 말이기에 '轉補'로 번역하였다.

24 使節: 使職 또는 使職差遣의 신표를 가리키는 말로서 중앙의 관리가 본래의 직책을 유지한 채 지방에 임시 파견되는 직책을 뜻한다. 본래 황제의 신임을 전제로 한 직책이라서 宣撫使·制置使·招討使·安撫使·轉運使·鎭撫使 등 고위직이 많았고, 후에 상례화되면서 정식 관직과 다를 바 없게 되었다.

25 掖垣: 본래는 궁궐 正殿 옆에 있는 담을 가리키는 말이나 唐代에 중서성과 문하성이 궁궐 正殿 옆에 있는 담과 붙어 있었던 데서 후에 중서문하성을 뜻하는 말로 쓰였다.

대행을 뜻하는 '권'자가 빠져 정식 직학사원이 되었으니 왕정이 말한 두 날짜가 정확하게 맞아떨어졌다.

막자몽은 8월에 직휘유각의 첩직을 제수받고 회동지역의 안무사로 나갔고, 하희심은 복건로 제점형옥사가 되었으며 이듬해 죽었다. 주원특은 11월 이부의 관직을 받았다가 2년 후에 태평주 지사가 되었으니 모두 그의 말과 똑같이 된 셈이다. 이것은 대개 필자가 직접 본 것이고, 전하여 들은 몇 가지 일도 매우 신기하여 적어 둔다.

자가 길경인 시랑 서철[26]은 소흥 31년(1161) 구주에서 궁관직[27]을 맡고 있었다. 왕정은 그를 보며 말하길,

"공께서는 지금으로부터 60일 후에 조정의 부름을 받으실 것입니다."

서철이 말하길,

"나는 너와 동향 사람인데 나를 놀리지 말라."

왕정이 말하길,

"저는 평생 아부한 적이 없습니다. 어찌 공께 그런 짓을 하겠습니까? 잠시 두 가지의 일로 증명해 보이도록 하겠습니다. 한 달 후 500리 밖에서 친척의 부고를 들으실 것이며, 또 높은 곳에 올랐다가 굴러 넘어지는 액운이 있을 것입니다. 이 두 가지가 맞으면 앞의 제 말

26 徐嘉: 자는 吉卿이며 兩浙路 衢州 西安縣(현 절강성 衢州市 衢江區) 사람이다. 소흥 연간에 금군 館伴使로 금의 강압적 태도에 의연하게 대처했고, 효종 隆興 2년(1164)에 敷文閣待制로서 소흥부 지사를 지냈으며 吏部尙書로 관직을 마쳤다.

27 宮觀: 송 초부터 연로하여 실무를 담당할 수 없는 5품관 이상의 고관에게 주요 국가 사원의 관리 책임자란 명예직을 부여하여 녹봉을 주는 우대 정책을 실시했다. 이를 가리켜 奉祠라고 하였고, 실제 부임하지 않지만 제사 주관이란 명목상 직책 때문에 祠祿官 · 宮觀官이라고도 하였다.

도 들어맞을 것입니다."

얼마 후 서철은 장녀의 남편 즉 사위 마희언이 임안부에서 죽었다는 부고를 받았다. 또 서철이 성묘하러 선영에 가서 산에 오르다 굴러 넘어졌다. 다행히 나무가 막아 주었기에 크게 다치지는 않았다. 마침 조정에서는 국외로 보낼 사신을 고르고 있었는데 곧 그가 불려 들어갔다. 날짜가 딱 들어맞았다.

왕정이 나를 만나던 해는 일찍이 진강부[28]에 갔을 때인데 그가 통판 모흠망에게 말하길,

"공께서는 임기가 다하여 조정으로 가실 텐데 실질은 없고 명목만의 주지사의 자리를 얻을 것입니다."

금산사[29]의 주지승이 막 들어왔을 때 왕정이 말하길,

"곧 200리 길을 떠나셔야 할 것입니다."

주지승은 그의 말을 전혀 믿지 않았다. 하지만 겨우 이틀이 지났을 때 자가 무덕인 방자가 건강부에서 편지를 보내 그를 불렀고 주지승은 떠날 수밖에 없었다. 주지승이 다시 왕정에게 뒷일을 물어보자 왕정이 말하길,

"그곳에 가셨다가 다시 오실 것입니다. 오시는 날 조금 놀라고 걱정할 일이 있겠지만, 몸에 큰 변고가 생길 일은 아닙니다."

28 鎭江府: 兩浙路 소속으로 본래 潤州였는데 政和 3년(1113)에 鎭江府로 승격되었다. 치소는 丹徒縣(현 강소성 鎭江市 丹徒區)이고 관할 현은 3개, 州格은 節度州이다. 장강과 경항대운하가 만나는 요충지로 현 강소성 남서부 장강 남단에 해당한다.

29 金山寺: 金山은 강소성 鎭江市에 있는 구릉이며, 金山寺는 東晉 때 창건된 고찰로 진강을 대표한다.

주지승이 돌아와 막 짐을 푸는데 서쪽 나루에서 불이 났고, 절에서 빌린 집들이 십여 채가 탔다. 모흠망은 임기가 다하였고 전주[30] 지사에 제수되었지만 부임하지 않고 사직하였다.

왕정이 다시 고소로 가는데 왕준명을 만나 이르길,

"장차 부인을 잃는 슬픔을 겪으실 것입니다. 지금부터 공의 부인께서 아주 사소한 병에 걸리시더라도 잘 치료하셔서 사전에 방비하시기 바랍니다."

왕준명은 감히 뭐라 대답하지 못했다. 아내 송씨가 병풍 사이에 몰래 숨어 있었는데 이를 듣고는 병풍을 밀치며 크게 화를 내고 욕하며 들어왔다. 얼마 후 과연 복통으로 자리에 눕게 되었고 일어나지 못하는 지경에 이르렀다. 자가 지능인 범성대[31]는 마침 한가롭게 지내고 있었는데 그에게 말하길,

"금년에는 비록 관직을 얻게 되겠지만 모두 잘 되지는 못할 것입니다. 내년 새해가 되어야 크게 좋아질 것입니다."

오 지역 사람 경시거는 은과[32]로 문학참군[33] 자리를 얻었는데, 외모

30 全州: 荊湖南路 소속으로 치소는 淸湘縣(현 광서자치구 桂林市 全州縣)이고 관할현은 2개, 州格은 刺史州이다. 이다. 호남 최대인 湘江의 상류로 靈渠를 통해 광동의 灕江과 연결되어 형호남로 소속이면서도 紹興 1년(1131)부터 廣西路經略安撫司의 통제를 받았다. 현 광서자치구 동북부 桂林市의 북동쪽에 해당한다.

31 范成大(1126~1193): 자는 至能이고 호는 石湖居士이며 兩浙路 蘇州 吳縣(현 강소성 蘇州市 吳中區 · 相城區) 사람이다. 處州 지사를 역임하였고, 乾道 6년(1170)에 금조에 사신으로 다녀왔다. 中書舍人 · 敷文閣待制 · 四川制置使를 거쳐 淳熙 5년(1178)에 參知政事에 올랐으나 두 달 만에 물러나서 明州 · 建康府 지사를 거쳐 資政殿大學士로 은거하였다. 시문에 능해 남송 중흥기 4대 시인으로 꼽힌다.

32 恩科: 황제의 특별한 은전으로 관리에 보임한다는 뜻이다. 송대에 시작된 특별 선발제도로 恩科 · 恩榜 · 特奏名이라고 하는데, 성시에 거듭 불합격한 자 가운데 나이가 많은 사람에게 황제가 특별 합격과 함께 하위 관직에 제수되는 것을 말한다.

와 행동거지가 본래 귀티가 나서 자가 장문인 호원질의 도움을 받아 동악묘를 맡게 되었다. 왕정이 말하길,

"이 사람은 관직을 얻지 않는다면 그런대로 여러 해를 더 살겠지만, 하루라도 봉록을 받으면 곧 죽을 것입니다."

경시거는 동악묘에 발을 들이기도 전에 죽고 말았다. 범성대는 제거절동상평[34]에 제수되었지만, 발령 명령이 떨어지기도 전에 병이 들었고 입춘에 처주 지사에 제수되었다. 그러나 처주에서 몇 개월 있자 곧 다시 불려 들어와 시종관이 되었다.

왕정은 필자과 다시 만나기로 약속했지만, 그가 왔을 때 필자가 조금 늦었다. 하지만 왕정은 다시 오지 않았고, 필자 역시 자리에서 물러났다. 아마도 왕정은 필자가 이렇게 될 것을 미리 알고 있었고, 필자에게 뭐라고 해 줄 말이 없어서 그런 것이 아닌지? 자가 길경인 서철에 관한 모든 일화는 자가 장문인 호원질에게, 진강부에서의 일화는 자가 중병인 황균에게, 고소에서의 일화는 자가 지능인 범성대에게 들은 것이다.

대부분 낮은 직급을 주었고 후대로 이어지지 않아서 중시되지 않았지만 향촌 사회에서는 나름대로 큰 영향력을 행사하였다.

33 文學參軍: 주로 관리가 징계 처분으로 강등되거나 특주명으로 관직을 받은 자, 또는 納粟으로 관직을 얻은 자에게 주는 종9품의 말단 관직이다. 唐代에 州府學박사를 문학으로 바꾸고 품계를 參軍과 같게 한 데서 유래하였다. 약칭은 '문학'이다.

34 提擧常平: 본래 명칭은 '提擧常平廣惠倉兼管勾農田水利差役事'이다. 提擧常平司의 장관으로 관명처럼 常平 · 義倉 · 免役 · 農田 · 水利는 물론 나루터 · 戶絶田産 · 保甲義勇 · 抵當 · 坊場 등을 총괄한다. 품계는 종6품에서 정9품까지 다양하다. 약칭도 提擧常平 · 提擧常平官 · 常平使 등 대단히 많다.

08 초계의 용苕溪龍

莫子蒙在吳興, 挈家游苕溪, 時六月上旬, 荷華極目, 飮酒嘯歌, 盡淸賞之致. 日下昃, 望數里外火熠熠起, 少焉漸近, 陰風掠面甚冷, 舟人曰: "此龍神過也, 宜急避之." 子蒙與家人皆登岸入小民家. 坐猶未穩, 大風拂溪水而過, 震霆隨之, 飛電赫然, 其去如激箭, 驟雨翻盆. 僅兩刻許, 晴雲烈日如初. 視向來所游處, 幾不可識, 荷芰洗空無一存, 舟陷入泥中不可卽取, 所攜器皿皆壞. 非舟人先知, 殆落危境矣.(子蒙說.)

자가 자몽인 막몽[35]은 오흥[36]에서 가족들을 데리고 초계[37]로 놀러 갔다. 때는 6월 상순이었는데 연꽃이 화려하게 피어 눈부셨다. 술을 마시고 노래를 읊조리며 아름다운 경치를 만끽하고 있었다. 그런데 갑자기 해가 아래로 기울더니 몇 리 밖에서 불꽃이 이는 게 보였고, 조금씩 가까이 왔다. 서늘한 바람이 불어왔는데 매우 차가웠다. 뱃사

35 莫濛: 자는 子蒙이고 兩浙路 湖州 歸安縣(현 절강성 湖州市 吳興區) 사람이다. 수사와 법 집행의 공으로 大理寺正이 되었고, 戶部員外郎으로 절서와 강회에서 253만 畝의 토지를 세원으로 확보하여 공과 비판을 함께 받았다. 湖北轉運判官과 鄂州 지사를 거쳐 揚州 지사로 건축 실명제를 통해 성곽 복원에 성공하여 寶文閣學士·大理少卿·臨安府 지사가 되었으며 금국에 사신으로 다녀와 刑部·工部侍郎을 역임하였다.

36 吳興: 兩浙路 湖州의 郡號로 東吳 寶鼎 1년(266)에 吳興郡을 설치한 데서 유래하였다. 湖州가 공식 지명이 된 것은 隋 仁壽 2년(602)이라서 吳興은 호주의 별칭으로 널리 쓰였다.

37 苕溪: 태호의 주요 지류이다.

람이 말하길,

"이것은 신령스러운 초계의 용이 지나가는 것입니다. 우리는 급히 이 자리를 피해야 합니다."

모자몽과 가족들은 모두 언덕으로 올라 작은 민가로 들어갔다. 앉아서 안정을 취하기도 전에 큰바람이 강가의 물을 출렁이며 지나갔고, 요란한 천둥소리가 뒤따라 들려왔으며 번개가 요란하게 쳤는데 쏜살처럼 지나갔고, 소낙비가 내려 물동이가 넘칠 정도였다. 겨우 30분[38] 가량 지났을 뿐인데 처음처럼 구름이 개고 맑은 해가 다시 빛났다.

놀던 곳으로 다시 돌아가 보니 거의 알아볼 수 없을 지경이었다. 연꽃 가지들은 씻기고 넘어져 하나도 제대로 남은 게 없었고, 배는 진흙탕에 빠져 있어 꺼낼 수도 없었다. 가지고 왔던 기물들은 모두 부서져 있었다. 뱃사람이 미리 말해 주지 않았더라면 정말 위험에 처할 뻔했을 것이다.(이 일화는 자가 자몽인 막몽이 말한 것이다.)

38 兩刻: 시간을 재는 단위로, 하루를 12時辰・100刻으로 구분하였다.

09 자가 이숙인 유망지劉夷叔

紹興二十九年閏六月, 校書郎任元理暴卒, 其官奉議郎, 不應延賞, 於是祕書少監任信孺與同舍議爲請于朝廷, 以元理乃故諫官德翁之孫, 乞特官其嗣, 以勸忠義. 予時諸公令予秉筆, 正字劉夷叔摘予起言曰: "只如此意似不廣, 宜增數語云: '亦使四方英俊知館閣養士, 雖其不幸亦蒙哀恤如此.'" 旣如其言, 然私訝之. 任氏得一子官.

相去僅月餘, 夷叔因食冷淘破腹, 一夕卒. 其官亦奉議郎, 遂符前志. 同舍又請焉, 湯丞相曰: "若更行此, 遂成永例, 恐議者不謂然. 聞其生前多著書, 若悉上送官, 亦可持以爲說." 虞丞相時爲祕書丞, 命其子盡錄父遺文, 合數百卷上之, 下兩省看詳已.

소흥 29년(1159) 윤6월 자가 원리인 교서랑[39] 임질언質言이 갑자기 죽었다. 그의 관직은 봉의랑이었는데, 그 자리로는 자손들에게 음보의 혜택을 줄 수가 없었다.[40] 이에 비서소감[41] 임신유는 태학에서 같

39 校書郎: 秘書省 소속으로 元豊 3년(1080) 관제 개혁 이후 正字와 함께 도서의 편찬 · 교정 업무를 담당하였다. 품계는 종8품이고 정원은 4명이다.

40 문무 관리와 內外命婦 가운데 고위 품계의 자손에게 관직을 부여하는 제도를 가리켜 통상 奏補 · 蔭補 · 蔭恩 · 任子라고 칭한다. 嘉祐 연간의 추천 기준은 문관의 侍御史 이상은 매년 1명, 員外郎 이상은 3년 1명, 무관의 橫行 이상은 매년 1명, 諸司副使 이상은 3년 1명이었다. 원외랑은 정7품인데, 봉의랑은 정8품이라서 奏補의 자격이 안 된다는 말이다.

41 秘書少監: 역대 서적과 國史 · 實錄 · 천문 등을 담당하는 비서성의 부책임자로서 품계는 원풍 개혁 후 종5품이다. 정원은 1명이었으나 남송 때에는 비서성의 수장인 秘書省監과 함께 결원인 경우가 많았다. 정식 명칭은 秘書省少監이다.

이 지낸 동기생들과 논의하여 조정에 청을 넣기로 하였다. 이들은 임원리가 간관을 지낸 임덕옹의 손자이니 특별히 그 후손에게 관직을 허락하여 충의를 격려해 달라고 조정에 청하기로 했다. 그때[42] 여러 동료 관원이 필자에게 상주의 초안을 쓰라고 하였는데, 자가 이숙인 정자[43] 유망지[44]는 필자가 작성한 초안의 내용을 지적하며 말하길,

"그저 이렇게 쓴다면 의미가 넓게 전해지지 않으므로 마땅히 몇 마디 더 써야 합니다. 즉 '사방의 영민한 준걸에게 관각[45]을 맡게 해 사대부를 양성하여야 합니다. 비록 개인적으로 불행했지만 이처럼 긍휼히 위로함을 받았음을 알게 하십시오.'"

그래서 그의 말대로 하였지만, 필자는 개인적으로 의아한 생각이 들었다. 아무튼 임질언의 아들 한 명이 관직을 얻을 수 있었다. 그로부터 겨우 한 달 정도 지나서 유망지가 냉국수[46]를 먹고 설사를 하더니 바로 그날 밤에 세상을 떴다. 그의 관직 역시 봉의랑이었는데, 결

42 予時: 중화서국본의 소주를 참고하여 '予'字에 오류가 있을 것으로 보고 따로 번역하지 않았다.

43 正字: 校書郎과 함께 도서 출판의 편집과 교정 등의 업무를 맡았으며 품계는 종8품이고 정원은 2명이다.

44 劉望之: 자는 夷叔이며 梓州路 瀘州 合江縣(현 사천성 瀘州市 合江縣) 사람이다. 南平軍 교수를 거쳐 秘書省 正字가 되었다. 저서로 『觀堂唱集』이 있었으나 일실되었다.

45 館閣: 宋初에 唐代 제도를 이어받아 史館·昭文館·集賢院 등 3館을 崇文院 안에 설치하였다가 후에 다시 秘閣을 추가하고 모두 합하여 崇文院이라고 하였다. 주된 업무는 소장한 전적의 편수였다. 그리고 황제 사후 관련 문서를 총괄 보존하는 건물로 龍圖閣·天章閣·寶文閣·顯謨閣 등이 잇달아 건립되었다. 顯謨閣의 경우 송 神宗의 조서 등 유관 문서를 보존하는 건물이므로 神宗을 閣主라고 한다. 이들 기관을 합해 관각이라고 한다.

46 冷淘: 냉국수를 뜻한다. 본래 당대 궁중에서 조회를 마친 뒤 관리들에게 제공하던 여름 별미였다.

국은 자신이 앞서서 한 얘기와 뜻이 부합했다. 동기생들은 또 청을 올렸는데, 승상 탕사퇴[47]가 말하길,

"만약 다시 이렇게 한다면 관례로 굳을 것이고, 그러면 간관들이 옳지 않다고 여길까 걱정된다. 내가 듣기에 그가 생전에 많은 글을 남겼다고 하니 만약 모두 관에 올리게 한 뒤 그것에 근거하여 논의해 보는 것이 좋을 것 같다."

후에 승상이 된 우윤문이 당시 비서승이었는데, 유망지의 아들에게 선친이 남긴 글을 모두 정서하여 올리라고 명하였다. 그 결과 수백 권을 모아 올렸고, 우윤문은 이 책을 중서성과 문하성에 보내 자세히 보게 하였다.

47 湯思退(1117~1164): 자는 進之이며 兩浙路 處州 青田縣(현 절강성 麗水市 青田縣) 사람이다. 博學鴻詞科에 1등으로 합격할 정도로 박학다식하였으며 秦檜의 후원으로 禮部侍郎 · 簽書樞密院事 · 權兼參知政事 등으로 출세하였고, 진회 사후 尙書右僕射 · 左僕射로 승진하였다(1159). 탕사퇴는 張浚 등 주전론자와 격렬하게 대립하고 주화를 주장하였으나 소흥 30년(1160) 금군의 전면 침공으로 실각했다, 하지만 곧 복직해 적극적으로 주화를 주장하였으나 금군의 재공세에 무방비로 있다가 연패하여 永州로 유배되었고, 극도로 악화된 여론 속에서 사망하였다.

이견병지 夷堅丙志 卷18

01 장풍자張風子

張風子者, 不知何許人. 紹興中來鄱陽, 止於申氏客邸, 每旦出賣相, 晚輒醉歸. 與人言, 初若可曉, 忽墮莽眇中, 不可復問. 養一雞一畫眉, 冬之夜, 熾炭滿爐, 自坐牀上, 而置二蟲於兩旁, 火將盡, 必言曰: “向火已暖, 可睡矣.”

最善呼鼠, 申媪以爲請, 張散飯于地, 誦偈數句, 少頃, 衆鼠累累而至, 或緣隙鑽穴, 蓋以百數, 聚於前, 攫飯而食. 食罷, 張曰: “好去, 勿得齧衣服損器皿, 群鳴跳踉. 在東歸東, 在西歸西, 勿得亂行. 苟犯令, 必殺汝.” 鼠默默引去, 不敢出聲. 或請除之, 則用誦呪而遣往官倉中, 云: “法不許殺也.” 目光紺碧如鏡, 旋溺時直濺丈許乃墮. 好歌「滿庭芳」, 詞曰: “咄哉牛兒, 心壯力壯, 幾人能可牽繫. 爲愛原上, 嬌嫩草萋萋. 只管侵青逐翠, 奔走後豈顧群迷? 爭知道, 山遙水遠, 回首到家遲. 牧童, 能有智, 長繩牢把, 短稍高攜. 任從它入泥, 入水無爲. 我自心調步穩, 青松下, 橫笛長吹. 當歸處, 人牛不見, 正是月明時.” 皆云其所作也, 留歲餘乃去.

어디 사람인지 알 수 없는 장풍자라는 사람은 소흥 연간(1131~1162)에 요주 파양현에 왔는데, 신씨의 여관에서 머물렀다. 매일 아침 나가서 사람들에게 관상을 봐 주었고 저녁이 되면 번번이 취해서 돌아왔다. 사람들과 이야기를 나눌 때 처음에는 알아들을 수 있는 말을 하는 것 같았지만 갑자기 알 수 없는 이야기로 빠져 다시 물을 수도 없는 상황이 되곤 하였다.

그는 닭과 화미조[1]를 한 마리씩 키웠는데 동짓날 밤 뜨거운 숯을

화로 가득히 채우고 혼자 침상에 앉아 양쪽 옆으로 곤충 두 마리를 끼고 있었다. 숯이 다 탈 무렵 그가 말하길,

"불을 쬐어 이미 몸이 따뜻해졌으니 자도 되겠다."

그의 장기 중 하나는 쥐를 불러들이는 것이었다. 여관 주인인 신씨 노파가 해보라고 하자 장풍자는 바닥에 음식을 흩어 놓고 게송을 몇 구절 읊었다. 그러자 잠시 후 여러 마리의 쥐가 점점 더 모여들었다. 어떤 것은 틈 사이로 나오고 어떤 것은 구멍을 뚫고 나와 대략 백여 마리가 그의 앞에 모여들어 음식을 집어 먹고 있었다. 쥐들이 다 먹고 날 때쯤 장풍자가 말하길,

"잘 가거라. 옷을 뜯어 먹거나 기물을 훼손해서는 안 되고, 무리 지어 소리 지르고 뛰어다녀도 안 된다. 동쪽에 사는 녀석들은 동쪽으로 가고 서쪽에 사는 녀석들은 서쪽으로 가되 제멋대로 다녀서는 안 된다. 만약 규칙을 어기면 반드시 너희를 죽일 것이다."

쥐들은 묵묵히 따라 나갔고 감히 어떤 소리도 내지 않았다. 누군가가 와서 그 쥐를 없애 달라고 청하자 게송을 외며 쥐들을 관아의 창고로 보내 버리고는 말하길,

"법에서 그들을 죽이는 것을 허락지 않습니다."

그의 눈빛은 청동거울처럼 검푸른 빛을 띠었고, 오줌을 눌 때는 1장 넘는 곳까지 곧바로 쏘아 떨어뜨릴 수 있었다. 그는 또 「만정방」이라는 사의 곡조를 곧잘 노래했다. 그 사의 가사는 다음과 같다.

1 畵眉鳥: 두루미 목에 속하는 새로 머리는 붉은 갈색이며 상체는 옅은 갈색이고 머리 위 · 날개 · 꽁지는 감람녹색이다. 눈 위에 눈썹 같은 희고 긴 무늬가 있다. 주로 대나무 숲에서 산다.

어이! 소야! 고집이 세고 힘이 세니,
얼마나 많은 사람이 있어야 너를 끌어올 수 있을까.

따사로운 언덕 위,
부드러운 풀이 무성하구나!

푸르른 풀을 밟는 것만 좋아하며,
그저 마구 달리면 됐지 왜 또 무성한 꼴의 유혹을 살피나?

산과 물이 저 멀리 있음을 어찌 알겠는가,
고개를 돌려 움직이나 집에 가는 것은 이미 늦었네.

목동이 지혜가 있어 긴 줄로 묶는다면,
잠시 후 높은 곳에 오를 수 있을 텐데.

풀어놓아 주니 진흙탕으로 들어가고,
강물로 들어가도 어쩔 수 없구나.

나도 절로 마음을 고르고 걸음을 천천히 하여,
푸른 소나무 아래 피리를 불며 길게 읊조리네.

돌아가야 할 곳에는 사람도 소도 보이지 않으니,
바야흐로 달이 밝았구나.

사람들이 말하길 이 사는 그가 직접 지은 것이라고 한다. 그는 파양현에서 일 년쯤 머물다 떠났다.

02 돼지 귀에 걸린 귀걸이猪耳鐶

將仕郎宋衛自蜀道出峽, 至雲安關, 殺猪賽廟. 洗牲時, 見耳下一方鐶, 墨色猶明潤, 蓋必前身爲人而犯盜者也.

장사랑[2] 송위가 사천[3]에서 삼협으로 가기 위해 운안군[4]의 관문에 이르렀을 때, 마침 그곳에서는 돼지를 도살하여 사당에서 재를 모시고 있었다. 사람들이 제수용 돼지를 막 씻고 있는데, 돼지의 귀 아래 네모난 귀걸이가 걸려 있는 것을 보았다. 귀걸이는 검은색이었지만 여전히 밝고 윤기가 있었다. 이는 필시 돼지의 전생이 사람이었고, 그가 도적질하여 얻은 귀걸이임이 분명하다.

2 將仕郎: 북송 전기에는 문관 寄祿官 29개 품계 중 최하위인 29위이며 종9품下였다. 崇寧 2년에 무관 寄祿官 품계를 나타내는 관명으로 바뀌었다가 政和 6년(1116)에 다시 迪功郎으로 개칭하였다. 종9품이다.

3 蜀道: 섬서의 장안에서 사천으로 가는 길로 秦嶺산맥과 大巴산맥을 넘어야 하는 험준한 길로 알려졌으며 특히 李白의 시 「蜀道難」으로 이런 이미지가 더욱 강해졌다. 한편 사천지역을 뜻하기도 한다.

4 雲安軍: 夔州路 소속으로 치소 겸 관할 현은 雲安縣(현 중경시 雲陽市)이다. 장강이 지나가는 곳으로 현 重慶市 북중부에 해당한다.

03 태위 한공예韓太尉

韓公裔太尉, 紹興中以觀察使奉朝請, 暴得疾. 太上皇帝念藩邸舊人, 遣御醫王繼先診之, 曰: "疾不可爲也." 時氣息已絶, 擧家發聲哭. 繼先回奏, 命以銀絹各三百賜其家. 臨就木, 適草澤醫過門, 呼曰: "有偏僻病者道來." 韓氏諸子試延入, 醫視色切脈, 鍼其四體, 至再三, 鼻息拂拂, 微能呻吟, 遂命進藥, 逗晩頓蘇. 明日, 具奏歸所賻, 復賜爲藥餌費. 宗室中善謔者至相戲曰: "吾家貧如許, 若如韓太尉死得一番, 亦大妙." 後韓至節度使, 又三十年乃卒.

자가 자의이며 태위로 추증된 한공예[5]는 소흥 연간(1131~1162)에 관찰사로서 봉조청[6]의 자리에 있었는데, 갑자기 병을 얻었다. 태상황[7]은 제위에 오르기 전부터 데리고 있던 사람이라 어의 왕계선[8]을

5 韓公裔: 자는 子扆이며, 東京 開封府(현 하남성 開封市) 사람이다. 康王府에서 內知客 등으로 있으면서 정강의 변 때 충실하게 호종하여 고종의 신임을 얻었다. 黃潛善 · 진회 등 주화파와 대립하여 한때 좌천되기도 했으나 廣州관찰사 · 岳陽軍 절도사 등의 명예직을 수여 받았고, 사후에 태위에 추증되었다.

6 奉朝請: 황제를 만나는 것을 朝見이라고 하는데, 봄에 만나는 것을 朝, 가을에 만나는 것을 請이라고 한다. 奉朝請은 황제와의 만남이 허락되는 최고의 대우나 명예직으로 간주되었다.

7 太上皇帝: 황제가 생전에 양위하면 太上皇이라고 칭하고, 약칭은 上皇이다. 송의 태상황은 휘종과 고종인데 고종은 소흥 32년(1162)에 海陵王의 침공을 막아 낸 뒤 효종에게 양위하고 淳熙 14년(1187)까지 25년이란 긴 기간을 태상황으로 지냈다.

8 王繼先(1098~1181): 동경 개봉부(현 하남성 開封市) 사람으로 조부가 유명한 의사였다. 의술로 관직을 얻은 뒤 의술과 아부를 무기로 고종의 총애를 받아 翰林醫官局을 총괄하였으며 華州 觀察使 · 奉寧軍 承宣使가 되었고 秦檜와도 결탁하여

보내 진료하게 해 주었다. 어의가 말하길,

"병이 깊어 이미 어떻게 해볼 도리가 없습니다."

이때 한공예의 기와 호흡은 이미 끊어졌고 온 집안사람들이 통곡하였다. 왕계선이 돌아와 상황을 상주하자 태상황은 은 300냥과 비단 300필을 한공예의 집에 하사하라고 명하였다. 입관할 무렵 마침 한 초택의[9]가 그 집 문 앞을 지나고 있었다. 그자가 갑자기 소리치길,

"희귀병에 걸린 병자가 오는구나!"

한씨의 아들들이 혹시 몰라 그를 불러 들어오게 하였고 그 의사는 한공예의 얼굴빛을 살펴보고 진맥한 뒤 그의 사지에 침을 놓았다. 여러 차례 침을 놓자 코로 숨을 솔솔 쉬었고, 잠시 후 희미하나마 신음하기 시작했다. 마침내 약을 먹이니 저녁이 되자 문득 깨어났다. 다음 날 있었던 일을 상주하고 부조로 받았던 것을 조정으로 돌려보내자 태상황은 약값으로 다시 하사하였다. 종실 가운데 농을 잘하던 이들은 서로 농담을 주고받길,

"우리 집도 가난하기는 마찬가진데 만약 한 태위처럼 한 번 죽을 수만 있다면 그 또한 절묘하겠구나!"

후에 한공예는 절도사에 올랐고, 이후 30년을 더 살고 죽었다.

昭慶軍 승선사가 되었다. 각종 비리와 악행을 일삼아 평판이 좋지 못하였다.

9 草澤醫: 정식으로 의학 교육을 받지 않고, 조정의 의료조직에 소속되지 않았으면서 지역에서 의료를 행하는 의사를 가리킨다.

04 거란의 시 암송법契丹誦詩

契丹小兒, 初讀書, 先以俗語顚倒其文句而習之, 至有一字用兩三字者. 頃奉使金國時, 接伴副使祕書少監王補每爲予言以爲笑. 如"鳥宿池中樹, 僧敲月下門"兩句, 其讀時則曰"月明裏和尙門子打, 水底裏樹上老鴉坐", 大率如此. 補錦州人, 亦一契丹也.

거란의 어린이들은 처음 글을 배울 때, 먼저 민간의 속어나 속담의 구절을 뒤집어 익힌다고 한다. 그러다 한 글자를 종종 두세 글자로 바꾸기도 한다고 한다. 예전에 사신으로 금국에 갔을 때 접반부사[10]였던 비서성 소감 왕보는 매번 필자에게 이런 종류의 이야기를 농담 삼아 하였다.

예를 들면, "새는 연못 가운데 나무에서 지내며, 스님은 달빛 아래 문을 두드리네"라는 두 구절일 경우 그것을 읽을 때는 다음과 같이 하는데,

"달빛이 밝은 가운데 스님 방의 문은 열리며, 연못 속 나무 위에는 늙은 갈까마귀가 앉아 있네!"

10 接伴使: 사신이 국경을 넘으면 국경에서 대기하고 있다가 도성에 이를 때까지 함께하면서 사신을 응대하는 관리를 말한다. 그리고 도성에 이르면 다시 별도의 관리를 파견하여 사신 숙소에 함께 머물면서, 조정에 들어가 접견하거나 연회 및 송별연에 참여하는데 이를 가리켜 館伴使라고 한다. 접반사는 관반사를 도와 사신과 거동을 같이하면서 정보를 교류하고 물밑 교섭을 하는 등 실질적인 외교 실무를 담당하였다.

대체로 다 이와 같았다. 왕보는 금주[11] 사람이니 역시 거란 사람이라 할 수 있다.

11 錦州: 거란 中京道 소속이다. 치소는 永樂縣(현 요녕성 錦州市 古塔區)이고 관할 현은 2개, 州格은 節度州이며 별도로 嚴州를 관할하였다. 화북과 만주를 연결하는 요충지로 현 요녕성 중남부에 해당한다.

별나라 궁전의 황금 열쇠星宮金鑰

甲志載建昌某氏紫姑神事, 同縣李氏亦奉之甚謹. 一子未娶, 每見美女子往來家間, 遂與狎昵, 時對席飮酒, 烹羊擊鮮, 莫知所從致. 父母知而禁之, 不可, 乃閉諸空室. 女子猶能來, 經旬日, 謂曰: “在此非樂處, 盍一往吾家乎?” 卽攜手出外, 高馬文輿, 導從已具. 促登車, 障以帷幔, 略無所睹. 不移時, 到一大城, 瑤宮琉砌, 佳麗列屋, 氣候和淑, 不能分晝夜.

時時縱游它所, 見珠毬甚多, 粲絢五色, 挂於椽間, 問其名, 曰: “此汝常時望見謂爲星者也.” 留久之. 一日, 凭闌立, 女曰: “今日世間正旦也.” 生豁然省悟, 私自悼曰: “我在此甚樂. 當新歲節, 不於父母前再拜上壽, 得無詒親念乎!” 女已知其意, 悵然曰: “汝有思親之心, 吾不可復留. 汝宜亟還, 亦宿緣止此爾.”

命酌酒語別, 取小襆納其懷, 戒之曰: “但閉目斂手, 任足所向. 道上逢奇獸異鬼百靈祕怪從汝覓物, 可探懷中者以一與之, 切不得過此數, 過則無繼矣. 俟足踏地, 則到人間, 然後爲還家計.” 生泣而訣. 旣行, 覺耳旁如崩崖飛湍, 響振河漢, 天風吹衣, 冷透肌骨. 巨獸張口銜其袪, 生憶女所戒, 與物卽去. 俄又一物來, 如是者殆百數. 摸索所攜, 只餘其一. 忽聞市聲嘈嘈, 足亦履地, 開目問人, 乃泗州也. 空孑一身, 茫不知爲計. 啓襆視之, 正存金鑰匙一箇, 貨于市, 得錢二十千. 會網舟南下, 隨以歸. 家人相見悲喜, 曰失之數月矣.(李紹祖奉世說其族人也.)

『이견갑지』에 남강군 건창현[12] 모씨의 자고신과 관련한 일화가 실

12 建昌縣: 江南東路 南康軍 소속으로 현 강서성 북중부 九江市 남쪽의 永修縣에 해

려 있는데,[13] 같은 현의 이씨 역시 자고신을 정성을 다해 모셨다. 그에게는 아직 결혼하지 않은 아들이 하나 있었는데, 한 미녀를 만나 매일 왕래하며 집에까지 오게 하였고 마침내 깊은 정을 나누었다. 수시로 자리를 함께해 술을 마셨고 여러 가지 맛있는 음식을 먹었는데,[14] 그 음식들이 다 어디서 온 것인지는 몰랐다. 부모가 이를 알고 만나지 못하게 하였지만 듣지 않았다. 계속 만남을 이어가자 결국 부모는 아들을 빈방에 가두었다. 그 여자는 계속 찾아왔는데 열흘이 지나 이씨 아들에게 말하길,

"이곳은 재미있는 일이 별로 없으니 차라리 우리 집에 한번 가 보지 않겠어요?"

곧 그들은 손을 잡고 밖으로 나갔는데 키가 큰 말과 아름답게 장식한 가마가 기다리고 있었고 그들을 수행하는 사람[15]들도 모두 대기하고 있었다. 그들에게 수레에 오르기를 재촉했고 휘장으로 가려 주니 대개 아무것도 볼 수가 없었다. 잠시 후 큰 성에 도착하였는데, 아름다운 옥으로 장식된 궁과 섬돌이 있었고 아름답고 화려한 집들이 줄지어 있었다. 날씨는 따뜻하고 맑았으며 낮과 밤을 구분할 수 없었다.

때때로 그들은 여러 곳을 마음대로 유람하였는데, 한번은 여러 개

당한다.

13 건창현에서의 자고신에 관하여는『이견갑지』, 권16-7,「벽란당」참조.

14 烹羊擊鮮: 맛있는 음식을 뜻한다. 王十朋의 시「生日示聞詩聞禮」에도 "烹羊擊鮮斫蟹螯"의 구절이 보인다.

15 導從: 제왕이나 고위 관료 등이 출행할 때 앞에서 길을 여는 이들을 가리켜 '導', 뒤에서 따르는 이들을 가리켜 '從'이라고 한다. 여기에서는 '수행하는 사람'으로 번역하였다.

의 채색 구슬이 늘어져 있는 것을 보았다. 오색 빛이 환하여 눈이 부신 것들이 서까래 사이에 걸려 있었다. 이씨 아들이 그 이름을 묻자 말하길,

"이것은 당신이 항상 저 멀리 내다보는 이른바 별이라는 것입니다."

그곳에 오랫동안 머물렀다. 하루는 난간에 기대어 서 있는데 여자가 말하길,

"오늘은 인간 세상에서의 정월 초하루이지요."

이씨 아들은 문득 깨닫는 바가 있는 듯 홀로 슬퍼하며 말하길,

"나는 여기서 매우 즐겁게 지내고 있는데 새해가 되었는데도 부모님께 절을 올려 장수를 빌어 드리지 못하니, 이 그리움을 전할 수가 없는 것인가!"

여자는 이미 그의 뜻을 파악하고 길게 탄식하며 말하길,

"당신은 지금 부모님을 그리워하는군요. 그러니 제가 당신을 더 잡을 수가 없겠습니다. 당신은 바로 돌아가는 것이 좋을 것 같고 저와의 인연은 여기까지입니다."

술잔을 따라 주고 이별의 인사를 나누면서 그녀는 작은 보자기 하나를 그의 가슴에 넣어 주고 당부하길,

"다만 눈을 감고 손을 모으고 발이 가는 대로 가십시오. 길에서 기이한 동물이나 괴이한 귀신 및 여러 혼령과 신비한 물건들이 당신에게서 무언가를 찾으면 가슴에 품고 있는 보자기에서 하나를 꺼내어 주십시오. 절대로 한 개 이상 주지는 마세요. 여러 개를 주면 계속 길을 갈 수가 없을 것입니다. 발이 땅을 밟을 때까지 기다리면 그때가 곧 인간 세상에 다다른 것입니다. 연후에 집으로 돌아갈 계책을 세우

십시오."

이씨 아들은 울면서 그녀와 이별했다. 이미 출발하였을 때, 그는 귀 옆으로 마치 절벽이 무너지고 급류가 휩쓸고 지나가는 듯 큰 소리가 은하수에 울렸다. 차가운 바람이 옷깃에 스몄고 냉기가 피부를 뚫고 뼛속까지 전해졌다. 커다란 동물이 입을 벌리고 그의 옷자락을 물기에 이씨 아들은 여자가 당부한 이야기가 떠올라 그에게 하나를 꺼내어 주자 이내 가 버렸다. 잠시 후 또 하나 무엇인가 오기에 또 주었고 이처럼 반복하기를 거의 백 번이나 되었다. 가지고 있는 것을 찾아보니 다만 한 개가 남아 있었다.

그때 갑자기 시장에서 사람들의 웅성거리는 소리가 들리더니 발이 땅을 디뎠고 눈을 떠 사람들에게 물어보니 그곳은 사주[16]라고 하였다. 홀로 외로이 남게 되었고 어떻게 돌아가야 할지 몰랐다. 그는 보자기를 열어 보니 마침 황금으로 된 열쇠 한 개가 있어 시장에 그것을 파니 돈 20관을 얻을 수 있었다. 마침 물건을 싣고 가는 배가 남쪽으로 내려간다기에 그 배를 타고 집으로 돌아갔다. 가족들이 그를 보자 매우 기쁨과 슬픔이 교차하였다. 가족들은 그를 잃어버린 지 이미 여러 달이 지났다고 말하였다.(이 일화는 자가 소조인 이봉세가 말한 것이다. 이봉세는 그 집안사람이다.)

16 泗州: 淮南東路 소속으로 치소는 盱眙縣(현 강소성 淮安市 盱眙縣)이고 관할 현은 3개, 州格은 刺史州이다. 남송 초 금과의 전쟁터이자 국경이어서 비옥한 농경지임에도 불구하고 상당히 쇠퇴하였다. 현 강소성 중서부 洪澤湖 남쪽에 해당한다.

06 낭주의 한 도인閬州道人

閬州故多蚊, 廛市間寢者, 終夜不交睫. 某道人舍於客邸, 主家遇之頗厚, 時時召與小飮, 雖僦直或虧, 弗校也. 留數月而去, 臨去, 別主人, 愧謝再三, □(揖)起至井旁, 言曰: "吾在此久, 君獨能見知, 無以報德, 當令君家永絶蚊蚋之患." 卽取瓢中藥一粒投井中, 戒曰: "謹覆之, 過三日乃可汲." 遂去. 果如其言, 每暑夕, 蚊雷群鳴於簷間而不能入室. 張魏公宣撫川陝時, 開府於閬, 士人估客往來無算, 騈集此邸, 至於散宿戶外. 計所獲, 視它邸蓋數倍焉.

낭주에는 옛날부터 모기가 많았다. 시장의 점포에서 잠을 자는 사람들은 밤새도록 눈을 부치기가 힘들었다. 한 도인이 여관에서 머물고 있었는데 주인이 그를 상당히 친절하게 대해 주었다. 때때로 그를 불러 한 잔을 권하기도 하였고 비록 방값이 조금 밀려도 따지지 않았다. 여러 달이 지나 도인이 떠날 때가 되었다. 여관을 나서면서 도사는 주인에게 이별을 고하며 여러 차례 감사를 전하였다. 그는 읍을 하고 일어나 우물가로 가더니 이르길,

"제가 이곳에 오래 머물렀는데 당신만이 나를 알아주었습니다. 그 덕에 보답할 길이 없으니 다만 당신의 집에 영원히 모기 걱정이 없도록 해 주겠습니다."

도사는 곧 표주박에서 알약 한 알을 꺼내더니 우물에 던지고 당부를 하며 말하길,

"우물의 덮개를 잘 덮으시고 사흘이 지나면 물을 길어도 됩니다."

그리고 곧 떠났다. 과연 그의 말대로 했더니 여름밤마다 모기들은 처마 사이에서 '찌직' 소리를 내며 모여 있긴 했지만, 방으로 들어오지 못했다. 위국공 장준이 사천섬서선무처치사로서 낭주에 선무처치사 관청을 설치하자 사인과 상인들의 왕래가 수도 없이 많았다. 이들 모두 이 여관에 모여들었고 급기야 집밖에서 흩어져 잠자는 상황까지 이르렀다. 이 여관이 번 돈은 다른 여관의 몇 배에 달하였다.

07 새우튀김을 팔던 노인 煠蝦翁

建炎中, 謝亮大卿使夏國, 道漢江. 晩泊, 見岸上蟻子以千數, 爭入水, 視之已化爲蝦, 如是累累不絶. 謝卿登岸, 迹其所從來, 乃自小冢間出. 詢諸居者, 云: "向一翁居此三十年, 以煠蝦爲業, 死數月矣, 此其葬處也." 始驗其骸爲蟻所食而復墮蝦類云.

건염 연간(1127~1130)에 대경[17] 사량[18]은 서하에 사신으로 가게 되어 한강을 건너고 있었다.[19] 저녁이 되어 배를 정박하고 보니 언덕 위 개미가 수천 마리가 있었다. 이들은 앞다투어 강 안으로 들어갔는데 그들을 자세히 보니 이미 새우로 변해 있었고, 이런 상황이 끊임없이 계속되었다.

대경 사량은 언덕에 올라서 그 개미들이 어디서 오는지 따라가 보았더니 바로 작은 무덤 사이에서 나오고 있었다. 그 주변에 사는 이에게 그 무덤에 관하여 알아보니 그가 말하길,

"예전에 한 노인이 이곳에서 30년 살았는데 새우튀김을 팔아 돈을

17 大卿: 太常寺・宗正寺・光祿寺・衛尉寺・鴻臚寺・大理寺・太僕寺・司農寺・太府寺 등 9寺의 장관을 가리켜 9卿이라고 칭한다. 그리고 부장관인 少卿의 대칭어로 大卿이라고도 칭한다.

18 謝亮: 陝西撫諭使로 서하에 사신으로 다녀왔고, 후에 勒停되었다가 紹興 3년(1133)에 朝請大夫로서 滁州 지사로 복권되었다.

19 建炎 4년(1130), 張浚은 금국에 대한 북벌에 앞서 謝亮을 서하에 파견하여 협조를 구하였다. 하지만 서하는 자신들의 입장을 분명하게 밝히지 않았고, 10월에는 오히려 송의 環慶路 統制 慕洧가 서하에 투항하는 일이 발생하였다.

벌었고 이미 죽은 지 여러 달이 지났습니다. 이곳은 그가 묻힌 곳입니다."

이 상황은 그의 사체를 다 쪼아 먹은 개미가 다시 새우로 변한 상황을 보여 주는 것이라고들 했다.

08 대부 서씨徐大夫

紹興初, 韓叔夏以監察御史宣諭湖南歸, 有旨令詣都堂白宰相. 時朝廷草創, 官府儀範尙疎略. 兩浙副漕徐大夫者, 素以簡倨稱, 先在客次, 視韓綠袍居下坐, 殊不顧省, 久之, 乃問曰: "君從甚處至此?" 韓曰: "湖外來." 徐曰: "今日差遣不易得, 縱見得廟堂, 亦何所濟?" 少焉朝退, 省吏從廡下過, 徐見之, 拱而揖曰: "前日指揮某事, 已卽奉所戒." 吏方愧謝, 望見韓, 驚而去. 徐固不悟, 繼復一人至, 其語如前, 俄亦趨避.

而丞相下馬, 直省官抗聲言"請察院", 徐大駭, 急起欲謝過. 燎爐在前, 袖拂湯缾仆, 衝灰蔽室, 而不暇致一語. 是日韓除右司諫, 卽具所見奏劾之, 以爲身任使者, 媚事胥徒, 遂放罷. 後數年, 起知婺州. 時劉立道爲禮部尙書, 旦夕且秉政, 其父不樂在臨安, 來攝法曹於婺, 因白事遲緩, 徐責之曰: "老耄如此, 胡不歸?" 劉曰: "兒子不見容, 所以在此." 徐瞠曰: "賢郞爲誰?" 曰: "大中也." 遽易嗔爲笑曰: "君精采逼人, 雖老而健, 法掾非所處, 敎官虛席, 勉爲諸生一臨之." 卽以權州學敎授.

소흥 연간(1131~1162) 초, 자가 숙하인 한황[20]은 감찰어사[21]로서 황제의 명을 전하기 위해 형호남로에 갔다가 돌아오는 길이었다. 황제는 그에게 도당[22]에 들러 재상들에게 보고하라고 명하였다. 당시 조

20 韓璜: 자는 叔夏이며 동경 開封府(현 하남성 開封市) 사람이다. 건염 4년(1130) 과거에 급제하여 廣南西路轉運判官 · 提點刑獄使 · 監察御史 · 右司諫 등을 역임하였다.

21 監察御史: 御史臺 소속 관리로 尙書省 6부 및 소속 관청의 제반 업무 처리에 대한 비판업무를 맡았다. 송 초에는 正8品上이었고, 원풍 관제개혁 이후에는 종7품이었으며, 정원은 6명이다. 侍御史가 있는 臺院, 殿中侍御史가 있는 殿院, 監察御史가 있는 察院을 가리켜 御史臺 3院이라고 하였다.

정은 초창기여서 관청의 의례와 규범이 소략하고 아직 잘 정비되지 못하였다. 양절로의 전운부사인 대부 서씨는 본래 거만하고 남을 깔보기로 소문이 나 있었다.

서 대부는 먼저 대기실에서 기다리고 있었는데 한황이 녹색 관복을 입고 아래쪽에 앉아 있는 것을 보고는 특별히 그를 신경 쓰지 않고 있다가 한참 후에 비로소 그에게 묻길,

"그대는 어디에서 오셨소?"

한황이 대답하길,

"형호남로 부근에서 왔습니다."

서 대부가 말하길,

"요즘은 차견[23]을 받기 어려운데 그대가 어쩌다 묘당[24]에 들어왔더라도 무슨 도움이 될 수 있을까 몰라."

잠시 후 조회를 마치고 물러나는데 중서문하성의 서리들이 복도에

22 都堂: 당대 상서성의 장관인 左僕射와 右僕射가 집무하는 곳을 가리는 말이었다. 송대 전기에는 전례 문제 등을 논하는 건물로 변하였고 재상의 집무실을 政事堂이라고 칭하였다. 원풍 관제 개혁 이후 문하·중서·상서성 도당을 부활하여 3성 도당이라고 칭하였으나 재상 집무실인 상서성의 도당을 가리켜 여전히 政事堂이라고도 칭하였다.

23 差遣: 송대 官制는 官·職·差遣으로 나뉘는데, 差遣은 관원이 맡게 되는 실질적인 업무를 뜻한다. 송대 官은 기록관의 성격이 강했고, 差遣으로 관원을 파견하여 각 기관의 사무를 담당하게 하였다. 지방 장관 역시 京朝官이 差遣의 명의로 충임되는 것이었다. 元豐改制 이후 관직과 맡은 업무가 일치하지 않는 상황으로 바뀐다. 『宋史·职官志一』: "其官人受授之别, 則有官·有職·有差遣. 官以寓祿秩·敍位著, 職以待文學之選, 而別爲差遣以治內外之事."

24 廟堂: 본래 太廟에 있는 明堂을 가리키는 말이다. 중요한 국사를 정하거나, 전쟁할 경우, 廟堂에 모여 논의하므로 조정, 또는 조정의 핵심 부서 등을 뜻한다. 본문에서는 도당이 그런 곳이라는 뜻으로 썼다.

서 내려와 지나가고 있었다. 서 대부가 그들을 보더니 두 손 모아 읍하고 말하길,

"전날 지휘하셨던 그 일은 이미 당부하신 바를 잘 받들었습니다."

서리들은 자못 머쓱하며 사례하다가 멀리 한황이 있는 것을 보더니 놀라며 가 버렸다. 그런데도 서 대부는 여전히 어떤 상황인지 깨닫지 못하고 다시 한 사람이 왔을 때 앞서와 마찬가지로 말하였다. 잠시 후 그 역시 급히 피하였다. 마침 승상이 말에서 내리자 성에 당직 근무하던 관원들이 큰 소리로 말하길, "찰원[25]께서는 들어가시지요"라고 권하였다. 그러자 서 대부가 깜짝 놀라며 급히 일어나 사죄하려고 하였다. 하지만 화로가 앞에 있었고 서 대부는 소매를 떨치다 끓는 물이 들어 있는 항아리를 엎어뜨렸다. 휘날리는 재가 온 방을 덮는 바람에 서 대부는 말 한마디 할 수 있는 틈도 없었다.

이날 한황은 우사간[26]을 제수받았고, 좀 전에 자기가 보았던 것을 상세히 상주하여 서 대부를 탄핵하였다. 서 대부는 사직使職의 관직을 받은 자로서 서리의 무리에게 아첨했다는 사유로 곧 파직당했다. 이후 여러 해가 흘러 대부 서씨는 겨우 무수 지사를 제수받았다. 낭시 자가 입도인 유대중[27]이 예부상서를 맡고 있었는데 얼마 후에 곧

25 察院: 대표적인 감찰 기관인 御史臺는 御史의 臺院, 殿中侍御史의 殿院, 監察御史의 察院 등 3院으로 이루어졌고, 찰원에는 轄院雜司와 吏房·戶房·禮房·兵房을 두었다. 찰원 실무를 총괄하는 서리로 都承旨·부도승지·승지가 있고, 각 房마다 副承旨를 두었다. 부승지 아래에는 主事·令史·書令史·貼司 등이 있었다.

26 右司諫: 중서성에서 국정 전반에 걸쳐 황제에게 직언하는 직책으로 관품은 원풍관제개혁 이후 정7품이었다. 중서성 내에서 중서시랑, 중서사인, 기거사인, 右散騎常侍, 右諫議大夫, 右補闕 다음 서열이지만 모든 관리를 규찰할 수 있는 淸要職으로 중시되었다.

집정의 자리에 오를 참이었다. 유대중의 아버지는 임안부에 있기를 원하지 않았기에 무주에 가서 법조참군 대리로 일하게 되었다.[28] 유대중의 아버지가 업무상 서 지사를 만나 보고하는데 말이 매우 느렸다. 서 지사가 그를 책망하며 말하길,

"그대는 이처럼 늙었는데 어찌 그만두지 않는 게요?"

유씨가 대답하길,

"아들이 허락하지 않아 여기까지 왔습니다."

서 대부가 눈을 둥그렇게 뜨고 묻길,

"아들이 누구요?"

대답하길,

"대중입니다."

방금까지 성을 냈던 서 지사는 급히 미소를 지으며 말하길,

"공께서는 정신이 밝아 사람을 놀라게 하고, 비록 나이는 있지만 건강하시니, 사법 관련 업무는 맡을 게 못 됩니다. 학관 자리가 비어 있으니 그 자리를 맡아 학생들을 위해 힘써 주시지요."

유씨는 곧 주학의 임시 교수가 되었다.

27 劉大中: 자는 立道이며 淮南東路 眞州(현 강소성 揚州市) 사람이다. 大觀 연간(1107~1110)에 上舍出身으로 관직에 나가 權監察御史를 지냈고, 兵部尙書로서 處州 지사를 거쳐 예부상서와 이부상서를 맡고 參知政事가 되었다. 이후 資政殿學士로 다시 처주 지사가 되자 궁관직을 청하고 사임하였다.

28 參軍: 북송 때 막료직은 開封府와 京府만 參軍事라고 하고 각 州는 參軍으로 명칭을 구분하였다. 관품도 개봉부 참군사만 정8품, 京府 종8품이었고, 그 밖의 각주 참군은 모두 무품관이었다. 무주의 법조참군 역시 무품관이어서 서리 직책과 크게 구분되지 않으며, 유대중 아버지는 攝법조참군이니 그나마도 대리나 겸직에 불과하다. 따라서 아들이 장관급인 예부상서로 재직하는 임안부에서 근무하기가 불편했음은 당연하다.

09 계씨가 먹은 단약桂生大丹

貴溪桂縝家兩事已載甲志，縝又言其叔祖好道尤篤，常欲吐納烟霞，黃冶變化，爲長生輕擧之計．有客過之，自云能合九轉大丹，信之不疑，盡禮延納，傾身竭家聽其所取，費不可勝計．踰年丹成，客擧置淨室，封以朱泥，外畫八卦・列宿・十日・十二辰，極其嚴閟，而謂桂生曰: "吾今欲游二神山訪吾侶，三年而後還，及是時藥乃可服，毋背吾言." 遂去.

桂日詣丹室，焚香設拜．歲餘，忽念曰: "仙家多試人，正使丹可服，或靳固不吾與，將柰何?" 竊啓其藏，則全丹儼然其中矣．不勝喜，不與妻子謀，汲水徑服之．藥方下咽，外報客至．才入門，望見桂生，驚而走．桂遣僕追挽之，客曰: "吾藥雖成，而日月未滿，初未嘗告服餌法也，顧不聽吾戒，且吾豈眞游三山乎? 元未始離此也．今若是，旦夕必死矣．吾方從神仙久視之學，豈當與行尸共處耶!" 竟去.

是日暮，桂覺五藏間有如火灼．明日，不可忍，跳入門外沼中，不數刻，沼水皆沸，荷花盡萎．屋角樹高數丈，能騰立其杪，俄而復下，奔馳叫號．越二晝夜，七竅血流而死.

신주 귀계현 사람 계진 집안의 두 가지 일화는 이미 『이견갑지』에 실렸다.[29] 계진은 또 필자에게 그의 작은할아버지와 관련한 이야기도 전해 주었다. 그의 작은할아버지는 도술을 특히나 좋아하였는데, 항

29 桂縝에 관하여는 『이견갑지』, 권3-6, 「도인 두씨」; 『이견갑지』, 권3-7, 「축대백」 참조.

상 안개나 구름을 들이마시고 내뱉는 기공을 통해 신선이 되거나 단사를 황금으로 만드는 연단술[30] 등 장생의 방법을 찾고 있었다.

어느 날 한 과객이 그의 집을 지나면서 스스로 '구전대단'[31]의 연단술을 할 수 있다고 하기에 계씨는 그 말을 믿고 조금도 의심하지 않았다. 그래서 온갖 예를 다하여 이 과객을 모셨는데, 자기의 몸과 집안의 모든 것을 다 기울여 그자가 요구하는 것을 다 들어주었고 엄청난 비용이 들었다. 1년이 지나 단약이 완성되었다. 과객은 깨끗한 방안에 그 약을 두었고 붉은 진흙으로 봉했으며 바깥에는 팔괘 · 별자리 · 10일[32] · 12진을 그려 놓았는데 매우 엄밀하였다. 그리고는 계씨에게 일러 말하길,

"나는 오늘부터 이신산二神山을 둘러보며 제 친구를 만나고 오려고 합니다. 3년 후에 다시 돌아올 것입니다. 그때가 되어야 단약은 먹을 수 있을 정도가 될 것입니다. 제 말을 어기지 마십시오."

마침내 그는 떠났다. 계씨는 매일 단약이 있는 방에 들어가 향을 피우고 절을 했다. 1년여가 지날 무렵 그는 갑자기 생각하길,

"신선들은 대부분 사람을 시험하시지. 게다가 마침 단약을 먹어도 되었을 때 혹시 아끼느라 나에게 주지 않으면 어떻게 한단 말인가?"

그는 몰래 그 싸놓은 것을 풀어 보았는데 완성된 단약이 엄연하게

30 黃冶變化: 본래 煉丹은 丹砂를 황금으로 변화시키는 方術을 뜻하나 이후 장생술의 하나로 변화하였다.

31 九轉大丹: 內丹의 수련을 통해 양기를 몸에 충만하게 하여 건강한 몸을 지니게 한다는 뜻이다.

32 十日: 태양 10개가 한꺼번에 떠서 사람들이 살 수 없게 되자 요임금이 后羿에게 활을 쏴서 9개를 떨어뜨리도록 했다는 고대 신화에서 나온 말이다.

그 안에 놓여 있었다. 계씨는 기쁨을 이길 수 없어 아내와 상의도 하지 않고 물을 길어다 곧바로 단약을 먹었다. 약이 막 목구멍으로 내려가는데 바깥에서 손님이 돌아왔다고 알려 왔다. 손님이 막 문에 들어서는데 계씨를 보더니 놀라며 가 버리려 했다. 계씨는 노복을 시켜 그를 쫓아가 붙잡으라고 하였다. 손님이 말하길,

"나의 단약은 비록 완성되었지만, 아직 기한이 차지 않았습니다. 그래서 애초 그대에게 먹는 방법을 말해 주지 않았던 것입니다. 당신이 나의 당부를 듣지 않을 터인데 제가 어찌 진짜로 삼신산에 유람하러 갈 수 있었겠소? 나는 처음부터 이곳을 떠나지 않았소이다. 지금 이렇게 되었으니 조만간 당신은 죽을 것입니다. 나는 이제 신선을 따라 불로장생의 학문을 더 연마하고자 하오. 어찌 걸어다니는 시체와 함께 할 수 있겠소이까!"

그는 마침내 떠났다. 이날 저녁 계씨는 오장육부가 불에 덴 것처럼 뜨거워지는 것을 느꼈다. 다음 날 도저히 참을 수 없어서 문밖에 있는 연못으로 뛰어들어 갔는데, 얼마 지나지 않아 연못의 물이 모두 끓어올랐으며 연꽃이 모두 시들었다. 집 모퉁이에 높이가 여러 장 되는 나무가 한 그루 있었는데, 그는 나무 꼭대기까지 뛰어올라 갔다가 잠시 후 떨어졌고 또 마구 소리를 지르며 달려댔다. 사흘 밤낮을 이렇게 보내더니 몸의 일곱 개의 구멍에서 피를 쏟으며 곧 죽었다.

10 도사 임령소林靈素

林靈素傳役使五雷神之術. 京師嘗苦熱, 彌月不雨, 詔使施法焉. 對曰: "天意未欲雨, 四海百川水源皆已封錮, 非有上帝命, 不許取. 獨黃河弗禁而不可用也." 上曰: "人方在焚灼中, 但得甘澤一洗之, 雖濁何害!" 林奉命, 卽往上淸宮, 勅翰林學士宇文粹中涖其事. 林取水一盂, 仗劍禹步, 誦呪數通, 謂宇文曰: "內翰可去, 稍緩或窘雨." 宇文出門上馬, 有雲如扇大起空中, 頃之如蓋, 震聲從地起. 馬驚而馳, 僅及家, 雨大至, 迅雷犇霆, 踰兩時乃止. 人家瓦溝皆泥滿其中, 水積于地尺餘, 黃濁不可飮, 於禾稼殊無所益也.(洪慶善說.)

임령소는 오뢰신을 마음껏 부릴 수 있는 법술을 가지고 있었다. 일찍이 도성이 가뭄에 시달리고 있었는데 한 달이 되도록 비가 오지 않아 황제는 조칙을 내려 그에게 법술을 행하라고 하였다. 그가 대답하길,

"하늘의 뜻이 아직 비를 내리려 하지 않고 있습니다. 사방의 바다와 모든 내와 천의 수원을 모두 엄하게 봉해 놓아서 상제의 명령이 아니면 이를 가져올 수 없습니다. 오직 황하만은 막아 놓지 않았는데 이는 사용할 수 없는 물입니다."

황상이 말하길,

"지금 백성들이 바야흐로 다 타들어 가고 있는데 그저 못의 물 조금이라도 얻어 한 번 씻을 수만 있다면 비록 탁한 물이라도 무슨 해가 있겠는가!"

임령소는 명을 받들어 상청궁으로 갔다. 한림학사 우문수중[33]에게 명하여 상청궁에 가서 임석하라고 하였다. 임영소는 물을 한 그릇 떠와 검을 차고 칠성의 기를 받는다며 걸으면서 여러 차례 주문을 외웠다. 그리고 우문수중에게 말하길,

"한림학사께서는 이제 가셔도 됩니다. 조금 늦으면 비를 맞게 될까 걱정입니다."

우문수중은 문을 열고 나와 말을 탔는데 하늘에서 구름이 부채 모양으로 크게 일더니 곧 하늘을 다 덮었고 천둥소리가 땅에서 일어나는 듯 들렸다. 말이 놀라 달렸고 겨우 집에 다다르자 큰비가 내렸다. 천둥소리가 세차게 들렸고, 번개가 빠르게 내리쳤다. 비는 두 시진이 지나서야 비로소 멈추었다. 집집마다 기와 골에 진흙이 가득 찼고 물은 땅에 1척 높이나 쌓였지만 누렇고 탁하여 마실 수는 없었다. 벼와 곡식이 익는데도 특별히 좋은 점이 없었다.(이 일화는 자가 경선인 홍흥조[34]가 한 이야기다.)

33 宇文粹中(?~1139): 자는 仲達이며 成都府路 成都府 廣都縣(현 사천성 成都市 雙流區) 사람이다. 채경의 조카사위로서 翰林學士承旨 · 尙書右丞 · 江寧府 지사를 지냈다. 靖康 1년에 行宮副使로 휘종의 도피를 도왔으며 建炎 연간에는 濮州 지사로 금군에 저항하다 포로가 되었으나 풀려났다. 潼川府 지사를 끝으로 사임하였다.

34 洪興祖(1090~1155): 자는 慶善이며 兩浙路 潤州 丹陽縣(현 강소성 鎭江市 丹陽市) 사람이다. 政和 8년(1118)에 上舍及第하였다. 紹興 4년(1134)에 廣德軍 지사로서 극심한 가뭄에 600여 개의 저수지를 축조하였고, 眞州 지사로 7만 畝를 개간하는 등 치적이 돋보였다. 하지만 秦檜와 사이가 나빠 65세에 廣南西路 昭州로 유배되어 이듬해 사망하였다.

建中靖國元年, 山谷先生自黔中還, 少留荊南, 見里巷間一女子, 以謂幽閑姝麗, 目所未睹, 惜其已適人, 因作「水仙花」詩以寓意曰: “淤泥解出白蓮藕, 糞壤能開黃玉花. 可惜國香天不管, 隨緣流落小民家.” 命其客高子勉屬和. 後數年, 山谷下世. 女在民家生二子, 荊楚歲饑, 貧不能自存, 其夫鬻之於田氏爲侍兒. 一日召客飲, 子勉在焉. 妾出侑觴, 掩抑困悴, 無復故態. 坐間話昔日事, 相與感歎. 爲請於主人, 采詩中語名之曰“國香”, 以成山谷之志.

政和三年, 子勉客京師, 與表弟汝陰王性之會, 語及之. 性之拊髀歎息曰: “可流諸篇詠, 爲異時一段奇事.” 子勉遂作長句, 甚奇偉, 其詞曰: “南溪太史還朝晚, 息駕江陵頗從款. 才毫曾詠水仙花, 可惜國香天不管. 將花托意爲羅敷, 十七未有十五餘. 宋玉門牆迂貴從, 藍橋庭戶怪貧居. 十年目色遙成處, 公更不來天上去. 已嫁鄰姬窈窕姿, 空傳墨客殷勤句. 聞道離鸞別鶴悲, 藁砧亡賴鬻蛾眉. 桃花結子風吹後, 巫峽行雲夢足時. 田郎好事知渠久, 酬贈明珠同石友. 憔悴猶疑洛浦妃, 風流固可章臺柳. 寶髻犀梳金鳳翹, 樽前初識董嬌饒. 來遲杜牧應須恨, 愁殺蘇州也合銷. 卻把水仙花說似, 猛省西家黃學士. 乃能知妾妾當時, 悔不書空作黃字. 王子初聞話此詳, 索詩裁與漫淒涼. 只今驅豆無方法, 徒使田郎號國香.”

性之用其韻, 尤悲抑頓挫, 曰: “百花零落悲春晚, 不復園林門可款. 待花結實春始歸, 到頭只有東風管. 楚宮女子春華敷, 爲雨爲雲皆有餘. 親逢一顧傾國色, 不解迎入專城居. 目成未到投梭處, 後會難憑人已去. 可憐天壤擅詩聲, 不如崔護桃花句. 坐令永抱埋玉悲, 游子那知京兆眉? 難堪別鶴分飛後, 猶是驚鴻初見時. 親懽密愛應長久, 暫向華筵賞賓友. 舞盡春風力不禁, 困裏腰支一渦柳. 坐上何人贈翠翹, 蜀州風調尤情饒. 歡濃酒暈上玉頰, 香暖紅酥疑欲銷. 佳人薄命古相似, 先後乃逢天下士. 但惜盈盈一水時, 當年不寄相思字. 宜州遺恨君能詳, 瘴雲萬里空悲涼. 無限風流等閑別, 幾人鑒賞得黃香."

건중정국 1년(1101) 호가 산곡인 황정견[35] 선생께서 검중에서 형호남로로 돌아와 잠시 머물러 있었다.[36] 당시 그는 마을의 거리에서 한 여인을 만났는데, 산곡은 그녀가 그윽한 고요함과 아름다움을 지녔다고 여겼다. 그 여인의 아름다움은 그가 일찍 보지 못했을 정도였는데, 안타까운 것은 그녀가 이미 다른 사람에게 시집을 갔다는 사실이었다. 이에 그는 「수선화」라는 시를 지어 자기의 마음을 우의적으로 표현하였다. 그 시는 다음과 같다.

진흙에서 나온 하얀 연뿌리처럼,
거름 덩이에서 피어난 노란 수선화처럼.

온 나라 가득 향을 품기는 아름다운 난꽃이 피었지만, 안타깝게도 하늘이 이를 모르니,
그저 인연을 따라 민가로 흘러들어 갔네.

35 黃庭堅(1045~1105): 자는 魯直이고 호는 山谷이며 江南西路 洪州 分寧縣(현 강서성 九江市 修水縣) 사람이다. 起居舍人, 宣州 · 鄂州 지사를 지냈다. 蘇軾과 더불어 '蘇黃'이라 부를 만큼 뛰어난 시인으로 유명한 江西詩派의 창시자이다. 또 蘇軾 · 米芾 · 蔡襄과 함께 '4대가'로 꼽히는 명필이었다. 하지만 『神宗實錄』 편찬에 관여한 일로 정치적 공격을 받고 유배되어 불우하게 생을 마감하였다.

36 黃庭堅은 휘종의 즉위를 계기로 黔州 유배를 마치고 元符 3년(1100)에 형호북로 鄂州의 監稅 자격으로 귀환하였다.

황정견은 손님으로 있었던 자가 자면인 고하[37]에게 이를 보여 주고 화답을 해보라고 하였다. 몇 년 후 황정견은 세상을 떴고, 그 여인은 민가에서 두 아들을 낳았다. 형호남로 지역에 기근이 들던 해, 가난으로 생계를 유지할 수 없게 되자 남편은 그녀를 전씨에게 첩으로 팔았다. 하루는 전씨가 손님들을 불러 술을 마시는데 고하가 그 자리에 있었다. 그 첩이 나와 손님들에게 술잔을 권하였는데, 피곤하고 지친 모습을 감추고 있었지만, 옛날의 아름다운 모습은 더는 없었다. 앉아서 예전의 있었던 일에 관하여 얘기를 나누니 저마다 감탄을 했다. 고하는 산곡 선생의 유지를 받들기 위해 주인에게 청을 넣어 시에 나오는 말로 그녀에게 '국향'이라 이름을 지어 줄 것을 제안하였다.

정화 3년(1113) 고하는 도성에 객으로 머물고 있다가 사촌 동생으로 자가 성지인 영주 여음현[38] 사람 왕질[39]을 만나 황정견의 시와 관련한 이야기를 해 주었다. 왕질은 다리를 치며 감탄하여 말하길,

"마땅히 그 시에 화답하는 작품을 만들어 당시의 기이한 인연과 감흥을 남겨야지요!"

고하는 마침내 긴 사를 남겼는데, 매우 훌륭했다. 그 사는 다음과

37 高荷: 자는 子勉이며 荊湖北路 江陵府(현 호북성 荊州市) 사람이다. 元祐 연간에 太學生이었고 陝西轉運使 張永錫의 막료로 있었고, 만년에 童貫의 식객으로 있다가 蘭州 通判과 涿州 지사를 지냈다. 黃庭堅으로부터 시재를 인정받았다.

38 汝陰縣: 京西北路 潁州 소속으로 현 안휘성 서북부 阜陽市의 城區인 潁州區에 해당한다.

39 王銍: 자는 性之이며 京西北路 潁州 汝陰縣(현 안휘성 阜陽市) 사람이다. 曾布의 손자사위로 상당한 시재와 문재가 있었으나 막직관을 전전하였고, 진회와 사이가 좋지 않아 관리로서는 별다른 성취를 보이지 못하였다. 건염 4년(1130)에 송 태종 이래 兵制를 모은 『樞庭備檢』을 편찬하였다.

같다.

남계로 유배되었던 태사는[40] 느지막이 조정으로 돌아가는데,
강릉[41]을 지나며 잠시 수레를 멈추고 쉬고 있었네.

겨우 스치듯 만났지만 일찍이 수선화를 노래했으니,
온 나라 가득 향을 품기는 아름다운 난꽃이 피었지만, 안타깝게도 하늘이 이를 몰랐네.

꽃에 의탁해 진나부[42]와 같은 미인을 만난 뜻을 전하니,
그녀는 열다섯은 넘었을까 열일곱은 안 돼 보였네.

송옥[43]의 문과 담장은 귀한 자리를 피해 이어지고,
남교[44]의 집은 가난을 탓하였다네.

40 南溪太史: 黃庭堅이 서남방 국경에 있는 梓州路 戎州(현 사천성 宜賓市) 남계에서 3년 동안 유배되었다 조정으로 복귀한 뒤 태평주 지사가 되었다. 하지만 불과 9일 만에 파면되었다. 황정견이 『資治通鑑』 교정에 참여했고 『神宗實錄』 편찬을 주관하였으며 國史編修官을 역임한 데서 太史라는 별칭이 붙었다.

41 江陵府: 荊湖北路의 치소로서 2개 부, 10개 주, 2개 군, 56개 현을 관할하였다. 치소는 江陵縣(현 호북성 荊州市 荊州區)이고 관할 현은 8개, 州格은 節度州이다. 建炎 4년(1130)에 荊南府로 명칭을 바꿨다가 淳熙 3년(1176)에 다시 江陵府로 명칭을 환원하였는데, 한무제 元封 5년(前106)에 荊州刺史部를 처음 설치하고 開元 21년(733)에 江陵府를 처음 설치한 뒤 형수와 강릉이 지명으로 계속 사용되었다. 현 호남성 남중부에 해당한다.

42 秦羅敷: 동한 말에서 삼국시대 邯鄲(현 하북성 邯鄲市)에 살던 미인으로 유부녀인 그녀에게 황제의 숙부가 유혹을 거듭했지만 품격 있게 거절함으로써 수많은 설화를 탄생시킨 한단의 대표적인 여성이다.

43 宋玉(前298?~前222?): 자는 子淵이며 楚의 사대부로서 「登徒子好色賦」를 통해 동쪽 이웃에 사는 여인의 미모는 초나라에서 으뜸이라 담에 올라 몰래 쳐다보기만 3년이나 했을 뿐 왕래하지 못하였다고 하였다. '宋玉東牆'이란 고사성어가 만들어진 유래이다.

십 년 후 눈빛은 먼 곳을 내다볼 뿐,
공께서는 다시 못 올 하늘로 떠나 버렸네.

그녀는 이미 시집을 가 이웃의 아낙으로 고요한 자태를 가지며,
공연히 지나는 선비에게 은근한 말을 전하네.

난새와 이별을 고하고 학을 떠나보낸 것도 슬픈데,[45]
게으른 남편은[46] 일도 하지 않고 미인을 다른 이에게 팔았다네.

복숭아꽃이 열매를 맺고 바람이 불어오니,
무협[47] 골짜기로 구름을 따라 마음대로 발을 옮기는 때라.

내 친구 전군은 호사가라 함께한 지 오래이며,
진주를 주며 각별한 친구들과 함께하는 자리에 있게 했네.

초췌하고 파리하나 여전히 낙하의 여신인가,[48]
풍류 속에 진실로 「장대류」를[49] 읊게 하네.

44 藍橋: 『사기』 「蘇秦열전」에 나오는 '尾生之信' 설화의 배경이 되는 다리이다.

45 離鸞別鶴: 부부의 이별을 뜻하며 '離鸞別鳳'이라고도 한다.

46 藁砧: 참형을 당하는 죄수가 볏짚 위에 엎드려 머리를 받침돌 위에 올려 두고 있는 형상을 뜻한다. 그러면 도끼(鈇)로 머리를 내리쳤다. 한편 고침은 풀 등을 자르는 작두를 뜻하기도 한다. 후에 鈇와 남편을 뜻하는 夫가 같은 발음이라서 남편 또는 징병된 남편을 뜻하는 은어로 쓰였다.

47 巫峽: 瞿塘峽 · 西陵峽과 함께 장강 三峽의 중간에 있는 협곡이다. 지명은 양옆의 巫山산맥에서 유래하였다.

48 洛浦: 본래 洛水의 가장자리라는 말이지만 洛河의 여신을 비유하는 말이다. 曹植의 「洛神賦」가 나온 이래 洛神은 아름다운 여신의 상징으로 널리 쓰였다.

49 章臺柳: 章臺는 본래 한대 장안의 번화가로서 많은 妓院이 있던 章臺街를 가리키는 말이다. 唐代 진사 韓翃이 기녀 柳씨와 가깝게 지내다 헤어지면서 써 준 글이 '章臺柳'로 시작하여 후에 詞의 牌名이 되었다. '憶章臺'라고도 한다.

보석으로 머리를 묶고 무소 뿔 빗으로 머리를 빗으니 금빛 봉황이 날갯짓 하는 듯,
술잔 앞에서 그녀에게 깃든 아름다움을 처음으로 알게 되네.

늦게 온 두목이[50] 응당 한스러워할 것이니,
극심한 슬픔은 소주에 가면 마땅히 쇠하게 되리라.[51]

수선화를 꺾어 말을 하는 듯,
서쪽 집을 급히 돌아보며 황 학사를 생각하네.

어찌 그 당시 그녀를 만날 줄 알았으랴,
나는 황 학사를 위해 아무것도 쓰지 못했음을 후회하네.

왕질이 처음 이 이야기를 상세히 듣더니,
시를 구하며 함께 처량함을 위로하길 원하니.

지금은 그저 달리 방법이 없으니,
다만 전군에게 전해 '국향'이라 이름 짓게 하네.

왕질도 그 음률에 기대어 또한 한 편의 시를 써서 그 곡절을 슬프게 담았다.

50 杜牧(803~852): 자는 牧之이며 京兆(현 섬서성 西安市) 사람으로 『通典』을 지은 杜佑의 손자이다. 監察御史와 殿中侍御史, 黃州 · 池州 · 睦州 · 湖州 자사를 역임하였다. 시문에 뛰어났으며 호방한 성품으로 「阿房宮賦」를 비롯한 많은 작품이 있고, 『樊川文集』을 남겼다.

51 杜牧의 시 「送沈處士赴蘇州李中丞招以詩贈行」에서 언급한 "東吳饒風光, 翠巘多名寺. 疏煙亹亹秋, 獨酌平生思."를 염두에 두고 한 말이 아닌가 추정한다.

온갖 꽃이 떨어져 봄이 깊어 감을 탄식하니,
다시는 원림으로 와 쉬지를 못하겠구나.

꽃이 열매 맺기를 기다리니 봄은 비로소 돌아가고,
나는 뒤돌아보니 다만 동풍만 불 뿐이로다.

초나라 궁의 미인은 봄에 활짝 그 아름다움을 펼치니,
비가 되고 구름이 되어도 모두 여운이 있네.

친히 한순간 보았지만 경국의 미인을 알아보고,
만나 데려오지 못하고 그저 성에 거할 뿐이네.

바라보아도 보지 못하고 마음을 거절당하니,[52]
훗날의 만남도 기대하기 어려울 듯 사람은 이미 떠나고 없네.

하늘과 땅처럼 멀어짐을 한탄하며 마음대로 시를 지어 읊어 보지만,
최호의 도화시 구절만 못하구나.[53]

뛰어난 선비를 땅에 묻는 슬픔을 영원히 안고 가게 되니,[54]

52 投梭: '投梭折齒'의 줄임말이다. 남자의 유혹이나 구애를 여자가 거절한다는 뜻이다.

53 崔護(772~846): 자는 殷功이며 博陵(현 하북성 保定市 定州市) 사람이다. 貞元 12년(796) 진사가 되었고 嶺南節度使를 지냈다. 淸明에 혼자 도성 남쪽을 거닐다가 한 마을에서 마실 물을 구했는데, 한 여자가 물을 주고 다 마실 때까지 복숭아나무에 기대어 기다리는 모습이 너무나 정겨웠다. 이듬해 청명 때 다시 찾았더니 문이 닫혀 있기에 "지난해 오늘 이 문 앞에서는, 여인과 복숭아꽃이 서로 붉었었지. 여인은 어디 갔는지 알 수 없는데, 복숭아꽃만 여전히 봄바람에 웃는구나.(去年今日此門中, 人面桃花相映紅. 人面不知何處去, 桃花依舊笑春風.)"라는 시를 지어 남겨 두었다.

54 埋玉: 본래 신에 대한 제사 의식에서 출발해 '才華가 넘치는 인물의 장례를 치른

유랑하는 사나이가 어찌 남녀 간 아름다운 사랑을 알 수 있으리?[55]

학이 흩어지듯 이별의 슬픔은 감내하기 어려우니 분분히 날아간 후에도,[56]
여전히 처음 만난 때의 놀란 마음이라네.[57]

아끼고 좋아하며 몰래 사랑함이 오래되었는데,
성대한 연회를 맞아 친구들과 잠시 함께하는 시간을 가지네.

춤추듯 불어오는 봄바람에 애달픈 마음 금할 수 없어,
괴로움으로 몸을 싸니 강가의 한 그루 버드나무일세.

모인 사람 누가 내게 새의 깃털을 줄 것인가,
촉주의 풍유를 읊은 가락은 더욱 마음을 적시네.[58]

무르익은 홍과 술에 취한 기운이 옥 같은 뺨으로 스미는데,
향기로운 봄기운과 붉은 술이 사라질까 걱정하네.

미인은 박명이라는 말은 예부터 그러하였는데,

다'는 뜻으로 쓰이기도 한다.

55 京兆眉: 한대 도성의 시장인 京兆尹 张敞은 금슬이 좋고, 또 장창이 매일 아내를 위해 눈썹을 그려 준 것으로 유명하여 황제가 알 정도였다. 호사가들은 이를 비판하기도 했으나 장창은 부부간의 일 가운데 눈썹을 그려 주는 일보다 더 은밀한 일이 얼마든 있다고 황제에게 항변하였다. 이후 '경조윤의 눈썹'은 부부의 정을 뜻하게 되었다.

56 別鶴分飛: 학이 흩어져 날아가는 모습을 통해 어쩔 수 없는 이별의 아픔을 묘사한 杜牧의 시 「別鶴」에서 유래하였다.

57 驚鴻: 자태가 날아갈 듯 날씬한 미인 또는 옛사랑을 비유한다.

58 당대 王勃이 쓴 「送杜少府之任蜀州」에서 이별을 아쉬워하며 언급한 "無爲在岐路, 兒女共沾巾"을 염두에 두고 쓴 것이 아닌지 추정한다.

그래도 선후로 천하의 선비를 만남이라.

그저 물 흐르듯 지나가는 시절이 애석하구나,
그때 그리운 마음을 시로 쓰지 못했네.

의주의 한스러움을 그대는 능히 알 것이니,[59]
만 리 펼쳐진 짙은 구름만이 공연히 슬프고 처량하구나.

끝없는 풍류로 한가로운 이별을 기다리는데,
노란 난 꽃향기를 몇 사람이나 느낄 수 있으리?

59 황정견은 崇寧 4년(1105) 廣南西路의 宜州(현 광서성 河池市 宜州區)의 南樓에서 세상을 떴다. 당시 의주는 광남서로의 서쪽 국경에 있었다.

12 신선을 만난 장공張拱遇仙

汴人張拱, 擧進士不第. 家甚貧, 母黨龔氏世爲醫, 故拱亦能方術. 置藥肆於宜春門後坊, 仍不售. 嘗晨起, 披衣櫛髮, 未洗頮. 有道士迎日而來, 目光冏然, 射日不瞬, 徑造肆中, 顧而不揖, 振衣上坐. 拱頗忿其倨, 作色問所來, 答曰: "汝無詰吾所從來, 正欲見汝耳." 拱意此妄人, 京師固多其比, 擲一錢與之, 麾使去. 笑曰: "吾無求於人, 以汝有道質, 故來誨汝. 何賜拒之深?" 拱悟起, 冠巾而出.

與之語及出家事, 理致精微, 聞所未聞. 於是始愧悔曰: "拱鄙人, 眼凡心惑, 仙君幸見臨, 願終敎之." 道士曰: "汝何求?" 曰: "家貧, 飦粥不繼, 儻使不食可飽, 則上願也." 俄而鬻烝棗者來, 道士取先所擲一錢買之, 得七枚, 顧謂拱曰: "神仙以辟穀爲下, 然□粒則無滓濁, 無滓濁則不漏, 由此亦可以入道. 張子房諸人乃以丹藥療飢, 固已迂矣, 汝欲得此道, 自此不淫可乎? 人不能淫, 俗念自息, 俗念旣息, 則仙才也."

乃取七棗熟視而噓之曰: "汝啗此, 可終身不食. 人或强使食, 亦無禁. 復欲不食則如初. 但汝有老母妻子, 未可相從. 然旣啗七棗, 當應七夢, 預爲汝言. 汝事親旣終, 昏嫁旣畢, 已能不食復又何求? 宜脫身詣名山, 於懸絶處尋石穴深廣有容者, 自累石塞其門. 一念不起, 坐臥行立於其間, 自有佳趣. 僅及半紀, 則汝之身如蟬出殼, 消遙乎六合之外矣. 過此, 非今日可以語汝也." 言竟, 攝衣而起. 拱固留之不可, 起出門, 無所見.

拱乃知其非常人, 悵然有所失者累月. 聞飮食氣輒嘔, 遂不食. 踰二年, 糞溺俱絶, 神氣明爽, 步趨輕利. 每自試其力, 從旦至暮, 緣京城外郛可帀者五反, 蓋數百里也. 前後得七夢, 如道士言, 不小差. 母病痔二十年, 衆藥不驗, 漫以七棗餘核進之, 一夕而愈. 拱旣不御內, 視其妻如路人. 妻郭氏性剛果, 忿恚而卒. 家人益憂疑之, 逼而餽之食, 食兼數人, 爾後或食或不食. 朋友疑其詐者, 扃諸室試之, 不以爲苦. 人或召醫, 則攜藥而往, 至則登病者之席, 坐于旁, 雖逾旬涉月, 杯水粒粟無所須. 喜飮酒, 好作詩, 行年六十而顔色如壯者. 後其母沒, 不知所終.(李方叔作傳.)

변경[60] 사람 장공은 과거를 보았지만, 진사에 급제하지 못했다. 집이 매우 가난하였는데 외가인 공씨 집안이 대대로 의업에 종사하였으므로 장공 역시 방술을 배울 수 있었다. 그는 의춘문 뒤쪽에서 약방을 차렸는데 아직 약을 팔기 시작하지는 않은 때였다. 일찍이 새벽에 일어나 옷을 벗고 머리를 빗고 있었으며 아직 세수는 하지 않고 있었는데 한 도사가 햇빛을 받으며 오고 있었다. 그의 눈빛이 빛나고 있었고, 햇빛을 받는데도 전혀 깜박이지 않았다. 그는 곧바로 약방 안으로 들어오더니 주위를 살펴보고는 인사도 하지 않은 채 옷을 털며 상석에 앉았다. 장공은 그의 오만한 태도가 자못 마음에 들지 않기에 정색을 하고 그가 어디서 온 사람인지 물었다. 도인이 답하길,

"그대는 내가 어디서 왔는지 캐물을 필요가 없소. 나는 그저 그대를 보러 왔을 뿐이오."

장공은 이 사람이 미치광이인 줄로 생각했다. 도성에는 예부터 이런 부류가 많았기에 그는 돈을 던져 주며 그에게 가라고 했다. 도인이 웃으며 말하길,

60 汴京: 金의 남경 開封府(현 하남성 開封市)이다. 북송 멸망 직후 금조는 개봉을 汴京으로 개칭하였고, 貞元 1년(1153)에 남경 개봉부로 바꿨다. 별칭은 汴河에 위치한 데서 유래한 汴州·汴都이다.

"나는 다른 사람에게 돈을 바라지는 않소. 그저 그대에게 도의 기운이 느껴지기에 와서 가르쳐 주고 싶었을 뿐이라오. 어찌 이렇게 심하게 거절한단 말이오?"

그제야 장공은 깨닫는 바가 있어 일어나 관과 두건을 갖추고 다시 나왔다. 도인과 함께 출가의 일을 논하는데 그의 말하는 내용은 매우 정교하고 세밀하였으며 이전에는 들어 본 적이 없던 말이었다. 이에 비로소 참회하며 말하길,

"저는 비루한 사람입니다. 안목은 평범하고 마음은 유혹되기 쉽습니다. 다행히 그대 같은 도인께서 친히 와 주시었으니 원컨대 끝까지 가르쳐 주십시오."

도사가 말하길,

"원하는 바가 무엇이냐?"

장공이 대답하길,

"집이 너무 가난해서 연명할 죽도 없으니 만약 먹지 않고도 배가 부를 수 있다면 그것이 제가 가장 원하는 바입니다."

잠시 후 찐 대추를 파는 자가 다가오기에 도사는 아까 장공이 던져 준 그 돈으로 찐 대추 일곱 알을 샀다. 그는 장공을 보며 말하길,

"신선은 곡기를 끊는 것을 가장 기본으로 하지. 하지만 곡기를 끊는다면 때가 끼거나 더러워지지 않고 더러워지지 않는다면 내보낼 것도 없어지며 이렇게 도인의 세계로 들어올 수가 있다. 옛날 장량[61]

61 張良(?~186): 자는 子房이며 韓에서 5대에 걸쳐 國相을 지낸 명문가 출신으로, 始皇帝를 습격했다가 실패하고 은신하였다. 이때 黃石公으로부터 『太公兵法書』를 물려받았다고 한다. 鴻門의 연회에서 항우에게 무릎을 꿇고 훗날을 도모하라고 권하는 등 뛰어난 전략을 세워 蕭何 · 韓信과 함께 漢의 3대 개국공신으로 꼽힌다.

등은 단약으로 배고픔을 없애고자 했는데 그 방법은 이미 잘못된 부분이 있지. 네가 진실로 이 도를 깨닫고자 한다면 지금부터 여자를 가까이하지 않을 수 있겠느냐? 무릇 여색을 피할 수 있으면 속세의 상념도 저절로 없어지며 속세의 상념이 없어지면 곧 신선의 자질이 있다고 할 수 있지."

이에 일곱 알의 대추를 가지고 깊이 들여다보고는 입으로 후 불며 말하길,

"너는 이것을 먹거라. 종신토록 아무것도 먹지 않아도 될 것이다. 혹 사람들이 강제로 먹으라고 한다면 그것까지 금할 필요는 없다. 먹고 다시 먹지 않겠다고 생각하면 다시 본래대로 먹지 않을 수 있을 것이다. 다만 너에게 노모와 아내가 있는데 함께할 수 없을 것이다. 이미 일곱 개의 대추를 먹었으니 응당 일곱 개의 꿈으로 너에게 예언을 해 주겠다. 네가 노모를 모시는 일을 끝내면 혼인의 연도 이미 끝난 뒤일 것이다.

이미 먹지 않아도 되니 다시 또 무엇을 바라겠는가? 마땅히 몸이 해탈하면 명산으로 들어가 높고 험한 곳에서 몸을 둘 만한 깊고 넓은 동굴을 찾아 스스로 돌을 쌓아 그 문을 막거라. 조금의 상념도 일어나지 않게 하고 그 안에서 앉고 눕고 걷고 서는 일을 하게 되면 스스로 즐거움을 느끼게 될 것이오. 이렇게 6년만 지나도 너의 몸은 매미처럼 허물을 벗을 수 있을 것이고, 속세의 천지[62] 밖에서 소요할 수 있을 것이야. 그다음 단계는 지금 너에게 말로 가르쳐 줄 수 있는 것

한의 건국 직후 정치적 숙청을 피해 은거하였다.

62 六合: 상하와 동서남북이란 말로서 천하를 가리킨다.

이 아니다."

그는 말을 마치고 옷깃을 여미며 일어났다. 장공은 그를 잡으려 하였지만 그럴 수 없었고 그는 일어나 문을 나서더니 곧 보이지 않았다. 장공은 그제야 그가 비범한 사람인 것을 알게 되었고 길게 탄식하며 마치 무언가를 잃어버린 사람처럼 여러 달을 보냈다. 음식 냄새를 맡으면 구토가 나기에 마침내 먹지 않았다. 2년 후 대변과 소변도 모두 끊어졌다. 정신과 기운이 맑고 상쾌했으며 걸음걸이가 빨라지고 경쾌해졌다.

장공은 매번 자신의 공력을 스스로 시험해 보았는데 아침부터 저녁까지 도성의 외곽을 따라 다섯 바퀴를 돌 수 있었으니 이는 대개 수백 리에 달하는 거리였다. 전후로 일곱 번의 꿈을 꾸었는데 도사의 말과 다 같았고 조금의 차이도 없었다. 노모가 20여 년 동안 치질을 앓았는데 어떤 약도 효험이 없었다. 우연히 일곱 번째 대추의 남은 씨를 드렸더니 하룻저녁에 나았다. 장공은 이미 아내와 동침하지 않았고 아내 보기를 길에서 만난 낯선 사람처럼 대했다. 아내 곽씨는 성격이 강하고 드셌는데 화를 참지 못해 죽었다.

가족들은 장공을 갈수록 걱정하고 의심하여 그에게 밥을 먹게 하였는데 몇 명분의 음식을 다 먹었다. 하지만 그 뒤로는 때론 먹고 때론 먹지 않기를 반복하자 친구들은 그가 배가 고픈데도 속이는 줄 알고 그를 빈방에 가두고 시험을 해보았는데, 그는 전혀 힘들어하지 않았다.

어떤 사람들은 그를 불러 병을 치료해 달라고 요청하기도 하였는데, 그러면 곧 약을 들고 찾아갔다. 병자의 집에 가면 곧바로 병자의 자리로 가서 그 옆에 앉아 때론 열흘, 때론 한 달이 가도록 물 한 잔

또는 쌀 한 톨도 먹지 않았다. 술을 좋아했고 시를 짓는 것을 좋아했다. 환갑이 될 때까지 안색은 젊은이 같았다. 후에 그 어머니가 죽고 그가 어디로 사라졌는지 아무도 모른다.(이 일화는 자가 방숙인 이치[63]가 남긴 장공의 전기에서 취한 것이다.)

63 李廌(1059~1109): 자는 方叔이며 永興軍路 華州(현 섬서성 渭南市 華州區) 사람이다. 6세에 고아가 되었으나 뛰어난 문재로 어린 나이에 소동파가 그 이름을 알 정도였고, '동파 문하의 6군자'라는 소리를 들었으나 과거에 급제하지는 못하였다. 관직의 꿈을 접고 하남 長葛縣에 은거하였다.

이견병지 夷堅丙志 卷19

01 송씨 집안의 묫자리宋氏葬地 | 02 전병 가게 딸 소홍餠家小紅
03 당음채의 매棠陰角鷹 | 04 수재 설앙薛秀才 | 05 통판 주씨朱通判
06 함은원의 주지咸恩院主 | 07 왕대랑의 말汪大郎馬 | 08 유주의 돼지濰州猪
09 무주에 친 번개婺州雷 | 10 벼락 귀신이 떨어뜨린 두건雷鬼墜巾
11 천제의 부름을 받은 단리天帝召段璪 | 12 초탈한 도인無町畦道人
13 잉어를 방생한 굴사屈師放鯉 | 14 청성현 징세 감독관의 아들青城監稅子
15 북로北虜 완안량 죽음의 징조虜亮死兆 | 16 청동 돈 안의 뱀青墩竅蛇

01 송씨 집안의 묫자리宋氏葬地

宋文安公, 開封人, 葬于鄭州再世矣. 方士過其處, 指墓側澗水曰: "此在五行書極佳, 它日當出天子." 宋氏聞之懼, 命役徒悉力閉塞之, 遂爲平陸. 自是宦緖不進, 亦不復有人登科. 崇寧初, 大水汎溢, 衝舊澗成小渠, 僅闊尺許. 明年, 曾孫渙擢第, 距文安之沒正百年. 又六年, 兄渠繼之. 然渙仕財至郡守, 渠得博士以沒, 其後終不顯. 渠與予婦翁, 同門壻也.

개봉부 사람 문안공 송백[1]은 정주[2]에 여러 대의 조상 묘가 있었다. 한 도사가 그곳을 지나면서 무덤 옆에서 흘러나오는 물줄기를 가리키며 말하길,

"이곳은 오행서에 나오는 극히 좋은 명당이니 훗날 마땅히 천자가 나올 것이다."

송씨 집안 사람들은 그 소리를 듣고 두려워하며 부리는 사람들에게 명하여 온 힘을 다해 그 물줄기를 막으라고 하였다. 마침내 평지

1 宋白(936~1012): 자는 太素이며 河北東路 大名府 肥鄕縣(현 하북성 邯鄲市 肥鄕區) 사람이다. 풍부한 학식으로 史館修撰 · 集賢殿直學士 · 翰林學士를 지냈고, 3차에 걸쳐 知貢擧를 맡았다. 태종 때 左拾遺 · 兗州 지사 · 예부상서 · 병부상서를 지냈다. 『宋太祖實錄』과 『文苑英華』 편찬에 참여하였다.

2 鄭州: 京西北路 소속으로 치소는 管城縣(현 하남성 鄭州市 城區)이고 관할 현은 5개, 州格은 節度州이다. 崇寧 4년(1105)에 개봉부를 京畿路로 만들면서 주변 4개 주를 輔郡이라 칭하였는데, 정주는 개봉부의 서쪽에 있어 西輔로 삼았다. 현 하남성 중북부에 해당한다.

가 되었지만, 그때부터 송씨 집안사람들의 관운이 막혀 다시는 과거에 급제하는 이가 없었다. 숭녕 연간(1102~1106) 초에 큰 홍수가 나서 예전 물이 흐르던 곳에 작은 물길이 생겼고 그 폭은 겨우 1척 정도에 불과하였다. 그래도 이듬해에 증손인 송환이 과거에 급제하였는데 문안공이 세상을 뜬 지 딱 100년이 흐른 뒤였다. 다시 6년 뒤 송환의 형 송구가 동생의 뒤를 이어 과거에 급제하였다. 그러나 송환은 관직이 주지사에 머물렀고 송구는 박사로 생을 마감하였다. 그 후에는 결국 현달한 자가 없었다. 송구는 필자의 장인과 같은 집안의 사위였다.

02 전병 가게 딸 소홍餅家小紅

張外舅寓無錫, 買隙地數畝營邸舍. 方役土工, 老兵劉溫戲拈塊紿衆曰: "我正獲黃金一塊." 衆爭觀之, 非也, 笑而擲之. 乃眞得金環一隻於碎土中, 賣得錢數千, 卽日感疾, 半年乃愈. 時張氏居南禪寺, 鬼降于紫姑箕上, 書灰曰: "我□(乃)公家所營邸處土中人也, 名曰小紅, 居于西門. 姊妹二人, 吾父爲餅師. 不幸後母無狀, 虐遇我, 我二人不能堪, 皆自經死. 今我重不幸, 朽骨爲公隸人所壞, 壙中物可直萬錢, 劉老翁悉取之. 我無所歸, 今只在窗外胡桃樹下依公家以居, 不可復去矣." 曰: "汝坐後母以死, 胡不求報耶?" 曰: "已訴於天, 旣報之矣." 許以佛經, 不肯受. 人曰: "大仙方至, 汝安得久此?" 答曰: "如是且歸樹□, 續當復來." 張氏多賂以佛事, 及焚錢設饌祭之, 乃絶.

필자의 장인어른 장공께서 잠시 상주 무석현[3]에서 지내고 계실 때 몇 묘의 공터를 사서 집을 짓고 있었다. 마침 인부들이 흙일을 하고 있는데 노병인 유온이 장난삼아 흙덩이를 집어 들더니 여러 사람에게 보여 주며 거짓으로 말하길,

"내가 지금 막 황금 한 덩어리를 주웠다!"

인부들이 보려고 앞다투었다가 황금이 아닌 것을 알고는 웃으며 흙덩이를 바닥에 던졌다. 그런데 뭉개진 흙덩이 속에서 진짜로 금귀

3 無錫縣: 兩浙路 常州 소속으로 현 강소성 남중부 無錫市의 城區 동남쪽에 해당한다.

걸이 한 쌍이 나왔다. 유온은 금귀걸이를 팔아서 수천 전을 벌었지만, 그날부터 병이 나서 반년을 앓다가 겨우 나았다. 이때 장인어른께서는 남선사[4]에서 살고 계셨는데, 자고신의 키 위에 귀신이 내려 잿더미 위에 글이 써지길,[5]

"저는 공의 집안에서 새로 공사를 벌이고 있는 집터에 살던 사람으로 이름은 소홍이며 원래 서쪽 문에 살고 있었습니다. 우리는 두 자매이고 아버지께서는 전병을 만드는 사람이었습니다. 불행하게도 계모는 좋은 사람이 못 되어 우리를 학대했고 우리 두 자매는 견딜 수가 없어서 함께 목을 매어 자살했습니다. 지금 우리는 더욱 불행해졌으니 해골이 공의 인부들에 의해 파헤쳐졌고, 무덤 구덩이 안에 있던 만 전의 가치를 지닌 물건은 유씨 노인이 다 가져갔습니다. 우리는 돌아갈 곳을 잃어 지금 겨우 창밖의 호두나무 아래 있으면서 공의 집에 의지해 살게 되었습니다. 다른 곳으로 돌아갈 수도 없습니다."

어떤 사람이 묻길,

"너희들이 계모 때문에 죽게 되었다면 어찌 그것을 복수하지 않는고?"

그들이 대답하길,

4 南禪寺: 547년에 창건된 고찰이자 무석 최대의 사찰로 유명하다. 북송 인종이 남선사를 福聖禪院으로, 북선사를 壽聖禪院으로 개칭하였지만, 남문 옆에 자리하고 있어서 지역 사람들은 계속 남선사라 칭하였다.

5 扶箕: 丁자 형태의 나무틀 위에 나무를 세워 붓으로 삼고 그 아래 모래나 재를 담은 쟁반을 놓는다. 두 사람이 신령에게 길흉화복에 대해 물으면서 식지로 가로로 댄 나무 양쪽을 움직여 모래판에 글자를 써서 점을 치는 방식이다. 통상 扶乩라고 하며 架乩 · 運箕 · 扶箕 · 抬箕 · 扶鸞 · 揮鸞 · 降筆 · 請仙 · 蔔紫姑 등 다양한 별칭이 있다.

"이미 하늘에 고소했고 계모는 응보를 받았습니다."

불경을 외워 주겠다고 하자 받으려 하지 않았다.

또 어떤 사람이 말하길,

"신선께서 곧 오실 것인데 너희는 어찌 여기에 오래 머물러 있느냐?"

그들은 답하길,

"그렇다면 나무 아래로 돌아갔다가 이후 다시 오겠습니다."

장인어른께서는 많은 돈을 들여 불사를 행했고, 지전을 태우고 음식을 올려 제사를 지내 주었다. 그러자 그들은 다시 오지 않았다.

03 당음채의 매棠陰角鷹

番陽棠陰寨西枕□□常有角鷹巢于近山上, 每掠湖面捕鳧鶩食□(之). 一日, 用勢過當, 雙爪搦鳧脊, 陷骨中不可出. 鳧抱痛猛入水, 鷹盡力不能脫, 少頃, 二物皆浮死水上. 人謂鷹之力豈遽不能勝一鳧? 蓋亦業報也.

요주 파양현 당음채 서쪽 □□에는 종종 매가 근처의 산 위에 집을 짓고 살았다. 매들은 매번 파양호 위로 날아다니면서 오리를 잡아먹었다. 하루는 힘을 너무 많이 썼는지 오리의 등뼈를 낚아채면서 매의 두 발톱이 그 뼈에 박히더니 빼어 나오지를 못했다. 오리는 아파서 맹렬하게 물속으로 들어갔고, 매는 힘을 다해 빠져나오려 했지만 나오지 못하다가 잠시 후 매와 오리 두 마리 다 죽은 채 수면 위로 떠올랐다. 사람들은 매의 힘이 어찌 갑자기 오리 한 마리를 당해 낼 수 없었는지 의아했다. 대개 이 또한 업보일 것이다.

수재 설앙薛秀才

王荊公居金陵半山，又建書堂於蔣山道上，多寢處其間．客至必留宿，寒士則假以衾裯，其去也，舉以遺之．臨安薛昂秀才來謁，公與之夜坐，遣取被於家．吳夫人厭其不時之須，應曰:“被盡矣.”公不懌，俄而曰:“吾自有計.”先有狨坐挂梁間，自持叉取之以授薛．明日，又留飯，與弈棋，約負者作梅花詩一章．公先輸一絶句，已而薛敗，不能如約，公口占代之云:“野水荒山寂寞濱，芳條弄色最關春．欲將明豔淩霜雪，未怕青腰玉女嗔.”

薛後登第貴顯，爲門下侍郎，至祀公於家，言話動作率以爲法，每著和御製詩，亦用『字說』．其子入太學，誇語同舍曰:“家君對御作詩，固不偶然．頃在學時，擧學以暇日出游，獨閉門晝臥，夢金甲神人破屋而降，呼曰:‘君可學吟詩，它日與聖人唱和去.’今而果驗.”客李驥者，素滑稽，應聲蹙頞連言曰:“果不偶然，果不偶然.”

薛子詰之再三，驥曰:“天使是時已爲尊公煩惱了.”蓋以薛不能詩，故戲之也．韓子蒼爲著作郎，人或譖之薛云:“韓改王智興詩譏侮公，其詞曰:‘三十年前一乞兒，荊公曾爲替梅詩．如今輸了無人替，莫向金陵更下棋.’”薛泣訴於榻前，韓坐罷知分寧縣．其實非韓作．(吳傅朋說．金甲事得之吳虎臣.)

형국공 왕안석[6]이 금릉[7]의 반산[8]에 살고 있었을 때 장산[9]의 길가에

6 王安石(1021~1086): 자는 介甫이며 江南西路 撫州(현 강서성 撫州市) 사람이다. 어려운 가정 형편상 지방관을 자임하였는데, 탁월한 실력과 실적으로 평판이 높았다. 熙寧 2년(1069)에 參知政事가 되어 신법을 주도하였고, 전후 두 차례 재상이 되어 신법을 추진하였다. 기존 체제의 구조적인 한계를 극복하기 위한 개혁의 필

서재를 지어 놓고 자주 그곳에 머물렀다. 손님이 오면 반드시 묵고 가게 했는데 가난한 사인들이 오면 이불을 빌려주었고, 그가 갈 때는 그것을 줘서 보냈다. 임안부 사람인 수재 설앙[10]이 찾아오자 왕안석은 그와 더불어 밤늦게까지 앉아 있다가 집에 사람을 보내 이불을 가져오게 하였다. 오씨 부인은 왕안석이 수시로 이불을 달라고 하는 것이 지겨워서 마침내 말을 전하라고 하길,

"이불이 다 떨어졌습니다."

왕안석은 마음이 좋지 않았지만 잠시 후 말하길,

"내게 좋은 방법이 있소."

그때 원숭이 털 깔개[11]가 대들보 사이에 걸려 있었는데 스스로 그

요성과 神宗의 적극적인 의지에 힘입어 강력한 개혁을 추진하여 상당한 성과를 거두기도 했지만, 기득권 계층의 반발과 지역적 갈등, 지나친 성과주의의 폐단 등으로 좌절되고, 철종 즉위 직후 사마광을 비롯한 보수파가 집권하여 신법이 일거에 폐지되는 와중에 사망하였다. 왕안석은 당송팔대가 가운데서도 으뜸일 정도로 뛰어난 문학적 역량을 겸비하였고 경학에도 뛰어났다. 蔡京 등 신법당 계열이 북송 멸망을 초래하자 왕안석은 남송 이후 간신으로 평가받기도 하였다.

7 金陵: 江南東路의 치소인 江寧府(현 강소성 南京市)의 별칭이다. 前333년, 楚 威王이 金陵邑을 설치한 이래 金陵이 역대 별칭으로 계속 쓰였다.

8 半山: 왕안석이 살던 半山園이 있던 곳이다. 지명은 江寧府城과 紫金山 사이의 절반쯤 되는 거리에 있어서 붙여졌다. 현 남경시 玄武區에 위치해 있다.

9 蔣山: 鐘山과 함께 남경의 진산인 紫金山의 별칭이다. 紫金山의 본래 명칭은 金陵山이었고 漢代는 鐘山, 삼국시대는 蔣山, 東晉 이후로는 紫金山이라고 칭하였다. 吳의 孫權은 도적과의 전투로 자금산 아래에서 사망한 秣陵尉 蔣子文을 기리기 위한 祠廟를 세우면서 자신의 조부 이름 孫鐘을 피휘하여 蔣山이라 개칭하였다.

10 薛昻(1056~1134): 자는 肇明이고 兩浙路 杭州(현 절강성 杭州市) 사람이다. 휘종 때 殿中侍御史 · 試起居郞 · 中書舍人 겸 侍講 · 給事中 겸 大司成을 역임하였고, 상서좌승과 우승을 거쳐 門下侍郞이 되었다. 정강 연간 이후 전란의 상황 속에서 소극적으로 처신하여 유배되었다.

11 狨坐: 狨은 사천에 사는 큰 원숭이의 이름으로 등 부근의 털이 매우 길고 황금색이라서 송대 사치품으로 각광을 받았다. 狨坐는 이 원숭이 가죽으로 만든 깔개를 말

것을 가져와 설앙에게 주었다. 다음 날 그들은 함께 식사하고 바둑을 두고 있는데 지는 사람이 매화에 관한 시 한 수를 짓기로 하였다. 왕안석이 먼저 졌기에 한 수의 절구를 지었는데, 그다음 판에서 설앙이 졌는데도 약속대로 시를 짓지 못했다. 그러자 왕안석이 즉석에서 그를 대신하여 시를 지었다.[12]

들판의 강과 거친 산이 이어지는 한적한 물가에,
향내 나는 꽃가지가 아름다운 색을 자랑하니 완연한 봄이구나.

얼음 서리와 눈보다도 밝고 고우려 하니,
푸른 옷 허리에 걸친 미녀의 한탄도 두렵지 않네.

설앙은 그 후 과거에 급제하여 신분이 높아져서 문하시랑[13]이 되었다. 그는 집에서 왕안석의 제사를 모셨고 말하고 행동하는 것 모두 왕안석을 따라 하였다. 매번 황제가 지은 시에 화답해야 할 때마다 왕안석의 『자설』[14]을 따랐다. 설앙의 아들이 태학에 입학하여 동기

한다. 狨座라고도 한다.

12 口占: 詩文을 작성하면서 초고를 쓰지 않고 구술로 완성하는 것을 이른다.

13 門下侍郎: 진·한대 황제의 비서격인 黃門侍郎에서 유래한 관직으로서 남북조부터 조정의 중요 직책으로 승격되었고, 742년에는 문하시랑으로 개칭하였다. 3성의 하나인 문하성의 장관인 門下侍中 바로 아래 직급으로 부재상에 해당하였으며, 거란과 송에서도 같은 직위에 해당하였다. 송 전기에는 정3품이었고, 원풍 3년 관제개혁 후 정2품으로 中書侍郎·尙書左丞·尙書右丞과 함께 參知政事를 대신하였다.

14 『字說』: 왕안석이 지은 字典으로 한자에는 만물의 이치가 내재되어 있다며 다소 견강부회한 면이 있으나 과거의 기본 교재여서 신법 추진 기간에는 절대적인 영향을 끼쳤다. 이로 인해 왕안석은 비판도 많이 받았다.

생들에게 과장하여 말하길,

"아버지께서 어제시에 화답하여 시를 짓는 것은 진실로 우연이 아닐세. 예전에 한창 공부를 하실 때 오로지 공부에 집중하다 쉬는 날 바깥으로 나가셨다 돌아와 홀로 낮에 문을 닫고 누워 계셨는데 꿈에 금색 갑옷을 입은 신인이 지붕을 부수고 내려와 부르며 말하길, '그대는 지금 시를 읊는 것을 배워야 하네. 다른 날 황제와 화답하며 부르게 될 것일세.'라고 하였다네. 지금 과연 그렇지 않은가."

지나는 과객 중 이기라는 자는 본래 유머 감각이 좋은 편이었는데, 그 말에 눈살을 찌푸리며 얼른 말하길,

"정말로 우연이 아닐세, 과연 우연이 아니야."

설앙의 아들이 그에게 여러 차례 무슨 의미냐고 캐묻자, 이기가 대답하길,

"하늘이 사자를 보냈던 당시 이미 하늘은 댁의 아버지 때문에 골치를 앓았던 것이야."

대략 설앙이 시를 잘 짓지 못하다는 것을 그렇게 비꼰 것이다. 자가 자창인 한구[15]가 저작랑[16]으로 있을 당시 어떤 사람이 한구를 모함하기 위해 설앙에게 다음과 같이 말하였고, 설앙은 황제에게 아뢰길,

"한구가 당대 왕지홍[17]의 시 「서주사원부」를 개작하여[18] 설앙을 비

15 韓駒(1080~1135): 자는 子蒼이고 成都府路 仙井監(현 사천성 眉山市 仁壽縣 · 樂山市 井研縣) 사람이다. 어려서부터 소동파를 흠모하였고 동향이어서 그와 정치적 부침을 같이하였다. 선화 연간(1119~1125)에 들어서 秘書省省監 · 中書舍人으로 중용되었고, 고종 때 江州 지사를 지냈다. 좋은 시를 많이 남겼다.

16 著作郎: 秘書省 소속으로 秘書省監 · 少監 · 丞에 이어 네 번째 직급이다. 著作佐郎과 함께 時政記 · 起居注 · 日曆의 편찬 및 제사 祝辭 작성을 책임졌다. 원풍 관제 개혁 이후 종7품이었다.

웃었으며 그 내용은 다음과 같다고 말하였다.

삼십 년 전 한 어린 거지에게,
왕형공께서 일찍이 매화시를 대신하여 써 주었네.

지금은 그가 져도 아무도 대신해 써 줄 사람이 없으니,
이젠 금릉에 가 바둑을 둘 수가 없겠네.

설앙은 황제의 어탑 앞에서 울면서 호소했고, 한구는 저작랑에서 파직당한 뒤 홍주 분령현[19] 지사로 좌천되었다. 사실 그 시는 한구가 지은 것이 아니다.(이 일화는 자가 부붕인 오열[20]이 말한 것이다. 금갑에 관한 일화는 오호신에게 들은 것이다.)

17 王智興(758~836): 자는 匡諫이며 河北西路 懷州 溫縣(현 하남성 焦作市 溫縣) 사람이다. 대대로 유명한 무장의 집안에서 태어나 어려서부터 무용을 떨쳤다. 淄靑節度使 李納의 반란을 제압하고 徐州 일대를 20년간 지켰으며 여러 차례 반란을 진압하였으나 스스로 군벌이 되어 당조에 큰 부담을 주었다.

18 王智興의 「徐州使院賦」는 "30년 된 늙은 군인, 낭중을 위해 막 시를 써 보냅니다. 강남의 꽃과 버드나무 그대를 따라 노래하나, 변방의 연기와 먼지야 나 홀로 알지요(三十年前老健兒, 剛被郞中遣作詩. 江南花柳從君詠, 塞北煙塵我獨知.)"라는 내용이다.

19 分寧縣: 江南西路 洪州 소속으로 현 강서성 북서부 九江市 중앙의 修水縣에 해당한다.

20 吳說: 자는 傅朋이고 서예로 유명하였다. 항주 錢塘縣의 紫溪에 거주하여 사람들이 '吳紫溪'라 칭하였다.

紹興九年, 邕州通判朱履秩滿, 攜孥還家, 裝貲甚富, 又部官銀綱直可二十萬緡. 舟行出廣西, 朱有棋癖, 每與客對局, 寢食皆廢. 嘗願得高僧逸士能此藝者, 與之終身焉. 及中塗, 典謁吏通某道士求見, 自言棋品甚高. 朱大喜, 亟延入. 其人長身美鬚, 談詞如雲, 命席置局, 薄暮不少倦. 遂下榻留宿, 從容言欲與同行之意. 道士曰: “某客游于此, 常扣人門而乞食, 得許陪後乘, 平生幸願也.” 朱益喜. 及解維, 置諸船尾, 無日不同食. 別一秀才作伴, 皆能痛飲高歌, 頗出小戲術娛其子弟, 上下皆悅之.

相從兩旬, 行至重湖, 會大風雨, 不能進, 泊于別浦, 飲弈如初. 二鼓後, 船忽欹側, 壯夫十餘輩突門入, 擧白刃嘯呼. 朱氏小兒爭抱道士衣求救, 道士拱手曰: “荷公家顧遇之極, 不得已至此, 豈宜以刃相向?” 命以次收縛, 投諸湖, 明旦分挈財貨以去. 縣聞之, 遣官驗視, 但浮尸狼籍, 莫知主名. 而於岸側得小歷一卷, 乃羣盜常日所用口食歷, 姓第具在, 凡十有七人, 以告于郡. 事至朝廷, 有旨令諸路迹捕, 得一賊者, 白身爲承信郎, 賞錢二百萬.

建昌縣弓手數輩善捕寇, 因蹤跡盜. 海客任齊乳香者, 請于尉李鏞, 願應募. 西至長沙, 見人賣廣藥于肆, 試以姓第呼之, 輒回首, 走報戎邏執之, 與俱詣旅邸. 一室施靑紗, 廚列器皿甚濟, 訪其人, 則從後戶遁矣, 蓋僞道士者也. 獄鞫於臨江, 囚自通爲王小哥, 乃同殺朱通判者. 其徒就獲他處者十人, 道士曰裴□(三), 秀才曰汪先, 皆亡命爲可恨. 鏞用賞升從事郎, 調饒州司法, 與予言.

소흥 9년(1139), 옹주[21] 통판 주이는 임기를 마친 후 처자를 데리고 고향으로 돌아가던 중이었다. 주이는 가지고 가는 재산이 매우 많은 데다 20만 관에 달하는 정부 소유 은의 수송을 관장하고 있었다. 배가 광서를 출발하였다. 주이는 바둑을 너무 좋아하여 매번 손님들과 대국하면 먹고 자는 것도 모두 잊을 정도였다. 일찍부터 바둑에 뛰어난 고승이나 은둔하는 학자를 만나 그들과 함께 평생 바둑 두는 것이 그의 꿈이었다.

배를 타고 가는 도중 소식을 전하는 일을 담당하는 서리가 말하길, 한 도사가 뵙기를 청하는데, 그는 자신이 바둑을 대단히 잘 두는 고수라고 말하였다고 했다. 주이는 크게 기뻐하며 급히 그를 불러들어오게 하였다. 그자는 키가 크고 멋진 수염을 가지고 있으며 언변이 좋아 구름이 흘러가듯 자연스러웠다. 그에게 자리에 앉게 하고 바둑을 두기 시작했는데 저물녘이 되어도 조금도 지루해하지 않았다. 마침내 침상을 준비하여 머물게 하였을 뿐 아니라 그에게 동행하자는 뜻을 간곡히 전하였다. 도사가 말하길,

"저는 이곳을 떠돌아다니며 항상 사람들의 집 대문을 두드려 걸식하는데, 능히 공을 모시며 길을 따르라고 허락하시니 이는 제 평생의 원하는 바입니다."

주이는 더욱 기뻐하였다. 배를 운항하면서 배의 뒤쪽에 자리를 마련해 하루도 빼놓지 않고 함께 식사하였다. 그 밖에도 수재 한 사람이 동행하고 있었는데 술을 잘 마시고 노래도 잘하였으며 작은 마술도 할 줄 알아 주이의 자식들을 재밌게 해 주니 위아래 할 것 없이 모두 그들을 좋아했다. 스무 날을 이렇게 함께 보내고 일행이 중호[22]에

21 邕州: 廣南西路 소속으로 치소는 宣化縣(현 광서자치구 南寧市 城區 북단)이고 관할 현은 2개, 州格은 節度州이다. 당시 羈縻州만 44개, 縣 5개, 洞 11개를 관장한 송조 서남부 변방의 군사적 요충지였다. 현 광서자치구 南寧市 城區에 해당한다.

이르렀을 때 마침 큰 비바람을 만나 배가 앞으로 나아갈 수가 없었다. 그래서 한 포구에 배를 정박하여 둔 채 여느 때와 같이 술을 마시고 바둑을 두었다. 2경쯤 되었을 때, 배가 갑자기 기울어지더니 건장한 남자 십여 명이 갑자기 선창 문으로 들어와 번쩍이는 칼날을 들고 소리를 질렀다. 주이의 어린 자식들은 다투어 도사의 옷깃을 부여잡고 살려 달라고 하자 도사가 두 손을 모으고 말하길,

"공의 극진한 대접을 받았는데, 부득이 이렇게 되었네요. 어찌 칼날을 들어 서로를 향하게 할 수 있겠습니까?"

그는 주위 사람들에게 명해 차례대로 묶으라고 한 후 그들을 호수에 던졌다. 새벽이 되었을 때 그들은 재물을 나누어 가지고 가 버렸다. 현에서는 이 소식을 듣고 관원들을 파견하여 조사하게 하였으나, 와서 보니 그저 떠오른 시체만 낭자하였고, 누가 누구인지도 식별할 수 없었다. 그런데 언덕 가에서 작은 글씨로 쓴 책 한 권을 발견하였는데 도둑들이 매일 먹었던 음식의 기록으로 성과 이름[23]이 모두 적혀 있었다. 모두 열 명하고도 일곱이었는데 이에 이것을 주에 보고하였다. 일이 조정에까지 알려지자 황제는 여러 로에 명하여 도적을 추적해 잡으라고 명하였고 도적을 한 명이라도 잡으면 평민에게는 승신랑[24] 직을 주고 상금 이백만 전을 하사한다고 하였다.

남강군 건창현의 궁수 몇 명은 도둑을 잘 잡았는데, 이들이 도적의

22 重湖: 洞庭湖의 남쪽이 青草湖와 연결된 데서 유래한 동정호의 별칭이다.

23 姓第: '陳九十五'처럼 성과 집안 내에서의 항렬과 출생 순에 따라 붙인 이름으로 '姓氏行第'의 줄임말이다.

24 承信郎: 政和연간(1111~1118)에 신설되었고 무관 寄祿官 52개 품계 중 가장 낮은 52위이며 종9품에 해당한다. 승신랑에서 43위인 訓武郎까지는 근무고과에 따라 승진할 수 있는 기회가 5년에 1회 주어졌다.

뒤를 추적하고 있었다. 궁수들은 바다 상인 임재의 유향 관련 일을 조사하다 현위 이용에게 현상금이 걸린 도적을 잡는 일에 지원하겠다고 자청하였다. 그들이 서쪽으로 장사[25]에 이르렀을 때, 한 사람이 시장의 가게에서 광남의 약재를 팔고 있기에 시험 삼아 이름을 부르니 문득 고개를 돌아보기에 달려가서 순라 병졸에게 보고하여 체포한 뒤 그가 머무는 저점[26]으로 함께 갔다.

방에는 온통 푸른 비단이, 주방에는 화려한 그릇들이 가득 차 있었고 그 범인을 조사하려 하니 즉시 뒷문으로 달아나서 숨었다. 대략 가짜 도사같이 보이는 자도 있었다. 그들을 충주 임강현[27]의 감옥에 가두고 추국하니 약을 팔던 자는 왕소가라고 하였고 통판 주이를 살해하는 데 함께 모의한 자였다. 그 무리 가운데 타지에서 잡힌 자들이 열 명이었다. 그 도사는 이름이 배삼이었고 수재는 왕선이었다.

모두 법을 피해 도망 다니는 자들로 매우 악질이었다. 현위 이용은 상으로 종사랑[28]으로 승진하여 요주 사법참군[29]으로 부임했으며 그때 필자에게 이 일화를 말해 주었다.

25 長沙: 荊湖南路 潭州(현 호남성 長沙市)의 郡號 겸 별칭이다.

26 旅邸: 旅는 여관을, 邸는 客商을 위해 상품 보관과 교역 기능을 행하던 邸店을 뜻한다. 邸는 원래 화물 창고를, 店은 상품 판매하는 곳을 뜻하는데 이 두 기능이 唐代에 하나로 합쳐지고 여기에 여관 기능이 더해져 송대로 이어졌다. 邸閣·邸舍·邸肆·邸鋪·塌坊·塌房이라고도 한다.

27 臨江縣: 夔州路 忠州 소속으로 현 중경시 중부의 忠縣에 해당한다.

28 從事郎: 무관 寄祿官 품계를 나타내는 관명으로 崇寧 2년(1103)에 防禦推官·團練推官·軍事推官, 軍과 監의 判官을 개칭하였다. 종8품이다.

29 司法參軍: 형사 문제를 담당한 州의 속관으로 崇寧 2년(1103)에는 將仕郎, 政和 6년(1116)에는 迪功郎으로 개칭하였다. 원풍 개혁 이후 품계는 주의 크기에 따라 종8품~종9품이었다. 司理參軍이 소송과 심문 등 검찰 역을 맡은 데 비해 司法參軍은 법률 판단에 따라 판결하는 판사 역을 맡았다. 약칭은 司法·法曹·法掾이다.

06 함은원의 주지咸恩院主

婺源縣山寺曰咸恩院者, 僧俱會主之, 惟酒肉錢財是務, 晨香夜燈略不經意, 屋廬老壞不葺毗. 沙門天王殿圮, 即其柱爲牛欄, 恣肆自若凡四十餘年, 雖老不革. 乾道元年, 神降於法堂, 呼俱會名, 訶叱數其罪. 一小童見巨人大面努目, 朱衣長身, 震怒作色, 餘但聞其聲而已. 自是, 凡僧所有衣衾飲食·錢物器具, 無不取去, 棄擲山林間. 村人或拾得之. 庖刀至從廚下冉冉空行而出, 箱篋匱櫝之屬不可提挈者, 時時見煙出其中, 急發視, 悉煨燼矣.

僧不勝窘憤, 盡裒所餘, 散寄檀施家. 神夜詈其主云: "汝乃蔽罪人, 禍且併及汝." 其人懼, 不敢寢, 待旦持還之, 狼藉殆盡乃已. 寺後巨竹數百挺, 常時非三二百錢不能售一竿, 悉中斷之. 小童忽不見, 越二百乃歸, 云: "爲神攝至所居, 室屋雄偉華麗, 侍衛滿前, 大人小兒皆靑紫朱衣, 亦有賓客往來, 使我服事左右. 次日晚, 一婦人云: '久留此童亡益也.' 揮我使去, 恍惚如夢, 乃得還" 他日又降法堂, 呼僧出告曰: "汝罪上通於天, 宜速去此, 以弟子智圓繼主之. 不爾, 我將降大罰於汝." 僧涕泣唯唯, 徙寓近村客舍, 不數月死.

휘주 무원현[30]의 산사 중 함은원이라는 곳이 있었는데 승려 구회가 그곳의 주지였다. 그는 술과 고기는 물론 돈과 재물에만 관심이 있었으며 새벽에 향을 올리고 밤에 등을 켜는 일 등에는 소홀하고 별 관심을 두지 않았다. 절의 건물이 낡아 무너져도 이를 수리하려고 하지

30 婺源縣: 江南東路 徽州 소속으로 현 강서성 북동부 上饒市 북쪽의 婺源縣에 해당한다.

않았다. 사문천왕전이 무너졌는데도 그곳 기둥을 소 우리로 사용했다. 무책임하고 멋대로인 행태가 무릇 40여 년이나 버젓이 지속되었고 나이가 든 후에도 고치지 않았다.

건도 1년(1165) 어느 날, 신이 법당에 강림하여 구회의 이름을 부르고 그의 죄를 일일이 나열하며 꾸짖었다. 한 동자승이 이를 지켜보았는데, 한 거인이 커다란 얼굴에 눈을 부릅뜬 채 붉은색 옷을 입고 키가 컸으며 매우 화가 난 모습을 하고 있었다. 다른 사람들은 다만 그 목소리만 들었을 뿐이다. 이때부터 주지가 가지고 있던 옷가지며 음식, 돈과 기물 등 가져가지 않는 것이 없었고, 이 물건들은 모두 산림 사이에 버려졌다. 때론 마을 사람들이 그것을 주워 가기도 했다. 주방의 칼은 주방에서 나와 천천히 공중으로 날아다녔고, 상자나 궤짝 같이 사람이 들거나 끌 수 없는 것들은 수시로 그곳에서 연기가 나 급히 가서 열어 보면 모두 다 타서 재가 되어 있었다.

주지승은 난감하고 화가 나서 나머지 것들을 모두 모아 절에 시주했던 신도의 집에 잠시 보관하게 했다. 신께서는 밤에 그 신도를 꾸짖으며 말하길,

"네가 죄인을 숨겨 주면 화가 너희 집에도 미칠 것이다."

그 사람은 겁이 나서 잠을 잘 수 없었다. 새벽이 되기를 기다려 그 물건을 도로 가지고 가서 돌려주었다. 그러자 물건들이 낭자하게 흩어져 거의 다 없어졌다. 절 뒤에 있는 큰 대나무 수백 그루는 주지가 한 그루에 200~300전 아니면 팔지 않았던 것들인데 모두 다 중간이 베어졌다. 이를 지켜보았던 동자승이 갑자기 사라졌다가 무려 200일이 지나서 돌아왔는데 그가 말하길,

"신에게 이끌려 그가 사는 곳에 도착했었는데 집들이 매우 웅장하

고 화려했으며 시위 병사가 앞을 가득 메웠습니다. 어른과 어린이 모두 푸른빛 도는 자주색 허리띠와 붉은색 옷을 입고 있었으며 또한 오가는 빈객들이 있었는데 나에게 옆에서 시중을 들라고 하였습니다. 하룻저녁 머물고 있는데, 한 부인이 와서 말하길, '이 아이를 오래 머물게 하는 것은 별로 이로울 게 없다' 하니 저를 데리고 가 버렸고 이 모든 것이 꿈과 같이 지나갔으며 이에 돌아올 수 있었습니다."

신은 다른 날 다시 법당에 강림하여 주지를 불러서 나오라고 한 후 말하길,

"너의 죄는 하늘에 다 고해졌다. 신속하게 이곳을 떠나는 것이 마땅하리라. 제자 지원에게 이 절을 맡겨라. 그렇지 않으면 내가 장차 더 큰 벌을 너에게 내릴 것이다."

주지는 눈물을 흘리며 그저 '알겠습니다'를 반복할 뿐이었다. 그는 근처 촌락의 객사로 이사를 나갔고 몇 개월 되지 않아 죽었다.

07 왕대랑의 말汪大郎馬

崇寧中, 婺源縣市人汪大郎得良馬, 毛骨精神, 翹然出類. 使一童御之. 童又善調制, 以時起居, 馬益肥好. 它郡塑工來, 邑人率錢將使塑五侯廟門下馬. 或戲謂曰: "能肖汪大郎馬則爲名手, 致謝當加厚." 工正欲售其技, 銳往訪此童, 啖以果實, 稍與之狎, 日卽其牧所睥睨之, 又時飮以酒, 引至山崦, 伺其醉睡, 以線度馬之低昂大小, 至於耳目口鼻·鬃鬣微茫, 無不曲盡, 幷童亦然. 已悉得其眞, 始詣祠下爲之. 旣成, 宛然汪氏馬與僕也.

擇日點目睛, 才畢手, 汪馬忽狂逸. 童追躡乘之, 徑赴城南杉木潭, 皆溺水死. 自後, 馬每夜出西湖飮水, 或往近村食禾稼. 次日, 湖畔與田間必卽馬□(跡), 而浮萍猶黏著泥馬脣吻間, 禾稼零落道上. 童亦有靈響, 人詣祠祈禱者, 多託夢以報. 至宣和初, 方臘來寇, 廟遭爇焉, 乃滅跡. 今老人尙能言之.(右二事皆李繒說.)

숭녕 연간(1102~1106), 휘주 무원현의 시장 상인 왕대랑은 좋은 말을 얻었다. 털과 몸체 및 기세가 훌륭하여 범상치 않았다. 한 어린 목동에게 그 말을 돌보라고 하였다. 어린 목동은 그 말을 잘 훈련시켰고 때때로 함께 기거하니 말이 더욱 살이 찌고 좋아졌다. 다른 주에서 조각하는 장인이 왔는데, 현 사람이 돈을 모아 주며 그에게 오후묘 문 아래 세워 둘 말을 새로 만들어 달라고 하였다. 어떤 이가 장난삼아 말하길,

"왕대랑의 말과 똑같이 만들 수 있다면 조각의 명수로 알려질 것이며 더욱 많은 사례금을 받을 것입니다."

그 장인은 마침 기예를 자랑해 보고자 했고 잽싸게 그 목동을 찾아가 과일과 먹을 것을 주며 조금씩 그와 친해지려고 하였다. 곧 목동이 그를 눈여겨보았다. 또 수시로 그에게 술을 청하며 산 밑으로 말과 오게 하여 그가 취하여 잠이 들면 줄자로 말의 높이와 크기를 재고 귀와 눈, 입과 코 그리고 터럭과 갈기 등 세세한 부분까지 자세히 살피지 않은 것이 없었고, 목동에 대해서도 역시 자세히 살폈다. 이미 그 본모습에 대해 이해를 하자 비로소 사당 아래로 와서 만들기 시작했다.

완성된 후 보니 왕씨의 말과 그 목동의 모습을 완연하게 재현한 셈이었다. 택일하여 눈동자를 찍으려는데 그때 왕씨의 말이 갑자기 미쳐 날뛰었다. 목동이 좇아가 그 말을 타고 성의 남쪽 삼목 숲 연못으로 곧장 달려가 함께 연못에 빠져 죽었다.

이후 이 조각상 말은 매일 밤 서호에 나타나 물을 마시고, 또 근처 마을로 가서 꼴을 먹었다. 다음 날 호수 가장자리와 밭을 보면 꼭 말의 발자국이 있었고, 부평초 등이 말의 혀와 입술 사이에 진흙이 묻은 채로 묻어 있었다. 또 먹다 남은 꼴이 길가에 흩어져 있었다. 목동 역시 영험한 능력을 보였는데, 사람들이 사당에 가서 기도하면 대부분 목동이 꿈에 나타나 결과를 얘기해 주었다. 선화 연간(1119~1125) 초, 방랍[31]이 와서 약탈할 때 사당은 불에 타서 흔적도 없이 사라졌

31 方臘(?~1121): 휘종은 崇寧 4년(1105)부터 艮嶽이라는 대규모 園林을 조성하기 위해 杭州에 造作局, 蘇州에 應奉局이란 기관을 설치하고 기암괴석 등을 수송하게 하였다. 이 선단을 花石綱이라고 하는데, 이로 인해 강남에 대한 부담과 수탈이 크게 늘었다. 방랍은 이런 사회적 불만을 틈타 반란을 일으켜서 일거에 절강 일대 6개 주 52현을 장악하였다(1120). 하지만 이듬해 서북의 정예군을 이끌고 내려온

다. 지금 노인들은 여전히 그 이야기를 기억하고 있다.(위의 두 일화 모두 이증[32]이 말한 것이다.)

童貫에게 패하고 체포되었다.

32 李繒(1117~1193): 자는 參仲이고 江南東路 徽州 婺源縣(현 강서성 上饒市 婺源縣) 사람이다. 朱熹가 극찬할 정도로 뛰어난 문재를 지녔으나 평생 포의로 지냈다.

08 유주의 돼지濰州猪

宣和六年, 强休父知濰州. 屠者以猪皮一片來呈, 上有六字如指大, 云"三世不孝父母", 朱書赭然, 表裏相透, 郡中爭傳觀之. 屠者亦卽日改業. 宗子趙不設侍父爲儀曹, 及見之.

선화 6년(1119), 강휴의 아버지는 유주[33] 지사를 맡고 있었다. 한 도살자가 돼지가죽 한 장을 가지고 와서 바쳤는데 그 위에 손가락 크기만 한 여섯 글자가 쓰여 있었다. 그 뜻은 '삼대가 부모에게 불효했다'였다. 붉은색 글씨가 빛이 났으며 가죽의 겉과 속이 투명하게 보였다. 유주 지역 사람들이 다투어 이 이야기를 전하며 보려고 하였다. 도살자는 당일 즉시 다른 업으로 바꾸었다. 종실인 조부설은 자신의 아버지가 유주 의조로 부임할 때 따라와 이곳에 살았고, 그 돼지가죽을 직접 보았다고 한다.

33 濰州: 京東東路 소속으로 치소는 北海縣(현 산동성 濰坊市 濰城區)이고, 관할 현은 3개, 州格은 團練使州이다. 현 산동성 북중부 濰坊市의 북쪽에 해당한다.

09 무주에 친 번개婺州雷

紹興六年六月, 趙不設在婺州與數人登保寧軍樓納涼, 黑雲欻起天末, 頃之彌空, 雷電激烈, 雨聲如翻江, 衮火毬六七入于樓. 不設輩悸慴, 臥伏樓板上, 以手揜面, 但聞腥穢不可忍. 稍定, 竊視之, 見三四人, 長七八尺, 面醜黑, 短髮血赤色, 蓬首不巾, 執檛如骨朶狀, 或曰"在", 或曰"不在", 或曰"只這裏, 只這裏", 言訖, 始聞辟歷聲. 良久, 雲散雨霽, 起驗視, 乃樓門□□震□□(大柱震裂踵)至頂, 一路直如線, 傍有龍爪跡云.

소흥 6년(1136) 6월, 조부설이 무주에서 여러 사람과 보령군[34] 누각에 올라 시원한 바람을 맞고 있는데 검은 구름이 문득 하늘 끝에서 일어나더니 갑자기 온 하늘을 가득 메웠고, 천둥 번개가 강렬하게 내리치더니 빗소리가 강이 뒤집히는 듯 들렸고, 불덩이 예닐곱 개가 누각 쪽으로 굴러오고 있었다. 조부설 일행은 놀라 떨며 누각의 바닥에 엎드려 손으로 얼굴을 가렸는데 비리고 더러운 냄새가 나 참을 수 없을 정도였다.

잠시 뒤 조금 안정되었을 때 몰래 눈을 떠 살펴보니 키가 7~8척 되는 서너 사람이 보였다. 얼굴은 추악하게 생겼고 피부는 검었으며 짧은 머리는 피처럼 붉은색을 띠었다. 머리카락은 봉두난발의 상태였

34 保寧軍: 兩浙路 婺州의 軍額이다.

으며 건도 두르지 않았다. 손에 골타[35] 모양의 채찍을 들고 있었는데, 어떤 이가 말하길,

"있다."

어떤 이가 말하길,

"없다."

또 말하길,

"여기, 여기."

말이 끝나자마자 비로소 벼락이 치는 소리가 들렸다. 한참 후 구름이 흩어지고 비가 그치자 비로소 잘 살펴볼 수 있었는데, 누각 문의 큰 기둥이 벼락에 맞아 밑둥부터 꼭대기까지 쪼개졌고, 곧게 뻗은 선처럼 갈라졌고 옆으로는 용의 손톱자국 흔적이 나 있었다고 한다.

35 骨朶: 긴 막대기 끝에 미늘 모양의 쇳덩이나 나무토막을 붙인 무기를 이른다.

10 벼락 귀신이 떨어뜨린 두건雷鬼墜巾

紹興二年四月, 婺州義烏縣驟雨, 大雷電中墜一青布頭巾於村落間, 非復人世頂製, 惟四直縫之, 持以冒三斗水甕, 正可相稱. 帶長三四尺, 闊如掌, 村民不敢留, 以置神祠中. 數日, 因雷雨, 復失去.(右三事皆得之李繒, 云趙不設所說.)

소흥 2년(1132) 4월, 무주 의오현[36]에 세찬 폭우가 내렸다. 큰 천둥과 번개가 쳤을 때 촌락에 푸른색 포로 된 두건 하나가 하늘에서 떨어졌는데 속세의 사람이 만든 것이 아닌 듯 오직 네 번의 곧은 바느질로 돼 있었다. 3말의 물을 담는 항아리 덮개로 쓰기에 딱 좋은 크기였다. 두건 끈의 길이는 서너 척 정도로 손바닥 너비와 비슷했다. 촌민들은 감히 이것을 가지고 있을 수가 없어서 신을 모시는 사당에 봉헌하였다. 며칠이 지나 천둥 번개가 치더니 다시 사라졌다.(위의 세 가지 일화 모두 이증이 말한 것이다. 이증은 조부설에게서 들었다고 하였다.)

36 義烏縣: 兩浙路 婺州 소속으로 현 절강성 중앙 金華市 동북쪽의 義烏市에 해당한다.

11 천제의 부름을 받은 단리天帝召段璩

段璩, 字德瑱, 袁州萬載人. 略知書, 天性淳謹, 未嘗忤物, 然遇不平事則奮臂而前. 建炎間, 寇盜充斥, 段氏族屬數十口皆爲所剽. 璩挺身持金帛往贖, 賊歎重其義, 皆付之使歸. 紹興五年, 東南處處大旱, 斗米過千錢. 璩盡發宿藏, 止取常直, 又爲粥以食餓者, 賴以活者不可計. 後忽厭人事, 結菴於嚴田之山中, 壁間多書"坦蕩"二字. 一旦, 召會親舊, 與敍訣曰: "不久天帝召我." 人不以爲然. 經數日, 升樓□□□□□□而去. 鄉人走視所居, 惟敝衣履存, 衆□□□□上於朝, 而邑官有不樂者, 沮止之, 遂已.

자가 덕전인 원주 만재현[37] 사람 단리는 대략 글을 읽을 줄 알았으며 천성이 순박하고 근면하여 사람들과 두루 잘 지냈다. 그러나 불공평한 일을 마주하면 팔을 걷어붙이고 앞으로 돌진했다. 건염 연간(1127~1130) 도적 떼가 휘젓고 다닐 때, 단씨 집안 식구 수십 명이 모두 도적들에게 겁박당했다. 단리는 앞장서서 금과 비단을 도적 떼에게 주고 사람들을 데려와 도적들도 그 의로움에 깊이 감탄하며 집안 식구들 모두를 돌려보내 주었다.

소흥 5년(1135), 장강 동남지역 곳곳에서 크게 가뭄이 들어 쌀 1말의 값이 천 전을 넘었다. 단리는 오래 보관하고 있던 쌀을 다 풀되 그

37 萬載縣: 江南西路 袁州 소속으로 현 강서성 서북부 宜春市 서쪽의 萬載縣에 해당한다.

저 평소의 값만 받았으며 또 죽을 끓여 배고픈 자들을 먹였다. 그의 덕택에 살아남은 자가 셀 수 없을 정도였다. 후에 문득 인간사에 염증을 느끼고 엄전[38]의 산중에 암자를 짓고 그 벽에 '고요하고 관대하게!'라는 뜻의 '탄탕' 두 글자를 써 두었다. 어느 날 아침 친구를 불러 이별을 얘기하며 이르길,

"얼마 안 지나서 천제께서 나를 부르실 것이야."

사람들은 믿지 않았다. 며칠이 지나 누각에 올라 □□□□□□ 떠났다. 마을 사람들이 그가 살던 곳에 가서 보니 다만 해진 옷과 신발만 있을 뿐이었다. 무리들은 □□□□ 조정에 이를 보고하려고 했지만 현의 관원 중 반대하는 자가 그 일을 막았기에 결국 성사되지는 못했다.

38 嚴田: 江南西路 袁州 安福縣(현 강서성 吉安市 安福縣)에 있는 촌락이다.

12 초탈한 도인無町畦道人

馮觀國, 邵武人. 幼敏悟, 讀書. 旣冠, 意若有所厭, 卽棄鄕里, 游方外. 遇異人, 得導引內丹之法, 凡天文地理・性命禍福之妙, 不學而精, 自稱"無町畦道人". 寓宜春二年, 挾術自養, 所言人吉凶及陰陽變化, 盡驗. 或有誚其醉飮狂怪者, 觀國不與校, 以詩謝之云: "踏遍紅塵四百州, 幾多風月是良儔? 朝來應笑酡顏叟, 道不相侔風馬牛." □(又)述懷詩云: "落魄塵寰觸處然, 深藏妙用散神仙. 筆端間作龍蛇走, 壺裏常挑日月懸. 漫假人倫來混世, 只將酒盞度流年. 潛修功行歸何處? 笑指瀛洲返洞天." 餘詩尙多, 皆脫塵世離俗罔等語, 人亦莫能曉也. 紹興三十二年三月, 遍辭知舊, 且寄詩言別. 至十四日, 端坐作偈而逝. 儀眞李觀民爲郡守, 聞而敬之, 命塑其身於城東治平宮.(右二事得之童宗說.)

소무군 사람 풍관국은 어렸을 때부터 총명하였고 글을 열심히 읽었다. 성년이 되었을 때 세상일에 염증을 느끼고 향리를 떠나 바깥으로 떠돌아다녔다. 그는 한 기인을 만나 그에게서 도인[39]과 내단[40]을 물려받아 무릇 천문 지리와 사람의 성품과 운명, 그리고 화복의 신묘함을 공부하지 않고도 터득하게 되어 스스로는 '초탈한 도인'이라 불렀다. 원주 의춘현[41]에서 2년 정도 살았는데, 내단술에 통해 스스로

39 導引: 신체의 운동에 더해 호흡법을 더하여 건강을 증진하는 도가 양생술의 하나이다. 道引이라고도 한다.

40 內丹: 외부의 물질을 수용한 심신의 변화보다 자기 수련을 통해 內丹을 만들어 身心을 변용시키고 道와 합일을 추구하는 도교의 전통적인 수행 방법을 말한다.

41 宜春縣: 江南西路 袁州 소속으로 현 강서성 서북부 宜春市의 城區인 袁州區에 해

를 양생하니 사람들의 길흉화복과 음양의 변화에 대해 말하는 것마다 모두 영험했다. 어떤 사람들은 그가 술에 취하면 미치광이 같다고 비난하였지만 풍관국은 그들의 말에 개의치 않으며 시로써 답하길,[42]

세상을 두루 다닌 곳이 사백여 개의 주,
얼마나 많은 풍월이 나의 좋은 짝이었나?

아침부터 술로 홍조 띤 노인을 비웃는데,
도를 견줄 수 없으니 함께 어울릴 부류가 아니네.[43]

그는 또 시를 지어 이르길,

쓸쓸한 혼은 속세에 있으며 처연히 지내는데,
깊이 감춰 둔 신묘한 수양법으로 신선과 함께하네.

붓끝으로 용과 뱀이 지나는 모양을 그리니,
술 항아리 속 항상 아른거리는 일월의 아득함이여.

사람의 도리에 기대어 혼란한 세상으로 오니,
다만 술잔을 기울이며 여러 해를 흘려보내네.

남몰래 닦은 수행으로 나는 장차 어디로 돌아갈 것인가?

당한다.

42 이 시의 제목은 「謝人」이다.

43 風馬牛: 『左傳』의 僖公 4년 기록에 나오는 "君處北海, 寡人處南海, 唯是風馬牛不相及也"에서 유래한 말이다. 齊와 楚 두 나라는 멀리 떨어져 있어 설령 소나 말을 잃어버린다고 해도 상대국에 갈 리는 없다는 말로 서로 무관함을 뜻한다.

영주에서 동천[44]으로 돌아가리라 웃으며 가리키네.

그가 남긴 시는 그 밖에도 상당히 많은 편이지만, 모두 속세를 버리고 세상을 떠나는 뜻을 전하기에 사람들은 잘 이해할 수 없었다. 소흥 32년(1162) 3월, 친구들에게 두루 작별하며 또 시를 써서 이별을 알렸다. 14일 그는 단정히 앉아 게를 지으며 숨을 거두었다. 진주 의진현[45] 사람인 주지사 이관민[46]이 이를 듣고 경탄하며, 그의 전신상을 만들어 주성 동쪽의 치평궁에 세워 두라고 명하였다.(위의 두 가지 일화는 동종에게서 들은 것이다.)

44 '瀛洲返洞天': 도교에서는 신선이 사는 명산이나 경승지를 가리켜 洞天福地라고 하고 10大洞天, 36小洞天, 72福地로 구분하여 중국 각지의 명승지에 구체적으로 대응시켰다. 瀛洲는 신선이 산다는 동해의 섬으로 허구의 仙境을 말한다.

45 儀眞縣: 淮南東路 眞州 소속으로 기존의 揚子縣을 大中祥符 6년(1013)에 개칭하였다. 현 강소성 중부 揚州市 서남쪽의 儀征縣에 해당한다.

46 李觀民: 南康軍・袁州・濠州 지사를 지냈고 문집으로『集效方』1권을 남겼다.

13 잉어를 방생한 굴사屈師放鯉

番城西南數里一聚落曰元生村, 居民百餘家皆以漁釣江湖間自給. 有屈師者, 撲買他處魚塘, 至冬, 築小堰于外, 盡放塘水, 欲竭澤取魚. 見兩大黑鯉越出堰外, 復乘水跳入, 如是者至再三, 竊異焉. 迹其所爲, 乃新育小鯉數百尾, 聚一窟中不能出, 故雌雄往來, 且銜且徙, 寧其身之蹈死地而不恤也. 屈生慨然歎息, 爲以箕悉運出之, 棄役而歸. 後數年, 病死, 入冥, 陰官語之曰: "汝漁者, 以罔罟爲業, 而有好生之心, 其用意又非它人比, 延汝壽一紀. 歸語世人, 勿殘害天物也." 蓋死一夕而復生.

광주 번성[47] 현성에서 서남쪽으로 몇 리를 가면 원생촌이라는 촌락이 나온다. 백여 가구가 살고 있는 마을로 이들 모두 강과 호수에서 물고기를 잡아 생계를 유지했다. 굴사라고 하는 사람은 다른 마을에서 양어장의 징세권[48]을 하나 샀다. 겨울에 작은 제방을 연못 바깥으로 쌓아 연못 물을 모두 빼낸 뒤 고기를 잡으려고 하였다. 그는 커다란 검은색 잉어 두 마리가 제방 밖으로 튀어 나갔다가 다시 물줄기를 따라 뛰어 들어가는 것을 보았다. 굴사는 잉어가 이런 동작을 여러

47 番城: 淮南西路 光州 固始縣(현 하남성 信陽市 固始縣)의 별칭이다. 춘추전국시대 番國에서 유래한 지명이다.

48 撲買: 송대 상인에게 징세권을 위탁하는 방식을 말한다. 상인이 관에 해당 세액을 선 납부하고 세금을 징수한 뒤 초과분을 자신이 취하는 것이다. 징세 대상은 술·식초 등의 물품을 비롯해 연못·시장·나루터 등 다양하였다. 承買라고도 한다.

차례 하는 것을 속으로 기이하다고 생각했다.

그 잉어가 하는 동작을 잘 살펴보니, 연못에는 어린 잉어 수백 마리를 키우고 있었는데, 한 웅덩이에 모여 있다가 빠져나갈 수가 없자 암컷과 수컷이 번갈아 새끼들을 입에 물고 옮기고 있던 것이다. 자신이 죽게 될 수도 있었지만 개의치 않았다. 굴사는 감탄하며 탄식했고 이에 광주리에 잉어를 모두 담아 풀어 주고 징세를 포기하고 집으로 돌아왔다. 이후 여러 해가 지나 병으로 죽게 되어 명계로 들어갔는데 명계의 관원이 그에게 말하길,

"너는 어부라 그물을 치는 것을 업으로 삼았지만, 또한 생명을 아끼는 마음도 있었다. 그 뜻이 다른 이들과 비교할 수 없는 정도였으니 너의 수명을 12년 늘려 주겠다. 돌아가 세상 사람들에게 하늘이 낸 생명을 잔혹하게 해치면 안 된다고 전하거라."

그는 죽은 지 하루 만에 다시 살아났다.

14 청성현 징세 감독관의 아들青城監稅子

蜀人楊迪功, 宣和中游太學, 不成名, 晩以恩得官, 監青城縣稅. 有子七歲, 頗俊敏, 延老儒蹇先生誨之學. 邑人闞壽卿過楊, 楊留共飯, 與俱至書館. 其子忽稱父字, 長揖而言曰: "頗亦記上庠同舍之款乎? 吾潮西人, 姓沈氏, 名某字某, 自離亂出京, 不復求學. 今去世已十年, 同齋數十人, 獨吾與君爲知心友, 一念之故, 遂爲父子. 雖形容隔生, 非復可識, 然方寸了如初, 未嘗間斷也."

遂道舊所習經及誦所爲文, 瀾翻出口, 元不經意. 時蹇老方自作『萬物皆備於我論』, 試問之曰: "此論當作何主張?" 應聲曰: "天生萬物, 唯人最靈, 大而爲天地, 高而爲山岳. 流形動植, 品彙散殊, 而六尺之軀, 厥理悉備, 此其貴蓋與天地等. 蚩蚩泯泯, 自賤厥身, 眞可歎也!" 蹇老愕然, 復詳扣其說, 笑曰: "待汝一口吸盡西江水, 向汝道."

蓋蜀人相傳, 秦時'爲西江害者, 乃蹇角龍也', 故擧此語以爲戲. 楊君追憶舊事, 與之言, 無一不合. 隆興元年, 壽卿詣闕, 此子年十有三矣, 不知其後何如也.(壽卿說. 今記姓名不能審.)

사천 사람인 적공랑[49] 양씨는 선화 연간(1119~1125)에 태학에서 지냈지만, 과거에 합격하지 못했고 느지막이 특주명으로 관직을 얻어 영강군 청성현에서 징세를 감독하는 일을 맡았다. 그에게는 일곱 살 되는 어린 아들이 있었는데 제법 잘생기고 영민하였다. 나이 든 유생

49 迪功郎: 무관 寄祿官 품계를 나타내는 관명이며 최하위인 종9품이다. 政和 6년(1116)에 將仕郎에서 개칭하였으며, 관품을 받지 못한 吏人의 사기를 고취하기 위해 장사랑 외에도 假將仕郎을 부여하였다.

인 건 선생을 모셔와 그를 가르치게 하였다. 마을 사람 관수경이 양씨 집을 지나는데 양씨가 그를 불러 식사하고 함께 서재로 갔다. 그 아들이 갑자기 아버지의 자를 부르더니 길게 읍하고 말하길,

"태학에서 동기생으로 함께했던 정을 기억하고 계시오? 나는 절서[50] 사람이며 이름은 모이고 자는 모인 심씨라오. 난리로 도성을 떠난 후 다시 과거를 보지는 않았다오. 지금으로부터 이미 10년 전의 일인데 같은 기숙사의 수십 명 동기생 중 오직 그대와 나만이 진심을 나눈 친구였지요. 그때의 인연으로 마침내 부자 관계가 된 것이라오. 비록 생긴 모양은 조금 달라져 다시 알아볼 수가 없겠지만 마음만은 그때와 똑같아 일찍이 잠시도 생각하지 않은 적이 없었다오."

그는 곧 예전에 공부했던 경전을 얘기하고 또 그때 지었던 글을 암송했다. 모두 선명하고 거침없이 말하였으며 경전의 본래 뜻에 구애받지 않았다. 이때 건 선생은 막 '세상만물의 이치가 다 내 안에 갖춰져 있다'는 내용의 「만물개비어아론」을 완성하였기에 시험 삼아 그에게 묻길,

"이 논의는 어떤 주장을 담고 있습니까?"

그가 대답하여 말하길,

"하늘이 낳은 만물 가운데 오직 사람이 가장 영물이다. 큰 것은 천지이고 높은 것은 산이다. 그 외 움직이는 동물과 식물은 모두 종류별로 모이고 흩어지면 사라지나 6척의 체구에 그 모든 이치를 갖추고 있으니 이것이 사람이 가장 귀한 이유이며 대략 천지와 비등한 까

50 淛西: 兩浙西路의 약칭인 浙西의 별칭이다.

닭이다. 우매하고 어지러이 스스로 자기 몸을 천하게 하니 진실로 탄식할 일이로다!"

건 선생은 경악하고 다시 상세히 설명해 달라고 하니 웃으며 답하길,

"선생께서 만약 한 입으로 서강의 물을 다 마실 수 있다면[51] 내가 더 설명해 드리겠소."

이는 사천 사람들에게 대대로 전해진 말 가운데 진대에 '서강[52]에 해로운 것을 끼칠 이는 바로 건각룡이라'는 말이 있었다. 심씨는 바로 이 말을 가지고 건 선생을 놀린 것이다. 양씨의 아들은 옛날 일을 모두 기억했고 그가 한 말과 일치되지 않는 것이 하나도 없었다. 융흥 1년(1163), 관수경이 대궐에 갔을 때 이 아이는 열세 살쯤이었는데, 그 후 어떻게 되었는지 아무도 모른다.(이 일화는 수경이 말한 것이다. 지금 그의 이름을 기억하지 못한다.)

51 '一口吸盡西江水': 단숨에 모든 것을 이루려는 조급함을 경계하고 조금만 여유 있게 생각해야 오히려 목표를 달성할 수 있다는 뜻이다. 釋道原의 『景德傳燈錄』「居士龐蘊」에 나오는 구절이다.

52 西江: 서강이라는 지명은 매우 많은데 본문에서 말하는 서강은 成都府를 흐르는 岷江의 지류인 錦江의 많은 별칭 가운데 하나이다.

15 북로北虜 완안량 죽음의 징조虜亮死兆

紹興三十一年十□□□□□□□屯于揚州, 予從事樞密行府在建□□□□□□, 有客詣府上書云: "以太一局□□□□□□□□□當以冬至前有蕭牆之變." □□□□□□□□□十八日冬至, 天重陰. 提擧事□□□□□□□能爲天文, 告予曰: "昨夕四鼓, 濃□□□□□□而東北, 忽穿漏, 一大星墜焉." 蓋□□□□□□□□而報至. 果符兩人之言. 是時虜將戕其主, 欲遣使報我, 訪得瓜洲所俘成忠郎張眞, 使持牒請和. 眞到家, 妻子凶服而出, 謂其已戰沒, 方命僧作四七道場. 旣相見, 悲喜交集, 眞取靈几自焚之云.

소흥 31년(1161) … 양주에 주둔하였다. 필자는 추밀원 전선 지휘부의 일을 맡아 …, 한 과객이 추밀원 전선 지휘부에 와서 상소를 올리고 갔는데 그가 이르길,

" 태일국에서는 … 마땅히 동지 전에 '내부의 변란'[53]이 있을 것입니다."

… 18일 동지에 하늘이 더욱 어두워지더니 제거 … 능히 천문을 알기에 필자에게 와서 말하길,

"어제 저녁 4경쯤 짙은 … 동북쪽으로 갑자기 하늘이 뚫린 듯 비가 오니 커다란 별 하나가 떨어졌다."

대략 … 보고가 도착했다. 과연 두 사람의 말과 부합했다. 이때 북

53 蕭牆之變: '궁궐 안에서 일어난 변란' 또는 골육상잔을 뜻한다.

로의 장수가 그들의 국주[54] 완안량[55]를 죽이고 사신을 보내 우리에게 알리려고 과주에 잡혀 있는 성충랑[56] 장진에게 찾아가 공문을 주고 돌려보내 우리에게 강화를 청하였다. 장진이 집에 오자 처자가 상복을 입고 나왔는데 그가 이미 전쟁에서 죽은 줄 알고 있었고 바야흐로 승려를 불러 47도량을 올리려고 하였다고 했다. 서로 만나 슬픔과 기쁨이 교차하고 있는 사이 장진은 그 영위를 모신 탁자를 가져와 스스로 불태웠다고 말했다.

54 國主: 송에서는 금국 황제에 대해 화자와 상황에 따라 매우 다양한 호칭을 사용하였다. 司馬光은 『資治通鑑』에서 蜀의 王建이 황제라 자칭했지만 後梁을 중심으로 紀年하였기에 후량의 황제에게는 帝 또는 上이라고 쓰고, 왕건에게는 國主라고 하였다.

55 完颜亮(1122~1161): 자는 元功이며 원래 이름은 完颜迪古乃이다. 뛰어난 풍채와 지략, 문학적 자질을 구비하여 명망이 높았으나 그로 인해 熙宗의 질시와 견제를 받았다. 이에 완안량은 皇統 9년(1149) 쿠데타를 일으켜 황제를 살해하고 금국 제4대 황제로 즉위하였다. 재위 중 뛰어난 정치적 수완을 발휘하여 강력한 중앙집권과 국력 향상을 이루었고 수도를 燕京으로 옮겨 중원 지배에 대한 구상을 본격화하였다. 하지만 개인적으로는 잔혹한 살상을 일삼았고 과도한 漢化정책의 추진으로 종실 내부 반발을 샀다. 正隆 6년(1161) 중국 통일을 목표로 남송에 대한 전면전을 벌였으나 瓜洲 일대에서 발이 묶였고 내부 반란으로 살해되었다, 사후 海陵煬王으로 강격되고 최종 폐서인되어 통상 해릉왕 또는 완안량이라 칭한다.

56 成忠郎: 무관 寄祿官 품계를 나타내는 관명으로 정화 연간에 정한 무신 53개 품계 중 49위이다.

16 청동 돈 안의 뱀靑墩竅蛇

番陽蓮河村楊氏子, 買永和鎭靑墩四, 甚愛之, 置小室窗外. 首春微暄, 啓窗坐其上, 覺如人肘其衣, 回顧無有也. 少焉又觸其股, 稍痛, 起視之, 見有物宛轉于竅內, 所觸處已瘇赤成創. 急呼家人出, 破墩以驗, 蓋□□□□□□□□能動, 沃之以湯, 皆死. 走□□□□□□□□□□□越三日而亡.

요주 파양현 연하촌의 양씨 아들은 영화진에서 청동으로 된 돈[57] 4개를 샀는데 매우 아껴 작은 방 창밖에 두었다. 초봄 따뜻한 빛이 내리쬐자 창문을 열고 그 위에 앉아 있는데 어떤 사람이 그 옷을 잡아끄는 듯하여 고개를 돌려 보니 아무도 없었다. 잠시 후 무언가가 그의 다리를 만졌고 조금씩 아파서 일어나 보니 한 물건이 그 구멍 안에서 이리저리 움직이고 있는 것이 보였다. 부딪힌 곳은 이미 붉게 상처가 났다. 급히 집안사람들을 불러서 나오라 하여 그 돈을 부수고 보니, … 인데 움직이고 있었다. 뜨거운 물을 부어 모두 죽었다. … 사흘이 지나 죽었다.

57 墩: 자기나 동으로 된 작은 중두리 모양의 걸터앉을 수 있는 물건을 뜻한다.

이견병지 夷堅丙志 卷20

01 구화산의 위인九華山偉人

紹興三十一年, 虜寇迫淮上, 池州青陽人相率至九華山搜索隱邃, □□□□家避地處. 某秀才者, 深入高崦中, 見泓[1] 練置斧,[2] 左臂臿斧,[3] 蓋丈餘矣,[4] 蛇也戰[5] 奔還不[6]

소흥 31년(1161)에 북로 도적들이 회하 상류 쪽을 압박하자 지주 청양현의 백성들은 모두 구화산[7]으로 올라가 숨을 곳을 찾았고, □□□의 집도 피해 올라왔다. 수재 모씨는 높은 산 속으로 더욱 깊이 들어갔는데, 깊은 물을 보고 … 도끼가 … 왼팔로 도끼를 내려치니, … 대략 1장 정도 되었는데, … 그 뱀도 역시 싸우다 … 달려와 돌아와도 ….

1 송대 판본은 이 뒤의 10개 글자가 결락되었다.
2 송대 판본은 이 뒤의 15개 글자가 결락되었다.
3 송대 판본은 이 뒤의 14개 글자가 결락되었다.
4 송대 판본은 이 뒤의 14개 글자가 결락되었다.
5 송대 판본은 이 뒤의 15개 글자가 결락되었다.
6 송대 판본은 이 뒤가 결락되었다.
7 九華山: 안휘성 池州市에 있는 산으로 黃山과 함께 안휘의 양대 명산이자 지장보살의 도량으로 알려진 중국 불교의 4대 명산 가운데 하나이다.

02 시덕이 꿈에서 들은 시施聞詩夢

吳興施德初[8]公廟夢[9] 角合一箇, 言曰: 相公[10] 乃骰子六枚, 皆成四采, 揭□錄至第三板, 見施姓者, 湖州長興人, 而缺其名, 疑問之, 曰: “此是矣.” 明日以語同舍, 皆賀吉夢, 曰: “子及第必居高甲, 且爲博士. 骰子者, 博具也.” 別一人往來牕外, 應聲曰: “夢非今日事, 其應尙遠.” 施頗不樂, 出外視之, 無人焉. 已而京城亂, 歸故鄕, 家間多故, 不復就擧. 後三十年而德初登科, 以掌團司, 牋表刊名正在第三板. 時官年恰二十四, 當紹興二十四年, 始盡悟骰子六[11] 未生.

호주 오흥현 시덕은 당초 … 공묘에서 꿈을 꾸었는데, … 뿔이 모두 한 개였다. 말하길,

“그대는 …

… 주사위 6개가 모두 사채를 이루며, □록을 세 번째 판까지 들추어 보니 시씨 성을 가진 자가 보였는데 호주 장흥현 사람으로 그 이름은 없었다. 이를 의아해하며 물어보니, 답하길,

“이 사람이 맞습니다.”

다음 날 기숙사 동기생들에게 이를 말하였고, 모두 길몽이라 축하하며 말하길,

8 송대 판본은 이 뒤의 13개 글자가 결락되었다.

9 송대 판본은 이 뒤의 15개 글자가 결락되었다.

10 송대 판본은 이 뒤의 10개 글자가 결락되었다.

11 송대 판본은 이 뒤의 10개 글자가 결락되었다.

"그대는 급제할 것이며 그것도 반드시 제1갑으로 급제할 것입니다. 또한 박사가 될 것입니다. 주사위란 도박할 때 쓰는 도구입니다."

그런데 또 다른 한 사람이 창밖에서 와서 이야기를 듣고 응답하길,

"이 꿈은 지금의 일이 아닙니다. 아주 먼 미래에 대한 것입니다."

시덕은 조금 불쾌하여 밖으로 나가 보니 아무도 보이지 않았다. 얼마 후 도성에서 전쟁으로 난리가 났고 그는 고향으로 돌아왔다. 집안에 여러 가지 일이 많아 그 후 다시 과거를 볼 수 없었다. 30년 후 시덕은 처음으로 과거에 급제하여 동기생 대표[12] 일을 맡았다. 장부 표지에 이름을 새기는데 시덕의 이름은 세 번째 판에 있었다. 당시 조정에 보고한 나이[13]가 딱 24세였는데, 마침 소흥 24년에 과거에 급제하였다. 그제야 비로소 주사위 6개의 뜻을 알 수 있었고 … 미처 생기지 않았다.

12 團司: 唐代에 새롭게 진사 급제하면 동기생 간의 연회를 주선하거나 규율을 담당하는 조직의 명칭이자 대표의 명칭이다.

13 官年: 조정에 보고한 나이를 말한다. 과거에 급제하여 관직을 제수받을 때 실제 나이인 實年과 조정에 보고한 官年 두 가지가 있는데, 대체로 실년은 언급하지 않고 관년만 밝히는 것이 통례이다.

長興劉[14] 夜不能[15] 劉[16] 恩數視執政此□□存.

호주 장흥현 사람 유 … 밤에 … 유는 … 은혜로 여러 차례 집정[17]을 보았고, ….

14 송대 판본은 이 뒤의 15개 글자가 결락되었다.
15 송대 판본은 이 뒤의 70개 글자가 결락되었다.
16 송대 판본은 이 뒤의 14개 글자가 결락되었다.
17 執政: 송대 부재상을 뜻하였다. 參知政事와 그 후신인 門下侍郎·中書侍郎·尙書左丞·尙書右丞, 추밀원 장관인 樞密使·知樞密院使, 차관인 同知樞密院事·樞密副使 등이다. 執政官이라고도 칭하였다.

04 형호남로의 요망한 무당荊南妖巫

荊南有妖巫, 挾幻術爲人禍福, 橫於里中, 居郡縣者莫敢問. 吳興高某爲江陵宰, 積不能堪, 捕欲杖之, 大吏泣諫, 請勿治, 且掇奇禍. 高愈怒, 捽吏下與巫對杖之二十, 巫不謝, 嘻笑而出. 纔食頃, 高覺面微腫, 攬鏡而視, 已格格浮滿, 僅存兩眼如綫大. 遽呼吏, 詢巫所居, 約與偕往. 吏以爲必拜謁謝過, 乃告其處. 徑馳馬出門, 行三十餘里, 薄暮始至, 蕭然一敗屋也. 巫出迎, 高叱從卒縛諸柱, 命以隨行杖亂箠, 凡神像經文等悉發之. 巫偃然自若. 後入其室, 獲小笥, 破鐍觀之, □(茵)蓐包裹數十重, 得木人焉, 又碎之. 始有懼色, 然毆掠無完膚矣. 高面平復如初, 執以還. 明旦, 入府白曰: "妖人無狀, 某不惜一身爲邦人除害. 懼語泄必遁去, 故不暇先言. 今治之垂死, 敢以告." 府帥壯其決, 諭使盡其命而投之江.

형호남로 지역에 한 요망한 무당이 있었는데, 마술로 사람들에게 화복을 좌지우지할 수 있었다. 그는 마을에서 횡행했지만, 주와 현에 사는 유력자들도 감히 뭐라고 할 수 없었다. 강릉부 강릉현[18] 지사인 호주 오흥현의 사람 고모씨는 오랫동안 이를 참다가 도무지 견딜 수가 없어 잡아다 곤장을 치고 싶었지만, 고참 서리들이 제발 그를 처벌하지 말라고 눈물을 흘리며 간언하면서 그래야 기이한 화를 수습할 수 있다고 하였다.

18 江陵縣: 荊湖北路 江陵府 소속으로 현 호북성 중남부 荊州市의 城區인 荊州區에 해당한다.

고 지사는 더욱 화가 나서 그 서리를 잡아 하옥시키고 무당과 짝지어 곤장 20대를 쳤다. 하지만 무당은 사죄하지 않았고 웃으며 나갔다. 겨우 한 식경이 지났을 때 고 지사는 얼굴이 조금씩 부어오르는 것을 느꼈고, 거울을 가져와 보니 이미 퉁퉁 부어올랐다.

겨우 두 눈만 한 줄의 선처럼 보일 뿐이었다. 급히 서리를 불러 무당이 사는 곳을 물어 함께 가자고 하였다. 서리는 지사가 반드시 무당을 배알하고 잘못을 사죄할 줄 알고 그 사는 곳을 알려 주었다. 지사는 곧 말을 타고 관아를 나서서 30여 리쯤 달려갔다. 해가 저물 무렵 비로소 무당의 집에 도착하였는데, 쓸쓸한 분위기의 낡은 집이었다.

무당이 나와 지사를 맞이하자 지사는 수행한 병졸에게 무당을 기둥에 묶으라고 소리쳤고, 수행원에게 몽둥이로 무당을 마구 때리라고 명하였다. 모든 신상과 책들을 다 들어냈지만, 무당은 여전히 태연자약했다. 그 후 방 안으로 들어가 작은 상자를 발견해 걸쇠를 부수고 열어 보니 천으로 수십 겹을 싼 물건이 있었다. 풀어헤치니 나무 인형이 나와 또 그것을 부숴 버렸다. 그제야 무당은 두려운 기색을 보였다. 그러나 매질을 당해 피부가 성한 곳이 없었다. 고 지사의 얼굴은 다시 예전처럼 붓기가 가라앉기 시작했다. 지사는 무당을 잡아서 관아로 돌아왔다. 다음 날 아침 지사는 강릉부 관아로 들어가 보고하길,

“요망한 무당이 뭐라 말할 수 없을 정도로 못된 짓을 하여 지사로서 이 한 몸을 아끼지 않고 지역 주민들을 위해 해로움을 제거하겠고 생각하였습니다. 하지만 말이 새어 나가면 무당이 반드시 도망갈 것을 걱정하여 미리 말씀드리지 못하였습니다. 지금 무당을 벌주어 거

의 죽기 직전이므로 지금에서야 감히 보고드립니다."

강릉부 안무사는 그의 결연한 행동을 치하했고, 사람을 보내 그 무당의 목숨을 거두어 강에 던지라고 명하였다.

05 과거에 급제한 시적時適及第

時適者, 徐州[19] 鄕人夢見之, 說朋友間事甚詳. 鄕人問曰: "時仲亨如何?" 曰: "劉豫牓中當及第." 寤而告適. 適謂豫乃濟南人, 旣爲御史矣, 未知與同姓名者復何在, 固不信也. 後十五年, 當逆豫僭竊時, 乃中其[20]

시적이라는 자는 서주[21] …. 마을 사람이 꿈에서 그를 보았는데, 친구 간의 일을 매우 상세하게 말해 주었다. 마을 사람이 묻길,

"자가 중형인 시적은 어떠합니까?"

대답하길,

"유예의 과거 급제자 방문에 이름이 들어가 있을 것입니다."

깨어나 이를 시적에게 말해 주었다. 시적은 유예가 제남 사람이고, 이미 어사에 오른 것을 생각하였지만 같은 이름의 사람이 또 어디에 있는지 알지 못해 믿지 않았다. 15년 후 역신 유예가 황제를 참칭할 때(1130) 곧 그 안에 ….

19 송대 판본은 이 뒤의 13개 글자가 결락되었다.

20 송대 판본은 이 뒤의 1엽이 결락되었다. 중화서국본 목차에는 결락된 「玉師子」의 제목만 수록되어 있다.

21 徐州: 京東西路 소속으로 치소는 彭城縣(치소는 현 강소성 徐州市)이고 관할 현은 5개, 監은 2개, 州格은 節度 州格은 節度州이다. 산동성과 안휘성 사이에 형성된 저지대이며 현 강소성 서북방의 중심에 해당한다.

 머리가 두 개 달린 거북이 倆頭龜

兩頭不能伸縮，惡之，以與潛山觀道士，使養於山間，不數日失去. 是冬，棟妻趙氏卒，以爲不祥之兆，蓋亦偶然耳.(右三事王嘉叟說.)[22]

두 개의 머리는 펴거나 구부릴 수 없었기에, 그것을 혐오스럽게 여겨 잠산관의 도사에게 주어 그것을 산에서 키우게 하였다. 며칠 되지 않아 거북이는 사라졌다. 그해 겨울 동의 아내 조씨가 죽었다. 상서롭지 못한 징조 때문이라 여겼다. 그러나 이는 대개 우연일 뿐이었다.(위의 세 가지 일화는 왕가수가 말한 것이다.)

22 송대 판본은 제목이 결락되어 있다. 중화서국본의 주를 참조하여 목차에 근거해 추가하였다.

07 장조의 딸張朝女

紹興十年, 張[23]

소홍 10년(1140), 장….

23 송대 판본은 이 뒤의 13개 글자와 8개 줄이 결락되었다.

08 국자감 사업 정남의 요리사鄭司業庖人

鄭明仲司業, 福州人, □□□□鄕里□□□師至丹陽, 逢故舊數人, 與同舟. 隨行僕能設饌, 諸人皆喜, 願得同庖飮食. 鄭呼僕告之, 毅然曰: "所以來, 但能服事一主人翁爾, 不願雜他客也." 諭曉再三, 至啖以利, 竟不可. 鄭怒逐使還, 再拜而請曰: "遣歸, 誠善也. 恐吾鄕人不詳知, 謂以過獲譴, 願乞一家書言其故." 鄭亦欲寓安訊, 卽作書授之. 又拜而去.

至□□□□□寄書, 驗其日, 蓋當日所[24]鄭聞之[25] 無一言, 坐[26]汙爐上, 腥穢之氣逼[27] 趨出, 昱□閉戶, 掃除就寢. 明夜, 復至, 睡愈熟, 側身仰面, 張口呀然. 昱先以秤錘置火中, 急取納其口, 卽號叫而遁, 聲如老猪, 衣襟曳餘火延燒落葉. 時已昏黑, 無人敢追視, 竟不知何等怪也. 後月餘, 學生在窗下聞外間窸窣, 穴窗窺之, 霜月皎然, 黑物如猴, 蹲水溝小橋上. 別一物正白, 如三尺枯槎, 相對箕踞, 移時起,[28] 黑者先吟曰: 風定長[29]霜[30]

자가 명중인 복주 사람 정남[31]은 국자감사업[32]이었는데, □□□□

24 송대 판본은 이 뒤의 11개 글자가 결락되었다.
25 송대 판본은 이 뒤의 8개 줄이 결락되었다.
26 송대 판본은 이 뒤의 14개 글자가 결락되었다.
27 송대 판본은 이 뒤의 6개 글자가 결락되었다.
28 송대 판본은 이 아래 6개 글자가 결락되었다.
29 송대 판본은 이 아래 16개 글자가 결락되었다.
30 송대 판본은 이 아래 17개 글자와 7개 줄이 결락되었다. 중화서국본 목차에는 결락된 「頂山寺」의 제목만 수록되어 있다.
31 鄭南(1064~1161): 자는 明仲이고 福州路 福州 寧德縣(현 복건성 寧德市 蕉城區)

향리에서 □□□ 진강부 단양현에 이르러 오랜 친구 여럿을 만나 함께 배를 탔다. 수행하던 노복은 요리를 제법 잘하여서 배에 탄 여러 사람이 모두 기뻐하였다. 사람들은 이 노복이 만든 음식을 먹길 원했고, 정남은 노복을 불러 이를 알려 주었다. 하지만 그는 강한 어조로 말하길,

"여기에 따라온 것은 다만 주인어른 한 분을 모시기 위함입니다. 다른 손님들의 음식과 뒤섞어 만들고 싶지 않습니다."

정남이 거듭 부탁하고 돈을 더 주겠다고도 하였지만, 그는 한사코 거절하였다. 정남은 화가 나서 그에게 집으로 돌아가라며 내쫓자 노복은 재배한 뒤 청하길,

"집으로 돌려보내 주신다면 저로서는 매우 좋은 일입니다. 다만 저의 고향 사람들이 잘 모르고 제가 잘못이 있어 쫓겨난 것으로 생각할 수 있으니 원컨대 집에 보내는 편지를 써서 그 이유를 설명해 주십시오."

정남 역시 집에 안부를 묻는 편지를 쓰려고 하였기 때문에 즉시 편지를 써서 그에게 주었다. 그는 절을 하고 떠났다. □□□□□편지를 보내고, 그 날짜를 보니 마침 당일 … 정남이 그것을 듣고 … 아무 말도 없이 앉아 … 화로 위로 구부리니, 비리고 더러운 기운이 … 뛰어나와, 욱은 문을 닫고 청소를 하고 잠자리에 들었다. 다음 날 밤 다

사람이다. 태학 상사 출신으로 관직에 나가 國子司業, 兩浙路提點刑獄公事를 지냈다. 93세에 秘閣修撰에 제수되었다.

32 國子監 司業: 국자감의 책임자인 國子祭酒에 이은 부책임자로 태학 운영 전반을 관리하였다. 元豐 관제 개혁 이후 정6품이었다. 國子司業 · 司業 · 少司成 등의 별칭이 있다.

시 왔고 잠은 더욱 깊이 들었다. 몸을 옆으로 누이고 얼굴은 위로 향하였고 입을 딱 벌리고 있었다.

욱은 먼저 저울추를 불에 던졌다가 급히 가져와 그 입에 넣었더니 곧 소리를 지르며 도망갔다. 그 소리는 마치 늙은 돼지 같았다. 옷깃이 남은 불을 끌어다 떨어진 낙엽을 연이어 불태웠다. 때는 이미 날이 저물어 어두워서 아무도 감히 쫓아가 보는 이 없었으니 결국 어떤 종류의 요괴인지 알 수 없었다.

한 달쯤 지나서 학생들은 창문 아래 바깥에서 뭔가 불안한 소리가 나는 것을 들었고 구멍과 창으로 몰래 보니 서리 맞은 달빛이 환했다. 원숭이처럼 생긴 검은색 물건이 수로의 작은 다리 위에 쭈그리고 앉아 있었다. 다른 하나는 마침 흰색이었고, 3척 정도 되는 마른 나무 같았는데, 서로 마주하며 두 다리를 뻗고 앉아 있었다. 잠시 후 일어나 … 검은색의 것이 먼저 읊기 시작하기를,

“바람이 잠잠해지며 … 서리가 ….”

소육랑蕭六郎

六郎者,[33]須髟如雪, 從西偏戶內,[34] … "…死尸何敢擅出? 六郎有正庫錢萬餘貫, 未曾請動, 設使天命合終, 猶當作茆山洞主. 爾下愚暗鬼, 不速去, 吾將治爾." 連叱之. 媼悲啼, 復匍匐趨故處, 叟亦不見. 至夜半, 注漸能呻吟食粥, 數日而愈. 伯英從容說所睹, 注色動, 乃言: "汝不在家時, 老婢不爲吾役, 且以惡言相抗. 吾擊以鐵鞭, 卽死, 密埋之浴室下[35]

육랑이라는 자는 … 수염의 털이 눈과 같이 하얀 이가 서쪽 집 안에서 …

"… 시신이 어찌 감히 마음대로 돌아다닐 수 있는가? 육랑에게는 정고[36]의 돈 만여 관이 있었는데, 일찍이 청하여 이를 사용한 바 없고 설령 천명이 끝난다 해도 여전히 묘산동의 주인의 것이다. 너는 어리석고 아둔한 귀신으로 빨리 가지 못할 것이며, 내가 너를 다스릴 것이다."

연이어 그를 꾸짖으니 노파는 슬피 울며 다시 원래 있던 곳으로 기

33 송대 판본은 이 뒤의 13개 글자가 결락되었다.

34 송대 판본은 이 뒤의 7개 글자가 결락되었다.

35 송대 판본은 이 뒤의 12개 글자가 결락되었다. 제목도 중화서국본의 주를 참조하여 목차에 근거해 추가하였다.

36 正庫: 술을 빚는 장소를 뜻하는 말인데, 송대에는 국가에서 주루를 직영하기도 했기 때문에 酒樓 또는 國庫를 뜻하기도 한다.

어서 들어갔고, 늙은이 역시 보이지 않았다. 한밤중이 되자 주씨는 점점 신음할 수 있게 되었고 죽을 먹을 수 있었으며 며칠이 지나자 나았다. 백영은 그에게 직접 본 것을 이야기해 달라고 권하자 주씨는 얼굴빛을 바꾸고 말하길,

"내가 집에 없을 때, 늙은 여종이 나를 위해 일하지 않았을 뿐만 아니라 욕하며 대거리를 하여 내가 철 채찍으로 때렸더니 즉사하였다. 그래서 몰래 욕실 아래 묻었다. ….

[37]形骸已[38] 蓋眞人眞氣所[39] 麗類貴游, 而言辭鄙俗無蘊藉, 甚惡之, 冀其□去, 曰: “雖然, 終不願得也. 老病缺於承迎, 當令兒曹奉陪.” 次客曰: “我專爲君來, 君不欲丹, 當復持以歸. 但路絶遠, 願借一宿, 明旦晴卽去, 不然, 須少留也.” 不獲已, 命館於松菊墅. 時天久晴, 五更大雨作, 蘇意[40]

家人以頂暖, 不忍殮. 及明, 諸子記前事, 發笥視之, 藥故在. 取投口中, 須臾卽能起, 洒然若無疾, 飮啗自如. 再令拾刺字幷丹貼, 欲燒末飮之, 不復見. 後數日, 長子如京口, 以客言, 命圖黃象象[41] 甲踊出, 怖而死. 予妻族入蜀時過其處, 泊僧寺中, 隨行使臣劉亨寢浴舍, 見貧悴者十餘輩, 伸□□錢, 問何人, 曰: 采薪燒水, 連晝夜不得息, 凍[42] 新鐍藏之戒[43] 開當以畀江十三□□□坐而絶, 時年八十餘. 紹興中造五輅[44]

… 몸은 이미 … 대개 진인眞人의 진기眞氣가 … 아름다운 자들은 소요하는 것을 귀히 여기나 말이 비속하고 속을 담아 두지 못해 그들을

37 송대 판본은 이 앞의 8개 줄이 결락되었다.
38 송대 판본은 이 뒤의 15개 글자가 결락되었다.
39 송대 판본은 이 뒤의 12개 글자가 결락되었다.
40 송대 판본은 이 뒤의 13개 글자와 13개 줄이 결락되었다.
41 송대 판본은 이 뒤의 14개 줄이 결락되었다.
42 송대 판본은 이 뒤의 14개 줄과 13개 글자가 결락되었다.
43 송대 판본은 이 뒤의 11개 글자가 결락되었다.
44 송대 판본은 이 뒤가 결락되었다. 중화서국본 목차에는 결락된 「房州湯泉」, 「王君儀」, 「蠟屐亭詩」의 제목만 수록되어 있다.

매우 싫어하였고, 그들이 가길 바라며 말하길,

"비록 그럴지라도 저는 끝내 얻기를 원하지 않습니다. 늙고 병들어 맞이할 수 없어 마땅히 아들들에게 받들어 모시라고 해야 합니다."

그다음 손님이 말하길,

"나는 오로지 그대 때문에 왔다오. 그대가 단약을 원치 않는다면 마땅히 다시 가지고 돌아갈 것입니다. 그러나 길이 끊어지고 머니 하룻밤을 묵고 내일 날이 밝는 대로 떠났으면 좋겠습니다. 그렇지 못하더라도 조금이나마 쉬어야만 합니다."

마지못해 송국별장에서 묵으라 허락하였다. 당시 날이 오래도록 맑았는데 5경이 되었을 때 크게 비가 내리더니 갑자기 깨달아 …

집안사람들은 여전히 매우 따뜻하다 여기고 차마 염을 할 수 없었다. 날이 밝자 여러 아들은 앞의 일을 기록했고 상자를 열어 보니 약이 예전과 같이 그대로 있었다. 그것을 집어 입안으로 넣어 주자 얼마 지나자 그는 단번에 일어날 수 있었다. 그 생생한 모습이 병이 없는 사람 같아 보였고 음식도 예전처럼 먹고 마셨다. 다시 명함[45]과 붉은 법첩[46]을 주으라고 한 뒤 그것을 태워 가루로 만들어 마시니 다시 보이지 않았다. 며칠 후 큰아들이 경구[47]로 가서 손님으로 말하였고,

45 刺字: 타인을 방문할 때 사용하는 명함을 말한다. 대나무에 이름을 새겨 명함을 만든 데서 유래한 용어이며 다. 唐代부터는 주로 붉은 종이를 이용하였는데, 송대에는 붉은 비단을 사용하기도 하는 등 더욱 화려해졌고 기재 내용이 더 상세해졌다. 戰國시대 이래 謁이라고 했는데 東漢 때부터 刺字·書刺라고 칭했으며, 名帖·名紙라고도 하였다.

46 丹貼: 貼은 帖과 마찬가지로 짧은 글이 적힌 편지나 메모지 등을 뜻한다. 본문의 맥락상 주술적 의미가 적힌 법첩으로 파악하였다.

47 京口: 兩浙路(현 강소성 鎭江市)의 별칭이다. 삼국시대 吳의 孫權이 京口鎭을 설

… 갑이 튀어나오더니 무서워 떨며 죽었다. 필자의 처가 식구들이 사천으로 들어갈 때 그곳을 지난 바 있고 절에서 머물렀다. 수행하던 무관 가운데 유형이라는 자가 욕실에서 잠을 자다가 가난하고 파리한 사람 십여 명을 보았고 □□전錢을 꺼내 어떤 사람이냐고 물으니 답하길,

"땔감을 찾아 물을 끓이며 밤낮으로 쉴 수가 없었는데 열어 …"

새로 보관한 중요한 것 …

열어 마땅히 주어 … 앉아 있다가 돌아가시니 당시 나이가 80여 세였다. 소흥 연간(1131~1162) 수레 다섯 개를 만들어 ….

치한 데서 유래하였다.

찾아보기

저 자_ **홍 매(洪邁)**

홍매洪邁(1123～1202)는 남송南宋 시기 사람으로 자가 경로景盧이고 호는 용재容齋·야처野處이며, 강남동로江南東路 요주饒州 파양현鄱陽縣(지금의 강서성 上饒市 鄱陽縣) 사람이다. 아버지는 예부상서禮部尙書를 지낸 홍호洪皓(1088~1155)로, 금조에 사신으로 갔다가 15년간 억류 생활을 마치고 돌아와 『송막기문松漠紀聞』을 편찬한 바 있으며, 형 홍괄洪适(1117~1184)과 홍준洪遵(1120~1174) 역시 모두 송조의 재상과 부재상의 자리에 올랐다. 후대 사람들은 이렇듯 활약이 뛰어난 홍씨 네 부자父子를 두고 '사홍四洪'이라 일컬었다.

홍매는 소흥紹興 15년(1145) 진사가 되어 관직에 올랐고, 금조에 사신으로 다녀온 바 있다. 일찍이 길주吉州지사, 감주贛州지사, 무주婺州지사 등을 역임하였고, 순희淳熙 13년(1186)에는 한림학사翰林學士가 되었다. 이후 영종寧宗 시기 단명전학사端明殿學士에 오른 후 관직에서 물러났다. 만년에는 향리에 머물면서 저술에 전념했으며, 남긴 저술로는 『이견지』 외에 『용재수필容齋隨筆』과 『야처유고野處類稿』 및 『사기법어史記法語』 등이 있다.

역주자_ **유원준(兪垣濬, Yoo WonJoon)**

경희대학교 사학과를 졸업하고 대만 중국문화대학 사학과에서 송대사 전공으로 석사 및 박사학위를 취득하였으며, 현재 경희대학교 사학과 교수로 재직 중이다. 저서로는 『중국역사지리』(2023, 내일의 나), 『대학자치의 역사와 지향 I · II』(2020, 내일의 나), 공저로 『대학정책』(2022, 내일의 나) 등이 있으며, 역서로는 『중국문화의 시스템론적 해석』(천지, 1994), 공역으로 『이견지(갑·을지)』(세창출판사, 2019) 등이 있다. 이 외에 송대 경제사·군사사 등에 대한 다수의 논문이 있다.

역주자_ **최해별(崔해별, Choi HaeByoul)**

이화여자대학교 사학과를 졸업하고 중국 북경대학 역사학과에서 당송시대로 석사 및 박사학위를 취득하였으며, 현재 이화여자대학교 사학과 부교수로 재직 중이다. 저서로는 『송대 사법 속의 검시 문화』(세창출판사, 2019), 공저로 『질병 관리의 사회문화사』(이화여자대학교출판문화원, 2021) 등이 있으며, 역서로는 『공주의 죽음—우리가 모르는 3-7세기 중국 법률 이야기』(프라하, 2013), 공역으로 『이견지(갑·을지)』(세창출판사, 2019) 등이 있다. 이 외에 송대 법제사·사회사·의료사 등에 대한 다수의 논문이 있다.